O DUQUE & EU

Julia Quinn

O DUQUE & EU

OS BRIDGERTONS

ARQUEIRO

NOTA DA AUTORA: Parte dos direitos autorais pelas vendas deste livro será doada à National Multiple Sclerosis Society, associação americana sem fins lucrativos que promove pesquisas e programas na área da esclerose múltipla, além de oferecer apoio às pessoas portadoras da doença. Força, Elizabeth!

Título original: *The Duke and I*

Publicado mediante acordo com a Harper Collins Publisher.

tradução: Cássia Zanon
preparo de originais: Taís Monteiro
revisão: Hermínia Totti, Rebeca Bolite e Rita Godoy
projeto gráfico e diagramação: Ana Paula Daudt Brandão
capa: Renata Vidal
imagens de capa: © Ilina Simeonova / Trevillion Images (foto) e GarryKillian / Freepik (padronagem)
impressão e acabamento: Geográfica e Editora Ltda.

CIP-BRASIL. CATALOGAÇÃO NA PUBLICAÇÃO
SINDICATO NACIONAL DOS EDITORES DE LIVROS, RJ

Q64d Quinn, Julia, 1970-
O duque e eu / Julia Quinn; tradução de Cássia Zanon.
São Paulo: Arqueiro, 2020.
496 p.; 10 x 15,5 cm. (Os Bridgertons; 1)

Tradução de: The Duque and I
ISBN 978-65-5565-000-6

1. Romance americano. I. Zanon, Cássia. II. Título. III. Série.

20-63572 CDD: 813
CDU: 82-31(73)

Editora Arqueiro Ltda.
Rua Funchal, 538 – conjuntos 52 e 54
Vila Olímpia – 04551-060 – São Paulo – SP
Tel.: (11) 3868-4492 – Fax: (11) 3862-5818
E-mail: atendimento@editoraarqueiro.com.br
www.editoraarqueiro.com.br

Para Danelle Harmon e Sabrina Jeffries.
Sem elas, eu jamais
teria terminado este livro a tempo.
Para Martha,
pelo título alternativo que sugeriu.
E também para Paul, ainda que sua ideia de
dançar seja ficar parado segurando minha mão
enquanto me vê rodopiar.

ÁRVORE GENEALÓGICA DA FAMÍLIA BRIDGERTON

Violet Ledger c. EDMUND
1766- | 1764-1803

ANTHONY
1784-
O visconde que me amava
Livro 2

BENEDICT
1786-
Um perfeito cavalheiro
Livro 3

COLIN
1791-
Os segredos de Colin Bridgerton
Livro 4

DAPHNE
1792-
O duque e eu
Livro 1

ELOISE
1796-
Para Sir Phillip, com amor
Livro 5

FRANCESCA
1797-
O conde enfeitiçado
Livro 6

GREGORY
1801-
A caminho do altar
Livro 8

HYACINTH
1803-
Um beijo inesquecível
Livro 7

Prólogo

O nascimento de Simon Arthur Henry Fitzranulph Basset, o conde de Clyvedon, foi recebido com muita alegria. Os sinos da igreja tocaram por horas, serviu-se champanhe à vontade no imenso castelo que o recém-nascido chamaria de lar e toda a aldeia de Clyvedon parou de trabalhar para participar dos festejos organizados pelo pai do jovem conde.

– Esse não é um bebê comum – disse o padeiro ao ferreiro.

Falou isso porque Simon Arthur Henry Fitzranulph Basset não passaria a vida como conde de Clyvedon. Esse era apenas um título de cortesia. O bebê – que possuía mais nomes do que qualquer criança de sua idade poderia precisar – era herdeiro de um dos mais antigos e abastados ducados da Inglaterra. E seu pai, o nono duque de Hastings, esperara anos por esse momento.

No corredor fora do quarto da esposa, ninando o bebê que chorava a plenos pulmões, o duque quase explodia de orgulho. Já beirando os 50 anos, assistira a seus amigos – todos duques e condes – produzirem um herdeiro após o outro. Alguns tiveram de se contentar com o nascimento de meninas antes de conseguir gerar um precioso menino, mas, no fim, todos garantiram que sua linhagem continuaria, que seu sangue passaria para a geração seguinte da elite inglesa.

Mas não o duque de Hastings. Embora sua esposa tivesse concebido cinco vezes nos quinze anos de casamento, apenas duas gestações vingaram, e ambos os bebês nasceram mortos. Depois da quinta gravidez, que terminara com um aborto sangrento no quinto mês, médicos e cirurgiões disseram-lhes que não deveriam de jeito nenhum fazer uma nova tentativa de ter um filho. A vida da duquesa estaria em perigo. Ela estava frágil demais, fraca demais e, talvez – observaram com delicadeza –, velha demais. O duque teria simplesmente que se conformar com o fato de que o ducado deixaria de pertencer à família Basset.

Mas a duquesa, que Deus a abençoasse, sabia qual era seu papel na vida. Após um período de seis meses de recuperação, ela abriu a porta que ligava os aposentos dos dois e o duque recomeçou sua busca por um herdeiro.

Cinco meses depois, ela informou ao marido que estava grávida. A euforia imediata dele só foi ofuscada por sua resolução de que nada – absolutamente nada – estragaria essa nova tentativa. A duquesa foi confinada à cama no instante em que parou de menstruar. Um médico ia vê-la todos os dias e, na metade da gravidez, o duque encontrou o profissional de medicina mais respeitado de Londres e lhe pagou uma alta quantia para que abandonasse o consultório e se mudasse temporariamente para o castelo de Clyvedon.

Dessa vez ele não ia correr riscos. Teria um filho e o ducado permaneceria nas mãos dos Bassets.

A duquesa começou a sentir as dores do parto um mês antes da hora, e colocaram almofadas sob seus quadris. A gravidade poderia manter o bebê em seu corpo, explicou o Dr. Stubbs. O duque considerou o argumento plausível e, depois que o médico se retirou para repousar, pôs ainda mais um travesseiro debaixo da esposa, posicionando-a num ângulo de 20 graus. Ela permaneceu assim por trinta dias.

E então, finalmente, chegou o momento decisivo. Toda a casa rezou pelo duque, que queria tanto um herdeiro, e alguns se lembraram de rezar pela duquesa, que continuava magra e frágil apesar de sua barriga ter se tornado redonda e larga. Todos tentaram não nutrir muitas esperanças – afinal, a nobre já havia parido e enterrado dois bebês. E mesmo que conseguisse dar à luz um bebê vivo, poderia ser uma menina.

Quando os gritos da duquesa ficaram mais altos e mais frequentes, seu marido se dirigiu aos aposentos dela, ignorando os protestos do médico, da parteira e da criada. O local estava coberto de sangue, mas o duque fazia questão de estar presente quando o sexo do bebê fosse revelado.

A cabeça do feto apareceu, seguida dos ombros. Todos se inclinaram para a frente a fim de observar enquanto a duquesa fazia força e empurrava, até que...

Até que o duque soube que Deus existe e ainda sorria para os Bassets. Esperou um instante para que a parteira limpasse o bebê, então pegou o menininho nos braços e se dirigiu ao salão para exibi-lo.

– Eu tenho um filho! – anunciou ele. – Um filhinho perfeito!

Enquanto os criados comemoravam e choravam de alívio, o duque olhou para o minúsculo condezinho e disse:

– Você é perfeito. É um Basset. E é meu.

Queria levá-lo para fora do castelo a fim de provar a todos que finalmente havia gerado um menino saudável, mas como no início de abril o clima era um pouco frio, deixou que a parteira o devolvesse aos braços da mãe. O duque montou um de seus cavalos premiados para comemorar, desejando a todos os que pudessem ouvir a mesma boa sorte que tivera.

Enquanto isso, a duquesa, que não parara de sangrar desde o parto, ficou inconsciente e, por fim, faleceu.

O duque lamentou a morte da esposa. De verdade. Ele não a amava, é claro, nem ela a ele, mas os dois haviam sido amigos de uma forma estranhamente distante. Ele não esperara nada do casamento além de um filho e herdeiro, e quanto a isso ela se provara exemplar. O soberano ordenou que flores frescas fossem levadas toda semana a seu mausoléu, qualquer que fosse a estação do ano, e seu retrato foi transferido da sala de estar para o saguão, em posição de destaque acima da escadaria.

E então o duque começou a pensar na criação do filho.

Não pôde fazer muito no primeiro ano. O bebê era jovem demais para palestras sobre administração de terras e responsabilidade, de modo que o duque o deixou sob os cuidados de uma ama e foi para Londres, onde sua vida continuou praticamente como era antes de ele ser abençoado pela paternidade. A única diferença era que agora ele forçava todos – até mesmo o rei – a olhar para o pequeno retrato do filho que havia mandado pintar logo depois de seu nascimento.

O duque visitou Clyvedon algumas vezes, e retornou em definitivo no segundo aniversário de Simon, pronto para assumir a educação do jovenzinho. Mandou que lhe comprassem um pônei, selecionassem uma pequena arma que ele usaria no futuro na caça à raposa e contratassem tutores de todas as disciplinas conhecidas pelo homem.

– Ele é jovem demais para tudo isso! – exclamou a ama Hopkins.

– Bobagem – respondeu o homem, com condescendência. – Evidentemente, não espero que ele domine nada disso logo, mas nunca é cedo demais para dar início à educação de um duque.

– Ele não é um duque – resmungou a ama.

– Vai ser – disse ele.

Virou-se de costas para ela e se agachou ao lado do filho, que estava no chão montando um castelo assimétrico com um conjunto de blocos. Fazia vários meses que o duque não ia a Clyvedon e ficou satisfeito com o crescimento de Simon. Ele era um menininho robusto e saudável, com cabelos castanhos sedosos e olhos azul-claros.

– O que está construindo aí, filho?

Simon sorriu e apontou.

O duque olhou para a ama Hopkins.

– Ele não fala?

Ela balançou a cabeça.

– Ainda não, senhor.

O duque franziu a testa.

– Ele já tem 2 anos. Já não deveria estar conversando?

– Algumas crianças levam mais tempo que outras, senhor. Sem dúvida ele é um menininho inteligente.

– É claro que sim. É um Basset.

A ama assentiu. Ela sempre assentia quando o duque falava da superioridade do sangue de sua família.

– Talvez ainda não tenha nada que ele queira dizer – sugeriu ela.

O duque não pareceu convencido, mas deu a Simon um soldadinho de brinquedo, acariciou-lhe a cabeça e saiu para exercitar a nova égua que havia adquirido do lorde Worth.

Dois anos depois, no entanto, ele já não estava tão confiante.

– *Por que ele ainda não fala?* – explodiu o duque.

– Não sei – respondeu a ama, retorcendo as mãos.

– O que você fez com ele?

– Eu não fiz nada!

– Se estivesse fazendo seu trabalho direito, *ele* – disse o duque, apontando um dedo furioso na direção de Simon – estaria falando.

O menino, que estava treinando suas letras numa escrivaninha em miniatura, observava a conversa com interesse.

– Ele tem 4 anos, pelo amor de Deus! – bradou o duque. – Já deveria saber falar.

– Ele sabe escrever – retrucou a ama. – Criei cinco crianças, e nenhuma delas tinha o talento com as letras que o pequeno Simon tem.

– Ele vai ter que escrever muito se não souber falar. – Virou-se para o filho com os olhos cheios de raiva. – Fale comigo, droga!

O menino retraiu-se, com o lábio inferior trêmulo.

– Vossa Graça! – exclamou a ama. – O senhor está assustando a criança.

O homem virou-se para ela.

– Talvez ele deva levar um susto – falou. – Talvez o que esteja precisando seja uma grande dose de disciplina. Uma boa surra pode ajudá-lo a encontrar a voz.

O duque agarrou a escova de prata que a ama usava

para pentear os cabelos de Simon e avançou na direção do filho.

– Vou fazer você falar, seu pequeno idiota...

– *Não!*

A ama ofegou. O duque deixou a escova cair. Foi a primeira vez que ouviram a voz da criança.

– O que você disse? – sussurrou o duque, com os olhos se enchendo de lágrimas.

O menino cerrou os punhos ao lado do corpo e projetou o queixinho à frente enquanto falava.

– Não me b-b-b-b-b-b...

O rosto do soberano ficou mortalmente pálido.

– O que ele está dizendo?

Simon tentou pronunciar a frase de novo.

– N-n-n-n-n-n-n...

– Meu Deus – bufou o duque, aterrorizado. – Ele é um idiota.

– Não é, não! – gritou a ama, lançando os braços ao redor do menino.

– N-n-n-n-n-n-não b-b-b-b-b-bata... – Simon respirou fundo – em *mim.*

O duque afundou no assento próximo à janela e enterrou a cabeça nas mãos.

– O que eu fiz para merecer isso? O que eu posso ter feito... – lamentou-se.

– O senhor deveria estar elogiando o menino! – observou a ama Hopkins. – Está há quatro anos esperando que ele fale e...

– E ele é um idiota! – berrou. – Um pequeno idiota!

Simon começou a chorar.

– Hastings ficará nas mãos de um débil mental – gemeu o duque. – Todos esses anos rezando por um herdeiro e agora está tudo perdido. Terei que deixar o título para meu primo. – Virou-se para o filho, que soluçava e secava os olhos, tentando parecer forte diante do pai. – Não consigo sequer olhar para ele. – Soltou um arquejo. – Não consigo.

Ao dizer isso, o homem saiu da sala.

A ama Hopkins deu um abraço apertado no menino.

– Você não é um idiota – afirmou categoricamente, num sussurro. – É o menininho mais inteligente que eu conheço. E, se existe alguém capaz de aprender a falar direito, sei que esse alguém é você.

Simon se entregou ao abraço carinhoso e chorou de soluçar.

– Vamos mostrar a ele – jurou a ama. – Ele vai engolir o que disse, nem que seja a última coisa que eu faça.

A ama Hopkins se mostrou fiel à promessa. Quando o duque de Hastings se mudou para Londres e tentou fingir que não tinha um filho, ela passava o tempo inteiro com Simon, proferindo palavras e sílabas, sem poupar elogios quando ele acertava e o encorajando quando errava.

O progresso foi lento, mas a fala do menino melhorou. Quando ele fez 6 anos, "n-n-n-n-n-n-não" havia virado "n-n-não", e aos 8, conseguia dizer frases inteiras sem hesitar. Ele ainda se enrolava quando ficava nervoso e a ama tinha que lembrá-lo com frequência de que ele precisava se manter tranquilo e focado se quisesse que as palavras saíssem completas.

Mas Simon era determinado, inteligente e, talvez o mais importante, muito obstinado. Aprendeu a tomar fôlego antes de cada frase e a pensar nas palavras antes de tentar pronunciá-las. Ficava atento à sensação em sua boca quando falava de maneira correta e tentava analisar o que dava errado quando não conseguia.

E finalmente, aos 11 anos, ele se virou para a ama, fez uma pausa para organizar os pensamentos e disse:

– Acho que está na hora de irmos ver meu pai.

A ama olhou para ele apreensiva. O duque não via o menino havia sete anos. E não respondera a nenhuma das cartas que Simon lhe enviara. Tinham sido quase cem.

– Você tem certeza? – perguntou ela.

Simon assentiu.

– Muito bem, então – concordou a ama. – Vou solicitar uma carruagem. Partiremos para Londres amanhã.

A viagem durou um dia e meio, e já era quase noite quando a carruagem parou diante da Casa Basset. Simon olhava maravilhado para as movimentadas ruas da cidade enquanto a ama o conduzia pela escadaria da entrada. Nenhum dos dois jamais estivera na Casa Basset antes, de modo que, quando chegou à porta da frente, a ama não sabia o que fazer a não ser bater. A porta se abriu em segundos e eles foram observados de cima a baixo por um mordomo bastante imponente.

– Entregas são feitas pelos fundos – informou ele, estendendo o braço para fechar a porta.

– Espere um pouco! – disse a ama rapidamente, colocando o pé entre a porta e o batente. – Não somos criados.

O mordomo olhou com desdém para as roupas dos dois.

– Bem, eu sou, mas ele não – completou ela. Agarrou o braço de Simon e o empurrou para a frente. – Este é o conde de Clyvedon, e seria prudente tratá-lo com o devido respeito.

O mordomo ficou boquiaberto e piscou várias vezes antes de dizer:

– Até onde sei, o conde de Clyvedon está morto.

– O quê? – gritou a ama.

– Com certeza eu não estou morto! – exclamou Simon, com toda a justificada indignação de um menino de 11 anos.

O mordomo examinou o garoto, reconheceu imediatamente que ele tinha os traços dos Bassets e os fez entrar.

– Por que você pensou que eu estivesse m-morto? – perguntou Simon, amaldiçoando a si mesmo por gaguejar, mas sem se surpreender. Era comum que isso acontecesse quando ficava com raiva.

– Não cabe a mim dizer – respondeu o mordomo.

– Certamente cabe – rebateu a ama. – Não se pode dizer uma coisa dessas a um menino da idade dele e não se explicar.

O mordomo ficou em silêncio por um instante e então finalmente falou:

– Sua Graça não se refere ao senhor há anos. Da última vez que alguém tocou no assunto, disse que não tinha filhos. Como pareceu muito triste com isso, ninguém levou a conversa adiante. Nós, os criados, imaginamos que o senhor tivesse falecido.

Simon sentiu as mandíbulas se apertarem e a garganta arder.

– Ele não teria ficado de luto? – questionou a ama. – Vocês não pensaram nisso? Como podem ter suposto que o menino estava morto se o pai não ficou de luto?

O mordomo deu de ombros.

– Sua Graça veste preto com bastante frequência. O luto não teria alterado esse costume dele.

– Isso é um ultraje! – decretou ela. – Exijo que vá chamar Sua Graça imediatamente.

Simon não disse nada. Estava se esforçando muito para manter as emoções sob controle. Precisava fazer isso. Nunca conseguiria falar com o pai com o sangue fervendo daquela maneira.

O mordomo assentiu.

– Ele está no andar de cima. Vou avisá-lo agora mesmo da vossa chegada.

A ama começou a andar de um lado para outro, descontrolada, resmungando baixinho e se referindo a

Sua Graça com todas as palavras vis de seu surpreendentemente extenso vocabulário. Simon permaneceu no centro da sala, plantado ali com os braços esticados ao lado do corpo enquanto respirava fundo.

Você vai conseguir!, gritava mentalmente. *Você vai conseguir!*

A ama se virou para ele, viu-o tentando dominar a raiva e deu um suspiro.

– Sim, isso mesmo – disse ela rapidamente, ajoelhando-se e tomando as mãos do menino nas suas. Sabia melhor do que ninguém o que aconteceria se Simon tentasse encarar o pai naquele estado de espírito. – Respire fundo. E pense bem nas palavras antes de falar. Se você conseguir controlar...

– Vejo que ainda está mimando o menino – comentou uma voz imperiosa que vinha do vão da porta.

A ama Hopkins se endireitou e se virou devagar. Tentou pensar em algo respeitoso para dizer. Pôs-se a imaginar qualquer coisa que aliviaria aquela terrível situação. Mas ao olhar para o duque, viu Simon nele e sua raiva se renovou. O homem podia ser igual ao filho fisicamente, mas com certeza não era um pai para ele.

– O senhor é desprezível – disparou ela.

– E a senhora está despedida – decretou ele, enquanto a ama recuava. – Ninguém fala assim com o duque de Hastings. Ninguém!

– Nem mesmo o rei? – provocou Simon.

O duque deu um rodopio, sem sequer notar que o filho havia falado claramente.

– Você – disse ele em voz baixa.

Simon assentiu. Havia conseguido dizer uma frase corretamente, mas uma frase curta, e não queria abusar da sorte. Não enquanto ainda estava tão perturbado. Em geral conseguia passar dias sem gaguejar, mas agora... a forma como seu pai o encarava fazia com que se sentisse um bebê. Um bebê idiota. E de repente sua língua parecia estranha e grossa.

O duque sorriu de forma cruel.

– O que tem a dizer, menino? Hein? O que tem a *dizer*?

– Está tudo bem, Simon – sussurrou a ama Hopkins, lançando um olhar furioso para o duque. – Não deixe que ele o perturbe. Você consegue, querido.

E de alguma maneira o encorajamento dela piorou tudo. O garoto fora até ali para provar seu valor ao pai, e agora sua ama o estava tratando como um bebezinho.

– Qual é o problema? – provocou o duque. – O gato comeu sua língua?

Os músculos de Simon ficaram tão tensos que ele começou a tremer.

Pai e filho se encararam pelo que pareceu uma eternidade, até que o duque praguejou e partiu em direção à porta.

– Você é meu pior fracasso – sibilou ele. – Não sei o que fiz para merecer isso, mas se Deus quiser nunca mais o verei novamente.

– Vossa Graça! – repreendeu a ama Hopkins, indignada. – Isso não é maneira de falar com uma criança!

– Tire-o da minha frente! – gritou ele. – Você pode ficar no emprego desde que o mantenha longe de mim.

– Espere!

O duque se virou lentamente ao som da voz de Simon.

– Você disse alguma coisa? – perguntou ele com a fala arrastada.

O garoto respirou fundo pelo nariz três vezes, com os lábios ainda apertados de raiva. Forçou a mandíbula a relaxar e passou a língua no céu da boca, tentando lembrar a si mesmo a sensação de falar corretamente. Por fim, quando o duque estava prestes a mandá-lo embora de novo, ele abriu a boca e disse:

– Eu sou seu filho.

O menino ouviu a ama dar um suspiro de alívio e algo que ele nunca vira antes brotou nos olhos de seu pai. Orgulho. Não muito, mas algum, espreitando nas profundezas. Algo que deu a Simon uma centelha de esperança.

– Eu sou seu filho – falou mais uma vez, agora um pouco mais alto. – E não estou m...

De repente, a garganta fechou. E ele entrou em pânico.

Você vai conseguir. Você vai conseguir.

Mas a garganta estava apertada, a língua parecia grossa, e o pai começou a estreitar os olhos...

– Eu não estou m-m-m...

– Vá para casa – disse o duque em voz baixa. – Não existe lugar para você aqui.

Simon sentiu no âmago a rejeição do pai. Experimentou uma espécie peculiar de dor tomando conta de seu corpo e envolvendo o coração. E, conforme o ódio lhe invadia e transbordava por seus olhos, ele fez uma promessa solene.

Se não podia ser o filho que o pai queria, então seria *exatamente o oposto.*

Capítulo 1

Os Bridgertons são, de longe, a família mais fértil da alta sociedade. Essa qualidade da viscondessa e do falecido visconde é admirável, embora se possa dizer que suas escolhas de nomes para os filhos sejam bastante infelizes. Anthony, Benedict, Colin, Daphne, Eloise, Francesca, Gregory e Hyacinth. É claro que a organização é sempre algo benéfico, mas seria de esperar que pais inteligentes fossem capazes de manter os filhos na linha sem precisar escolher seus nomes em ordem alfabética.

Além disso, a visão da viscondessa e de todos os seus oito filhos num único ambiente é o bastante para que se ache que está vendo dobrado, ou triplicado, ou pior. Esta autora nunca tinha presenciado um grupo de irmãos tão absurdamente parecidos. Embora a autora não tenha memorizado as cores de seus olhos, todos os oito têm estruturas ósseas semelhantes e os mesmos cabelos grossos e castanhos. É lamentável que a viscondessa, que está atrás de bons casamentos para a prole, não tenha tido filhos mais elegantes. Ainda assim, há vantagens numa família de aparência tão consistente: não há dúvida de que todos são legítimos.

Ah, gentil leitor... Sua dedicada autora gostaria que fosse assim entre todas as grandes famílias...

CRÔNICAS DA SOCIEDADE DE LADY WHISTLEDOWN,
26 DE ABRIL DE 1813

– Aaaaaaaahhhhhhhhhh! – Violet Bridgerton amassou o jornal de apenas uma página numa bola e o atirou para o outro lado da elegante sala de estar.

Sua filha Daphne foi sensata e não fez comentário nenhum. Fingiu estar concentrada em seu bordado.

– Você leu o que ela escreveu? – perguntou Violet.
– Leu?

Daphne olhou para a bola de papel, agora embaixo de uma mesa de canto de mogno.

– Não tive a oportunidade de ler antes de você, hã, terminar.

– Leia, então! – gritou ela, agitando o braço no ar de forma dramática. – Veja como *aquela mulher* nos difamou!

Daphne largou calmamente o bordado e pegou o jornal amassado embaixo da mesinha. Esticou a folha no colo e leu o texto sobre a família. Piscou algumas vezes, depois ergueu o olhar.

– Não é tão ruim, mãe. Na verdade, é uma bênção comparado ao que ela escreveu sobre os Featheringtons na semana passada.

– Como posso conseguir um marido para você com *essa mulher* difamando seu nome?

Daphne se obrigou a respirar fundo. Depois de quase duas temporadas em Londres, a simples menção da palavra "marido" era suficiente para fazer sua cabeça latejar. Ela queria se casar, de fato queria, e não estava sequer sonhando com um amor verdadeiro. Mas desejar um marido por quem tivesse ao menos um pouco de afeição era pedir muito?

Até então, quatro homens haviam pedido sua mão, mas quando pensara em viver o resto de seus dias na companhia de qualquer um deles, Daphne simplesmente não conseguiu aceitar. Havia vários cavalheiros que ela acreditava que poderiam ser maridos razoáveis, mas o problema era que nenhum deles estava interessado nela. Ah, eles *gostavam* dela. Todo mundo gostava dela. Todos a achavam divertida, gentil e bem-humorada. Nenhum deles a considerava feia, mas também não ficavam hipnotizados por sua beleza, sem fala diante de sua presença, nem inspirados a compor poemas em sua homenagem.

Os homens – pensava ela com desagrado – estavam interessados apenas em mulheres que os amedrontavam. Ninguém parecia inclinado a cortejar alguém como ela. Todos a adoravam, ou ao menos era o que diziam, porque ela era muito simpática e parecia entendê-los.

Certa vez, um dos homens que Daphne julgara que poderia ser um marido aceitável dissera: "Por Deus,

Daff, você não é como a maioria das mulheres. Você é absolutamente normal." Ela poderia ter considerado isso um elogio, se ele não tivesse saído para correr atrás da beldade loira mais recente.

Daphne olhou para baixo e percebeu que estava com o punho cerrado. Então ergueu os olhos e se deu conta de que a mãe a encarava, sem dúvida esperando que ela dissesse alguma coisa. Como já havia suspirado, Daphne pigarreou e afirmou:

– Tenho certeza de que essa coluninha de Lady Whistledown não vai prejudicar minhas chances de encontrar um marido.

– Daphne, já faz dois anos!

– E ela escreve há apenas três meses, de modo que não vejo como a culpa possa ser dela.

– Posso culpar quem eu quiser – resmungou Violet.

As unhas de Daphne feriram as palmas de suas mãos enquanto ela se esforçava para conter as palavras. Sabia que no fundo a mãe tinha apenas as melhores intenções, que a amava. E o amor era recíproco. Na verdade, até Daphne chegar à idade de ser desposada, Violet com certeza havia sido a melhor das mães. Ainda era, quando não estava desesperada pelo fato de que, depois de Daphne, tinha mais três filhas para casar.

Violet pousou delicadamente a mão no peito.

– Ela disse infâmias sobre sua linhagem.

– Não – afirmou Daphne, com certa cautela. Era sempre aconselhável ter cuidado ao contradizer a mãe. – Na verdade, o que ela disse foi que não poderia haver dúvida de que somos todos legítimos. Isso é mais do que se pode dizer da maioria das grandes famílias da *sociedade*.

– Ela não deveria sequer ter mencionado isso – falou Violet, torcendo o nariz.

– Mamãe, ela escreve um jornal sensacionalista. Faz parte do trabalho dela falar desse tipo de coisa.

– Ela nem sequer é uma pessoa de carne e osso – acrescentou Violet, irritada. Pousou as mãos nos quadris estreitos, então mudou de ideia e sacudiu o dedo no ar. – Whistledown, rá! Nunca ouvi falar de nenhum Whistledown. Quem quer que seja essa mulher perversa, duvido que seja uma de *nós*. Como se alguém de berço fosse escrever mentiras tão ferinas...

– É claro que ela é uma de nós – disse Daphne, com ar divertido. – Se não fosse membro da *sociedade*, não teria conhecimento do tipo de notícia que dá. A senhora acha que ela é uma espécie de impostora, que espia através de janelas e escuta atrás de portas?

– Não estou gostando do seu tom, Daphne Bridgerton – advertiu Violet, estreitando os olhos.

A jovem tentou conter uma risada. "Não estou gostando do seu tom" era a resposta padrão de sua mãe quando um dos filhos estava ganhando uma discussão.

Mas era muito divertido provocá-la.

– Eu não me surpreenderia – falou, virando a cabeça de lado – se Lady Whistledown fosse uma de suas amigas.

– Dobre a língua, Daphne. Nenhuma amiga minha chegaria a um nível tão baixo.

– Muito bem – admitiu –, provavelmente não é uma delas. Mas tenho certeza que é alguém que conhecemos. Nenhum intruso jamais conseguiria as informações que ela tem.

Violet cruzou os braços.

– Eu gostaria de acabar com ela de uma vez por todas.

– Se é isso que deseja, não deveria apoiá-la comprando o jornal. – Daphne não resistiu à observação.

– E de que isso me serviria? – questionou a mulher. – Todo mundo lê. Meu boicotezinho insignificante não faria nada além de me deixar com cara de boba quando todos estiverem rindo do último mexerico.

Isso era verdade, Daphne pensou. A alta sociedade de Londres em peso lia as crônicas de Lady Whistledown. O misterioso jornal chegara à soleira da porta de todas as pessoas importantes da cidade três meses antes. Ao longo de duas semanas, fora entregue invariavelmente às segundas, quartas e sextas-feiras. E então, na terceira segunda-feira, quando os mordomos de todas as famílias de prestígio esperavam pelo entregador, descobriram que cada exemplar do periódico de fofocas estava sendo vendido pela exorbitante quantia de cinco *pennies*.

Daphne sentia-se obrigada a admirar a inteligência da fictícia Lady Whistledown. Quando começou a cobrar pelas fofocas, toda a sociedade estava viciada.

Todos entregavam suas moedas e, em algum lugar, uma mulher intrometida estava ficando muito rica.

Enquanto Violet andava de um lado para outro bufando por conta daquela "terrível ofensa" contra sua família, Daphne deu uma olhada para ter certeza de que a mãe não estava prestando atenção nela e começou a ler o restante do jornal. O *Whistledown* - como a publicação passou a ser chamada - era uma curiosa mistura de comentários, notícias sociais, insultos mordazes e elogios ocasionais. O que o diferenciava de quaisquer outros periódicos do tipo era o fato de que a autora citava o nome completo das pessoas. Ninguém ficava camuflado por abreviações como lorde S. e Lady G. Quando Lady Whistledown queria escrever sobre alguém, dizia quem a pessoa era. A sociedade se declarava escandalizada, mas no íntimo estava fascinada.

O último número do *Whistledown* era uma edição típica. Além do pequeno artigo sobre os Bridgertons - que na verdade não passava de uma descrição da família -, a escritora relembrava os acontecimentos do baile da noite anterior. Daphne não havia comparecido, porque fora aniversário de sua irmã mais nova e os Bridgertons davam muita importância para datas como essa. Com oito filhos, havia sempre muitos aniversários a serem celebrados.

– Você está lendo essa porcaria – acusou Violet.

Daphne ergueu o olhar, recusando-se a se sentir minimamente culpada.

– A coluna está muito boa hoje. Parece que Cecil Tumbley derrubou uma torre inteira de taças de champanhe ontem à noite.

– É mesmo? – perguntou sua mãe, tentando mostrar desinteresse.

– É – disse Daphne. – Ela faz um ótimo relato do baile Middlethorpe. Diz quem conversou com quem, o que todos estavam vestindo...

– E imagino que ela tenha sentido a necessidade de dar sua opinião a respeito de tudo isso – interrompeu Violet.

Daphne deu um sorriso travesso.

– Ah, por favor, mamãe. A senhora sabe que a Sra. Featherington sempre fica horrorosa de roxo.

Violet tentou não sorrir. Daphne viu os cantos dos lábios da mãe se retorcerem enquanto ela tentava manter a compostura que considerava adequada a uma viscondessa na presença da filha. Mas, em dois segundos, estava sentada ao lado de Daphne no sofá.

– Deixe-me ver isso – disse ela, pegando o jornal. – O que mais aconteceu? Perdemos alguma coisa importante?

– Sinceramente, mamãe – respondeu a jovem. – Com Lady Whistledown como repórter, não é necessário *ir* a nenhum evento. – Apontou para a publicação. – Isso é quase tão bom quanto realmente ter estado lá. É provável que seja até mais satisfatório. Tenho certeza de que comemos melhor ontem do que os convidados do baile. E me devolva isso aqui.

– Agarrou o periódico de volta, deixando um canto rasgado na mão de Violet.

– Daphne!

A menina fingiu indignação:

– Eu estava lendo.

– Ora!

– Ouça isto.

Violet inclinou-se para a frente e Daphne começou a ler:

– "O libertino anteriormente conhecido como conde de Clyvedon finalmente decidiu agraciar Londres com sua presença. Embora ainda não tenha se dignado a comparecer a nenhum evento noturno respeitável, o novo duque de Hastings foi visto diversas vezes no White's e uma vez no Tattersall's." – Fez uma pausa para respirar. – "Sua Graça residiu no exterior por seis anos. Será coincidência que tenha retornado apenas agora que o velho duque está morto?" – Ela ergueu o olhar. – Minha nossa, ela é bem direta, não? Clyvedon não é amigo de Anthony?

– É Hastings agora – disse Violet automaticamente. – E, sim, acredito que ele e Anthony tenham sido amigos em Oxford. Acho que em Eton também. – Franziu a testa e estreitou os olhos azuis, pensativa. – Ele era meio problemático, pelo que me lembro. Estava sempre em conflito com o pai. Mas tem fama de ser brilhante. Tenho quase certeza de que Anthony falou que ele era o melhor da turma em matemática. O que – acrescentou dando uma revirada de olhos típica de mãe – é mais do que posso dizer de qualquer um dos *meus* filhos.

– Ai, mãe... – provocou Daphne. – Não tenho nenhuma dúvida de que ficaria em primeiro lugar em Oxford se aceitassem mulheres.

Violet riu.

– Eu corrigia seus trabalhos de aritmética quando sua professora ficava doente, Daphne.

– Bem, talvez em história, então – disse Daphne, sorrindo. Voltou a olhar para o jornal em suas mãos, indo direto para o nome do novo duque. – Ele parece bem interessante – murmurou.

Violet olhou para ela atentamente.

– Ele não é nem um pouco adequado para uma moça da sua idade, isso sim.

– É curioso que a senhora me ache jovem demais para *conhecer* os amigos de Anthony e ao mesmo tempo tão velha que morre de medo de que eu jamais consiga um bom casamento.

– Daphne Bridgerton, não estou...

– ... gostando do meu tom, eu sei. – A jovem sorriu. – Mas a senhora me ama.

Violet sorriu calorosamente e passou um braço sobre o ombro da filha.

– Isso é verdade, amo mesmo.

Daphne deu um leve beliscão na bochecha da mãe.

– É a maldição da maternidade. A senhora precisa nos amar mesmo quando nós a irritamos.

Violet deu um suspiro.

– Espero que um dia você tenha filhos...

– ... exatamente como eu, eu sei. – Daphne deu um sorriso melancólico e apoiou a cabeça no ombro de Violet. A mãe era questionadora em excesso e o pai se mostrara mais interessado em cães e caçadas do que em assuntos da alta sociedade, mas os dois haviam tido um casamento afetuoso, cheio de amor, alegria e filhos. – Eu poderia fazer coisas muito piores do que seguir seu exemplo, mamãe – murmurou ela.

– Nossa, Daphne – falou Violet, com os olhos se enchendo de lágrimas. – Que coisa encantadora de se dizer.

A jovem enrolou um cacho dos cabelos castanhos no dedo, sorriu e transformou o momento sentimental em provocação.

– Ficarei feliz de seguir seus passos em relação a casamento e filhos, mamãe, desde que eu não precise dar à luz oito crianças.

Naquele exato momento, Simon Basset, o novo duque de Hastings – assunto da conversa de Violet e Daphne –, estava sentado no White's. Sua companhia era ninguém menos que Anthony Bridgerton, o irmão mais velho de Daphne. Os dois formavam uma dupla formidável, ambos altos e fortes, com cabelos escuros bem fartos. Mas enquanto os olhos de Anthony eram castanho-escuros como os da irmã, os de Simon eram azul-claros, extraordinariamente penetrantes.

Tinham sido esses olhos, mais do que qualquer coisa, que haviam lhe conferido sua reputação de homem importante e influente. Quando encarava alguém com firmeza e determinação, a pessoa se sentia desconfortável se fosse homem e estremecia se fosse mulher.

Mas não Anthony. Os dois se conheciam havia anos, e o rapaz apenas ria quando Simon levantava uma sobrancelha e lançava seu olhar gelado para ele.

– Nem tente. Já vi você com a cabeça enfiada num penico – dissera-lhe Anthony certa vez. – Desde então ficou difícil levá-lo a sério.

– Sim, mas, se não me falha a memória, era você quem estava me segurando sobre aquele receptáculo perfumado – respondera o amigo.

– Um de meus melhores momentos, sem dúvida. Mas você teve sua vingança na noite seguinte, na forma de uma dúzia de enguias na minha cama.

Simon se permitiu sorrir ao lembrar tanto o incidente quanto a conversa sobre ele. Anthony era um bom amigo, exatamente do tipo com que um homem gostaria de contar em caso de necessidade. Havia sido a primeira pessoa que Simon procurara ao retornar à Inglaterra.

– Que bom que você voltou, Clyvedon – disse Anthony depois que os dois se sentaram no White's. – Ah, imagino que você prefira que eu lhe chame de Hastings agora.

– Não – afirmou Simon de forma categórica. – Hastings será sempre meu pai. Ele nunca atendeu por qualquer outro nome. – Fez uma pausa. – Assumirei o título dele, se for obrigado a isso, mas não usarei seu nome.

– Se for obrigado a isso? – Anthony arregalou os olhos. – A maioria dos homens não pareceria tão conformada diante da perspectiva de receber um ducado de herança.

Simon passou a mão pelos cabelos escuros. Sabia que deveria cuidar de seu direito de nascença e exibir um orgulho incontestável pela história cheia de glórias da família Basset, mas a verdade era que tudo aquilo o deixava mal. Passara a vida inteira sem corresponder às expectativas do pai. Agora parecia ridículo tentar ficar à altura do nome dele.

– Esse título é um fardo maldito, isso sim – resmungou ele por fim.

– É melhor você se acostumar – disse Anthony de forma pragmática. – Porque é como todos irão chamá-lo.

Simon sabia que era verdade, mas duvidava que o nome algum dia lhe caísse bem.

– De qualquer forma – acrescentou Anthony, respeitando a privacidade do amigo ao não insistir num tema que claramente o deixava desconfortável –, estou contente por ter você de volta. Talvez enfim tenha alguma paz da próxima vez que acompanhar minha irmã a um baile.

Simon recostou-se e cruzou as pernas longas e musculosas.

– Que comentário intrigante.

Anthony ergueu uma sobrancelha.

– Um comentário que você tem certeza que eu explicarei?

– Mas é claro.

– Eu deveria deixá-lo descobrir por si mesmo, mas nunca fui um homem cruel.

Simon riu.

– Diz o homem que enfiou minha cabeça num penico.

Anthony descartou o comentário com um aceno.

– Eu era jovem – justificou-se.

– E agora é um exemplo de maturidade e decoro?

Anthony sorriu.

– Isso mesmo.

– Então me diga – continuou Simon –, como exatamente eu tornarei sua existência tão mais tranquila?

– Imagino que você esteja planejando assumir seu lugar na sociedade.

– Imaginou errado.

– Mas *está* pensando em ir ao baile de Lady Danbury, esta semana – argumentou Anthony.

– Apenas porque adoro aquela senhora. Ela diz o que pensa e... – Simon semicerrou os olhos.

– E? – perguntou Anthony.

Simon balançou a cabeça.

– Nada. É só que ela foi muito gentil comigo quando eu era criança. Passei alguns feriados escolares na casa dela com Riverdale, seu sobrinho.

Anthony assentiu.

- Sei. Então você não tem intenção de entrar para a sociedade. Estou impressionado com sua determinação. Mas deixe-me lhe dar um aviso: mesmo que não queira participar dos eventos sociais, *elas* vão encontrar você.

Simon, que estava no meio de um gole de conhaque, engasgou com a tensão no rosto de Anthony quando ele disse "elas". Depois de alguns instantes tossindo, enfim conseguiu perguntar:

- Por favor me diga: quem são "elas"?

Anthony estremeceu.

- As mães.

- Como não tive uma, não sei se entendo o que quer dizer.

- As mães da sociedade, seu tolo. Aqueles dragões cuspidores de fogo que têm filhas em idade de casar, que Deus nos ajude. Você pode fugir, mas é impossível se esconder delas. E devo alertá-lo para o fato de que a minha é a pior de todas.

- Minha nossa... E eu pensando que a África era perigosa.

Anthony lançou um olhar de pena ao amigo.

- Elas caçarão você. E, quando o encontrarem, você se verá preso a um diálogo com uma moça pálida toda vestida de branco que não consegue falar sobre nada além do clima, clubes de debutantes e fitas de cabelo.

Uma expressão animada tomou conta do rosto de Simon.

– Suponho, então, que durante minha estada no exterior você tenha se tornado um cavalheiro elegível.

– Não por vontade própria, posso lhe garantir. Se dependesse de mim, eu fugiria de eventos sociais como o diabo foge da cruz. Mas minha irmã debutou ano passado e sou obrigado a acompanhá-la de vez em quando.

– Daphne?

Anthony olhou para o amigo, surpreso.

– Vocês já se conhecem?

– Não – admitiu Simon. – Mas me recordo das cartas que ela mandava para você na escola. E lembrei que era a quarta dos filhos, de modo que seu nome teria que começar com D, e...

– Ah, sim – interrompeu Anthony, revirando levemente os olhos. – O método Bridgerton de batizar os filhos. Uma garantia para que ninguém se esqueça de quem são eles.

Simon riu.

– Funcionou, não foi?

– Escute, Simon – falou Anthony de repente, inclinando-se para a frente. – Prometi à minha mãe que jantaria na Casa Bridgerton esta semana, com a família. Por que não vai comigo?

O rapaz levantou uma sobrancelha.

– Você não acabou de me alertar sobre as mães da sociedade e suas filhas debutantes?

Anthony riu.

– Farei com que minha mãe se comporte. E não se preocupe com Daff. Ela é a exceção que comprova a regra. Você gostará muito dela.

Simon estreitou os olhos. Anthony estava bancando o casamenteiro? Não tinha como dizer.

Como se lesse seus pensamentos, Anthony riu.

– Meu Deus, você não acha que estou tentando juntar você e Daphne, acha?

Simon não disse nada.

– Vocês nunca dariam certo – completou. – Você é muito taciturno para o gosto dela.

O rapaz achou esse comentário estranho, mas em vez de falar sobre isso preferiu perguntar:

– Então ela recebeu alguma proposta?

– Algumas. – Anthony bebeu o restante do conhaque e suspirou com satisfação. – Eu permiti que ela recusasse todas.

– Muito benevolente de sua parte.

O jovem deu de ombros.

– Talvez seja muito, hoje em dia, querer se casar por amor, mas não vejo por que ela não deva ser feliz com o marido. Recebemos propostas de um homem com idade para ser pai dela, de outro com idade para ser irmão mais novo do pai dela, de um que era arrogante demais na opinião de nosso barulhento clã, e esta semana, meu Deus, foi o pior!

– O que aconteceu? – perguntou Simon, curioso.

Anthony esfregou as têmporas.

– Este último era bastante agradável, mas de raciocínio meio lento. Era de esperar que depois dos nossos dias de libertinagem eu estaria completamente insensível...

– Mesmo? – perguntou Simon com um sorriso diabólico. – Era de esperar?

Anthony repreendeu-o com o olhar.

– Não gostei muito de partir o coração do pobre coitado.

– Hã, não foi Daphne quem fez isso?

– Sim, mas fui *eu* quem deu a notícia a ele.

– Não há muitos homens que permitam às irmãs tamanha liberdade em relação a suas propostas de casamento – disse Simon, baixinho.

Anthony apenas deu de ombros novamente, como se não pudesse se imaginar tratando Daphne de qualquer outra forma.

– Ela é uma boa irmã. É o mínimo que posso fazer.

– Mesmo que signifique levá-la ao Clube Almack's? – desafiou Simon.

Anthony resmungou.

– Mesmo assim.

– Eu o consolaria dizendo que tudo estará terminado em breve, mas você tem, o quê, outras três irmãs esperando para debutar?

Anthony se afundou na cadeira.

– Eloise daqui a dois anos e Francesca daqui a três. Mas depois terei um pouco de paz até chegar a vez de Hyacinth.

Simon riu.

– Não invejo as suas responsabilidades nesse aspecto.

Mas, ao dizer isso, experimentou um desejo estranho e se perguntou como seria não se sentir tão sozinho no mundo. Não tinha planos de começar a própria família, mas quem sabe se tivesse uma, para início de conversa, sua vida não tivesse sido diferente.

– Então você irá comigo? – perguntou Anthony, se levantando. – Será um jantar informal, é claro. Nunca fazemos refeições formais quando estamos apenas em família.

Simon tinha muito a fazer nos dias seguintes, mas antes que pudesse lembrar a si mesmo que precisava se organizar, pegou-se dizendo:

– Eu adoraria.

– Ótimo. Nos encontramos na festa de Lady Danbury antes?

Simon estremeceu.

– Não se eu puder evitar. Meu objetivo é entrar e sair em menos de meia hora.

– Você realmente acha que vai conseguir ir à festa, cumprimentar Lady Danbury e ir embora? – perguntou Anthony, erguendo uma sobrancelha.

Simon assentiu de forma contundente e direta.

Mas a gargalhada de Anthony não foi muito reconfortante.

Capítulo 2

O novo duque de Hastings é um personagem muito interessante. Ainda que seja de conhecimento geral que ele não se dava bem com o pai, nem mesmo esta autora conhece o motivo da desavença.

CRÔNICAS DA SOCIEDADE DE LADY WHISTLEDOWN,
26 DE ABRIL DE 1813

Mais tarde nessa semana, Daphne estava parada na extremidade do salão de baile de Lady Danbury, distante do elegante grupo de convidados. Sentia-se bastante satisfeita com sua posição.

Em dias normais teria apreciado as festividades. Gostava de uma boa festa como qualquer outra jovem, porém mais cedo nessa noite Anthony lhe informara que Nigel Berbrooke o procurara dois dias antes pedindo a mão dela.

De novo. Anthony havia, é claro, recusado (de novo!), mas Daphne tinha a forte sensação de que Nigel seria persistente ao ponto do constrangimento. Afinal, dois pedidos de casamento em duas semanas não eram o retrato de um homem que aceitava derrotas com facilidade.

Da outra extremidade do salão de baile, podia vê-lo olhando para todos os lados e se escondeu ainda mais nas sombras.

Ela não fazia ideia de como lidar com o pobre homem. Ele não era muito inteligente, mas também não era indelicado, e embora de alguma forma ela tivesse que pôr um fim à sua obsessão, achava muito mais fácil fazer o papel de covarde e simplesmente evitá-lo.

Estava pensando em escapar para o toalete feminino quando uma voz conhecida a fez parar de imediato.

– Ora, Daphne, o que está fazendo aqui isolada?

A jovem ergueu os olhos para ver o irmão mais velho caminhando em sua direção.

– Anthony – disse ela, tentando decidir se estava satisfeita por vê-lo ou incomodada pela possibilidade de ele ter aparecido para se intrometer em sua vida. – Não imaginei que você estaria aqui.

– Mamãe – respondeu ele, irritado.

– Ah – suspirou Daphne, dando um aceno solidário com a cabeça. – Não precisa dizer mais nada. Já entendi tudo.

– Ela fez uma lista de noivas em potencial. – Lançou um olhar tenso para a irmã. – Nós a amamos mesmo?

Ela engasgou com a risada.

– Sim, Anthony, nós a amamos.

– É insanidade temporária – resmungou ele. – Só pode ser. Não existe outra explicação. Ela era uma mãe perfeitamente razoável até você chegar à idade de se casar.

– Eu? – gritou Daphne. – Então a culpa é toda minha? Você é oito anos mais velho que eu!

– Sim, mas ela não havia sido dominada por esse fervor matrimonial até chegar a sua vez.

A jovem riu.

– Perdoe-me se não me solidarizo com você. Recebi uma lista ano passado.

– É mesmo?

– É claro. E agora ela está ameaçando me dar uma nova a cada semana. Ela me atormenta com a questão do casamento muito mais do que você poderia imaginar. Afinal, solteiros são um desafio. Solteironas são apenas patéticas. E, caso você não tenha percebido, sou uma mulher.

Anthony riu baixinho.

– Eu sou seu irmão. Não percebo esse tipo de coisa. – Lançou a ela um olhar maroto, meio de lado. – Você a trouxe?

– Minha lista? Meu Deus, claro que não. O que você está pensando?

Ele abriu um sorriso.

– Eu trouxe a minha.

Daphne arquejou.

– Não acredito!

– Pois acredite. Apenas para torturar mamãe. Pretendo lê-la bem na frente dela. Vou pegar meu monóculo...

– Você não tem um monóculo.

Ele sorriu – o sorriso lento e meio maroto que parecia peculiar a todos os homens da família Bridgerton.

– Trouxe um especialmente para a ocasião.

– Anthony, você não pode fazer isso de jeito nenhum. Ela vai *matar* você. E depois, de alguma forma, vai encontrar uma maneira de culpar a *mim*.

– Estou contando com isso.

Daphne deu um soco no ombro dele, arrancando-lhe um gemido alto o suficiente para que meia dúzia de convidados lhes lançasse olhares curiosos.

– Que soco forte – disse Anthony, esfregando o braço.

– Uma garota não pode viver muito tempo com quatro irmãos sem aprender a dar um soco. – Ela cruzou os braços. – Deixe-me ver sua lista.

– Depois de você me atacar?

Daphne revirou os olhos castanhos e inclinou a cabeça para o lado, num gesto claramente impaciente.

– Muito bem, vamos lá. – Ele enfiou a mão no colete, tirou um papel dobrado e o entregou a ela. – Diga o que acha. Tenho certeza de que terá muitas observações sarcásticas.

A menina desdobrou a folha e olhou para a caligrafia perfeita e elegante da mãe. A viscondessa de Bridgerton havia listado os nomes de oito mulheres. Oito jovens muito qualificadas e riquíssimas.

– Como eu imaginava – murmurou Daphne.

– É tão terrível como eu acho que seja?

– Pior. Philipa Featherington é burra como uma porta.

– E o resto?

Daphne olhou para ele erguendo as sobrancelhas.

– Você não queria mesmo se casar este ano, queria?

Anthony estremeceu.

– E como é a *sua* lista?

– Neste momento, está afortunadamente desatualizada. Três dos cinco nomes se casaram na temporada passada. Mamãe ainda me dá broncas por tê-los deixado escapar.

Os dois soltaram suspiros idênticos ao se encostarem na parede. Violet Bridgerton era implacável em sua missão de casar os filhos. Anthony, o mais velho dos rapazes, e Daphne, a mais velha das meninas, suportavam a maior parte da pressão, embora Daphne suspeitasse de que a viscondessa casaria de bom grado Hyacinth, de 10 anos, se a menina recebesse uma proposta adequada.

– Meu Deus, vocês dois estão com uma cara péssima. O que estão fazendo escondidos neste canto?

Mais uma voz reconhecível de imediato.

– Benedict – disse Daphne, olhando de lado para ele sem mexer a cabeça. – Não diga que mamãe conseguiu obrigá-lo a vir.

Ele assentiu com irritação.

– Ela ignorou por completo a parte da bajulação e passou direto para a culpa. Só esta semana me lembrou três vezes de que talvez eu tenha que produzir o próximo visconde, se o nosso Anthony aqui não se ocupar disso.

Anthony soltou um resmungo.

– Imagino que isso explique a presença de vocês nos cantos mais escuros do salão de baile – continuou Benedict. – Estão evitando mamãe?

– Na verdade, eu vi a Daff se escondendo no canto e... – respondeu Anthony.

– Se escondendo? – disse Benedict, fingindo estar horrorizado.

Ela lançou um olhar de irritação para os dois.

– Estou aqui para me esconder de Nigel Berbrooke – explicou. – Deixei mamãe na companhia de Lady Jersey, então ela provavelmente não vai me incomodar tão cedo. Já Nigel...

– Parece mais um macaco que um homem – ironizou Benedict.

– Bem, eu não colocaria nesses termos – comentou Daphne, tentando ser gentil –, mas ele não é nenhum gênio, e é muito mais fácil evitá-lo do que magoá-lo. E agora que vocês me encontraram, talvez eu não consiga ficar longe dele por muito mais tempo.

– Ah, é? – disse Anthony, simplesmente.

Daphne olhou para os dois irmãos mais velhos, ambos com pouco mais de 1,80 metro de altura, ombros largos e olhos castanhos enternecedores. Ambos tinham cabelos castanhos bem fartos – de um tom quase igual ao dela – e não conseguiam ir a lugar nenhum sem uma pequena balbúrdia de jovens risonhas atrás.

E onde havia uma balbúrdia de jovens risonhas, era certo que Nigel Berbrooke estava presente.

Daphne já podia ver cabeças se virando na direção

deles. Mães ambiciosas cutucavam as filhas e apontavam para os dois irmãos Bridgertons, sozinhos e sem companhia além da irmã.

– Eu sabia que devia ter ido ao toalete – sussurrou Daphne.

– O que é esse pedaço de papel na sua mão, Daff? – perguntou Benedict.

Sem pensar direito, ela lhe entregou a lista das aspirantes a noivas de Anthony.

Depois dos risos altos de Benedict, Anthony cruzou os braços e falou:

– Tente não se divertir muito às minhas custas. Imagino que você receberá a sua semana que vem.

– Sem dúvida – concordou Benedict. – É de espantar que Colin... – Arregalou os olhos. – Colin!

Mais um irmão Bridgerton se juntou ao grupo.

– Ah, Colin! – exclamou Daphne, jogando os braços ao redor do irmão. – Que *bom* ver você!

– Perceba que nós não recebemos uma saudação tão entusiasmada – disse Anthony a Benedict.

– Vocês eu vejo o tempo todo – retrucou Daphne. – Colin esteve fora por um ano. – Depois de dar um último apertão, ela recuou e ralhou com ele. – Não estávamos esperando você até a semana que vem.

Colin encolheu apenas um dos ombros, o que combinou perfeitamente com seu sorriso enviesado.

– Paris ficou chata.

– Ah – lamentou Daphne com um olhar sagaz. – Então você ficou sem dinheiro.

Colin riu e ergueu os braços, em sinal de rendição.

– Adivinhou.

Anthony abraçou o irmão e comentou, em tom ríspido:

– É muito bom ter você de volta. Ainda que os recursos que eu lhe mandei devessem ter durado pelo menos até...

– Pare com isso – interrompeu-o Colin, com ar indefeso, a voz ainda dominada pelo riso. – Prometo que você pode me dar o sermão que quiser amanhã. Mas hoje eu só quero aproveitar a companhia de minha adorada família.

Benedict deu uma risada.

– Você deve estar completamente falido para nos chamar de "adorados". – Mas também se aproximou para dar um abraço caloroso no irmão. – Bem-vindo de volta.

Colin, sempre o mais despreocupado da família, sorriu, com os olhos verdes brilhando.

– É bom estar aqui. Embora eu deva dizer que o clima nem se compara com o do continente e, quanto às mulheres... bem, a Inglaterra teria dificuldades de concorrer com a *signorina* que eu...

Daphne lhe deu um soco no braço.

– Faça a gentileza de lembrar que há uma dama presente, seu grosseirão.

Mas quase não havia irritação em sua voz. De todos os irmãos, Colin era o que tinha a idade mais próxima da sua, sendo apenas um ano e meio mais velho.

Quando crianças, os dois eram inseparáveis, estavam sempre aprontando. Colin sempre fora brincalhão e nunca precisou insistir muito para que Daphne o acompanhasse em suas maquinações.

– A mamãe sabe que você voltou? – perguntou ela.

Colin balançou a cabeça.

– Cheguei e a casa estava vazia, então...

– Sim, ela colocou os mais novos para dormir mais cedo hoje – interrompeu Daphne.

– Eu não quis ficar lá esperando sem fazer nada. Então Humboldt me disse onde vocês estavam e eu vim para cá.

Daphne se iluminou, com o amplo sorriso deixando seus olhos escuros ainda mais calorosos.

– Que bom que você veio.

– Onde está mamãe? – indagou Colin, esticando o pescoço para espiar por cima dos convidados. Como todos os homens da família, ele era alto, de modo que não precisou se esforçar muito.

– No canto, com Lady Jersey – informou Daphne.

Colin estremeceu.

– Vou esperar até ela se livrar. Não quero ser esfolado vivo por aquele dragão.

– Por falar em dragões – disse Benedict enfaticamente. Não mexeu a cabeça, mas olhou para a esquerda.

Daphne seguiu seu olhar para ver Lady Danbury marchando lentamente na direção deles. Ela se apoiava numa bengala. Daphne engoliu em seco e endireitou os ombros. O humor ferino de Lady Danbury era lendário na sociedade. Daphne sempre suspeitara que um coração sentimental se escondia sob seu exterior rude, mas mesmo assim era aterrador quando a senhora forçava a conversa com alguém.

– Estamos encurralados – afirmou um dos irmãos de Daphne.

A jovem fez sinal para ele se calar e ofereceu um sorriso hesitante à velha dama.

Lady Danbury ergueu as sobrancelhas e, quando chegou a menos de 1,5 metro de distância do grupo dos Bridgertons, parou e gritou:

– Não finjam que não estão me vendo!

A observação foi seguida por uma batida tão forte da bengala que Daphne deu um salto para trás e pisou no pé de Benedict.

– Uff... – bufou ele.

Como os três homens pareciam ter ficado mudos (exceto por Benedict, é claro, mas Daphne não achou que seu gemido de dor contava como uma fala inteligível), ela engoliu em seco e falou:

– Espero não ter dado essa impressão, Lady Danbury, porque...

– Você não – decretou a velha senhora de forma autoritária. Agitou a bengala no ar, desenhando uma linha horizontal perfeita que terminou perigosamente perto da barriga de Colin. – Eles.

Um coro de saudações resmungadas se seguiu como resposta.

Lady Danbury olhou para eles de soslaio antes de se virar mais uma vez para Daphne.

– O Sr. Berbrooke estava perguntando por você – informou.

Daphne sentiu o rosto arder.

– Estava?

Lady Danbury assentiu levemente.

– Eu o cortaria pela raiz se fosse você, Srta. Bridgerton.

– A senhora contou onde eu estava?

A boca da senhora se abriu num sorriso maroto e conspiratório.

– Eu sempre soube que gostava de você. E não, eu não contei onde você estava.

– Obrigada – falou Daphne.

– Seria um desperdício uma menina inteligente como você se prender àquele tonto – afirmou Lady Danbury. – E Deus sabe que a sociedade não pode se dar ao luxo de desperdiçar as garotas inteligentes que tem.

– Hã... obrigada – agradeceu Daphne.

– Quanto a vocês – disse Lady Danbury, balançando a bengala na direção dos irmãos de Daphne –, eu ainda tenho restrições. De você – apontou a bengala para Anthony – eu tendo a gostar, já que recusou o pedido de Berbrooke em nome do bem da irmã, mas do resto... Humpf. – E foi embora.

– "Humpf"? – imitou Benedict. – "Humpf"? Ela pretende quantificar minha inteligência e tudo mais e só o que consegue emitir é um "Humpf"?

Daphne sorriu.

– De *mim* ela gosta.

– Você é agradável com ela – resmungou ele.

– Muito generoso da parte dela alertá-la sobre Berbrooke – admitiu Anthony.

Daphne assentiu.

– Creio que essa foi minha deixa. – Antes de se retirar, virou-se para Anthony com um olhar de súplica. – Se ele vier atrás de mim...

– Pode deixar – falou ele com delicadeza. – Não se preocupe.

– Obrigada. – E então, depois de sorrir para os irmãos, deixou o salão de baile.

Enquanto percorria os salões da casa de Lady Danbury em Londres, Simon percebeu que estava de ótimo humor. Pensou, dando uma risada, que isso era de fato extraordinário, considerando-se que estava prestes a participar de um baile da alta sociedade e, com isso, se sujeitar a todos os horrores que Anthony Bridgerton lhe havia descrito aquela tarde.

Mas seu consolo era saber que depois dessa noite não precisaria mais se incomodar com eventos desse tipo. Como dissera a Anthony mais cedo, estava comparecendo àquele baile em particular como demonstração de lealdade a Lady Danbury, que, apesar de seus modos desagradáveis, sempre fora muito gentil com ele em sua infância.

Começava a se dar conta de que sua boa disposição se devia ao simples fato de que estava gostando de ter voltado à Inglaterra.

Não que não tivesse apreciado sua viagem pelo mundo. Percorrera os quatro cantos da Europa, velejara os lindos mares azuis do Mediterrâneo e mergulhara nos mistérios do Norte da África. De lá, seguira para a Terra Santa e então, quando constatou que ainda não era hora de voltar para casa, atravessou o Atlântico e explorou as Antilhas. A essa altura, considerou a possibilidade de se mudar para os Estados Unidos, mas a nova nação resolvera entrar em conflito com a Grã-Bretanha, fazendo com que Simon desistisse da ideia.

Além disso, foi nessa época que ficou sabendo que seu pai, doente havia vários anos, finalmente morrera.

Isso era de fato irônico. Simon não teria trocado seu período de exploração do mundo por nada. Seis anos dão a uma pessoa muito tempo para pensar, muito tempo para aprender o que significa ser um homem. E, no entanto, o único motivo pelo qual Simon deixara a Inglaterra, aos 22 anos, fora o fato de seu pai haver, de repente, decidido que enfim estava disposto a aceitar o filho.

Porém o rapaz não estava disposto a aceitar o pai, de forma que simplesmente fez as malas e deixou o país, preferindo o exílio às hipócritas demonstrações de afeto do velho duque.

Tudo começou quando Simon terminou os estudos na Universidade de Oxford. A princípio, o duque não quisera pagar por sua educação – certo dia, o rapaz viu uma carta que o pai tinha escrito a um tutor afirmando que se recusava a permitir que o filho idiota fizesse a família passar vergonha em Eton. Mas Simon tinha uma mente ávida e um coração teimoso. Então, solicitou uma carruagem para levá-lo ao colégio Eton, bateu na porta do diretor e anunciou sua presença.

Foi a coisa mais assustadora que fez na vida, mas de alguma maneira ele conseguiu convencer o diretor de que o mal-entendido era responsabilidade da escola, que eles deviam ter perdido os documentos de sua matrícula e do pagamento. Imitou todos os gestos e o modo de falar do pai, erguendo uma sobrancelha arrogante, empinando o queixo e olhando para o homem com superioridade, como se acreditasse que era o dono do mundo.

E o tempo todo tremeu de medo, apavorado com a possibilidade de a qualquer instante as palavras começarem a ficar enroladas e se amontoarem em sua mente, de "Eu sou o conde de Clyvedon e estou aqui para começar as aulas" saísse como "Eu sou o conde de Clyvedon e estou aq-q-q-q-q-q...".

Mas isso não aconteceu, e o diretor, que já tinha muitos anos de experiência na educação da elite da Inglaterra para saber que Simon era membro da família Basset, o matriculou rapidamente e sem questionamentos. Levou vários meses para que o pai – sempre muito ocupado com as próprias questões – tomasse conhecimento do novo status e da mudança de residência do filho. A essa altura, Simon estava bem ambientado no colégio e seria muito prejudicial para a imagem do duque tirar o garoto de lá sem motivo.

E o duque não gostava de prejudicar a própria imagem.

Simon se perguntara várias vezes por que o pai não decidira se aproximar dele naquela época. Era claro que o menino não estava tropeçando em cada palavra em Eton. O duque teria ficado sabendo por meio do diretor se o filho não estivesse conseguindo levar os estudos adiante. A fala do rapaz ainda falhava de vez em quando, mas a essa altura ele havia se tornado um perito em disfarçar suas dificuldades com uma tosse ou, se tivesse a sorte de estar no meio de uma refeição, um gole de chá ou leite no momento certo.

Mas o duque nunca lhe escreveu sequer uma carta. Simon imaginava que o pai já estava tão acostumado a ignorá-lo que o fato de ele ter provado que não era uma vergonha para o nome dos Bassets não tinha nenhuma importância.

Depois de Eton, Simon seguiu o caminho natural e entrou para Oxford, onde ficou famoso tanto como um aluno estudioso quanto como um libertino. Verdade seja dita: ele não era mais farrista que a maioria dos rapazes da universidade, mas seu comportamento de certo modo reservado acabava alimentando esse personagem.

Simon não tinha certeza de como isso havia acontecido, mas de repente ele começou a perceber que os colegas buscavam sua aprovação. Ele era inteligente e atlético, mas parecia que seu status elevado estava mais relacionado com seus modos do que com qualquer outra coisa. Como Simon não falava quando as palavras não eram necessárias, as pessoas o julgavam arrogante, exatamente como um futuro duque deveria ser. Como ele preferia andar apenas com os amigos com quem de fato se sentia confortável, as pessoas decidiram que ele era muito exigente ao escolher suas companhias, como um futuro duque deveria ser.

Ele não era muito falante, mas, quando dizia alguma coisa, tinha um humor sagaz e muitas vezes irônico – o tipo de temperamento que conquistava a atenção de todos. E mais uma vez, como não falava sem parar, como tantos outros membros da sociedade, as pessoas ficavam ainda *mais* obcecadas pelo que ele tinha a dizer.

Ele era conhecido como alguém "confiante", "lindo de morrer", "o exemplar perfeito da virilidade inglesa". Os homens buscavam sua opinião sobre vários assuntos. As mulheres caíam a seus pés.

Simon nunca conseguiu acreditar em tudo aquilo, mas ainda assim gostava de sua posição. Aceitava o que lhe era oferecido – participava de farras com os amigos e aproveitava a companhia de todas as jovens viúvas e cantoras de ópera que ansiavam sua atenção –, e cada aventura era ainda mais deliciosa pela consciência de que o pai as desaprovaria.

Mas acabou que o pai não as desaprovava *totalmente*. Sem o conhecimento de Simon, o duque de Hastings já havia começado a se interessar pelo progresso do único filho. Pedia relatórios acadêmicos da universidade e contratou um sujeito para mantê-lo informado das atividades extracurriculares de Simon. E, finalmente, parou de esperar que cada notícia contivesse relatos da idiotice do filho.

Era impossível apontar o momento exato de seu arrependimento, mas um dia o duque percebeu que o filho se saíra muito bem, afinal.

Ele ficou muito orgulhoso. Como sempre, o berço mostrara sua importância. Ele deveria saber que o sangue Basset não seria capaz de produzir um imbecil.

Depois de terminar a faculdade em primeiro lugar na turma de matemática, Simon voltou a Londres com os amigos. Fora, é claro, morar sozinho, sem querer qualquer contato com o pai. E, quanto mais participava de eventos sociais, mais pessoas interpretavam equivocadamente suas pausas na fala como arrogância e seu pequeno círculo de amigos como exclusividade.

Sua reputação foi selada quando Beau Brummel – o então reconhecido líder da sociedade – fez uma pergunta bastante confusa sobre alguma nova moda qualquer. O tom do homem fora condescendente e ele claramente desejara constranger o jovem lorde. Como toda Londres sabia, Brummel adorava fazer com que membros da elite inglesa parecessem completos idiotas. Assim, fingira se interessar pela opinião de Simon finalizando a questão com a pergunta "Você não acha?" em uma voz arrastada.

Enquanto uma plateia de mexeriqueiros assistia ao diálogo prendendo a respiração, Simon, que não se importava nem um pouco com o estilo específico da echarpe do príncipe, simplesmente voltou os olhos azul-claros para Brummel e respondeu: "Não."

Nenhuma explicação, nenhuma elaboração. Apenas: "Não."

E então ele se afastou.

Na tarde seguinte, Simon poderia muito bem ser o novo rei da sociedade. A ironia era desconcertante. O rapaz não se importava com Brummel, muito menos com seu tom, e provavelmente teria dado uma resposta mais eloquente se tivesse certeza de que não tropeçaria nas palavras. E, no entanto, nesse caso em particular, menos havia provado ser mais, e a afirmação sucinta de Simon se mostrara muito mais implacável do que qualquer discurso que pudesse ter pronunciado.

As notícias sobre o brilhante e lindíssimo herdeiro de Hastings chegaram aos ouvidos do duque. E, embora ele não tenha procurado o filho de imediato, Simon começou a ouvir boatos que davam a entender que seu relacionamento com o pai poderia sofrer uma mudança em breve. O duque riu quando ficou sabendo do incidente com Brummel, dizendo: "É claro. Ele é um Basset." Um conhecido de Simon mencionou que o duque tinha sido visto se gabando sobre o primeiro lugar do rapaz em Oxford.

E então os dois se encontraram frente a frente num baile em Londres.

O duque não permitiu que Simon lhe desse o troco.

O jovem tentou. Ah, como tentou... Mas ninguém tinha a capacidade de destruir sua confiança como o pai, e enquanto Simon encarava aquele que poderia muito bem ser uma versão mais velha dele mesmo num espelho, não conseguia se mexer, não conseguia sequer tentar falar.

Sentia a língua grossa, a boca estranha, e era como se seu gaguejar tivesse se espalhado da boca para o corpo, porque ele de repente não se sentia bem na própria pele. O duque se aproveitou do lapso de razão momentâneo do rapaz e lhe deu um abraço sincero, dizendo: "Filho."

Simon deixou o país no dia seguinte.

Sabia que seria impossível evitar o pai para sempre se permanecesse na Inglaterra. E se recusava a desempenhar o papel de filho dele depois de ter sido desprezado por tantos anos.

Além disso, estava ficando entediado com a vida louca de Londres. Reputação de libertino à parte, Simon não tinha realmente o temperamento de um devasso. Aproveitara as noites na cidade tanto quanto qualquer de seus companheiros, mas, depois de três anos em Oxford e um em Londres, a interminável sucessão de festas e prostitutas estava, bem, perdendo a graça.

Então ele foi embora.

Agora, no entanto, estava contente por ter voltado. Havia algo tranquilizador em estar em casa, alguma coisa pacífica e serena na primavera inglesa. E depois de seis anos de viagens solitárias, era muito bom reencontrar os amigos.

Percorreu os corredores em silêncio, a caminho do salão de baile. Não quisera ser anunciado. A última coisa que desejava era chamar atenção para sua presença. A conversa com Anthony Bridgerton naquela tarde reafirmara sua decisão de não assumir um papel ativo na sociedade de Londres. Não tinha planos de se casar. Nunca. E não fazia muito sentido ir às festas da sociedade se não estava em busca de uma esposa.

Ainda assim, sentia que devia alguma lealdade a Lady Danbury, depois de todas as gentilezas dela durante sua infância. E, verdade seja dita, ele nutria uma grande afeição pela senhora escrachada. Teria sido muito grosseiro recusar o convite, sobretudo por ele ter ido acompanhado de um bilhete pessoal que lhe dava as boas-vindas de volta ao país.

Como conhecia a casa, Simon entrou por uma porta lateral. Se tudo desse certo, poderia chegar discretamente ao salão de baile, cumprimentar Lady Danbury e ir embora.

Mas quando virou o corredor num canto, ouviu vozes e ficou paralisado.

Reprimiu um gemido. Havia interrompido um encontro de amantes. Que droga. Como sair dali sem ser notado? Se sua presença fosse descoberta, a cena seguinte com certeza seria repleta de fingimentos, embaraços e uma confusão sem fim. Era melhor simplesmente se fundir às sombras e permitir que os amantes seguissem seu caminho feliz.

Mas, quando começou a recuar em silêncio, Simon ouviu uma coisa que chamou sua atenção.

– Não.

Não? Será que alguma jovem tinha sido levada até o corredor deserto contra sua vontade? Simon não desejava ser o herói de ninguém, mas nem ele poderia ignorar um insulto dessa magnitude. Aguçou os ouvidos, tentando escutar melhor. Afinal, podia ter entendido errado. Se ninguém precisasse ser salvo, ele certamente não iria avançar e fazer papel de bobo.

– Nigel, você não deveria mesmo ter me seguido até aqui – dizia a moça.

– Mas eu amo você! – gritou o jovem com uma voz apaixonada. – Tudo o que quero é tê-la como esposa.

Simon quase gemeu. Pobre tolo desiludido. Era doloroso ouvir aquilo.

– Nigel – disse a jovem mais uma vez, com a voz surpreendentemente gentil e paciente –, meu irmão já lhe disse que eu não devo me casar com você. Espero que possamos continuar amigos.

– Mas seu irmão não entende!

– Sim – respondeu ela com firmeza –, ele entende.

– Mas que droga! Se você não se casar comigo, quem irá se casar?

Simon piscou, surpreso. Para um pedido de casamento, aquele definitivamente não era nada romântico.

Pelo visto a jovem também achou isso.

– Bem – continuou ela, parecendo um pouco incomodada –, existem dezenas de jovens no salão de baile de Lady Danbury neste momento. Tenho certeza de que uma delas adoraria se casar com você.

Simon inclinou-se para a frente a fim de dar uma olhada na cena. A moça estava encoberta pelas sombras, mas ele pôde ver o rapaz com bastante clareza. Sua expressão era de vergonha e ele tinha os ombros encurvados pela derrota. Com desânimo, balançou a cabeça.

– Não – lamentou ele –, elas não querem se casar comigo. Você não vê? Elas... elas...

Simon se retraiu enquanto o homem lutava pelas palavras. Ele não parecia estar gaguejando, apenas emocionalmente abalado, mas nunca era agradável quando alguém não conseguia completar uma frase.

– Nenhuma delas é tão boa quanto você – completou ele, enfim. – Você é a única que sorri para mim.

– Ah, Nigel – disse a garota, com um suspiro. – Tenho certeza de que isso não é verdade.

Mas Simon pôde ver que ela estava apenas tentando ser gentil. E quando suspirou mais uma vez, ficou claro que não precisaria ser resgatada. Ela parecia ter a situação sob total controle, e embora Simon tenha sentido certa compaixão pelo infeliz Nigel, não havia nada que pudesse fazer para ajudar.

Além disso, estava começando a se sentir o pior tipo de voyeur.

Começou a recuar devagar, mantendo o olhar fixo numa porta que sabia que dava na biblioteca. Outra porta, no lado oposto daquele cômodo, levava ao conservatório. De lá, poderia chegar ao corredor principal e seguir até o salão de baile. Seria tão discreto como ir pelos corredores transversais, mas pelo menos o pobre Nigel não saberia que sua humilhação tivera uma testemunha. Mas então, quando estava a apenas um passo de uma retirada estratégica, ouviu a garota dar um grito.

– Você tem que se casar comigo! – berrou Nigel. – Tem! Eu nunca vou encontrar outra pessoa...

– Nigel, pare!

Simon se virou, com um suspiro. Parecia que teria que resgatar a moça, afinal. Voltou ao corredor, com a expressão mais digna possível de um duque. As palavras "Acredito que a dama tenha pedido que parasse" estavam na ponta da língua, mas o destino parecia não querer que ele bancasse o herói aquela noite, porque antes que pudesse emitir qualquer som, a jovem puxou o braço que Nigel estava segurando e acertou um soco surpreendentemente forte bem no queixo do rapaz.

Nigel caiu, agitando os braços no ar, de forma cômica, enquanto suas pernas saíam do chão. Simon simplesmente ficou parado ali, assistindo incrédulo à garota ajoelhar-se.

– Ah, puxa – disse ela, com uma voz meio aguda. – Nigel, você está bem? Eu não tive a intenção de bater tão forte.

Simon riu. Não conseguiu evitar. A garota olhou para cima, assustada.

Ele ficou sem ar. Até então ela estivera oculta nas sombras, e tudo o que ele havia conseguido discernir da aparência dela tinham sido seus cabelos fartos e escuros. Mas agora, quando ela levantou a cabeça para encará-lo, ele constatou que tinha olhos grandes, também escuros, e a boca mais larga e exuberante que ele já vira. Seu rosto em formato de coração não era bonito segundo os padrões da sociedade, mas alguma coisa nele o deixou sem fôlego.

As sobrancelhas, grossas mas delicadamente arqueadas, se juntavam.

– Quem é você? – perguntou ela, não parecendo nem um pouco satisfeita ao vê-lo.

Capítulo 3

Alguém contou a esta autora que Nigel Berbrooke foi visto na Joalheria Moreton's comprando um solitário de diamante. Será que a nova Sra. Berbrooke está prestes a surgir?

CRÔNICAS DA SOCIEDADE DE LADY WHISTLEDOWN,
28 DE ABRIL DE 1813

Daphne pensou que a noite não poderia ficar muito pior. Primeiro, vira-se forçada a passar o tempo inteiro no canto mais escuro do salão de baile – o que não foi muito fácil, já que Lady Danbury era claramente uma apreciadora tanto da beleza quanto da iluminação das velas. Depois, conseguira tropeçar no pé de Philipa Featherington enquanto tentava escapar, o que fez Philipa, que nunca é a garota mais discreta do salão, gritar "Daphne Bridgerton! Você se machucou?", o que deve ter chamado a atenção de Nigel, porque ele virou a cabeça como um pássaro assustado e imediatamente começou a atravessar o salão correndo. Daphne esperara – não, rezara para – conseguir ser mais rápida que Nigel e chegar ao toalete feminino antes que ele a alcançasse, mas o rapaz a encurralara no corredor e começara a declarar seu amor.

Como se tudo isso já não fosse constrangedor o suficiente, agora aparecera aquele homem – aquele estranho lindo e elegante de uma forma quase perturbadora – e testemunhara tudo. E pior, ele estava rindo!

Daphne o fuzilou enquanto ele se divertia às suas custas. Como nunca o vira antes, ele devia ser novo em Londres. A mãe havia garantido que ela fosse apresentada a todos os cavalheiros qualificados da cidade – ou ao menos que eles soubessem de sua existência. Claro que aquele homem podia ser casado e, portanto, não constar da lista de vítimas potenciais de Violet, mas, instintivamente, Daphne sabia que ele não poderia estar há muito tempo em Londres sem que todos estivessem cochichando a seu respeito.

O rosto dele era simplesmente perfeito. Daphne levou apenas um instante para se dar conta de que todas as estátuas de Michelangelo não chegavam a seus pés. Os olhos eram curiosamente intensos – tão azuis que quase brilhavam por conta própria. Os cabelos eram espessos e escuros, e ele era alto – tão alto como os irmãos dela, o que era raro.

Ali estava um homem, Daphne pensou com sarcasmo, que possivelmente poderia livrar para sempre os rapazes Bridgertons do assédio das moças risonhas. Por que isso a incomodava tanto, não sabia. Talvez porque tivesse consciência de que um homem como ele jamais se interessaria por uma mulher como ela. Ou então porque ela se sentia como a última das criaturas sentada no chão diante da esplêndida presença dele. Ou, ainda, simplesmente porque ele estava ali parado, rindo, como se ela fosse alguma espécie de atração circense.

Mas, qualquer que fosse o caso, Daphne foi tomada pela rabugice e franziu a testa quando perguntou:

– Quem é você?

Simon não sabia por que não tinha respondido à pergunta dela de maneira direta, mas algum diabinho fez com que dissesse:

– Minha intenção era ser seu salvador, mas é claro que você não precisa dos meus serviços.

– Ah – exclamou a garota, parecendo mais tranquila. Ela apertou os lábios, torcendo-os levemente enquanto pensava em como continuar. – Bem, muito obrigada, então, eu acho. É uma pena que não tenha se manifestado dez segundos antes. Eu preferiria não ter tido que bater nele.

Simon olhou para o homem no chão. Uma marca roxa já aparecia em seu queixo e ele gemia.

– Laffy. Ah, Laffy. Eu amo você, Laffy.

– Suponho que você seja Laffy, certo? – sussurrou Simon, olhando para ela. Era de fato uma jovenzinha bastante atraente, e daquele ângulo o corpete de seu vestido parecia baixo de uma maneira quase indecente.

Ela franziu a testa, demonstrando insatisfação com a tentativa de humor sutil – e também sem perceber que aquele olhar semicerrado estava direcionado a partes de seu corpo que não o rosto.

– O que nós vamos fazer com ele? – perguntou ela.

– Nós? – indagou Simon.

Ela franziu ainda mais a testa.

– Você disse que queria me salvar, não disse?

– Sim, eu disse. – Simon pôs as mãos nos quadris e avaliou a situação. – Devo arrastá-lo até a rua?

– É claro que não! – exclamou ela. – Pelo amor de Deus, está chovendo, não está?

– Minha cara Srta. Laffy – falou Simon, sem nenhuma preocupação com o tom condescendente de sua voz –, você não considera sua preocupação um tanto inadequada? Esse homem tentou atacá-la.

– Ele não tentou me atacar – respondeu ela. – Ele apenas... apenas... ah, tudo bem, ele tentou me atacar. Mas jamais teria me feito mal.

Simon ergueu uma sobrancelha. Realmente as mulheres eram as criaturas mais paradoxais do mundo.

– E como a senhorita pode ter certeza disso?

Ele observou enquanto ela escolhia as palavras com cuidado.

– Nigel não é capaz de nenhuma maldade – afirmou ela. – Seu crime é apenas a falta de bom senso.

– A senhorita é uma alma mais generosa que eu – comentou Simon, baixinho.

A garota soltou outro suspiro, um som suave que ele de alguma forma sentiu atravessar todo o seu corpo.

– Nigel não é má pessoa – disse ela, cheia de dignidade. – O problema é que nem sempre é muito inteligente, e talvez tenha interpretado mal minha gentileza.

Simon sentiu uma estranha admiração por aquela garota. A maioria das mulheres que ele conhecia estaria histérica a essa altura, mas ela – quem quer que fosse – havia dominado a situação com firmeza, e agora demonstrava uma generosidade de espírito impressionante. O fato de conseguir pensar em defender aquele sujeito escapava à sua compreensão.

Ela se levantou, limpando as mãos na seda verde do vestido. Tinha arrumado os cabelos de modo que um cacho grosso pendia sobre seu ombro, ondulando de forma sedutora acima de seus seios. Simon sabia que deveria estar escutando – ela tagarelava sobre alguma coisa, como as mulheres costumam fazer –, mas parecia incapaz de desviar os olhos daquele cacho de cabelos escuros. Parecia uma fita de seda roçando o pescoço longilíneo dela, e Simon sentiu uma vontade inexplicável de diminuir a distância entre eles e acompanhar o caminho dos cabelos dela com os lábios.

Ele nunca havia flertado com uma menina inocente, mas todo mundo já o havia julgado como um libertino. Que mal poderia fazer? Sua intenção não era violentá-la ou nada do tipo. Queria só um beijo. Apenas um beijinho.

Era tentador, tão deliciosa e loucamente tentador...

– Senhor! Senhor!

Com muita relutância, ele arrastou o olhar até o rosto dela. Que era, claro, encantador por si só, mas era difícil imaginar seu poder de sedução enquanto ela franzia a testa para ele.

– O senhor estava me ouvindo?

– É claro – mentiu ele.

– Não estava, não.

– Certo, não estava – admitiu ele.

Um som saiu do fundo da garganta dela, parecendo um resmungo.

– Então por que disse que estava? – perguntou ela com algum esforço.

Ele deu de ombros.

– Pensei que fosse o que queria ouvir.

Simon observou, fascinado, enquanto ela respirava fundo e resmungava algo para si mesma. Não conseguiu ouvir nenhuma das palavras, mas duvidava que alguma pudesse ser um elogio. Finalmente, com a voz indiferente de uma maneira quase cômica, ela disse:

– Se não deseja me ajudar, prefiro que se retire.

Simon decidiu que estava na hora de parar de agir como um grosseirão e respondeu:

– Desculpe-me. É claro que vou ajudá-la.

Ela deu um suspiro e então olhou de novo para Nigel, que ainda estava no chão, gemendo coisas incoerentes. Simon seguiu o olhar dela e por vários segundos os dois ficaram ali parados, apenas encarando o homem semi-inconsciente, até que a garota comentou:

– Eu realmente não bati muito forte.

– Talvez ele esteja bêbado – insinuou Simon.

Ela pareceu desconfiada.

– O senhor acha? Senti o cheiro de álcool no hálito dele, mas nunca o vi bêbado.

Como não tinha nada a acrescentar a esse comentário, Simon perguntou:

– E então, o que quer fazer?

– Acho que poderíamos simplesmente deixá-lo aqui – sugeriu ela, com a hesitação perpassando os olhos escuros.

Simon achou que era uma ideia excelente, mas era óbvio que a jovem queria que o idiota fosse tratado de uma forma mais gentil. E que Deus o ajudasse, mas ele estava sentindo uma estranha compulsão por agradá-la.

– Eis o que vamos fazer – disse ele decididamente, satisfeito ao perceber que o seu tom de voz não evidenciava nenhuma estranha ternura que estivesse sentindo. – Vou solicitar a minha carruagem...

– Ah, que bom – interrompeu ela. – Eu realmente não queria deixá-lo aqui. Parecia cruel demais.

Simon pensou que era um excesso de generosidade da parte dela, considerando que o imbecil quase a havia atacado, mas guardou a opinião para si e prosseguiu com o plano.

– A senhorita fica esperando na biblioteca enquanto eu não voltar.

– Na biblioteca? Mas...

– Na biblioteca – repetiu ele com firmeza. – Com a porta fechada. Ou quer ser descoberta com o corpo de Nigel se alguém passar por aqui?

– O corpo dele? Meu Deus, senhor, não precisa falar como se ele estivesse morto.

– Como eu estava dizendo – prosseguiu Simon, ignorando por completo o comentário dela –, a senhorita ficará na biblioteca. Quando eu voltar, vamos transferi-lo daqui para minha carruagem.

– E como faremos isso?

Ele lhe ofereceu um irresistível sorriso de lado.

– Não faço a menor ideia – respondeu.

Por um instante, Daphne se esqueceu de respirar. Justo quando havia concluído que seu suposto salvador era irremediavelmente arrogante, ele tinha que lhe sorrir daquela maneira... Era um daqueles sorrisos de menino, do tipo que derrete corações femininos num raio de 15 quilômetros.

E, para desespero de Daphne, era muito difícil continuar irritada com um homem com um sorriso daquele. Tendo crescido com quatro irmãos, todos especialistas natos em deixar as moças encantadas, ela pensava ser imune a isso.

Mas tudo indicava que não era. Estava com o coração martelando, o estômago dando saltos e os joelhos trêmulos.

– Nigel – murmurou ela, tentando desesperadamente desviar sua atenção do homem sem nome diante dela. – Preciso ver como está Nigel. – Agachou-se e o sacudiu pelo ombro. – Nigel? Nigel? Você precisa acordar agora.

– Daphne – gemeu o pobre coitado caído no chão. – Ah, Daphne.

A mente de Simon teve um estalo.

– Daphne? Ele disse Daphne?

Ela recuou, desconcertada pela pergunta direta e a expressão intensa no olhar do estranho.

– Disse – respondeu.

– Seu nome é Daphne?

Agora ela estava começando a imaginar se ele era um idiota.

– É.

Simon soltou um gemido.

– Daphne Bridgerton?

Ela ficou com a expressão séria, intrigada.

– Exatamente.

Simon recuou um passo. De repente, sentiu-se indisposto, como se seu cérebro enfim houvesse processado que ela tinha cabelos castanhos fartos. Os famosos cabelos dos Bridgertons. Sem falar no nariz, nas maçãs do rosto e... por Deus, aquela era a *irmã* de Anthony!

Que droga. Havia regras entre amigos. Mandamentos, na verdade. E o mais importante era "Não cobiçarás as irmãs de teus amigos".

Enquanto ele ficava parado ali, provavelmente a encarando feito um completo idiota, ela pôs as mãos na cintura e perguntou:

– E quem é você?

– Simon Basset – murmurou ele.

– O duque? – gritou ela.

Ele assentiu rispidamente.

– Ai, minha nossa...

Simon viu, com crescente pavor, o sangue sumir do rosto dela.

– Por Deus, mulher, não vai desmaiar, não é? – Ele não podia imaginar por que ela faria isso, mas lembrou que Anthony, o irmão dela, passara a tarde inteira alertando-o dos efeitos de um duque jovem e solteiro sobre a população feminina jovem e solteira. Anthony havia citado especificamente Daphne como exceção à regra, mas, ainda assim, ela parecia pálida demais. – Ou vai? – perguntou, quando ela não respondeu. – Desmaiar?

Ela pareceu ofendida por ele ter sequer considerado essa possibilidade.

– É claro que não!

– Que bom.

– É só que...

– O quê? – indagou Simon, desconfiado.

– Bem – disse ela, com um tímido dar de ombros –, eu fui alertada sobre você.

Aquilo era demais.

– Por quem? – quis saber ele.

Ela o encarou como se ele fosse um imbecil.

– Por todo mundo.

– Isso, minha c... – Então ele sentiu algo como um

gaguejar se insinuando e respirou fundo para firmar a língua. Havia se tornado um especialista nesse tipo de controle. Tudo o que ela veria seria um homem tentando manter-se tranquilo. E, considerando o rumo daquela conversa, essa imagem não iria parecer nem um pouco absurda. – Minha cara Srta. Bridgerton – prosseguiu Simon, recomeçando num tom mais calmo e controlado –, eu acho difícil acreditar nisso.

Daphne deu de ombros mais uma vez e ele ficou com a irritante sensação de que ela estava apreciando sua aflição.

– Acredite no que quiser – comentou ela despreocupadamente. – Mas estava no jornal de hoje.

– O *quê*?

– No *Whistledown* – disse Daphne, como se isso respondesse a tudo.

– Whistle o quê?

Ela o encarou com indiferença por um instante, até se lembrar de que ele tinha acabado de voltar a Londres.

– Ah, o senhor não deve saber nada sobre isso – murmurou ela, com um sorrisinho travesso. – Que coisa...

O duque deu um passo à frente, em uma postura ameaçadora.

– Srta. Bridgerton, devo alertá-la de que estou prestes a extrair essa informação de você pelo estrangulamento.

– É um jornal de fofocas – explicou ela, recuando um passo. – Só isso. É bem bobo, na verdade, mas todos leem.

Ele não disse nada, apenas arqueou uma sobrancelha de modo arrogante.

Daphne acrescentou em seguida:

– Havia uma nota sobre o seu retorno na edição de segunda-feira.

– E o que exatamente dizia a nota? – perguntou ele, com os olhos se estreitando de forma ameaçadora. Quando parou de falar, seus olhos viraram uma pedra de gelo.

– Nada de mais – disfarçou Daphne.

Tentou dar mais um passo para trás, mas já estava com os saltos dos sapatos encostados na parede. Mais um pouco e teria que ficar nas pontas dos pés. O duque parecia mais do que furioso e ela estava começando a achar que deveria tentar fugir dali o mais rápido possível e simplesmente deixá-lo sozinho com Nigel. Os dois eram perfeitos um para o outro, ambos loucos!

– Srta. Bridgerton. – Sua voz estava bastante receosa.

Daphne se apiedou dele. Afinal, era novo na cidade e não tivera tempo de se acostumar ao estranho mundo de acordo com o *Whistledown*. Pensou que não poderia culpá-lo por ficar tão irritado pelo fato de terem escrito a seu respeito no jornal. Havia sido bastante espantoso para a própria Daphne na primeira vez também, ainda que, por ler a coluna havia um mês, já estivesse esperando por isso. Quando Lady Whistledown finalmente escreveu a respeito dela, Daphne quase não acreditou.

– Não é preciso se chatear com isso – disse Daphne, tentando imprimir um pouco de compaixão a seu tom de voz, provavelmente sem sucesso. – Ela escreveu apenas que o senhor é um grande libertino, o que tenho certeza que não irá negar, já que os homens de fato *desejam* ser considerados como tal, pelo menos de acordo com o que aprendi há muitos anos. – Fez uma pausa e deu a ele a oportunidade de dizer que ela estava errada. Simon ficou em silêncio e ela continuou: – Então minha mãe, que imagino que o senhor deva ter conhecido em algum momento antes de começar sua viagem pelo mundo, confirmou tudo.

– Ela confirmou?

Daphne assentiu.

– E então me proibiu de ser vista em sua companhia – completou.

– É mesmo? – perguntou ele com a voz arrastada.

Alguma coisa no tom de voz dele – e na forma como seus olhos pareciam quase em chamas ao encararem o rosto dela – a deixara extremamente desconfortável, e ela teve que fazer um esforço para não fechar os olhos. Recusava-se a deixar que ele visse como a afetava.

Os lábios dele se curvaram num sorriso.

– Deixe-me ver se entendi bem. Sua mãe lhe disse

que eu sou um homem muito mau e que você não deve ser vista comigo em nenhuma circunstância.

Confusa, ela assentiu.

– Então – prosseguiu ele, fazendo uma pausa dramática –, o que acha que sua mãe diria sobre *esta* situação?

Ela piscou.

– Como?

– Bem, a menos que esteja contando o Nigel aqui – disse ele, acenando na direção do homem inconsciente no chão –, ninguém realmente a *viu* na minha presença. E, no entanto... – deixou as palavras no ar, divertindo-se ao observar as emoções no rosto dela e desejando estender aquele momento ao máximo.

É claro que as principais emoções no rosto dela eram variáveis de irritação e desânimo, mas isso tornava aquele momento ainda melhor.

– E no entanto? – perguntou ela.

Ele se inclinou para a frente, reduzindo a distância entre os dois a apenas alguns centímetros.

– E, no entanto – continuou ele baixinho, sabendo que ela sentiria a respiração dele em seu rosto –, aqui estamos nós, completamente sozinhos.

– A não ser por Nigel – retrucou ela.

Simon lançou um olhar rápido para o homem no chão antes de voltar sua expressão cruel de novo para a Srta. Bridgerton.

– Eu não estou muito preocupado com Nigel – sussurrou ele. – E você?

Simon observou-a olhar para Nigel com desalento. Parecia querer confirmar que seu desprezado pretendente não iria salvá-la caso o duque decidisse partir para cima dela. Não que ele fosse fazer isso, é claro. Afinal, ela era a irmã mais nova de Anthony. Ele precisava se lembrar disso a todo momento, mas não era algo que pudesse afastar de vez de sua mente.

Simon sabia que já estava mais que na hora de encerrar aquele joguinho. Não que ele achasse que ela contaria o episódio a Anthony. De alguma forma, sabia que ela preferiria guardar o acontecido para si mesma, pensando nele com um furor virtuoso e – pelo menos era o que ele esperava – um toque de excitação.

Mas, embora tivesse a consciência de que precisava encerrar aquele flerte e voltar à questão de transportar o pretendente idiota de Daphne para fora da casa, não pôde resistir a um último comentário. Talvez fosse o modo como os lábios dela se apertavam quando estava irritada. Ou a forma como eles se abriam quando ela estava em choque. Tudo o que ele sabia era que se sentia indefeso contra a própria natureza diabólica quando se tratava daquela garota.

Então ele se inclinou para a frente, com os olhos semicerrados e sedutores, e disse:

– Acho que sei o que sua mãe iria dizer.

Ela pareceu um pouco perplexa com a investida dele, mas ainda assim conseguiu murmurar, de forma bastante desafiadora:

– Ah, é?

Simon assentiu lentamente com a cabeça e tocou no queixo dela com um dedo.

– Ela lhe diria para ter muito, muito medo.

Houve um instante de silêncio absoluto, então os olhos de Daphne se arregalaram. Seus lábios se apertaram, seus ombros se levantaram um pouco e...

E ela riu. Bem na cara dele.

– Ah, meu Deus – arquejou ela. – Nossa, isso foi engraçado.

Mas Simon não achou graça.

– Me desculpe – disse ela, em meio às gargalhadas. – Ah, me desculpe, mas o senhor realmente não devia ser tão melodramático. Não lhe cai bem.

Simon fez uma pausa, bastante irritado com o fato de aquela simples garota demonstrar tamanho desrespeito por sua autoridade. Havia vantagens em ser considerado um homem perigoso, e ser capaz de intimidar jovens donzelas supostamente era uma delas.

– Bem, na verdade lhe cai bem, sim, preciso admitir – acrescentou ela, ainda rindo às custas dele. – O senhor parecia muito perigoso. E muito bonito, é claro. – Como ele não fez qualquer comentário, o rosto de Daphne assumiu uma expressão confusa e ela perguntou: – Era essa sua intenção, não era?

Ele continuou em silêncio. Então ela prosseguiu:

– Claro que era. E eu estaria sendo injusta se não lhe dissesse que teria sido bem-sucedido com qualquer outra garota que não fosse eu.

Esse era um comentário ao qual ele não poderia resistir.

– E posso saber por quê? – perguntou ele.

– Quatro irmãos. – Ela deu de ombros, como se isso explicasse tudo. – Sou imune a seus joguinhos.

– É mesmo?

Daphne deu um tapinha tranquilizador no braço dele.

– Mas sua tentativa foi bastante admirável. Sinceramente, sinto-me lisonjeada que tenha me considerado merecedora de uma demonstração tão magnífica de libertinagem duquífera. – Ela sorriu, um gesto amplo e sincero. – Ou prefere duquice libertina?

Simon coçou o queixo, pensativo, tentando recuperar a pose de predador perigoso.

– Você é uma mocinha muito irritante, sabia disso, Srta. Bridgerton?

Ela deu a ele seu sorriso mais inocente.

– A maioria das pessoas me considera um exemplo de gentileza e amabilidade.

– A maioria das pessoas é tola – disse Simon de forma abrupta.

Daphne inclinou a cabeça para o lado, claramente pensando no que ele disse. Então olhou para Nigel e suspirou.

– Devo concordar com o senhor, por mais que me doa.

Simon conteve um sorriso.

– Dói concordar comigo ou o fato de que a maioria das pessoas é tola?

– Ambos – respondeu ela, sorrindo de novo, um sorriso largo e encantador que mexia de forma curiosa com a cabeça dele. – Mas principalmente o primeiro.

Ele gargalhou e então ficou espantando ao se dar conta de como aquele som era estranho aos seus ouvidos. Era um homem que sorria com frequência e dava risadas às vezes, mas fazia muito tempo desde a última vez que sentira uma explosão tão espontânea de alegria.

– Minha cara Srta. Bridgerton – disse ele, secando os olhos –, se você é um exemplo de gentileza e amabilidade, o mundo deve ser um lugar muito perigoso.

– Ah, certamente – concordou ela. – Ao menos de acordo com minha mãe.

– Não consigo imaginar por que não me recordo de sua mãe – murmurou Simon. – Porque ela certamente parece uma pessoa memorável.

Daphne levantou uma sobrancelha.

– Não se lembra dela?

Ele balançou a cabeça.

– Então não a conhece – afirmou Daphne.

– Ela se parece com você?

– Que pergunta mais estranha.

– Não é tão estranha assim – respondeu Simon, pensando que Daphne tinha toda a razão. *Era* uma pergunta estranha, e ele não tinha ideia de por que a fizera. Mas, já que havia feito, e como ela o questionara, ele acrescentou: – Afinal, fiquei sabendo que todos os Bridgertons são parecidos.

Na testa dela apareceu um minúsculo – e misterioso para Simon – franzido.

– Somos. Parecidos, quero dizer. A não ser pela minha mãe. Ela tem a pele bem clara e olhos azuis. Todos nós herdamos os cabelos castanhos de nosso pai. Mas dizem que tenho o sorriso dela.

Uma pausa constrangedora se interpôs à conversa. Daphne estava passando o peso do corpo de um pé para o outro, sem saber exatamente o que dizer ao duque, quando Nigel demonstrou um excelente senso de oportunidade pela primeira vez na vida e se sentou.

– Daphne, é você? – indagou ele.

– Meu Deus, Srta. Bridgerton – interveio Simon. – Você bateu nele com muita força?

– O suficiente para derrubá-lo, mas não mais do que isso, eu juro. – Daphne franziu a testa. – Talvez ele realmente esteja bêbado.

– Ah, Daphne – gemeu Nigel.

Simon se agachou ao lado dele e então recuou, tossindo.

– E então, ele está bêbado? – perguntou Daphne.

O duque recuou mais uns passos.

– Ele deve ter bebido uma garrafa inteira de uísque só para criar coragem e falar com você.

– Quem diria que eu poderia ser tão assustadora... – murmurou Daphne, pensando em todos os homens que a viam como uma boa amiga e nada mais. – Que coisa...

Simon a encarou como se ela estivesse louca e então disse em voz baixa:

– Não vou sequer questionar essa afirmação.

Daphne ignorou o comentário.

– Vamos pôr nosso plano em ação? – sugeriu ela.

Simon colocou as mãos nos quadris e reavaliou a cena. Nigel tentava se levantar, mas não parecia que conseguiria realizar essa tarefa em um futuro próximo. Ainda assim, aparentava estar lúcido o suficiente para causar problemas, e com certeza lúcido o bastante para fazer barulho, o que aliás já estava acontecendo.

– Ah, Daphne. Eu a amo tanto, Daff – disse ele com a voz engrolada. Conseguiu ficar de joelhos e começou a avançar assim na direção dela, cambaleando pelo percurso. – Por favor, case comigo, Duffne. Você tem que casar comigo.

– Levante-se, homem – resmungou Simon, agarrando-o pelo colarinho. – Isto está ficando constrangedor. – Virou-se para Daphne. – Tenho que tirá-lo daqui agora. Não podemos deixá-lo no corredor. Ele pode começar a gemer feito uma vaca doente...

– Pensei que ele já estivesse fazendo isso – comentou ela.

Simon sentiu um canto da boca se levantar num

sorriso relutante. Daphne Bridgerton podia estar correndo atrás de um marido e, portanto, ser um desastre para qualquer homem na posição dele, mas certamente tinha senso de humor.

Ocorreu-lhe num lampejo de clareza que, se ela fosse um homem, seria do tipo que ele chamaria de amigo.

Porém, como estava óbvio – tanto para os olhos quanto para o corpo dele – que ela não era do sexo masculino, Simon resolveu que seria melhor para ambos que aquela "situação" se encerrasse logo. Não só pelo fato de que a reputação de Daphne iria sofrer um golpe letal se eles fossem vistos juntos, mas também porque ele não tinha certeza de que conseguiria manter as mãos afastadas dela por muito mais tempo.

Era um sentimento perturbador. Principalmente para um homem que valorizava tanto o autocontrole. Para Simon, o equilíbrio era tudo. Sem isso, ele jamais teria enfrentado o pai ou ficado em primeiro lugar na universidade. Sem o controle, ele...

Sem o controle, pensou, furioso, ainda estaria falando feito um idiota.

– Eu o tiro daqui – afirmou ele de repente. – Você volta para o salão.

Daphne franziu a testa, olhando por cima do ombro para o corredor que levava até a festa.

– Tem certeza? Pensei que eu deveria ir para a biblioteca.

– Isso quando o plano era deixarmos Nigel aqui enquanto eu ia buscar a carruagem. Mas não podemos fazer isso com ele acordado.

Ela assentiu e perguntou:

– Tem certeza de que consegue fazer isso sozinho? Ele é um homem grande.

– Eu sou maior.

Ela inclinou a cabeça para o lado. Apesar de magro, o duque era forte, com ombros largos e coxas firmes e musculosas. (Daphne sabia que não deveria notar esse tipo de coisa, mas não era culpa sua que calças tão justas estivessem na moda.) Para ser sincera, ele parecia praticamente um predador, tinha algo que exalava força e poder.

Daphne concluiu que sem dúvida ele conseguiria carregar Nigel sozinho.

– Muito bem, então – disse ela, assentindo com a cabeça. – Obrigada. É muito gentil de sua parte me ajudar dessa maneira.

– Eu raramente sou gentil – resmungou ele.

– É mesmo? – murmurou Daphne, permitindo-se dar um pequeno sorriso. – Que estranho. Para mim, não existe outra forma de chamar isso que está fazendo. Mas eu também aprendi que os homens...

– Você parece ser especialista em homens – disse Simon, com ironia, e então soltou um gemido enquanto levantava o homem do chão.

Nigel na mesma hora estendeu a mão para Daphne, praticamente soluçando o nome dela. O duque teve que segurar as pernas dele para evitar que saltasse sobre ela. A jovem deu um passo para trás.

– É... bem... eu tenho quatro irmãos. Não consigo imaginar melhor educação que essa.

Não houve como saber se o duque tinha a intenção de responder ao comentário dela, porque Nigel escolheu esse momento para recuperar as forças (ainda que claramente não o equilíbrio) e se soltou das garras de Simon. Atirou-se em cima de Daphne, emitindo ruídos incoerentes o tempo todo.

Se ela não estivesse de costas para a parede, teria sido derrubada no chão. Com o ataque de Nigel, Daphne bateu contra ela com um forte barulho e ficou sem ar.

– Ah, pelo amor de Deus – reclamou o duque, parecendo enojado. Puxou Nigel para longe de Daphne, então se virou para ela e perguntou: – Posso bater nele?

– Sim, por favor, vá em frente – respondeu ela, ainda tentando recuperar o fôlego. Havia tentado ser gentil e generosa com o pretendente, mas tudo tinha limite.

Simon resmungou alguma coisa parecida com "Que bom" e atingiu o queixo de Nigel com um golpe implacável.

Ele caiu feito uma pedra.

Daphne olhou para o homem no chão com tranquilidade.

– Acho que ele não vai acordar desta vez.

– Com certeza, não – disse Simon, sacudindo o punho.

Daphne piscou e olhou para ele de novo.

– Obrigada.

– Foi um prazer – afirmou ele, fazendo uma cara feia para Nigel.

– O que vamos fazer agora? – perguntou Daphne. Seu olhar cruzou com o de Simon por cima do homem inconsciente no chão.

– Voltar ao plano original – decretou ele. – Vamos deixá-lo aqui enquanto você espera na biblioteca. Prefiro não ter que carregá-lo antes de estar com a carruagem a postos.

Daphne assentiu com um ar sensato.

– Precisa de ajuda para cuidar dele ou devo ir direto para a biblioteca?

Simon ficou em silêncio por um instante. Virou a cabeça de um lado para outro enquanto analisava a posição de Nigel no chão.

– Na verdade, seria ótimo ter um pouco de ajuda.

– É mesmo? – indagou Daphne, surpresa. – Eu tinha certeza que você diria que não.

Isso lhe rendeu um olhar ligeiramente divertido e superior do duque.

– E foi por isso que ofereceu?

– Não, é claro que não – disse Daphne, um pouco ofendida. – Não sou estúpida a ponto de oferecer ajuda se não tenho a intenção de fazer isso. Estava apenas observando que os homens, pela minha experiência...

– Você tem experiência de mais – resmungou o duque, baixinho.

– O quê?!

– Me perdoe – falou. – Você *acha* que tem muita experiência.

Daphne o fuzilou com seus furiosos olhos castanhos, quase negros.

– Isso não é verdade. E quem é você para dizer isso, afinal?

– Não, também não é isso – considerou o duque, ignorando por completo a indignação dela. – Acho que sou *eu* que acho que *você* acha que tem muita experiência.

– Ora, seu... seu... – Não foi uma resposta particularmente eficaz, mas foi tudo o que Daphne conseguiu dizer. Sua eloquência tendia a falhar quando ela sentia raiva. E ela estava sentindo *muita* raiva.

Simon deu de ombros, parecendo indiferente à expressão de ira dela.

– Minha cara Srta. Bridgerton...

– Se você me chamar assim mais uma vez, juro que vou gritar.

– Não, não vai – afirmou ele, com um sorriso devasso. – Isso atrairia um monte de gente, e, caso não lembre, você não quer ser vista comigo.

– Estou pensando em correr o risco – disse Daphne, murmurando entre os dentes.

Simon cruzou os braços e se encostou na parede.

– É mesmo? – perguntou ele com a voz arrastada. – Eu adoraria ver isso.

Daphne deu um suspiro de frustração.

– Deixe para lá. Esqueça que me viu. Esqueça tudo o que aconteceu esta noite. Vou embora.

Ela se virou, mas antes que desse um passo foi paralisada pelo som da voz do duque.

– Achei que você iria me ajudar.

Droga. Ele tinha razão. Ela se virou lentamente.

– É verdade. Vou, sim – disse ela, fingindo solicitude. – Eu adoraria.

– Sabe – comentou ele, com uma expressão inocente –, se não queria ajudar, não deveria...

– Eu falei que adoraria – interrompeu Daphne.

Simon sorriu por dentro. Ela era tão ingênua...

– Eis o que vamos fazer – instruiu ele. – Vou levantá-lo até que fique de pé e passar o braço direito dele por sobre meus ombros. Você vai até o outro lado e o segura.

Daphne obedeceu, um tanto incomodada com o autoritarismo dele. Mas não emitiu uma única reclamação. Afinal, apesar de seu jeito irritante, o duque de Hastings a estava ajudando a se livrar de um escândalo possivelmente muito constrangedor.

É claro que, se alguém a encontrasse naquela posição, ela estaria numa situação ainda pior.

– Tenho uma ideia melhor – sugeriu ela de repente. – Vamos apenas deixá-lo aqui.

Simon virou a cabeça a fim de encará-la e parecia estar desejando com toda a força atirá-la por uma janela – de preferência alguma que ainda estivesse fechada.

– Eu pensei – comentou ele, fazendo um grande esforço para manter a voz inalterada – que não quisesse deixá-lo aí jogado no chão.

– Isso foi antes de ele me empurrar contra a parede.

– Não poderia ter me avisado da mudança de planos antes que eu gastasse minha energia para levantá-lo?

Daphne corou. Detestava que os homens pensassem que as mulheres eram criaturas volúveis e instáveis, e odiava ainda mais o fato de estar fazendo jus a essa imagem.

– Muito bem – disse ele simplesmente, largando Nigel em seguida.

O peso repentino quase levou Daphne ao chão junto com ele. Ela soltou um grito de surpresa enquanto saía do caminho bem a tempo.

– Agora podemos ir embora? – perguntou o duque, parecendo insuportavelmente paciente.

Ela assentiu com hesitação, olhando para Nigel.

– Ele parece muito desconfortável, não acha?

Simon a encarou. Apenas a encarou.

– Está preocupada com o conforto dele? – perguntou, enfim.

Daphne balançou a cabeça nervosamente em uma negativa, depois em uma afirmativa, então em uma nova negativa.

– Talvez eu devesse... quer dizer... pronto, só um instante. – Ela se agachou e destorceu as pernas de Nigel para que ele ficasse deitado de costas. – Não acho que ele mereça ser levado para casa na sua carruagem – explicou ela enquanto arrumava o casaco dele –, mas me parece cruel demais deixá-lo aqui nesta posição. Prontinho, agora acabei. – Ela se levantou e olhou para o duque.

Tudo o que viu foi Simon se afastando, resmungando alguma coisa sobre ela, depois algo sobre mulheres em geral e uma terceira coisa completamente diferente que Daphne não conseguiu escutar. Mas talvez fosse melhor assim. Duvidava muito que tivesse sido um elogio a ela.

Capítulo 4

Nos últimos dias, Londres foi tomada por mamães ambiciosas. No baile de Lady Worth, semana passada, esta autora viu nada menos que onze solteiros determinados se escondendo pelos cantos e por fim deixando o local com as mamães ambiciosas nos calcanhares.

É difícil determinar quem exatamente é a pior de todas, embora a autora suspeite que a competição possa terminar com uma pequena diferença entre Lady Bridgerton e a Sra. Featherington, com esta última ganhando por um triz. Afinal, há três solteiras de sobrenome Featherington no mercado no momento, enquanto Lady Bridgerton precisa se preocupar apenas com uma.

É recomendável, no entanto, que todos com alguma sanidade se mantenham bem distantes da safra de solteiros da época quando as meninas E., F. e H. da família Bridgerton chegarem à idade de casar. Lady B. provavelmente não olhará para os dois lados antes de atravessar um salão de baile na companhia de três filhas, e Deus nos ajude se ela decidir usar botas com pontas de metal.

CRÔNICAS DA SOCIEDADE DE LADY WHISTLEDOWN,
28 DE ABRIL DE 1813

Simon concluiu que a noite não poderia ficar muito pior. Não teria acreditado na ocasião, mas seu bizarro encontro com Daphne Bridgerton acabara definitivamente se revelando o ponto alto do evento. Sim, ficara horrorizado ao constatar que cobiçara – ainda que apenas por um breve período – a irmã de seu melhor amigo. Sim, as ridículas tentativas de sedução de Nigel Berbrooke haviam ofendido sua experiência como libertino. E, sim, Daphne o exasperara além de qualquer limite com sua indecisão quanto a tratar Nigel como um criminoso ou cuidar dele como faria com um grande amigo.

Mas nada disso se comparava minimamente com a tortura que ele estava prestes a enfrentar.

Seu plano brilhante de entrar no salão com discrição, cumprimentar Lady Danbury e sair despercebido foi destruído de imediato. Mal tinha dado dois passos no salão quando foi reconhecido por um velho amigo de Oxford, que, para sua tristeza, casara fazia pouco tempo. A esposa era encantadora, mas infelizmente tinha grandes aspirações sociais. Ela logo decidiu que seu caminho para a felicidade seria apresentar o novo duque à sociedade. E Simon, apesar de se considerar um sujeito cínico e cansado do mundo, descobriu que não era rude o suficiente para se indispor com a mulher de seu velho amigo de faculdade.

Assim, duas horas depois, ele havia sido apresentado a todas as moças solteiras do baile, a todas as *mães* de moças solteiras do baile e, é claro, a todas as irmãs mais velhas casadas de moças solteiras do baile. Não conseguiu decidir qual grupo de mulheres era o pior. As primeiras eram definitivamente entediantes, suas mães, irritantemente ambiciosas, e as *irmãs*... bem, as irmãs eram tão atiradas que Simon começou a se perguntar se havia entrado num bordel e não em um baile. Seis delas fizeram comentários bastante sugestivos, duas lhe entregaram bilhetes convidando-o para seus quartos e uma delas chegara a passar a mão em sua coxa.

Comparativamente, Daphne Bridgerton começava a parecer muito boa, de fato.

E, por falar em Daphne, onde diabo ela estava? Pensou que a tivesse visto cerca de uma hora antes, rodeada pelos irmãos enormes e ameaçadores. (Não que Simon os considerasse individualmente intimidantes, mas logo concluiu que só um imbecil os provocaria em grupo.)

Mas agora ela parecia ter evaporado. De fato, pensou que ela devia ter sido a única moça solteira da festa a quem ele *não* havia sido apresentado.

Não estava muito preocupado com a possibilidade de ela estar sendo perturbada por Berbrooke depois de os ter deixado no corredor. Havia aplicado um soco bem forte no queixo do sujeito e ele sem dúvida ficara apagado por um bom tempo. Ainda mais levando-se em consideração a grande quantidade de álcool que consumira mais cedo. E mesmo que Daphne bancasse a boba de coração mole quando se tratava de seu atrapalhado pretendente, não era estúpida a ponto de permanecer com ele no corredor até que acordasse.

Simon olhou de novo para o canto em que os irmãos Bridgertons estavam reunidos, parecendo se divertir muito. Haviam sido interpelados por quase todas as jovens e suas respectivas mães, assim como ele, mas ao menos tinham a vantagem de estar juntos. Simon percebeu que as debutantes não passavam com eles nem metade do tempo que permaneciam na companhia do próprio duque.

Fez uma cara de irritação na direção deles.

Anthony, que estava encostado numa parede, viu a expressão do amigo e sorriu, erguendo uma taça de vinho tinto para ele. Então fez um gesto discreto com a cabeça em direção à esquerda de Simon, que se virou bem a tempo de ser detido por mais uma mãe, essa com três filhas, todas usando vestidos monstruosamente espalhafatosos, repletos de pregas e babados e, claro, montes de renda.

Pensou em Daphne, com seu vestido verde simples. Daphne, com seus olhos castanhos sinceros e seu sorriso amplo...

– Vossa Graça! – gritou a mãe. – Vossa Graça!

Simon piscou para enxergar melhor. A família coberta de renda o havia cercado com tanta eficiência que ele não podia sequer fuzilar Anthony com o olhar.

– Vossa Graça – repetiu a mãe –, é uma grande honra conhecer o senhor!

Simon conseguiu assentir friamente. Qualquer palavra estava muito além de sua capacidade no momento. Aquelas mulheres o pressionavam de tal forma que ele temia sufocar.

– Georgiana Huxley nos mandou aqui – continuou a mulher. – Ela me disse que apresentasse minhas filhas ao senhor.

Simon não se lembrava de nenhuma Georgiana Huxley, mas pensou que gostaria de esganá-la.

– Em circunstâncias normais eu não seria tão ousada – prosseguiu ela –, mas seu queridíssimo pai era um grande amigo meu.

Simon ficou tenso.

– Ele era um sujeito maravilhoso – continuou, com a voz martelando como pregos no crânio de Simon –, tão zeloso dos deveres de um homem sob seu título... Deve ter sido um pai exemplar.

– Não sei o que dizer a respeito disso – respondeu Simon secamente.

– Ah! – A mulher pigarreou várias vezes antes de completar: – Entendo. Bem... Minha nossa...

Ele não disse nada, esperando que seu comportamento indiferente a levasse a se afastar. Mas que droga, onde estava Anthony? Já era bem ruim aquelas mulheres tratarem-no como se ele fosse algum cavalo premiado, mas ter que ouvir aquela senhora lhe dizer o homem *sensacional* que o velho duque havia sido... Ele não poderia suportar.

– Vossa Graça! Vossa Graça!

Simon forçou os olhos frios de volta para a senhora diante dele e disse a si mesmo que precisava ter mais paciência. Afinal, era provável que só estivesse elogiando seu pai por achar que era o que o rapaz gostaria de ouvir.

– Gostaria de lembrar – disse ela – que já fomos apresentados há muitos anos, quando ainda era o conde de Clyvedon.

– Sei – murmurou Simon, procurando alguma brecha na barricada de moças pela qual pudesse fugir.

– Estas são minhas filhas – continuou a senhora, acenando na direção das três jovens.

Duas delas eram bonitas, mas a terceira ainda estava cheia das gordurinhas da infância e usava um vestido laranja que não favorecia em nada seu tom de pele. Além disso, não parecia estar apreciando a noite.

– Não são encantadoras? – prosseguiu ela. – Minha alegria e meu orgulho. E são muito mansas.

Simon teve a desconfortável sensação de que ouvira as mesmas palavras relacionadas a um cachorro que comprara certa vez.

– Permita que eu lhe apresente Prudence, Philipa e Penelope.

As garotas fizeram uma reverência, mas nenhuma delas ousou encará-lo.

– Tenho mais uma filha em casa – prosseguiu a mulher. – Ela se chama Felicity. Mas tem apenas 10 anos de idade, de modo que não a trago a eventos como este.

Simon não podia imaginar por que ela sentira a necessidade de dividir essa informação com ele, então manteve o tom de voz cuidadosamente entediado (essa era a melhor maneira de não demonstrar raiva, como já aprendera havia muito tempo) e perguntou:

– E a senhora é...?

– Ah, perdão! Sou a Sra. Featherington. Meu marido faleceu há três anos, mas era um, hã, bom amigo de seu pai. – Seu tom de voz diminuiu no final da frase, quando ela se lembrou da reação de Simon à menção do velho duque.

O rapaz assentiu secamente.

– Prudence toca piano muito bem – comentou a Sra. Featherington, com uma alegria forçada.

Simon percebeu a expressão aflita da menina mais velha e na mesma hora decidiu nunca aceitar nenhum convite para um sarau na casa dos Featheringtons.

– E minha querida Philipa pinta aquarelas lindíssimas. – Ao ouvir isso, o rosto da garota se iluminou.

– E Penelope? – perguntou Simon, obedecendo a algum diabinho interior.

A Sra. Featherington lançou um olhar cheio de pânico para a filha mais nova, que parecia muito triste. Penelope não era exatamente atraente, e o traje que a mãe escolhera para ela não valorizava seu corpo meio rechonchudo. Mas seus olhos pareciam gentis.

– Penelope? – ecoou a Sra. Featherington, com a voz um pouco estridente. – Ela é... ah... bem, ela é Penelope! – Sua boca estremeceu num sorriso claramente falso.

A menina aparentava querer se enfiar embaixo do tapete. Simon decidiu que, se fosse obrigado a dançar, seria ela que convidaria.

– Sra. Featherington – chamou uma voz aguda e imperiosa que devia pertencer a Lady Danbury –, está perturbando o duque?

Simon queria responder que sim, mas a lembrança do rosto mortificado de Penelope fez com que murmurasse:

– Claro que não.

Lady Danbury ergueu uma sobrancelha ao virar a cabeça lentamente para ele.

– Mentiroso.

Então se virou para a Sra. Featherington, que ficara vermelha de vergonha. Ela não disse nada. Lady Danbury também não. Finalmente, a primeira resmungou alguma coisa sobre ter visto uma prima, agarrou as três filhas e saiu correndo.

Simon cruzou os braços, mas não conseguiu manter de todo a fisionomia séria.

– Isso não foi muito gentil de sua parte – ralhou ele.

– Ora essa. Ela é uma cabeça de vento, assim como as filhas. Exceto, talvez, pela feiosinha mais jovem. – Lady Danbury balançou a cabeça. – Se ao menos a vestissem numa cor diferente...

Simon tentou conter uma risada, sem sucesso.

– A senhora nunca aprendeu a cuidar da própria vida, não é?

– Nunca. E qual seria a graça? – Ele percebeu que

ela queria evitar sorrir, mas não foi capaz. – E quanto a você, meu rapaz – continuou –, é um péssimo convidado. Era de esperar que fosse educado o suficiente para, a essa altura, já ter cumprimentado a anfitriã.

– A senhora estava sempre cercada por seus admiradores para que eu sequer ousasse me aproximar.

– Que lisonjeiro – disse ela.

Simon ficou em silêncio, sem saber exatamente como interpretar essas palavras. Ele sempre suspeitara que ela sabia de seu segredo, mas nunca tivera certeza.

– Aquele Bridgerton seu amigo está vindo aí – informou ela.

Os olhos de Simon acompanharam a direção do olhar dela. Anthony se aproximou deles e não havia se passado nem um segundo quando Lady Danbury o chamou de covarde.

Anthony piscou.

– Como?

– Podia ter vindo até aqui para salvar seu amigo do quarteto Featherington há eras.

– Mas eu estava gostando demais da aflição dele – justificou ele.

– Humpf. – E sem dizer mais nada (ou sem emitir outra bufada), ela se afastou.

– Que velha estranha – comentou Anthony. – Eu não me surpreenderia se fosse ela a maldita Whistledown.

– Você quer dizer a colunista de fofoca?

Anthony assentiu enquanto levava o amigo até perto de um vaso de planta no canto em que seus irmãos o esperavam. No caminho, ele sorriu e disse:

– Vi você conversando com várias moças muito distintas.

Simon resmungou alguma coisa muito obscena e desagradável, mas o outro continuou rindo.

– Não pode dizer que eu não avisei, não é? – disse ele.

– Detesto ser obrigado a admitir que você tem razão sobre qualquer assunto, então, por favor, não me peça para fazer isso.

Anthony riu ainda mais.

– Por causa desse comentário, talvez eu deva começar a apresentá-lo às debutantes pessoalmente.

– Se fizer isso – alertou Simon –, em pouco tempo sofrerá uma morte muito lenta e dolorosa.

O rapaz sorriu.

– Espada ou pistola?

– Ah, veneno. Definitivamente, veneno.

– Ai!

Anthony parou na frente de dois outros rapazes da família Bridgerton, com seus característicos cabelos castanhos, altura acima da média e excelente estrutura óssea. Simon notou que um tinha olhos verdes e o outro, castanhos como os de Anthony, mas, a não ser por essa pequena diferença, a luz pálida da noite tornava os três praticamente iguais.

– Você se lembra dos meus irmãos? – perguntou Anthony. – Benedict e Colin. Tenho certeza que se recorda de Benedict, de Eton. Foi o que nos seguiu feito um cachorrinho por três meses assim que chegou.

– Não é verdade! – disse Benedict com uma risada.

– E não sei se já foi apresentado a Colin – continuou Anthony. – Acho que ele era jovem demais para ter cruzado seu caminho.

– Muito prazer – cumprimentou o rapaz alegremente.

Simon notou o brilho malicioso nos olhos verdes dele e não pôde evitar sorrir de volta.

– Anthony disse coisas tão insultuosas a seu respeito – continuou Colin, com um sorriso travesso – que tenho certeza que seremos ótimos amigos.

O mais velho revirou os olhos.

– É claro que você pode compreender por que minha mãe está convencida de que Colin será o primeiro dos filhos que a levará à loucura.

– Eu me orgulho disso, na verdade – comentou o rapaz.

– Mamãe felizmente teve um breve descanso dos suaves encantos de seu filho mais novo – prosseguiu Anthony. – Ele acabou de voltar de uma longa viagem pela Europa.

– Hoje mesmo – afirmou Colin com um sorriso infantil.

Ele tinha um ar de jovem imprudente. Simon concluiu que não devia ser muito mais velho que Daphne.

– Eu também acabo de chegar de viagem – disse Simon.

– Sim. A diferença é que as suas atravessaram o planeta, segundo fiquei sabendo – respondeu Colin. – Adoraria que me contasse sobre elas um dia desses.

– Certamente – concordou Simon com uma expressão afetuosa.

– Você conheceu Daphne? – perguntou Benedict. – É a única Bridgerton presente que não está por perto.

Simon estava pensando na melhor maneira de responder a isso quando Colin deu uma risada e disse:

– Ah, Daphne está por perto, sim. Infelizmente para ela, está logo ali.

Simon seguiu o olhar dele em direção a outra extremidade do salão, onde a jovem estava parada ao lado de uma mulher que devia ser sua mãe, parecendo bastante infeliz, tal como dissera Colin.

E então lhe ocorreu... Daphne era uma daquelas temidas moças solteiras exibidas pela mãe. Ela lhe parecera sensata e direta demais para fazer parte desse grupo, e, no entanto, não podia ser de outra forma. Ela não devia ter mais de 20 anos e, como seu sobrenome ainda era Bridgerton, isso significava que era uma donzela. E ela estava com a mãe... então é claro que devia estar sendo submetida a uma interminável noite de apresentações.

Ela parecia tão incomodada pela experiência como Simon havia ficado. De alguma forma, isso o fez se sentir bem melhor.

– Um de nós deveria ir salvá-la – brincou Benedict.

– Não... – disse Colin, sorrindo. – Ela e mamãe estão ali com Macclesfield apenas há dez minutos.

– Macclesfield? – perguntou Simon.

– O conde – esclareceu Benedict. – Filho de Castleford.

– Dez minutos? – falou Anthony. – Pobre Macclesfield.

Simon lhe lançou um olhar de curiosidade.

– Não que Daphne seja um fardo muito pesado – acrescentou Anthony rapidamente –, mas quando mamãe enfia na cabeça, hã...

– Perseguir... – completou Benedict.

– ... um cavalheiro – prosseguiu Anthony, balançando a cabeça para o irmão em um gesto de agradecimento –, ela sabe ser, bem...

– Implacável – ajudou Colin.

Anthony deu um sorriso fraco.

– É. Exatamente.

Simon olhou para o trio em questão. Era óbvio que Daphne estava infeliz, enquanto Macclesfield percorria o salão com os olhos, provavelmente em busca da saída mais próxima, e o olhar de Lady Bridgerton tinha um brilho tão ambicioso que Simon se solidarizou com o jovem conde.

– Como eu estava dizendo, deveríamos ir salvar nossa irmã – comentou Anthony.

– Também acho – falou Benedict.

– E Macclesfield – acrescentou Anthony.

– Ah, com certeza – concordou Benedict.

Mas Simon notou que ninguém estava entrando em ação.

– Pelo visto você está falando da boca para fora, não é? – perguntou Colin, rindo.

– Também não estou vendo *você* ir até lá para resgatá-la – respondeu Anthony.

– É claro que não. Eu nunca disse que deveríamos fazer isso. *Vocês*, por outro lado...

– Que diabo está acontecendo? – perguntou Simon, finalmente.

Os três rapazes olharam para ele com a mesma expressão de culpa.

– Nós *deveríamos* salvar Daff – repetiu Benedict.

– Deveríamos mesmo – afirmou Anthony.

– O que meus irmãos não têm coragem de lhe dizer – revelou Colin, em tom de ironia – é que eles morrem de medo da minha mãe.

– É verdade – confirmou Anthony, dando de ombros, com ar indefeso.

Benedict assentiu.

– Não tenho nenhum problema em admitir isso.

Simon pensou que nunca vira nada tão ridículo. Afinal, aqueles eram os irmãos Bridgertons. Altos, bonitos e atléticos, os três tinham todas as moças do país a seus pés, e lá estavam eles, completamente intimidados por uma simples mulher.

É claro que não era uma mulher qualquer, e sim a mãe deles. Simon pensou que era preciso levar isso em consideração.

– Se eu salvar a Daff – explicou Anthony –, mamãe colocará as garras sobre mim, e então estarei perdido.

Simon riu da imagem de Anthony sendo carregado de um lado para outro pela mãe, de uma moça solteira a outra.

– Agora você entende por que eu fujo desses eventos como o diabo foge da cruz – disse Anthony, irritado. – Não tenho escapatória. Quando as mães e as filhas debutantes não me encontram, *minha* mãe se certifica de que *eu* as encontre.

– Mas diga, Hastings! – exclamou Benedict. – Por que *você* não a salva?

Simon deu uma olhada para Lady Bridgerton (que a essa altura estava com a mão firmemente enroscada no braço de Macclesfield) e resolveu que preferiria ser visto para sempre como um covarde.

– Como não fomos apresentados, creio que seria inadequado – improvisou ele.

– Tenho certeza que não – retrucou Anthony. – Afinal, você é um duque.

– E?

– E? – ecoou Anthony. – Mamãe perdoaria qualquer coisa se isso significasse conseguir uma audiência para Daphne com um duque.

– Olhe aqui – disse Simon, exasperado –, eu não sou um cordeiro para ser sacrificado no altar de sua mãe.

– Você passou muito tempo na África, não? – ironizou Colin.

O duque o ignorou.

– Além disso, sua irmã disse...

Todas as três cabeças se viraram para ele. Simon na mesma hora se deu conta de que tinha feito uma bobagem. E das grandes.

– Você a conheceu? – indagou Anthony, com o tom um pouco educado demais para o gosto de Simon.

Antes que ele pudesse responder, Benedict inclinou-se para perto dele e questionou:

– Por que você não mencionou isso antes?

– Sim – completou Colin, extremamente sério pela primeira vez naquela noite. – Por quê?

Simon olhou de um irmão para outro e ficou bastante claro para ele por que Daphne ainda estava solteira. Aquele trio beligerante assustaria até o mais determinado – ou idiota – dos pretendentes.

O que provavelmente explicava Nigel Berbrooke.

– Na verdade – confessou Simon –, eu esbarrei com ela no corredor quando estava vindo para o salão. Como me pareceu – continuou ele, olhando fixamente para cada um dos irmãos – bem evidente que ela era da sua família, eu me apresentei.

Anthony se virou para Benedict.

– Deve ter sido quando ela estava fugindo de Berbrooke.

Benedict se virou para Colin.

– O que aconteceu com Berbrooke? Você sabe?

O mais novo deu de ombros.

– Não faço a mínima ideia. Talvez tenha ido embora para cuidar do coração partido.

Ou da cabeça partida, pensou Simon com sarcasmo.

– Bem, creio que isso explique tudo – disse Anthony, abandonando a expressão de irmão mais velho arrogante e voltando a parecer um companheiro de farra e grande amigo.

– A não ser pelo fato de ele não ter mencionado o ocorrido – afirmou Benedict, desconfiado.

– Porque não tive chance de fazer isso – disparou Simon, demonstrando sinais de irritação. – Caso não tenha percebido, Anthony, você tem uma quantidade absurda de irmãos, e leva um tempo absurdo ser apresentado a todos eles.

– Apenas dois de nós estão aqui – argumentou Colin.

– Vou para casa – anunciou o duque. – Vocês três são loucos.

Benedict, que parecia ser o mais protetor de todos, de repente sorriu.

– Você não tem uma irmã, tem? – perguntou.

– Não, graças a Deus.

– Se algum dia tiver uma filha, vai entender.

Simon estava bastante certo de que jamais teria uma filha, mas ficou calado.

– Pode ser bem complicado – comentou Anthony.

– Embora Daff seja melhor que a maioria – observou Benedict –, ela na verdade não tem muitos pretendentes.

Simon não podia imaginar o motivo.

– Eu não sei bem por quê – refletiu Anthony. – Acho que é uma moça perfeitamente adequada.

Simon resolveu que não era o momento de mencionar que ele estivera muito perto de encostá-la na parede, pressionar o corpo contra o dela e beijá-la insensatamente. Se não tivesse descoberto que ela era uma Bridgerton, era muito provável que tivesse feito isso.

– A Daff é o máximo – concordou Benedict.

Colin assentiu.

– Uma menina de valor. Muito bem-humorada.

Houve uma pausa constrangida, e então Simon explicou:

– Bem-humorada ou não, o fato é que eu não vou até lá para resgatá-la porque ela me disse claramente que a mãe de vocês a proibiu de ser vista em minha presença.

– *Mamãe* disse isso? – perguntou Colin. – Você deve ter mesmo uma reputação terrível.

– Boa parte dela, imerecida – resmungou Simon, sem saber exatamente por que estava se defendendo.

– Que pena... – murmurou o rapaz. – Eu havia pensado em pedir para dar umas voltas por aí com você.

Simon previu um futuro infame para o garoto.

Anthony colocou a mão na nuca de Simon e começou a empurrar o amigo para a frente.

– Tenho certeza de que mamãe mudará de ideia se for encorajada de forma apropriada. Vamos lá.

O duque não teve escolha além de ir em direção a Daphne. A alternativa demandaria uma grande cena, e Simon aprendera havia muito tempo que não se saía bem fazendo cenas. Além disso, se estivesse no lugar de Anthony, era provável que fizesse o mesmo.

E depois de uma noite com as irmãs Featheringtons e outras do tipo, Daphne não parecia nada má.

– Mamãe! – chamou Anthony numa voz alegre enquanto os dois se aproximavam da viscondessa. – Não a vi a noite toda!

Simon notou que os olhos azuis de Lady Bridgerton brilharam quando ela viu o filho se aproximando. Ambiciosa ou não, era óbvio que aquela mãe amava seus rebentos.

– Anthony! – respondeu ela. – Que bom ver você! Daphne e eu estávamos aqui conversando com o lorde de Macclesfield.

Ele lançou um olhar de comiseração ao rapaz.

– Sim, estou vendo.

Simon encarou Daphne por um instante e fez um aceno minúsculo com a cabeça. Ela respondeu com um aceno ainda mais discreto, garota sensata que era.

– E quem é esse? – quis saber Lady Bridgerton, com os olhos se iluminando diante do amigo de seu filho.

– O novo duque de Hastings – respondeu Anthony. – A senhora deve se lembrar dele do meu tempo em Eton e em Oxford.

– É claro que sim – disse ela com educação.

Macclesfield, que vinha se mantendo escrupulosamente em silêncio, logo aproveitou a primeira pausa na conversa para sair com um "Acho que vi meu pai".

Anthony lançou um divertido olhar de cumplicidade ao jovem conde.

– Então, por favor, vá falar com ele.

O rapaz obedeceu com grande entusiasmo.

– Pensei que ele detestasse o pai – comentou Lady Bridgerton com uma expressão confusa.

– E detesta – confirmou Daphne secamente.

Simon engoliu uma risada. Daphne ergueu as sobrancelhas, desafiando-o a fazer algum comentário.

– Bem, de qualquer forma, ele tem uma reputação terrível – disse Lady Bridgerton.

– Parece haver muitos iguais a ele por aqui ultimamente – murmurou Simon.

Daphne arregalou os olhos, e dessa vez foi Simon quem ergueu as sobrancelhas, desafiando-a a falar alguma coisa a respeito.

Ela não disse nada, é claro, mas a mãe lançou a ele um olhar afiado e Simon teve a clara impressão de que ela tentava decidir se seu ducado recém-adquirido compensava sua má fama.

– Não creio que tenha tido a oportunidade de conhecê-la antes de deixar o país, Lady Bridgerton – disse Simon com delicadeza –, mas sinto grande prazer ao fazê-lo agora.

– Igualmente. – Fez um sinal para Daphne. – Minha filha Daphne.

Simon segurou a mão enluvada da jovem e deu um beijo educado e cheio de escrúpulos em seus dedos.

– É uma honra conhecê-la oficialmente, Srta. Bridgerton.

– Oficialmente? – questionou Lady Bridgerton.

Daphne abriu a boca, mas Simon a interrompeu antes que pudesse dizer qualquer coisa.

– Já contei a seu irmão sobre nosso breve encontro mais cedo.

A cabeça de Lady Bridgerton se virou de repente para a filha.

– Você foi apresentada ao duque hoje? Por que não me disse nada?

Daphne deu um sorriso tenso.

– Estávamos muito ocupadas com o conde. E, antes disso, com o lorde Westborough. E, antes disso, com...

– Entendo o que quer dizer, Daphne – disse a senhora.

Simon imaginou quão grosseiro seria rir nesse momento.

Então Lady Bridgerton sorriu abertamente para ele e o duque logo soube de quem Daphne herdara aquele sorriso largo – e também percebeu que Lady Bridgerton resolvera que sua má reputação poderia ser ignorada.

Uma luz estranha surgiu nos olhos dela, que ficou virando a cabeça de um para outro diversas vezes.

Então sorriu de novo.

Simon lutou contra a vontade de sair correndo.

Anthony inclinou-se levemente e sussurrou em seu ouvido:

– Me desculpe.

– Talvez eu precise matar você – respondeu o duque entre os dentes.

O olhar furioso e gelado de Daphne evidenciava que ela ouvira os dois e não estava achando engraçado.

Mas Lady Bridgerton não percebera nada, provavelmente já imaginando a cena de um casamento grandioso.

Então estreitou os olhos e focou em alguma coisa atrás dos rapazes. Ficou com uma expressão tão incomodada que Simon, Anthony e Daphne viraram a cabeça para ver o que estava acontecendo.

A Sra. Featherington estava marchando decidida na direção deles, com Prudence e Philipa logo atrás. Simon percebeu que Penelope não estava ao alcance da visão.

Situações desesperadoras, Simon logo percebeu, pediam medidas desesperadas.

– Srta. Bridgerton – chamou ele, virando-se para Daphne –, gostaria de dançar?

Capítulo 5

Esteve no baile de Lady Danbury ontem à noite? Se não, que pena. Perdeu a chance de testemunhar o mais incrível golpe da temporada. Ficou claro a todos os presentes, e principalmente para esta autora, que a Srta. Daphne Bridgerton conquistou o interesse do duque de Hastings, recém-chegado de volta à Inglaterra.

É possível imaginar o alívio de Lady Bridgerton. Será uma grande humilhação se Daphne permanecer encalhada por mais uma temporada! E Lady B... com mais três filhas para casar. Ah, que horror.

CRÔNICAS DA SOCIEDADE DE LADY WHISTLEDOWN,
30 DE ABRIL DE 1813

Não havia como Daphne recusar.

Em primeiro lugar, a mãe a estava fuzilando com seu olhar mortal eu-sou-sua-mãe-não-ouse-me-desafiar.

Em segundo lugar, era óbvio que o duque não contara a Anthony toda a história do encontro deles no corredor mal iluminado. Recusar seu convite para dançar certamente levantaria especulações indesejadas.

Sem falar que Daphne não apreciava a ideia de ter que conversar com as Featheringtons, o que com certeza aconteceria se ela não corresse para a pista de dança.

E, finalmente, ela meio que... de certa forma... apenas um pouquinho... *queria* mesmo dançar com o duque.

É claro que o grosseirão arrogante nem sequer lhe dera a oportunidade de aceitar. Antes que Daphne pudesse dizer "Eu adoraria" ou apenas um simples "Sim", ele já a havia levado para o meio do salão.

A orquestra ainda estava afinando os instrumentos para a próxima música, de modo que os dois foram obrigados a esperar um instante antes de efetivamente começarem a dançar.

– Graças a Deus você não recusou – disse o duque em tom de gratidão.

– E quando eu tive essa oportunidade?

Ele sorriu. Daphne respondeu com uma careta.

– Não tive a chance de aceitar também, se é que você se lembra.

Ele levantou uma sobrancelha.

– Isso quer dizer que eu devo convidá-la de novo?

– Não, é claro que não – falou Daphne, revirando os olhos. – Isso seria infantil da minha parte, não acha? E, além disso, renderia uma cena terrível, que não creio que seja do desejo de nenhum de nós.

Ele inclinou a cabeça para o lado e a olhou de modo bastante crítico, como se tivesse analisado sua personalidade num instante e concluído que ela poderia ser aceitável. Daphne considerou a experiência meio desconcertante.

Nesse momento, a orquestra encerrou o aquecimento dissonante e tocou as primeiras notas de uma valsa.

– As jovens ainda precisam de permissão para dançar a valsa? – resmungou Simon.

Daphne flagrou-se sorrindo com o desconforto dele.

– Quanto tempo você ficou fora?

– Seis anos. Precisam ou não?

– Precisam.

– E você tem permissão? – Ele parecia quase aflito diante da perspectiva de seu plano de fuga ir por água abaixo.

– É claro.

Ele a tomou nos braços e a fez rodopiar em direção à aglomeração de casais vestidos de forma elegante.

– Que bom.

Os dois circundaram todo o salão antes de Daphne perguntar:

– O que você disse a meus irmãos sobre nosso encontro? Eu o vi com eles, sabe?

Simon apenas sorriu.

– Por que está com essa cara? – quis saber ela, desconfiada.

– Estava apenas encantado com seu autocontrole.

– Como?

Ele deu de ombros levemente, inclinando a cabeça para a direita.

– Não achei que você tivesse tanta paciência – comentou ele. – Levou três minutos e meio para me perguntar sobre o que eu disse a seus irmãos.

Daphne corou. A verdade era que o duque se mostrava um excelente dançarino e ela estava apreciando tanto a valsa que nem pensava em conversar.

– Mas, já que quer saber – continuou ele, poupando-a misericordiosamente de ter que fazer um comentário –, apenas falei que esbarrei com você no corredor e que, pela sua aparência, a reconheci de imediato como uma Bridgerton e me apresentei.

– Acha que eles acreditaram?

– Sim – disse ele baixinho. – Acho que sim.

– Não que tenhamos qualquer coisa a esconder – acrescentou ela rapidamente.

– É claro que não.

– Se há algum vilão nessa história, com certeza é Nigel.

– É óbvio.

Ela mordeu o lábio inferior.

– Acha que ele ainda está no corredor?

– Certamente não tenho a intenção de descobrir.

Houve um instante constrangedor de silêncio e então Daphne falou:

– Fazia tempo que você não comparecia a um baile em Londres, não é? Nigel e eu devemos ter sido uma recepção e tanto.

– Você foi uma visão bem-vinda. Ele, não.

Ela deu um breve sorriso.

– Sem contar nossa pequena aventura, conseguiu se divertir até agora?

A resposta de Simon era tão claramente negativa que ele deu uma risada antes de dizer qualquer coisa.

– É mesmo? – surpreendeu-se Daphne, arqueando as sobrancelhas de curiosidade. – Que interessante.

– Você considera meu sofrimento interessante? Lembre-me de nunca pedir sua ajuda em caso de doença.

– Ora, por favor – zombou ela. – Não pode ter sido tão ruim assim.

– Ah, pode.

– Com certeza, não tão ruim quanto a *minha* noite.

– Você de fato parecia muito infeliz com sua mãe e Macclesfield – reconheceu ele.

– Que gentil de sua parte observar isso – murmurou ela.

– Mas ainda acho que a *minha* noite foi pior.

Daphne riu, um leve som musical que aqueceu o coração de Simon.

– Que triste par nós formamos – observou ela. – Estou certa de que somos capazes de falar sobre algo que não seja nossa noite terrível.

Simon não disse nada.

Daphne também não.

– Bem, eu não consigo pensar em nada – afirmou ele.

Daphne riu de novo, dessa vez com mais jovialidade, e Simon se viu mais uma vez hipnotizado pelo sorriso dela.

– Eu desisto – suspirou ela. – O que transformou sua noite em algo tão tenebroso?

– O que ou quem?

– *Quem?* – ecoou ela, inclinando a cabeça ao olhar para ele. – Isso está ficando ainda mais interessante.

– Sou capaz de pensar em inúmeros adjetivos para descrever todas as pessoas que tive o prazer de conhecer esta noite, mas "interessante" não é um deles.

– Ora, ora – disse ela, repreendendo-o –, não seja rude. Eu o vi conversando com meus irmãos, afinal.

Ele assentiu galantemente, apertando a mão de leve na cintura dela enquanto os dois giravam num gracioso arco.

– Peço desculpas. Os Bridgertons estão, claro, excluídos de meus insultos.

– Não tenho dúvidas de que ficamos todos aliviados.

Simon abriu um sorriso diante do senso de humor dela.

– Eu vivo para fazer sua família feliz.

– Eis uma declaração que pode voltar para assombrá-lo – afirmou ela. – Mas, falando sério, por que está tão nervoso? Se sua noite piorou tanto desde nossa situação com Nigel, você está mesmo em apuros.

– Como posso dizer isso sem ofendê-la? – brincou ele.

– Ah, pode ser direto – garantiu ela, despreocupadamente. – Prometo não ficar ofendida.

Simon sorriu com um ar travesso.

– Eis uma declaração que pode voltar para assombrá-la.

Daphne corou um pouco. O rubor não chegava a ser perceptível à luz das velas, mas Simon a observava com muita atenção. No entanto, como ela continuou em silêncio, ele acrescentou:

– Muito bem, se quer saber, fui apresentado a cada uma das moças solteiras no salão.

Simon ouviu um estranho som parecido com um ronco saído provavelmente da boca de Daphne. Suspeitou que ela estava rindo dele.

– E também – continuou ele – fui apresentado à mãe de cada uma das moças solteiras do salão.

Ela gorgolejou. Realmente *gorgolejou.*

– Que feio – resmungou ele. – Rir de seu parceiro de dança.

– Sinto muito – disse ela, apertando os lábios e tentando não sorrir.

– Não sente, não.

– Está bem – admitiu ela. – Não sinto mesmo. Mas apenas porque estou sofrendo a mesma tortura há dois anos. É difícil ter compaixão por causa só de uma noite.

– Por que você simplesmente não encontra alguém com quem se casar e acaba logo com isso?

Ela lhe lançou um olhar afiado.

– Isto é um pedido?

Simon sentiu o sangue se esvair do rosto.

– Não achei que fosse.

Ela olhou para ele e suspirou com impaciência.

– Ora, pelo amor de Deus. Pode voltar a respirar agora. Eu estava só brincando.

Simon queria fazer algum comentário seco, mordaz e absolutamente irônico, mas a verdade era que ela o havia surpreendido de tal modo que ele não conseguiu dizer uma palavra.

– Respondendo à sua pergunta – continuou ela, com a voz um pouco mais irritadiça do que ele estava acostumado a ouvir –, uma moça precisa levar suas alternativas em consideração. Há Nigel, é claro, mas creio que concordamos que ele não é um candidato adequado.

Simon balançou a cabeça.

– No começo deste ano teve o lorde Chalmers.

– Chalmers? – disse Simon, franzindo a testa. – Ele não tem...

– Quase setenta anos? Sim. E como eu gostaria de um dia ter filhos, pareceu...

– Alguns homens dessa idade ainda podem ter filhos – observou Simon.

– Não era um risco que eu estava disposta a correr – respondeu ela. – Além disso... – Ela estremeceu levemente, com uma expressão de repulsa dominando seu rosto – ... eu não gostaria de ter filhos com *ele*.

Para seu próprio desagrado, Simon pegou-se pensando em Daphne na cama com o velho Chalmers. Uma imagem desagradável, que o fez ficar furioso.

Com quem, não sabia. Talvez com ele mesmo, por não se dar sequer o trabalho de visualizar a maldita cena, mas...

– Antes do lorde Chalmers – continuou Daphne, felizmente interrompendo a desagradável linha de pensamento dele –, houve outros dois, mas ambos tão repulsivos quanto.

Simon olhou para ela pensativo.

– Você quer se casar?

– Bem, é claro que sim – respondeu ela, surpresa. – Não é o que todos querem?

– Eu não.

Ela deu um sorriso condescendente.

– Você acha que não quer. Todos os homens pensam isso. Mas vai querer.

– Não – afirmou ele, de maneira enfática. – Eu nunca vou casar.

Daphne o encarou, boquiaberta. Algo no tom de voz dele deixou claro que realmente acreditava no que estava dizendo.

– E seu título? – questionou ela.

Simon deu de ombros.

– O que tem meu título?

– Se não se casar e gerar um herdeiro, ele expirará. Ou irá para algum primo abominável.

Isso fez com que ele erguesse uma sobrancelha com ar divertido.

– E como você sabe que meus primos são abomináveis?

– Todos os primos na linha de sucessão de um título são abomináveis. – Ela inclinou a cabeça para o lado com um ar malicioso. – Ou pelo menos é o que dizem os homens que detêm o título.

– E essa é uma informação que você retirou de seu extenso conhecimento dos homens? – provocou ele.

Ela ofereceu-lhe um sorriso devastadoramente superior.

– É claro.

Simon ficou em silêncio por um instante e então perguntou:

– Vale a pena?

Ela pareceu confusa com a mudança repentina de assunto.

– O que vale a pena? – indagou.

Ele soltou a mão dela apenas pelo tempo necessário para acenar na direção dos convidados.

– Isto aqui. Este interminável desfile de festas. Com sua mãe em seus calcanhares.

Daphne soltou uma risada surpresa.

– Duvido que ela fosse apreciar a descrição. – Ficou em silêncio por um instante, depois olhou para o nada enquanto dizia: – Mas, sim, imagino que valha a pena. *Tem* que valer a pena. – Voltou a encará-lo, com os olhos escuros encantadoramente sinceros. – Eu quero um marido. Uma família. Não é tão bobo quando se pensa nisso. Sou a quarta de oito filhos. Só conheço famílias grandes. Não sei se saberia existir fora de uma.

Simon olhou para ela com intensidade. Um sinal de

alerta soou em sua mente. Ele a queria. Queria com tanto desespero que estava completamente tenso, mas jamais poderia sequer chegar a tocá-la. Porque fazer isso seria destruir todos os sonhos dela, e, libertino ou não, ele não sabia ao certo se conseguiria olhar-se no espelho de novo se fizesse isso.

Ele nunca se casaria, nunca teria filhos, e isso era tudo o que ela queria da vida.

Ele podia apreciar a companhia dela. Não tinha certeza de que poderia negar isso a si mesmo. Mas precisava deixá-la intocada para outro homem.

– Olá? – chamou ela, baixinho. Quando ele piscou, ela sorriu e disse: – Estava perdido em devaneios.

Ele inclinou a cabeça graciosamente.

– Estou apenas pensando no que você disse.

– E aprova tudo o que falei?

– Na verdade, não consigo me lembrar da última vez que conversei com alguém com tamanho bom senso. – E acrescentou: – É bom saber que você sabe o que quer da vida.

– E você, sabe o que quer?

Ah, como responder a isso? Havia coisas que ele sabia que não podia dizer. Mas era tão fácil conversar com aquela moça... Algo nela deixava sua mente tranquila, ainda que seu corpo formigasse de desejo. Por Deus, os dois não deviam estar tendo uma conversa tão franca logo depois de se conhecerem, mas, de alguma maneira, aquilo simplesmente parecia natural. Por fim, ele disse apenas:

– Tomei algumas decisões quando era mais jovem. Tento viver minha vida de acordo com esses votos.

Ela pareceu muito curiosa, mas sua boa educação a impediu de perguntar mais.

– Minha nossa – disse ela com um sorriso meio forçado –, ficamos sérios. E eu pensando que só estávamos tentando decidir quem de nós teve a pior noite.

Simon percebeu que ambos estavam presos. Presos pelas convenções e expectativas da sociedade. E foi então que uma ideia lhe veio à mente. Uma ideia estranha, louca e espantosamente maravilhosa. Talvez perigosa também, já que o obrigaria a estar na companhia dela por longos períodos de tempo, o que com certeza o deixaria numa condição permanente de desejo não realizado, mas Simon valorizava seu autocontrole acima de tudo, e tinha certeza de que poderia conter seus anseios básicos.

– Você não gostaria de uma folga? – perguntou ele de repente.

– Uma folga? – repetiu ela, com ar confuso. Enquanto os dois rodopiavam no salão, olhou de um lado para outro. – Disto aqui?

– Não exatamente. Isto você ainda teria que suportar. Estou pensando mais em uma folga da sua mãe.

Daphne se engasgou com a surpresa.

– Você vai afastar minha mãe das rodas sociais? Isso não parece um pouco extremo?

– Não estou falando em afastar sua mãe. Em vez disso, quero afastar você.

Daphne tropeçou nos próprios pés e então, assim que recuperou o equilíbrio, tropeçou nos pés dele.

– Como assim?

– Eu esperava ignorar por completo a sociedade londrina – explicou ele. – Mas estou chegando à conclusão de que será impossível.

– Porque você de repente descobriu que gosta de licor ruim e limonada aguada? – ironizou ela.

– Não – disse ele, ignorando o sarcasmo. – Porque descobri que metade dos meus colegas da faculdade se casou durante minha ausência, e as esposas deles parecem estar obcecadas em oferecer a festa mais perfeita de todas...

– E você foi convidado para todas?

Ele assentiu com irritação.

Daphne aproximou-se dele como se estivesse prestes a lhe contar um grande segredo.

– Você é um duque – sussurrou ela. – Pode dizer não.

Ela observou, fascinada, o maxilar dele ficando tenso.

– Esses homens – explicou ele –, os maridos delas... são meus amigos.

Daphne sentiu os lábios se abrirem num sorriso espontâneo.

– E você não quer ferir os sentimentos das esposas deles.

Simon fez uma careta, claramente desconfortável com a constatação dela.

– Ora, quem diria – comentou Daphne, com ar brincalhão. – Talvez você seja uma boa pessoa, afinal.

– Estou longe de ser uma boa pessoa – zombou ele.

– Talvez, mas também está longe de ser uma pessoa má.

Quando a música terminou, Simon a pegou pelo braço e a guiou para as bordas do salão. Como a valsa os havia levado para o lado oposto ao da família de Daphne, eles tiveram tempo de continuar a conversa enquanto voltavam caminhando lentamente para junto dos Bridgertons.

– O que eu estava tentando dizer, antes que você me distraísse com toda a sua habilidade – prosseguiu ele –, era que pelo visto vou precisar comparecer a alguns eventos na cidade.

– Não é exatamente um destino pior que a morte.

Ele ignorou o comentário.

– Imagino que você também deverá comparecer.

Ela respondeu com um único aceno da cabeça.

– Talvez haja uma maneira de eu ser poupado das atenções das Featheringtons e outras moças do tipo e, ao mesmo tempo, proteger você dos esforços casamenteiros de sua mãe – continuou Simon.

Ela olhou para ele com atenção.

– E como isso seria possível?

– Nós – disse ele, inclinando-se para a frente e fixando os olhos nos dela – formaremos um casal.

Daphne não disse nada. Absolutamente nada. Apenas o encarou como se estivesse tentando decidir se ele era o homem mais grosseiro na face da Terra ou simplesmente doido de pedra.

– Não um casal de verdade – explicou Simon com impaciência. – Meu Deus, que tipo de homem você acha que sou?

– Bem, eu fui alertada sobre sua reputação – argumentou ela. – E você mesmo tentou me assustar com seus modos devassos hoje mais cedo.

– Eu não fiz isso.

– É claro que fez. – Ela deu um tapinha no braço dele. – Mas eu o perdoo. Tenho certeza de que não pôde evitar.

Simon olhou surpreso para ela.

– Acho que nunca fui tratado com essa condescendência por uma mulher.

Ela deu de ombros.

– Talvez já estivesse na hora de isso acontecer.

– Sabe, eu achava que você ainda não tinha se casado porque seus irmãos haviam assustado todos os pretendentes, mas agora me pergunto se não fez isso sozinha.

Para a surpresa de Simon, Daphne apenas riu.

– Não – disse ela. – Estou solteira porque todos me veem como amiga. Ninguém nunca se interessa por mim como mulher. – Ela fez uma careta. – A não ser Nigel.

Simon refletiu sobre isso por alguns instantes e se deu conta de que seu plano poderia beneficiá-la mais do que havia imaginado.

– Ouça – pediu ele. – Tenho que falar logo, porque estamos chegando perto de onde sua família está e

Anthony parece prestes a disparar na nossa direção a qualquer instante.

Os dois olharam rapidamente para a direita. O irmão mais velho de Daphne ainda estava preso numa conversa com as Featheringtons. Não parecia feliz.

– Eis o meu plano – continuou Simon, com a voz baixa e intensa. – Vamos fingir que passamos a gostar um do outro. Não haverá tantas debutantes sendo atiradas em meu colo porque todos acreditarão que não estou mais disponível.

– Não vai funcionar – respondeu ela. – Ninguém vai acreditar que você não está mais disponível enquanto não estiver diante do bispo fazendo seus votos matrimoniais.

A simples ideia fez o estômago de Simon se revirar.

– Bobagem – disse ele. – Pode levar algum tempo, mas tenho certeza de que acabarei conseguindo convencer a sociedade de que não sou candidato a me casar com ninguém.

– A não ser comigo – observou Daphne.

– A não ser com você – concordou ele. – Mas nós dois saberemos que isso não é verdade.

– É claro – murmurou ela. – Francamente, não acredito que isso vá funcionar, mas se você está convencido...

– Estou.

– Bem, e o que eu ganho com isso?

– Em primeiro lugar, sua mãe vai parar de arrastá-la de um homem para outro se ela acreditar que você conquistou meu interesse.

– Bastante convencido de sua parte – observou Daphne –, mas é verdade.

Simon ignorou seu escárnio.

– Em segundo lugar – prosseguiu ele –, os homens sempre reparam mais em uma mulher quando acham que há outros como ele interessados nela.

– E isso quer dizer que...

– Que, muito simplesmente, e perdoe minha *pretensão* – disse ele, lançando-lhe um olhar irônico que deixava claro que tinha percebido o sarcasmo dela –, se todos pensarem que tenho a intenção de fazer de você minha duquesa, os homens que a veem apenas como uma amiga querida começarão a enxergá-la de outra forma.

Ela torceu os lábios.

– O que significa que, no instante em que você me dispensar, terei hordas de pretendentes à minha disposição?

– Ah, eu permitirei que a decisão de romper seja sua – disse ele, galantemente.

Simon percebeu que ela não se deu o trabalho de agradecer.

– Ainda acho que tenho muito mais a ganhar com esse arranjo que você – constatou Daphne.

Ele apertou levemente o braço dela.

– Então você aceita?

A jovem olhou para a Sra. Featherington, que parecia uma ave de rapina, e depois para o irmão, que dava a impressão de ter engolido um osso de galinha.

Já vira aquelas expressões dezenas de vezes antes – inclusive no rosto da própria mãe e no de algum desafortunado pretendente em potencial.

– Aceito – disse ela, com a voz firme. – Sim, eu aceito.

– Por que acha que estão demorando tanto?

Violet Bridgerton puxou a manga do filho mais velho, sem conseguir desviar os olhos de Daphne, que parecia ter conquistado toda a atenção do duque de Hastings, visto como o grande partido da temporada depois de apenas uma semana em Londres.

– Não sei – respondeu Anthony, olhando aliviado para as costas das Featheringtons, que se afastavam a caminho da próxima vítima –, mas parece que já faz horas que eles saíram daqui.

– Acha que ele gostou dela? – perguntou Violet, empolgada. – Acha que nossa Daphne tem alguma chance de se tornar uma duquesa?

A expressão de Anthony era um misto de impaciência e descrença.

– Mamãe, primeiro a senhora disse a Daphne que não queria sequer que ela fosse *vista* na companhia dele, e agora está pensando em casamento?

– Eu fui precipitada – explicou Violet com um alegre aceno da mão. – Sem dúvida ele é claramente um homem refinado e de bom gosto. E posso saber como você sabe o que eu disse a Daphne?

– Ela me contou, é claro – mentiu Anthony.

– Sei. Bem, estou certa de que Portia Featherington tão cedo não se esquecerá desta noite.

Anthony arregalou os olhos.

– Você está tentando casar Daphne para que ela seja uma esposa e mãe feliz ou está apenas tentando chegar antes da Sra. Featherington ao altar?

– A primeira alternativa, é claro – respondeu Violet, irritada. – E o fato de você sugerir o contrário me ofende. – Os olhos dela se desviaram da filha e de Simon apenas pelo tempo suficiente para localizar Portia Featherington e as filhas. – Mas com certeza eu não me importaria de ver a cara dela quando se der conta de que Daphne e o duque formarão o casal da temporada.

– Mamãe, a senhora não tem jeito.

– Discordo. Posso até não ter vergonha, mas acho que tudo tem jeito.

Anthony balançou a cabeça e resmungou alguma coisa.

– Resmungar é falta de educação – repreendeu Violet, apenas para implicar com ele. Então viu a filha e o duque. – Ah, ali vêm eles. Anthony, comporte-se. Daphne! Vossa Graça! – Fez uma pausa enquanto o casal se aproximava. – Imagino que tenham apreciado a dança.

– Muito – murmurou Simon. – Sua filha é graciosa e adorável.

Anthony bufou.

Simon o ignorou.

– Espero que tenhamos o prazer de dançar juntos de novo muito em breve.

Violet estava radiante.

– Ah, estou certa de que Daphne *adoraria*. – Como a menina não respondeu de imediato, ela acrescentou, com bastante ênfase: – Não é, Daphne?

– É claro – disse ela, de modo afetado.

– Tenho certeza de que sua mãe jamais seria tão indulgente a ponto de me conceder uma segunda valsa – disse Simon, assumindo completamente o papel de duque cortês –, mas espero que nos autorize a dar uma volta pelo salão.

– Vocês acabaram de dar uma volta pelo salão – observou Anthony.

Simon o ignorou mais uma vez.

– Evidentemente, nós nos manteremos à sua vista o tempo todo – acrescentou.

O leque de seda lilás na mão da viscondessa começou a se agitar muito rápido.

– Eu ficaria encantada. Quer dizer, Daphne ficaria encantada. Não é mesmo, Daphne?

Ela respondeu em tom inocente:

– Ah, ficaria, sim.

– E eu – comentou Anthony – preciso tomar um chá, porque só posso estar com febre. Que diabo está acontecendo?

– Anthony! – exclamou Violet. Virou-se rapidamente para Simon. – Não lhe dê ouvidos.

– Ah, eu nunca dou – disse Simon em tom afável.

– Daphne – chamou Anthony enfaticamente –, eu adoraria ser seu acompanhante.

– Francamente, meu filho – interrompeu Violet–, eles não precisam de um acompanhante se vão permanecer aqui no salão.

– Ora, faço questão – insistiu ele.

– Vocês dois podem ir na frente – falou Violet a Daphne e Simon, acenando para eles. – Anthony os alcançará em um instante.

O rapaz tentou segui-los, mas Violet agarrou o pulso dele com força.

– Que diabo você pensa que está fazendo? – sibilou ela.

– Protegendo minha irmã!

– Do duque? Ele não pode ser tão perverso assim. Na verdade, ele me lembra você.

Anthony soltou um gemido.

– Então ela realmente precisa da minha proteção.

Violet deu um tapinha no braço do filho.

– Não seja exagerado. Se ele tentar levá-la para o mau caminho na varanda, prometo que pode ir resgatá-la. Mas até que esse fato improvável aconteça, por favor, permita que sua irmã tenha seu momento de glória.

Anthony olhou furioso para as costas de Simon.

– Amanhã eu o mato!

– Minha nossa – comentou Violet, balançando a cabeça –, eu não fazia ideia de que você podia ser tão sensível. Sendo sua mãe, eu deveria saber disso, principalmente por você ser meu primogênito, o que quer dizer que o conheço há mais tempo do que a todos os meus filhos, mas...

– Aquele lá é o Colin? – interrompeu Anthony, com a voz estrangulada.

Violet piscou e então estreitou os olhos.

– Ora, é, sim. Não é ótimo que ele tenha voltado antes de viagem? Mal pude acreditar em meus olhos quando o vi há cerca de uma hora. Na verdade, eu...

– É melhor eu ir falar com ele – disse Anthony com rapidez. – Ele parece solitário. Até logo, mamãe.

A mulher ficou olhando o filho se afastar, provavelmente para fugir de sua tagarelice.

– Menino bobo – murmurou consigo mesma.

Nenhum de seus rebentos parecia perceber seus truques. Bastava matraquear sobre qualquer coisa para conseguir se livrar deles num piscar de olhos.

Suspirou, satisfeita, e voltou a observar a filha, agora do outro lado do salão, com a mão confortavelmente aninhada no cotovelo do duque. Os dois formavam um belo par.

Sim, ela pensou, com os olhos marejados, Daphne daria uma excelente duquesa.

Então por um instante desviou o olhar para Anthony, que estava onde ela desejava: longe da irmã. Permitiu-se sorrir discretamente. Era tão fácil controlar os filhos...

Então sua expressão de alegria deu lugar a uma

testa franzida no momento em que viu Daphne voltando para perto dela – segurando o braço de outro homem. Os olhos de Violet na mesma hora varreram o salão até que encontrassem o duque.

Ora, que diabo ele estava fazendo dançando com Penelope Featherington?

Capítulo 6

Contaram a esta autora que, na noite de ontem, o duque de Hastings mencionou nada menos que seis vezes que não tem planos de se casar. Se sua intenção era desencorajar as mães ambiciosas, ele cometeu um grave erro de avaliação. Elas simplesmente verão seus comentários como os maiores desafios.

E o interessante é que todos os comentários antimatrimônio foram feitos antes que ele fosse apresentado à encantadora e ajuizada Srta. (Daphne) Bridgerton.

Crônicas da sociedade de Lady Whistledown, 30 de abril de 1813

Na tarde seguinte, Simon estava parado na entrada da casa de Daphne, com uma das mãos batendo a aldrava de bronze na porta e a outra segurando um grande buquê de tulipas caríssimas. Não lhe ocorrera que sua pequena farsa exigiria sua atenção também à luz do dia, mas durante a volta dos dois pelo salão na noite anterior Daphne observara sabiamente que, se ele não a procurasse no dia seguinte, ninguém - muito menos a mãe dela - acreditaria de fato que ele estava interessado nela.

Simon concordou com a avaliação, admitindo que Daphne com certeza tinha mais conhecimento nessas questões de etiqueta do que ele. Assim, ele a obedecera, comprando flores, e atravessara a Grosvenor Square em direção à Casa Bridgerton. Como nunca cortejara uma mulher respeitável antes, o ritual lhe era bastante estranho.

A porta foi aberta quase de imediato pelo mordomo dos Bridgertons. Simon entregou-lhe seu cartão. O homem, um sujeito alto e magro com um nariz adunco, olhou para o pequeno pedaço de papel por uma fração de segundo antes de assentir com a cabeça e murmurar:

– Por aqui, senhor.

Era óbvio, Simon pensou com sarcasmo, que ele estava sendo esperado.

O que não imaginava, no entanto, era a visão que o aguardava quando ele entrou na sala de estar. Daphne parecia uma miragem sentada no sofá de linho verde, com um vestido de seda azul-claro e o rosto adornado por um de seus largos sorrisos.

Teria sido uma imagem encantadora se ela não estivesse cercada por pelo menos meia dúzia de homens, um deles literalmente de joelhos, com versos saindo de seus lábios. A julgar pela natureza floreada da poesia, Simon chegou a achar que uma roseira brotaria da boca do idiota a qualquer momento.

Chegou à conclusão de que toda aquela cena era muito desagradável.

Fixou o olhar em Daphne, que dirigia seu magnífico sorriso ao bufão agachado, e esperou que ela notasse sua presença.

Ela não o viu.

Simon olhou para baixo, para sua mão livre, e percebeu que cerrava o punho. Esquadrinhou a sala, tentando decidir em que rosto iria cravá-lo.

Daphne sorriu de novo, e mais uma vez não foi para ele.

O poeta idiota. Sem sombra de dúvida, o poeta idiota. O duque inclinou um pouco a cabeça para o lado enquanto analisava o rosto do jovem apaixonado. Seu punho se encaixaria melhor no olho direito ou no esquerdo? Ou isso era violento demais? Talvez um leve corte no queixo fosse mais apropriado. No mínimo, poderia fazê-lo calar a boca.

– Este – anunciou o poeta com grandeza – eu escrevi em sua homenagem ontem à noite.

Simon soltou um gemido. Reconhecera o poema anterior que o homem recitara como uma versão grandiosa de um soneto de Shakespeare, mas um trabalho original era mais do que poderia suportar.

– Vossa Graça!

Simon ergueu o olhar e percebeu que Daphne enfim havia notado sua presença.

Ele acenou com a cabeça, o ar tranquilo conflitando com os olhares de cachorro pidão dos demais pretendentes.

– Srta. Bridgerton.

– Que ótimo vê-lo – disse ela, com um sorriso de satisfação.

Ah, assim estava melhor. Simon ajeitou as flores e começou a caminhar em direção a ela quando percebeu que havia três jovens pretendentes em seu caminho, e nenhum parecia inclinado a arredar o pé. Ele fuzilou o primeiro com seu olhar mais arrogante, que fez com que o garoto – que parecia ter no máximo 20 anos, mal podendo ser chamado de *homem* – começasse a tossir da maneira menos atraente possível e saísse correndo para um banco desocupado perto da janela.

Simon seguiu em frente, pronto para repetir o procedimento com o próximo pretendente irritante, quando a viscondessa surgiu de repente em seu caminho, com um vestido azul-escuro e um sorriso que poderia rivalizar com o de Daphne.

– Vossa Graça! – saudou ela com entusiasmo. – Que prazer em ver o senhor! Sua presença é uma honra para nós.

– Não poderia imaginar estar em nenhum outro lugar – disse Simon ao beijar sua mão enluvada. – Sua filha é uma jovem excepcional.

Violet suspirou, satisfeita.

– E que flores lindas – elogiou ela assim que parou de se deliciar com seu orgulho materno. – São holandesas? Devem ter custado uma fortuna.

– Mamãe! – repreendeu Daphne com a voz estridente. Soltou a mão das garras de um pretendente particularmente enérgico e se aproximou. – Assim a senhora deixa o duque sem saber o que dizer!

– Eu poderia dizer quanto paguei pelas flores – sugeriu ele com um meio sorriso malicioso.

– Você não poderia fazer isso.

Ele se inclinou para a frente, baixando o tom de voz para que apenas Daphne pudesse ouvi-lo.

– Você não observou ontem à noite que eu sou um duque? – murmurou ele. – Pensei que tivesse me dito que posso fazer o que quiser.

– Sim, mas não isso – falou Daphne, descartando o argumento dele com um aceno de mão. – Você jamais seria tão rude.

– É claro que o duque não seria *rude*! – exclamou Violet, claramente horrorizada por Daphne ter coragem de sequer pronunciar a palavra diante dele. – Sobre o que está falando? Por que ele seria rude?

– As flores – esclareceu Simon. – Quanto custaram. Daphne acha que eu não devo lhe dizer.

– Me diga depois – sussurrou a viscondessa pelo canto da boca –, quando ela não estiver ouvindo.

Então voltou para o sofá verde em que Daphne estivera sentada com os pretendentes e o esvaziou em menos de três segundos. Simon ficou admirado com a precisão militar com que ela realizou a manobra.

– Pronto – disse ela. – Não está ótimo assim? Daphne, por que você e o duque não se sentam ali?

– Ali onde o lorde Railmont e o Sr. Crane estavam

sentados há apenas alguns instantes? – perguntou Daphne com ar inocente.

– Exatamente – respondeu Violet, com um admirável tom casual, pelo menos na opinião de Simon. – Além disso, o Sr. Crane disse que precisa se encontrar com a mãe no Gunter's às três.

Daphne olhou para o relógio.

– São duas horas agora, mamãe.

– O trânsito anda terrível ultimamente – disse Violet, torcendo o nariz. – Há cavalos de mais nas ruas.

– Um homem não pode deixar a mãe esperando – completou Simon, entrando no espírito da conversa.

– Muito bem observado – concordou Violet, radiante. – Pode ter certeza de que foi essa a educação que dei a meus filhos.

– E, caso tenha alguma dúvida – falou Daphne com um sorriso –, eu confirmo de bom grado.

A viscondessa apenas sorriu.

– Se alguém deveria saber disso é você, Daphne. Agora, se me dão licença, tenho coisas para fazer. Ah, Sr. Crane! Sr. Crane! Sua mãe jamais me perdoaria se eu não o liberasse a tempo. – Ela se apressou, arrastando o pobre homem pelo braço e levando-o até a porta, mal lhe dando tempo para se despedir.

Daphne virou-se para Simon com uma expressão divertida.

– Não consigo decidir se ela está sendo excessivamente educada ou extremamente rude.

– Extremamente educada, talvez? – Simon perguntou com suavidade.

Ela balançou a cabeça.

– Ah, definitivamente não.

– A alternativa, é claro, seria...

– Excessivamente rude? – Daphne sorriu enquanto observava a mãe passar o braço por dentro do de lorde Railmont, apontá-lo para Daphne a fim de que ela se despedisse com um aceno e levá-lo para fora da sala. E então, como por encanto, o galanteador que restava murmurou uma despedida apressada e saiu.

– Impressionantemente eficiente, não? – murmurou Daphne.

– Sua mãe? Ela é maravilhosa.

– Ela vai voltar, é claro.

– Que pena. E eu pensando que tinha você verdadeiramente nas minhas garras.

Daphne riu.

– Não sei como alguém pode considerá-lo um libertino. Seu senso de humor é excelente.

– E nós, libertinos, acreditávamos ser tão perversamente cômicos...

– O humor de um libertino é essencialmente cruel – afirmou Daphne.

O comentário dela o surpreendeu. Encarou-a com atenção, observando seus olhos castanhos, sem saber, no entanto, o que estava procurando de fato. Havia um círculo verde estreito ao redor de suas pupilas, de uma cor profunda como o musgo. Então se deu conta de que nunca a vira à luz do dia antes.

– Olá? – A voz baixa de Daphne o tirou de seu transe.

Simon piscou.

– Perdão, o que disse?

– Você parecia estar a quilômetros de distância – comentou ela, franzindo a testa.

– Eu estava a quilômetros de distância. – Lutou contra a vontade de voltar a encarar seus olhos. – Isto é muito diferente.

Daphne soltou uma risada que soava como música.

– Estava mesmo, não é? E eu nunca fui além de Lancashire. Como devo parecer provinciana...

Ele desconsiderou a observação.

– Perdoe a desatenção. Creio que estávamos falando sobre minha falta de humor.

– Não estávamos, não, e você sabe disso muito bem. – Ela pôs as mãos nos quadris. – Eu estava dizendo especificamente que tem um senso de humor muito superior ao dos libertinos comuns.

Ele levantou uma sobrancelha com um ar bastante superior.

– E você não classificaria seus irmãos como libertinos?

– Eles apenas *acham* que são libertinos – corrigiu ela. – Existe uma grande diferença.

Simon riu.

– Se Anthony não é um libertino, tenho pena da mulher que encontrar um homem que seja.

– Ser um libertino é mais do que seduzir muitas mulheres – comentou Daphne em tom casual. – Se um homem não consegue fazer nada além de enfiar a língua na boca de uma mulher e beijar...

Simon sentiu a garganta fechando, mas de alguma forma conseguiu dizer:

– Você não deveria estar falando sobre essas coisas.

Ela deu de ombros.

– Você não deveria sequer *saber* dessas coisas – resmungou ele.

– Quatro irmãos – argumentou ela. – Bem, três. Gregory ainda é jovem demais para entrar na conta.

– Alguém deveria avisá-los para segurar a língua perto de você.

Ela deu de ombros de novo, dessa vez com menos ênfase.

– Metade do tempo eles nem percebem que estou por perto.

Simon não conseguia imaginar isso.

– Mas parece que nós nos desviamos muito do tema original – alertou ela. – O que eu estava tentando dizer é que o humor de um libertino é baseado em crueldade. Ele precisa de uma vítima, pois não pode sequer pensar em rir de si mesmo. E você é muito bom com observações de autodepreciação.

– Eu só não sei se agradeço ou esgano você.

– Me esganar? Ué, mas por quê? – Ela riu de novo, uma risada profunda que Simon sentiu no âmago de seu ser.

Ele deu um suspiro profundo, mas o longo sopro de ar foi praticamente inútil para estabilizá-lo. Se ela continuasse rindo daquele jeito, ele não responderia pelas consequências.

Mas ela permaneceu olhando para ele, com a boca larga curvada num daqueles sorrisos que pareciam estar à beira da gargalhada.

– Vou esganá-la pelo princípio geral – resmungou ele.

– E que princípio seria esse?

– O princípio geral do *homem* – vociferou Simon.

Ela levantou as sobrancelhas em uma expressão de dúvida.

– Em oposição ao princípio geral da mulher?

Ele olhou ao redor.

– Onde está seu irmão? Você é insolente demais. Alguém precisa lhe dar um jeito.

– Ah, estou certa de que você verá Anthony com muito mais frequência. Na verdade, estou bastante surpresa por ele ainda não ter aparecido. Ele ficou furioso ontem à noite. Fui obrigada a ouvir um sermão de uma hora sobre seus defeitos e pecados.

– Com certeza os pecados são exagerados.

– E os defeitos?

– Provavelmente verdadeiros – admitiu Simon com certa timidez.

A observação lhe rendeu mais um sorriso de Daphne.

– Bem, verdadeiros ou não – continuou ela –, ele acha que você está planejando alguma coisa.

– Eu *estou* planejando alguma coisa.

Ela inclinou a cabeça para o lado sarcasticamente enquanto revirava os olhos.

– Ele acha que você está planejando alguma coisa *execrável*.

– Bem que eu gostaria de estar fazendo isso – resmungou ele.

– O que disse? Não entendi.

– Nada.

Ela franziu a testa.

– Acho que deveríamos contar a Anthony sobre nosso acordo.

– E o que ganharíamos com isso?

Daphne se lembrou da hora inteira de tortura que suportara na noite anterior e disse apenas:

– É, acho melhor que descubra sozinho.

Simon apenas ergueu as sobrancelhas.

– Minha cara Daphne...

Ela entreabriu a boca, surpresa.

– É claro que você não vai me forçar a chamá-la de Srta. Bridgerton. – Ele suspirou de forma dramática. – Depois de tudo o que passamos.

– Não passamos por nada, seu bobo, mas acho que pode me chamar de Daphne mesmo assim.

– Ótimo – comemorou ele de modo condescendente. – Pode me chamar de Vossa Graça.

Ela lhe deu um tapinha.

– Muito bem – respondeu ele, torcendo os lábios. – Se faz tanta questão, pode me chamar de Simon.

– Ah, eu faço questão – disse Daphne, revirando os olhos. – Com certeza eu faço questão.

Ele se inclinou para ela com algo diferente e meio fogoso faiscando nas profundezas de seus olhos claros.

– Faz questão? – murmurou ele. – Fico muito satisfeito por saber disso.

Daphne teve a sensação repentina de que ele estava se referindo a algo muito mais íntimo que a simples menção de seu nome de batismo. Um tipo de quentura estranha e vibrante tomou conta de seus braços e, sem pensar, ela deu um passo para trás.

– Essas flores são lindas – disse ela de repente.

Ele olhou para o buquê com indiferença, girando-o na mão.

– São mesmo, não são?

– Eu adorei.

– Elas não são para você.

Daphne ficou sem graça, e Simon sorriu.

– São para sua mãe – explicou.

Ela abriu a boca devagar, surpresa, soltando um pouco de ar antes de dizer:

– Ora, você é um homem muito, muito esperto. Com certeza ela irá cair aos seus pés. Mas você sabe que isso voltará para assombrá-lo, não sabe?

Ele lhe lançou um olhar astuto.

– Ah, é mesmo?

– É. Ela se tornará mais determinada do que nunca a arrastá-lo para o altar. Você vai acabar se vendo tão cercado nas festas como se não tivéssemos elaborado nosso plano.

– Bobagem – zombou ele. – Antes eu precisava suportar dezenas de mães ambiciosas. Agora tenho que lidar apenas com uma.

– Talvez você se surpreenda com a determinação dela – murmurou Daphne. Então virou a cabeça para olhar pela porta entreaberta. – Ela deve gostar de você – acrescentou. – Deixou-nos sozinhos por muito mais tempo que o adequado.

Simon refletiu e se inclinou para a frente a fim de sussurrar:

– Ela poderia estar ouvindo atrás da porta?

Daphne balançou a cabeça.

– Não, nós teríamos escutado seus sapatos no corredor.

Alguma coisa nessa declaração o fez sorrir, e Daphne se flagrou sorrindo junto com ele.

– Mas eu realmente deveria lhe agradecer antes que ela volte – continuou ela.

– É? Por quê?

– Seu plano está sendo um grande sucesso. Pelo menos para mim. Percebeu quantos pretendentes vieram me ver hoje?

Ele cruzou os braços, deixando as tulipas de cabeça para baixo.

– Percebi, sim.

– É incrível. Nunca tive tantos interessados num único dia. Mamãe estava explodindo de orgulho. Até mesmo Humboldt, nosso mordomo, ficou encantado, e eu nunca o vi sequer sorrindo. Ooops! Veja, as flores estão pingando. – Daphne se abaixou e ajeitou as tulipas, roçando o braço de leve na frente do casaco dele. Ela imediatamente deu um salto para trás, surpresa com a quentura e a força dele.

Meu Deus, se ela podia sentir tudo aquilo através da camisa e do casaco, como ele deveria ser...

Daphne ficou vermelha. Muito vermelha.

– Eu daria minha fortuna por seus pensamentos – disse Simon, erguendo as sobrancelhas com curiosidade.

Felizmente, Violet escolheu esse momento para voltar à sala.

– Peço mil desculpas por tê-los abandonado por tanto tempo – falou –, mas o cavalo do Sr. Crane perdeu uma ferradura, então precisei acompanhá-lo até os estábulos para achar um cavalariço que resolvesse o problema.

Durante toda a vida, ela nunca ouvira falar de uma ida da mãe aos estábulos.

– A senhora é realmente uma anfitriã fora de série – elogiou Simon, estendendo-lhe as flores. – Tome, peço-lhe que aceite estas tulipas.

– Para mim? – Violet ficou boquiaberta, deixando um suspiro de surpresa escapar de seus lábios. – Tem certeza? Porque eu... – Olhou para Daphne, depois para Simon e por fim de volta para a filha. – Tem certeza?

– Absoluta.

Violet piscou rapidamente e Daphne percebeu que havia lágrimas nos olhos da mãe. Pensou que ninguém lhe dava flores. Pelo menos não desde a morte de seu pai, dez anos antes. Violet era uma mãe tão boa que a menina esquecera que ela era também uma mulher.

– Não sei nem o que dizer – fungou Violct.

– Tente "obrigada" – sussurrou a filha em seu ouvido, dando um sorriso que deixou o comentário mais caloroso.

– Ah, Daff, você é *terrível*. – Violet lhe deu um tapinha no braço, parecendo mais jovem do que Daphne jamais tinha visto. – Mas obrigada, Vossa Graça. São lindas, porém o mais importante é que foi um gesto muito gentil. Sempre me lembrarei deste momento com carinho.

Simon parecia prestes a dizer algo, mas acabou apenas sorrindo e inclinando a cabeça para o lado.

Daphne olhou para Violet, viu a inegável alegria em seus olhos azuis e se deu conta, com um lampejo de vergonha, de que nenhum dos filhos dela jamais agira de modo tão gentil como aquele homem a seu lado.

O duque de Hastings. Nesse momento, Daphne entendeu que seria uma tola se não se apaixonasse por ele.

É claro que seria bom se fosse recíproco.

– Mamãe – chamou Daphne –, quer que eu vá pegar um vaso?

– O quê? – Violet ainda estava ocupada demais cheirando alegremente as tulipas para prestar atenção às palavras da filha. – Ah, sim, é claro. Peça que Humboldt traga o vaso de cristal da minha avó.

A jovem lançou um sorriso de gratidão para Simon e se dirigiu à porta. Mas antes que pudesse dar mais do que dois passos, a forma grande e amedrontadora do irmão mais velho se materializou na entrada da sala.

– Daphne – resmungou Anthony. – Exatamente a pessoa com quem eu precisava falar.

Ela decidiu que a melhor estratégia era ignorar o humor grosseiro dele.

– Só um instante, Anthony – disse ela com doçura. – Mamãe pediu que eu buscasse um vaso. Hastings trouxe flores para ela.

– Simon está aqui? – Ele olhou por cima dela, para dentro da sala. – O que está fazendo aqui, Hastings?

– Visitando sua irmã.

Anthony passou por Daphne e entrou na sala parecendo uma nuvem de tempestade.

– Eu não lhe dei permissão para cortejar minha irmã! – berrou.

– Pois eu dei – interferiu Violet. Enfiou as flores no rosto do filho, sacudindo-as de forma a depositar o máximo de pólen no nariz dele. – Não são lindas?

Anthony espirrou e empurrou as tulipas para o lado.

– Mamãe, estou tentando falar com o duque.

Ela olhou para o rapaz.

– Deseja ter essa conversa com meu filho?

– Não faço nenhuma questão, na verdade – respondeu Simon.

– Muito bem, então. Anthony, fique quieto.

Daphne pôs a mão na boca, mas não conseguiu evitar que a risada presa escapasse.

– Você! – gritou Anthony, apontando um dedo na direção da irmã. – Fique quieta!

– Acho melhor ir buscar o vaso – sugeriu Daphne.

– E me deixar à mercê do seu irmão? – disse Simon com a voz suave. – Talvez seja melhor não.

Ela levantou uma sobrancelha.

– Está insinuando que não é homem o bastante para lidar com ele?

– É claro que não. Só acho que ele deveria ser problema seu, não meu, e...

– Que diabo está acontecendo aqui? – rugiu Anthony.

– Meu filho! – exclamou Violet. – Não vou tolerar que você use um linguajar tão impróprio na minha sala de estar.

Daphne sorriu.

Simon apenas inclinou a cabeça para o lado, encarando o amigo com uma expressão curiosa.

Anthony lançou um olhar furioso para ele e sua irmã antes de voltar a atenção para a mãe.

– Ele não é de confiança. A senhora faz ideia do que está acontecendo aqui? – questionou.

– É óbvio que sim – respondeu Violet. – O duque está fazendo uma visita à sua irmã.

– E trouxe flores para sua mãe – completou Simon, prestativo.

Anthony olhou fixamente para o nariz do rapaz, que teve certeza de que o amigo estava imaginando como seria dar um soco nele.

Depois virou a cabeça a fim de encarar a mãe.

– A senhora conhece a reputação dele?

– Libertinos arrependidos dão os melhores maridos – afirmou Violet.

– Isso é besteira, e a senhora sabe disso.

– De qualquer maneira, ele não é um libertino de verdade – acrescentou Daphne.

O olhar que Anthony lançou à irmã foi tão comicamente malévolo que o duque quase caiu na gargalhada. Conseguiu se conter, mas apenas porque tinha a impressão de que qualquer demonstração de humor de sua parte faria com que o punho de Anthony ganhasse a batalha que estava travando com seu cérebro, e o rosto de Simon seria a primeira vítima do conflito.

– Você não sabe – decretou Anthony, com a voz baixa e quase trêmula de raiva. – Você não sabe o que ele já fez.

– Nada mais grave do que você mesmo já fez, tenho certeza – comentou Violet com malícia.

– Exatamente! – exclamou Anthony. – Pelo amor de Deus, eu sei *muito bem* o que está se passando na cabeça dele neste momento, e não tem nada a ver com poesia e rosas.

Simon imaginou Daphne deitada numa cama de pétalas de rosas.

– Bem, talvez rosas – murmurou ele.

– Eu vou matá-lo! – ameaçou Anthony.

– Bem, são apenas tulipas – falou Violet de forma afetada. – Da Holanda. E, Anthony, você realmente precisa controlar suas emoções. Isto é muito inadequado.

– Ele não serve nem para lamber as solas dos sapatos de minha irmã!

A cabeça de Simon se encheu de mais imagens eróticas. Dessa vez, ele lambia os dedos de Daphne. Resolveu não fazer qualquer comentário. Além disso, já havia decidido que não se permitiria pensar nessas coisas. Ela era irmã do amigo dele, pelo amor de Deus. Não poderia seduzi-la.

– Eu me recuso a ouvir mais uma palavra depreciativa sobre o duque – declarou Violet enfaticamente. – E ponto final.

– Mas...

– Não estou gostando do seu tom, Anthony Bridgerton!

Simon pensou ter ouvido Daphne engolir uma risada e se perguntou do que se tratava aquilo.

– Se for do agrado de Vossa Maternidade – disse Anthony à mãe num tom agonizantemente calmo –, gostaria de uma conversa em particular com Simon.

– Dessa vez eu vou mesmo buscar o vaso – anunciou Daphne, saindo da sala.

Violet cruzou os braços e informou ao filho:

– Não vou permitir que trate mal um convidado em minha casa.

– Prometo não encostar um dedo nele – respondeu Anthony. – Dou minha palavra.

Como nunca conhecera a própria mãe, Simon estava achando aquele diálogo fascinante. Tecnicamente, afinal, a Casa Bridgerton era a casa de Anthony, não de Violet, e Simon ficou impressionado que o amigo não fizesse essa observação.

– Está tudo bem, Lady Bridgerton – interrompeu ele. – Estou certo de que Anthony e eu temos muito que conversar.

Anthony estreitou os olhos.

– Muito.

– Está bem – concordou Violet. – De qualquer maneira você fará o que quiser, não importa o que eu diga. Mas não vou sair daqui. – Ela se instalou no sofá. – Esta sala é minha, e estou confortável aqui. Se desejam continuar com isso que chamam de "conversa entre homens", podem fazê-lo em outro lugar.

Simon piscou, surpreso. Era óbvio que a mãe de Daphne era mais inteligente do que aparentava ser.

Anthony acenou em direção à porta com a cabeça e o duque o seguiu até o corredor.

– Meu escritório fica por aqui – informou Anthony.

– Você tem um escritório aqui?

– Sou o chefe da família, afinal de contas.

– É claro – reconheceu Simon. – Mas você mora em outro lugar.

Anthony fez uma pausa e examinou o amigo.

– Você já deve ter notado que minha posição como chefe da família Bridgerton acarreta sérias responsabilidades.

Simon encarou-o com calma.

– Está se referindo a Daphne?

– Exato.

– Se bem me lembro – comentou o duque –, esta semana você disse que queria nos apresentar.

– Isso foi antes de eu achar que você se interessaria por ela!

Simon segurou a língua enquanto seguia Anthony até seu escritório, e continuou em silêncio até que o amigo fechasse a porta.

– Por que você achava – perguntou ele baixinho – que eu não me interessaria por sua irmã?

– Além do fato de você ter jurado que jamais se casaria? – replicou Anthony.

Ele tinha razão. Simon detestou o fato de que ele estava coberto de razão.

– Sim, além disso – respondeu.

Anthony piscou algumas vezes e então disse:

– Ninguém se interessa por Daphne. Pelo menos ninguém com quem gostaríamos que ela casasse.

O duque cruzou os braços e se encostou na parede.

– Você não a vê com muitos bons olhos, n...

Antes que pudesse sequer terminar a pergunta, Anthony o estava agarrando pelo pescoço.

– Não ouse insultar minha irmã!

Mas Simon aprendera inúmeras técnicas de autodefesa em suas viagens e levou apenas dois segundos para neutralizar o ataque do amigo.

– Eu não estava insultando sua irmã – explicou ele num tom malévolo. – Estava insultando *você*.

Anthony só conseguiu emitir estranhos sons gorgolejantes como resposta, então Simon o soltou.

– Acontece – disse o duque, esfregando uma mão na outra – que Daphne me explicou por que não atraiu nenhum pretendente adequado até agora.

– Ah, é? – disse Anthony ironicamente.

– Na minha opinião, acho que tem tudo a ver com esse seu comportamento. Você e seus irmãos parecem homens das cavernas! Mas, de acordo com ela, é porque todos a veem como amiga, não como uma heroína romântica.

Anthony ficou em silêncio por um longo instante e depois falou:

– Entendo. – Então, após mais uma pausa, acrescentou, pensativo: – Talvez ela tenha razão.

Simon não respondeu, ficou apenas observando o amigo enquanto ele refletia sobre tudo aquilo. Por fim, Anthony concluiu:

– Ainda assim, não gosto de ver você farejando ao redor dela.

– Meu Deus, você faz com que eu pareça um cachorro.

Anthony cruzou os braços.

– Não esqueça que nós fomos da mesma matilha

quando saímos de Oxford. Sei exatamente o que você fez.

– Ora, por favor, nós tínhamos 20 anos! Todos os homens são idiotas nessa idade. Além disso, você sabe muito bem q-q...

Simon sentiu a língua ficar estranha e fingiu um ataque de tosse para disfarçar a gagueira. Que droga. Aquilo quase não acontecia mais, a não ser que estivesse chateado ou irritado. Se perdia o controle sobre as emoções, perdia o controle sobre a fala. Era simples assim.

E, infelizmente, episódios como esse só serviam para deixá-lo chateado e irritado, o que, por sua vez, exacerbava a gagueira. Era o pior tipo de círculo vicioso.

Anthony olhou para ele intrigado.

– Você está bem?

Simon assentiu.

– Um pouco de coceira na garganta – mentiu.

– Quer que eu peça um chá?

Simon assentiu mais uma vez. Não é que quisesse realmente um chá, mas pareceu o tipo de coisa que alguém pediria se estivesse mesmo com uma coceira na garganta.

Anthony puxou a campainha, virou-se de novo para Simon e perguntou:

– O que você estava dizendo?

Ele engoliu em seco, esperando que isso o ajudasse a recuperar o domínio sobre suas emoções.

– Eu só queria lembrar que você sabe melhor do

que ninguém que metade da minha reputação, se não mais, é imerecida.

– Sim, mas eu vi com meus próprios olhos o que você fez para ganhar a metade *merecida*, e, embora não me importe que você se encontre com Daphne em algumas ocasiões sociais, não quero que a corteje.

Simon encarou o amigo – ou pelo menos o homem que pensava ser seu amigo –, incrédulo.

– Você acha mesmo que eu seduziria sua irmã?

– Não sei o que achar. O que sei é que você planeja nunca se casar e que minha irmã quer formar uma família. – Anthony deu de ombros. – Francamente, para mim isso basta para manter vocês bem longe um do outro.

Simon respirou fundo. Embora a atitude de Anthony fosse muito irritante, era compreensível e, na verdade, até louvável. Afinal, o homem estava apenas agindo em prol dos interesses da irmã. Simon tinha dificuldade de se imaginar responsável por qualquer pessoa além de si mesmo, mas pensou que, se tivesse uma irmã, também seria bastante seletivo em relação aos pretendentes dela.

Nesse instante, alguém bateu à porta.

– Pode entrar! – gritou Anthony.

Em vez da empregada, com o chá, quem apareceu foi Daphne.

– Mamãe me contou que os dois estão nervosos e que eu deveria deixá-los a sós, mas achei melhor me certificar de que não se matariam.

– Claro que não – comentou Anthony com um sorriso irritado. – Houve apenas um pequeno estrangulamento.

A jovem nem piscou.

– Quem estrangulou quem?

– Eu o estrangulei primeiro – contou Anthony –, e depois ele retribuiu o gesto.

– Sei – disse ela lentamente. – Que pena eu ter perdido a diversão.

Simon não conseguiu conter um sorriso diante da observação dela.

– Daff – começou ele.

Anthony girou nos calcanhares.

– Você a chama de Daff? – Depois se virou para a irmã. – Você lhe deu permissão para chamá-la pelo primeiro nome? E, pior ainda, pelo apelido?

– É claro.

– Mas...

– Talvez seja melhor abrirmos o jogo – interrompeu Simon, dirigindo-se a Daphne.

Ela assentiu sombriamente.

– Acho que você tem razão. Eu inclusive já tinha dito isso.

– Que gentileza sua mencionar isso – murmurou o duque.

Ela sorriu.

– Não pude resistir. Afinal, com quatro irmãos, é preciso sempre aproveitar o momento em que se pode dizer "Eu avisei".

Simon olhou de um para o outro.

– Não sei de qual dos dois tenho mais pena.

– Que diabo está acontecendo? – quis saber Anthony, e depois acrescentou: – E quanto à sua dúvida, tenha pena de mim, que sou um irmão muito mais agradável que ela.

– Não é verdade! – exclamou Daphne.

Simon ignorou a disputa e voltou sua atenção para o amigo.

– Você quer saber que diabo está acontecendo? É o seguinte...

Capítulo 7

Homens são como ovelhas. Aonde um vai, logo os outros vão atrás.

CRÔNICAS DA SOCIEDADE DE LADY WHISTLEDOWN, 30 DE ABRIL DE 1813

De modo geral, pensou Daphne, Anthony estava encarando tudo aquilo muito bem. Quando Simon terminou de explicar o plano deles (com frequentes interrupções por parte dela, tinha que admitir), Anthony havia levantado a voz apenas sete vezes. O que era cerca de sete vezes menos do que Daphne esperava.

Finalmente, depois que ela implorara que ele segurasse a língua até que ela e Simon tivessem terminado a história, Anthony deu um aceno discreto com a cabeça, cruzou os braços e apertou os lábios, ficando calado até o fim da narrativa. Sua cara feia seria capaz de assustar até as pessoas mais corajosas, mas ele manteve a palavra e ficou em silêncio absoluto até o final.

– E é isso – concluiu Simon.

Todos ficaram quietos. Fez-se um silêncio absoluto. Por mais ou menos dez segundos, ninguém disse nada, embora Daphne pudesse jurar que havia escutado os próprios olhos se mexendo nas órbitas enquanto se alternavam entre Anthony e Simon.

Então, enfim, Anthony perguntou:

– Vocês estão *loucos*?

– Achei que ele poderia ter essa reação – murmurou Daphne.

– Estão completa, irrevogável e abominavelmente *fora de si*? – A voz de Anthony virou um rugido. – Não sei qual dos dois é mais idiota.

– Quer falar baixo? – sussurrou Daphne. – Mamãe vai escutar!

– Ela morreria do coração se soubesse o que estão tramando – retrucou Anthony, em um tom mais baixo.

– Mas não vai ficar sabendo, *não é*? – disparou Daphne.

– Não, não vai – concordou Anthony, assumindo uma postura desafiadora –, porque esse plano de vocês termina neste instante.

Daphne cruzou os braços.

– Você não pode fazer nada para me impedir.

Ele inclinou a cabeça na direção de Simon.

– Eu posso matá-lo.

– Não seja ridículo.

– Homens já duelaram por muito menos.

– Homens idiotas!

– Permitam que eu interrompa – disse Simon baixinho.

– Ele é seu melhor amigo! – protestou Daphne.

– Não mais – decretou Anthony, as palavras marcadas por uma violência mal contida.

Daphne se virou para Simon com ar irritado:

– Você não vai dizer nada?

Os lábios dele se abriram num meio sorriso divertido.

– E quando eu tive chance de fazer isso?

Anthony se virou para ele.

– Quero você fora desta casa.

– Posso me defender antes?

– A casa é minha também – lembrou Daphne, furiosa –, e eu quero que ele fique.

Anthony fuzilou a irmã com o olhar, claramente exasperado.

– Muito bem – retrucou ele –, eu lhes dou dois minutos para expor seus argumentos. Nem um segundo a mais.

Daphne olhou de forma hesitante para Simon, perguntando-se se ele iria querer usar esse tempo. Mas tudo o que ele fez foi dizer:

– Vá em frente. Ele é *seu* irmão.

Ela respirou fundo, colocou as mãos nos quadris sem sequer se dar conta do gesto e começou:

– Antes de mais nada, devo dizer que tenho muito mais a ganhar com esse plano do que o duque. Segundo ele, eu serei útil para manter as outras mulheres...

– E as mães delas – interrompeu Simon.

– ... e as mães delas a distância. Mas, para ser sincera – prosseguiu Daphne, olhando para Simon ao dizer isso –, acho que ele está errado. As mulheres não irão parar de persegui-lo só por acharem que ele está interessado em outra jovem... especialmente se essa jovem for *eu*.

– E qual é o problema com você? – quis saber Anthony.

Ela começou a explicar, mas então percebeu os dois homens trocando um olhar estranho.

– O que significa isso?

– Nada – resmungou seu irmão, parecendo ligeiramente encabulado.

– Expliquei a ele sua teoria sobre o porquê de você não ter mais pretendentes – contou Simon calmamente.

– Sei. – Daphne apertou os lábios enquanto tentava decidir se era algo com que deveria ficar irritada. – Bem, ele poderia ter se dado conta disso sozinho.

Simon fez um barulho estranho que poderia muito bem ser uma risada.

Ela lançou um olhar penetrante para os dois.

– Espero sinceramente que meus dois minutos não incluam todas essas interrupções.

Simon deu de ombros.

– É ele quem controla o tempo.

Anthony começou a apertar a borda da mesa com as mãos, provavelmente para não avançar no pescoço de Simon, pensou Daphne.

– E *ele* – disse Anthony de forma ameaçadora – vai acabar sendo atirado pela janela se não calar a boca.

– Sempre suspeitei que os homens fossem todos uns idiotas – resmungou Daphne–, mas nunca tive certeza. Até hoje.

Simon sorriu.

– Descontando as interrupções – retrucou Anthony, lançando mais um olhar furioso para o amigo enquanto falava com a irmã –, você ainda tem um minuto e meio.

– Muito bem – falou ela, dirigindo-se a ele. – Então vou resumir esta conversa a um único fato. Hoje recebi a visita de seis pretendentes. Seis! Você lembra a última vez que isso aconteceu?

Anthony apenas a encarou inexpressivamente.

– Eu não lembro – continuou Daphne, agora mais calma. – Porque *nunca tinha acontecido*. Seis homens subiram os degraus da entrada, bateram em nossa porta e entregaram seus cartões a Humboldt. Seis homens me trouxeram flores, conversaram comigo, e um deles até recitou uma poesia.

Simon se retraiu.

– E você sabe *por quê*? – perguntou ela, levantando a voz de novo. – Sabe?

Anthony, com sua percepção um pouco tardia, ficou em silêncio.

– Tudo porque *ele* – prosseguiu ela, apontando para Simon – foi gentil o bastante para fingir que estava interessado em mim ontem à noite no baile de Lady Danbury.

O duque, que estava apoiado de modo descontraído na beirada da mesa, de repente se empertigou.

– Ora – atalhou –, eu não colocaria as coisas dessa maneira.

Ela se virou para ele com o olhar impressionantemente firme.

– E como você colocaria?

Simon não conseguiu dizer muita coisa.

– Eu...

Ela o interrompeu e acrescentou:

– Porque posso garantir que aqueles homens nunca julgaram conveniente me procurar antes.

– Se eles são cegos – disse Simon, baixinho –, por que se importa com o que acham?

Ela ficou em silêncio e recuou um pouco. O duque suspeitou que tivesse dito algo muito, muito errado, mas não teve certeza até vê-la piscando rapidamente.

Ah, que droga.

Então ela secou os olhos. Tentou disfarçar fingindo que estava tossindo e cobrindo a boca com a mão, mas Simon ainda se sentia a pior das criaturas.

– Veja o que você fez – acusou Anthony. Fuzilando o duque com o olhar, pousou a mão reconfortante no braço da irmã. – Não ligue para ele, Daphne. É um idiota.

– Talvez – fungou ela. – Mas é um idiota inteligente.

Anthony soltou um suspiro cansado.

– Você recebeu mesmo a visita de seis homens hoje?

Ela assentiu.

– Sete, contando o próprio Hastings.

– E você estaria interessada em se casar com algum deles? – perguntou ele com delicadeza.

Simon percebeu que estava apertando as próprias pernas com força e obrigou-se a repousar as mãos sobre a mesa.

Daphne assentiu novamente.

– São todos homens com quem eu já cultivara uma certa amizade. Só que eles nunca me viram como candidata a um romance antes que Hastings abrisse o caminho. Se tivesse a oportunidade, eu poderia desenvolver uma ligação com algum deles.

– Mas... – balbuciou Simon, depois se calou.

– Mas o quê? – indagou Daphne, virando-se para ele com um olhar curioso.

Simon ia dizer que, se aqueles homens haviam notado os encantos de Daphne apenas porque um duque demonstrara interesse por ela, então eles eram idiotas, de modo que ela não devia sequer considerar a possibilidade de se casar com um deles. Mas, lembrando que o próprio Simon tinha argumentado que o interesse dele por ela lhe traria mais pretendentes... Bem, francamente, parecia que fazer essa observação seria dar um tiro no pé.

– Nada – retrucou ele, afinal, erguendo a mão como um sinal para que o ignorassem. – Não é nada.

Daphne olhou para ele por alguns instantes, como se esperasse que mudasse de ideia, e então se voltou de novo para o irmão.

– Então reconhece que nosso plano é inteligente?

– Inteligente pode ser um pouco exagerado, mas... – titubeou Anthony, parecendo sofrer para admitir

– posso entender por que você acha que pode ser beneficiada.

– Anthony, eu preciso encontrar um marido. Além do fato de mamãe não sair do meu pé, eu *quero* um marido. Quero me casar e ter minha própria família. Quero mais do que você pode imaginar. E, até agora, ninguém aceitável pediu minha mão.

Simon não sabia como Anthony poderia rejeitar o apelo daqueles olhos escuros. E, como era de esperar, ele se curvou sobre a mesa e soltou um gemido exausto.

– Muito bem – falou de olhos fechados, como se não pudesse acreditar no que estava dizendo. – Se é preciso, concordo com o plano de vocês.

Daphne pulou e jogou os braços ao redor dele.

– Ah, Anthony, eu sabia que você era o melhor dos irmãos. – Ela lhe deu um beijo no rosto. – Você só se equivoca um pouco às vezes.

Ele revirou os olhos antes de encarar Simon.

– Está vendo o que tenho que aguentar? – indagou, balançando a cabeça. Usou aquele tom de voz específico que só os homens colocados contra a parede entendem.

Simon riu ao pensar em que momento havia deixado de ser um sedutor perverso e voltado a ser um bom amigo.

– Mas tenho algumas condições – avisou Anthony, fazendo Daphne recuar.

Ela não disse nada. Apenas esperou que o irmão continuasse.

– Em primeiro lugar, isso não sai desta sala.

– Combinado – concordou ela rapidamente.

Anthony olhou para Simon.

– É claro – respondeu ele.

– Mamãe ficaria arrasada se descobrisse a verdade – completou Anthony.

– Na verdade – murmurou Simon –, acho que Lady Bridgerton até aplaudiria nossa engenhosidade, mas já que obviamente a conhecem há muito mais tempo, concordo com a decisão de vocês.

Anthony lhe lançou um olhar de gelo e continuou:

– Em segundo lugar, vocês dois não podem ficar sozinhos sob nenhuma circunstância. Nunca.

– Bem, isso vai ser fácil – disse Daphne –, já que não poderíamos ficar a sós mesmo que ele estivesse de fato me cortejando.

Simon se lembrou do breve encontro dos dois no corredor da casa de Lady Danbury e achou uma pena não poder mais ficar sozinho com Daphne, mas sabia reconhecer um obstáculo intransponível quando via um, principalmente quando esse obstáculo atendia pelo nome de Anthony Bridgerton. Então apenas assentiu e murmurou sua concordância.

– Em terceiro lugar...

– *Terceiro?* – perguntou Daphne.

– Haveria trinta condições se eu conseguisse pensar em tantas – resmungou Anthony.

– Muito bem – assentiu ela, parecendo muito magoada. – Se é isso que quer...

Por uma fração de segundo, Simon achou que Anthony seria capaz de estrangulá-la.

– Do que está rindo? – indagou o amigo.

Foi só então que o duque percebeu que deixara escapar uma risada.

– De nada – retrucou ele rapidamente.

– Acho bom – falou Anthony –, porque a terceira condição é a seguinte: se alguma vez, uma única vez sequer, eu flagrar você em algum comportamento que a comprometa... se algum dia pegá-lo beijando a mão dela sem um acompanhante, arrancarei sua cabeça.

Daphne piscou.

– Não acha que está sendo um pouco exagerado?

Anthony olhou friamente para ela.

– Não.

– Ah.

– Hastings?

Simon não teve escolha além de assentir.

– Muito bem – retrucou Anthony asperamente. – E agora que terminamos, você pode ir embora – disse ele, acenando com a cabeça na direção de Simon.

– Anthony! – exclamou Daphne.

– Suponho que isso queira dizer que estou desconvidado para o jantar desta noite – disse Simon.

– Isso mesmo.

– Não! – Daphne deu um soco no braço do irmão. – Ele foi convidado para o jantar? Por que você não me disse nada?

– Isso foi muito antes dessa confusão toda – resmungou Anthony.

– Foi na segunda-feira – informou Simon.

– Bem, então você deve se unir a nós – decretou Daphne. – Mamãe ficará encantada. E você – completou, cutucando o braço de Anthony –, pare de pensar em formas de envenená-lo.

Antes que seu irmão pudesse responder, o duque descartou a observação dela com uma risada.

– Não se preocupe comigo, Daphne. Não esqueça que estudei com ele por quase dez anos. Ele nunca compreendeu os princípios da química.

– Eu vou matá-lo – disse Anthony a si mesmo. – Antes do final desta semana, vou matá-lo.

– Não vai, não – falou Daphne despreocupadamente. – Até amanhã, os dois já não se lembrarão mais disso e estarão fumando charutos no White's.

– Não tenha tanta certeza – afirmou Anthony de forma ameaçadora.

– É claro que estarão. Não acha, Simon?

O duque analisou o rosto do melhor amigo e notou em seus olhos algo que nunca tinha visto. Algo sério.

Seis anos antes, quando Simon deixara a Inglaterra, ele e Anthony eram garotos. Na época, *pensavam* que eram homens. Iam a cassinos, a bordéis, e frequentavam eventos sociais com toda a arrogância típica da idade, mas agora as coisas eram diferentes.

Agora eles *eram* homens de verdade.

Simon sentira a mudança por que passara durante a viagem ao redor do mundo. Fora uma transformação lenta, ocorrida com o tempo, conforme ele enfrentava novos desafios. Mas agora se dava conta de que havia retornado à Inglaterra ainda pensando em Anthony como o garoto de 22 anos que deixara para trás.

Percebeu que errara ao não se dar conta de que o amigo também crescera. Anthony tinha responsabilidades com as quais Simon nem sequer sonhara. Tinha irmãos para orientar, irmãs para proteger. Simon tinha um ducado, mas Anthony tinha uma *família.*

Essa era uma diferença significativa entre os dois, e Simon viu que não podia culpá-lo por seu comportamento superprotetor e de certa forma teimoso.

– Eu acho – disse Simon lentamente, enfim respondendo à pergunta de Daphne – que seu irmão e eu somos muito diferentes do que éramos quando eu saí do país, há seis anos. E desconfio que talvez isso não seja algo ruim.

Algumas horas depois, a casa dos Bridgertons estava um caos.

Daphne usava um vestido de festa de veludo verde--escuro e vagava pelo hall, tentando encontrar uma forma de acalmar os nervos da mãe.

– Eu não *acredito* – falou Violet, levando uma das mãos ao peito – que Anthony se esqueceu de me dizer que convidou o duque para o jantar. Não tive tempo para preparar nada. Nada.

Daphne olhou para o menu em sua mão, que começava com sopa de tartaruga e passava por mais três pratos antes de terminar com um cordeiro ao molho bechamel (seguido, é claro, por quatro opções de sobremesa). Tentou disfarçar o sarcasmo ao dizer:

– Acho que o duque não terá motivo nenhum para reclamar.

– Tomara que não – respondeu Violet. – Mas, se soubesse que ele viria, teria incluído um prato de carne no menu. Não se pode receber sem um prato de carne.

– Ele sabe que é uma refeição informal.

Violet lançou-lhe um olhar severo.

– Nenhuma refeição é informal quando há um duque presente.

Daphne olhou para a mãe, pensativa. Violet contorcia as mãos e rangia os dentes.

– Mamãe, não creio que o duque seja do tipo que espera que os outros modifiquem drasticamente os planos para o jantar por causa dele – observou a jovem.

– *Ele* pode não esperar – argumentou Violet –, mas *eu* espero. Daphne, a sociedade tem regras. Expectativas. E, francamente, não compreendo como você pode estar tão calma e desinteressada.

– Não estou desinteressada!

– Pois com certeza não parece nervosa. – Violet olhou para a filha desconfiada. – Como pode? Pelo amor de Deus, Daphne, esse homem está pensando em se casar com você.

Ela conseguiu se conter antes de soltar um gemido.

– Ele nunca chegou a dizer isso, mamãe.

– Nem precisava. Por que outra razão a teria tirado para dançar ontem à noite? A única moça além de você que ele honrou com uma dança foi Penelope Featherington, e nós duas sabemos que deve ter sido por pena.

– Eu gosto de Penelope – comentou Daphne.

– Eu também – concordou Violet –, e espero que um dia sua mãe se dê conta de que uma menina com a pele dela não pode usar roupas de cetim cor de tangerina, mas isso não vem ao caso.

– E o *que* vem ao caso?

– Eu não sei! – Foi praticamente um lamento.

Daphne balançou a cabeça.

– Vou ver onde está Eloise.

– Sim, faça isso – disse Violet distraidamente. – E se certifique de que Gregory tomou banho direito. Ele nunca lava atrás das orelhas. E Hyacinth... Meu Deus, o que vamos fazer com Hyacinth? Hastings não deve esperar uma criança de 10 anos de idade à mesa.

– Sim, ele espera – afirmou Daphne, paciente. – Anthony lhe disse que seria um jantar de família.

– A maior parte das famílias não permite que os filhos mais novos jantem à mesa – observou Violet.

– Isso é problema delas. – Daphne enfim se rendeu à exasperação e soltou um suspiro alto. – Mamãe, eu falei com o duque. Ele sabe que não é uma refeição formal. E me disse especificamente que estava em busca de uma mudança de ritmo. Como não tem família, nunca participou de nada parecido com um jantar nosso.

– Deus nos ajude.

Violet estava pálida.

– Ora, mamãe – continuou Daphne –, eu sei o que está pensando, e posso garantir que não precisa se preocupar com Gregory colocando purê de batatas na cadeira de Francesca. Tenho certeza de que ele já passou da fase desse tipo de comportamento infantil.

– Ele fez isso semana passada!

– Bem, então... então estou certa de que ele aprendeu a lição.

A viscondessa lançou à filha um olhar bastante duvidoso.

– Muito bem, então – disse Daphne, com o tom bem mais descontraído. – Então eu simplesmente o ameaçarei de morte caso faça qualquer coisa que envergonhe a senhora.

– A morte não irá assustá-lo, mas talvez eu possa dizer que venderei o cavalo dele – brincou Violet.

– Ele nunca acreditaria nisso.

– É, você tem razão. Eu tenho o coração mole. – Violet franziu a testa. – Mas talvez ele acredite se eu ameaçar proibi-lo de dar sua cavalgada diária.

– Isso pode funcionar – concordou Daphne.

– Bom, é melhor eu ver onde ele está. – Violet deu

dois passos e se virou. – Ter filhos é um desafio tão grande...

A jovem apenas sorriu. Sabia que era um desafio que a mãe adorava.

A viscondessa pigarreou suavemente, indicando que tocaria em um assunto mais sério.

– Espero que esse jantar corra bem, Daphne. Acho que Hastings pode ser um excelente marido para você.

– Pode? – provocou Daphne. – Pensei que a senhora achasse que duques fossem bons maridos mesmo que tivessem duas cabeças e cuspissem fogo quando falassem. – Deu uma risada. – Das duas bocas!

Violet abriu um sorriso largo.

– Talvez você ache difícil de acreditar, Daphne, mas eu não quero ver você casada com qualquer um. Se a apresento a dezenas de homens, é apenas porque quero que tenha o máximo de pretendentes possível para poder escolher um marido. Meu maior sonho é que seja tão feliz como eu fui com seu pai.

E então, antes que Daphne pudesse responder, sua mãe desapareceu pelo corredor, deixando-a sozinha com suas ideias.

Pensando bem, talvez esse plano com Hastings não fosse tão bom, afinal. Violet ficaria arrasada quando os dois rompessem a falsa aliança. Simon tinha dito que poderia ser Daphne a terminar tudo, mas estava começando a se perguntar se o contrário não seria melhor. Sim, seria humilhante para ela ser dispensada pelo duque, mas pelo menos dessa forma ela não teria de suportar a ladainha de uma Violet confusa perguntando “Por quê?”.

A mãe ia achar que ela estava louca de deixá-lo escapar.

E Daphne acabaria se perguntando se ela não tinha razão.

Simon não estava preparado para o jantar com os Bridgertons. Tinha sido um evento barulhento e movimentado, com muita risada e, felizmente, apenas um incidente, envolvendo uma ervilha voadora.

(A ervilha em questão havia partido de onde Hyacinth estava, mas a caçula da família parecia tão inocente e angelical que Simon não conseguia acreditar que ela realmente mirara o irmão com a bolinha.)

Ainda bem que Violet não notara o acontecido, apesar de a semente ter sobrevoado sua cabeça num arco perfeito.

Mas Daphne, que estava sentada em frente a Simon, com certeza viu, porque cobriu a boca com o guardanapo com impressionante diligência. A julgar pela forma como seus olhos estavam enrugados nos cantos, era claro que ela estava rindo por trás do tecido.

O duque pouco falou durante a refeição. Verdade seja dita, era muito mais fácil escutar os Bridgertons do que tentar conversar com eles de fato, especialmente considerando a quantidade de olhares hostis que recebia de Anthony e Benedict.

Mas Simon estava sentado na ponta oposta aos dois (certamente não tinha sido por acaso que Violet decidira o lugar onde ele ficaria), de modo que foi fácil ignorá-los e apreciar a interação de Daphne com o resto da família. De vez em quando, um deles lhe fazia uma pergunta direta, que ele respondia e então retornava à sua posição de observador silencioso.

Finalmente, Hyacinth, que estava sentada à direita de Daphne, encarou-o e disse:

– O senhor não é de falar muito, né?

Violet engasgou com o vinho.

– O duque – disse Daphne à irmã mais nova – está sendo muito mais educado do que todos nós, que interrompemos uns aos outros a todo momento, como se tivéssemos medo de não sermos ouvidos.

– Eu não tenho medo de não ser ouvido – argumentou Gregory.

– Eu não tenho medo disso também – comentou Violet asperamente. – Gregory, coma suas ervilhas.

– Mas Hyacinth...

– Lady Bridgerton – chamou Simon em voz alta –, eu poderia repetir essas deliciosas ervilhas?

– Ora, é claro que sim. – Violet levantou as sobrancelhas em direção a Gregory. – Veja como o duque está comendo suas ervilhas.

O rapazinho imitou Simon e devorou suas leguminosas.

O homem sorriu consigo mesmo enquanto pegava mais uma colher de ervilhas, grato pelo fato de o jantar ser informal. Se tivesse que chamar um lacaio para servi-lo, teria sido difícil evitar que Gregory acusasse Hyacinth, com razão, de ser uma atiradora de ervilhas.

Simon começou a comê-las, já que não tinha alternativa além de consumir cada uma delas. Lançou um olhar de cumplicidade para Daphne, que estava com um sorrisinho misterioso nos lábios. Sua expressão era de um bom humor contagiante, e o duque sentiu os cantos da própria boca se arqueando também.

– Anthony, por que você está emburrado? – perguntou uma das meninas Bridgertons.

Simon achou que podia ser Francesca, mas era difícil dizer. As duas do meio eram parecidas demais, ambas com os olhos azuis da mãe.

– Não estou emburrado – explodiu Anthony, mas Simon, que era o alvo do mau humor dele havia quase uma hora, sabia que o amigo estava mentindo.

– Está, sim – disse Francesca ou Eloise.

– Se acha que vou responder "Não estou", está redondamente enganada – falou Anthony, com o máximo de condescendência possível.

Daphne riu por trás do guardanapo mais uma vez.

Simon pensou que sua vida estava mais divertida do que vinha sendo fazia muito tempo.

– Sabem que acho que esta pode ser uma das noites mais agradáveis do ano? – anunciou Violet de repente. – Mesmo que minha filha mais nova não pare de atirar ervilhas para baixo da mesa – continuou, olhando para Hyacinth.

Simon ergueu o olhar no momento exato em que a caçula gritou:

– Como a senhora sabe?

Violet balançou a cabeça enquanto revirava os olhos.

– Meus queridos filhos – disse ela –, quando vão aprender que eu sei de tudo?

O duque chegou à conclusão de que tinha muito respeito por Violet Bridgerton.

Mas, ainda assim, ela conseguiu confundi-lo completamente com uma pergunta seguida de um sorriso:

– Diga-me, o senhor estará ocupado amanhã?

Apesar dos cabelos loiros e dos olhos azuis, ela se pareceu tanto com Daphne quando se dirigiu a ele que Simon ficou perplexo por um instante. Que deve ter sido o único motivo pelo qual não conseguiu pensar antes de gaguejar:

– N...não. Não que me lembre.

– Ótimo! – exclamou Violet, encantada. – Então pode se juntar a nós em nossa ida a Greenwich.

– Greenwich? – repetiu Simon.

– Sim, estamos planejando um passeio em família há semanas. Pensamos em pegar um barco e talvez fazermos um piquenique às margens do Tâmisa. – Ela sorriu para ele de maneira confiante. – Irá conosco, não?

– Mamãe! – atalhou Daphne. – Estou certa de que o duque tem vários outros compromissos.

A viscondessa olhou para a filha com tanta frieza que Simon ficou surpreso por nenhuma delas congelar.

– Bobagem – respondeu Violet. – Ele mesmo acabou de dizer que não estará ocupado. – Virou-se de novo para ele. – E também vamos visitar o Observatório Real, de modo que não precisa se preocupar que vá ser um passeio desinteressante. Não está aberto ao público, é claro, mas como meu finado marido era um dos principais patrocinadores, teremos acesso garantido.

Simon olhou para Daphne. Ela apenas deu de ombros e se desculpou em silêncio. Ele voltou a olhar para Violet.

– Eu ficaria encantado.

A matriarca dos Bridgertons ficou tão radiante que lhe deu um tapinha no braço.

E Simon teve a profunda sensação de que seu destino acabara de ser selado.

Capítulo 8

Chegou aos ouvidos desta autora que toda a família Bridgerton (mais um duque!) embarcou numa jornada a Greenwich no sábado.

Também chegou aos ouvidos desta autora que o supracitado duque, junto com certo membro da família Bridgerton, retornou a Londres muito molhado.

CRÔNICAS DA SOCIEDADE DE LADY WHISTLEDOWN,
3 DE MAIO DE 1813

– Se você se desculpar mais uma vez – disse Simon, apoiando a cabeça nas mãos –, vou matá-la.

Daphne lançou-lhe um olhar irritado de onde estava, na espreguiçadeira do pequeno iate que a mãe havia alugado para levar toda a família – e o duque, é claro – a Greenwich.

– Perdoe-me – respondeu ela – se sou educada o bastante para pedir perdão pelas óbvias manipulações de minha mãe. Pensei que o propósito de nossa farsa fosse justamente mantê-lo fora do alcance das mães casamenteiras.

Simon descartou o comentário com um aceno de mão e se afundou na cadeira.

– Só seria um problema se eu não estivesse me divertindo.

Daphne fez uma expressão de surpresa.

– Ah – falou ela (estupidamente, na sua avaliação). – Que bom.

Ele riu.

– Eu adoro viagens de barco, mesmo que sejam apenas até Greenwich. E, além disso, depois de passar tanto tempo no mar, vai ser ótimo fazer uma visita ao Observatório Real para ver o Meridiano de Greenwich. – Ele inclinou a cabeça na direção dela. – Sabe alguma coisa sobre navegação e longitude?

Ela balançou a cabeça.

– Muito pouco, infelizmente. Devo confessar que não sei direito nem qual é o meridiano aqui em Greenwich.

– É o ponto a partir do qual se mede qualquer longitude. Marinheiros e navegadores costumavam calcular essa distância tomando por base o seu ponto de partida, mas, no último século, o astrônomo real decidiu tornar Greenwich o ponto de referência geral.

Daphne ergueu as sobrancelhas.

– Isso é bastante arrogante de nossa parte, não acha? Posicionarmo-nos como o centro do mundo?

– Na verdade, é muito útil ter um ponto de referência universal quando se tenta navegar em alto-mar.

Ela ainda parecia em dúvida.

– Então todo o mundo simplesmente concordou com Greenwich? Acho difícil acreditar que os franceses não tenham insistido que fosse Paris, e o papa não tenha preferido Roma...

– Não foi exatamente um acordo – explicou ele com uma risada. – Não houve um tratado oficial, se é o que está querendo dizer. Mas o Observatório Real publica um excelente conjunto de mapas e tabelas todos os anos, chamado *Almanaque Náutico*. Um marinheiro teria de ser louco para tentar singrar o oceano sem um exemplar a bordo. E, como o *Almanaque Náutico* mede a longitude considerando Greenwich como o ponto zero... Bem, todo o mundo acabou adotando isso também.

– Você parece saber bastante sobre isso.

Ele deu de ombros.

– Quando se passa muito tempo num navio, acaba-se aprendendo.

– Bem, temo que não seja o tipo de coisa que se aprenda no quarto dos filhos da família Bridgerton. – Ela inclinou a cabeça de modo autodepreciativo. – A maior parte do meu aprendizado se restringiu ao que minha professora sabia.

– Uma pena – murmurou ele. Então perguntou: – Apenas a maior parte?

– Se havia alguma coisa que me interessava, eu sempre encontrava vários livros sobre o assunto em nossa biblioteca.

– Então eu poderia afirmar que seus interesses não incluíam matemática abstrata?

Daphne riu.

– Quer dizer, como os seus? Com certeza. Minha mãe sempre falou que se admirava de eu ser capaz de somar o suficiente para pôr sapatos nos dois pés.

Simon estremeceu.

– Eu sei, eu sei – afirmou ela, ainda sorrindo. – Vocês que se destacam em matemática não compreendem como nós, meros mortais, podemos olhar para uma página de números e não saber o que aquilo significa. Colin é assim também.

Ele sorriu, porque ela estava absolutamente certa.

– Quais eram, então, suas matérias preferidas?

– Hã, história e literatura. O que foi uma sorte, já que tínhamos uma infinidade de livros sobre esses assuntos.

Simon tomou mais um gole de limonada.

– Nunca me interessei muito por história.

– É mesmo? Por quê?

Ele pensou por um instante, perguntando-se se talvez sua falta de entusiasmo por essa matéria se devesse ao desgosto que sentia por seu ducado e por toda a tradição que o envolvia. Seu pai adorava o título...

Mas é claro que tudo o que Simon respondeu foi:

– Não sei, na verdade. Acho que simplesmente não gostava.

Os dois ficaram alguns instantes em um silêncio agradável, com a suave brisa do rio agitando seus cabelos. Então Daphne sorriu e disse:

– Bem, não vou pedir desculpas de novo, já que gosto demais da minha vida para sacrificá-la, mas fico contente que não esteja se sentindo o mais infeliz dos homens depois que minha mãe o intimou a nos acompanhar.

Simon lançou-lhe um olhar vagamente irônico.

– Se eu não quisesse me juntar a vocês, nada do que sua mãe dissesse me obrigaria a vir.

Ela riu.

– Isso dito pelo homem que está fingindo fazer a corte justamente *a mim* porque é educado demais para recusar convites das esposas dos amigos.

O rosto dele virou uma carranca no mesmo instante.

– O que quer dizer com "justamente a mim"?

– Bem, eu... – Ela piscou, surpresa. Não fazia ideia do que queria dizer. – Eu não sei – respondeu, afinal.

– Então não fale mais isso – resmungou ele, ajeitando-se de novo na cadeira.

Os olhos de Daphne pousaram num ponto molhado da amurada enquanto ela tentava disfarçar o sorriso que brincava em seu rosto. Simon ficava encantador quando estava zangado.

– Para o que está olhando? – perguntou ele.

Os lábios dela se contorceram.

– Para nada.

– Então por que está sorrindo?

Isso ela com certeza não iria revelar.

– Não estou sorrindo.

– Ora, se não está sorrindo – implicou ele –, então está prestes a sofrer um derrame ou dar um espirro.

– Nem um, nem outro – afirmou Daphne com a

voz animada. – Estou apenas aproveitando o excelente clima.

Simon estava apoiando a cabeça no encosto da cadeira e apenas virou o rosto para o lado a fim de olhar para ela.

– E as companhias não são nada más – provocou.

Ela lançou um olhar significativo para Anthony, que se encontrava encostado na amurada no lado oposto do convés, encarando os dois furiosamente.

– *Todas* as companhias? – perguntou.

– Se está se referindo a seu irmão beligerante – respondeu Simon –, eu na verdade estou achando a aflição dele bastante divertida.

Daphne tentou, em vão, evitar um sorriso.

– Isso não é muito gentil de sua parte.

– Eu nunca disse que era gentil. E veja só... – Simon fez um discreto sinal com a cabeça na direção de Anthony. A expressão emburrada do rapaz havia, inacreditavelmente, se tornado ainda mais acentuada. – Ele sabe que estamos falando dele. Não está nem conseguindo disfarçar a raiva.

– Pensei que vocês fossem amigos.

– Nós *somos* amigos. É isso que os amigos fazem uns com os outros.

– Os homens são loucos.

– De um modo geral – concordou ele.

Ela revirou os olhos.

– Sempre achei que a principal regra da amizade fosse não flertar com a irmã do amigo.

– Ah, mas eu não estou flertando, estou apenas *fingindo* flertar.

Daphne assentiu de modo pensativo e olhou para o irmão.

– E ainda assim ele está para morrer... mesmo sabendo da verdade.

– Pois é. – Simon sorriu. – Não é incrível?

Nesse exato momento, Violet atravessava o convés.

– Crianças! – chamou ela. – Crianças! Ah, perdoe-me, Vossa Graça – acrescentou quando o viu. – Certamente não é correto referir-me ao senhor da mesma forma que trato meus filhos.

Simon apenas sorriu e descartou o pedido de desculpas com um aceno.

– O capitão me informou que estamos quase chegando – explicou Violet. – É melhor pegarmos nossas coisas.

O duque se levantou e estendeu a mão para Daphne, que a aceitou com gratidão, cambaleando enquanto se levantava.

– Ainda não estou adaptada ao balanço do mar – disse ela, rindo e agarrando o braço dele para se firmar.

– E olhe que estamos apenas no rio – murmurou ele.

– Seu bruto. Você não deveria chamar atenção para minha falta de graça e equilíbrio.

Ao dizer isso, Daphne virou o rosto para ele e, nesse instante, com o vento batendo em seus cabelos e deixando seu rosto rosado, ela estava tão adorável que Simon quase perdeu o fôlego.

Sua boca exuberante ficou parada entre uma risada e um sorriso, e o sol, quase vermelho, reluzia em seus cabelos. Ali na água, longe do salão de baile abafado, com o ar fresco girando ao redor deles, ela parecia natural e bonita, e o simples fato de estar em sua presença fazia Simon ter vontade de sorrir feito um idiota.

Se não estivessem prestes a atracar, com toda a família correndo ao redor, ele a teria beijado. Sabia que não poderia flertar com ela e tinha consciência de que eles nunca se casariam, mas ainda assim se pegou inclinando-se para Daphne. Ele nem sequer percebeu o que estava fazendo até que de repente perdeu o equilíbrio e caiu para trás.

Anthony, infelizmente, viu tudo o que havia acontecido e logo se enfiou entre os dois, agarrando o braço da irmã de forma muito mais brusca que graciosa.

– Como seu irmão mais velho – resmungou ele –, creio que seja minha a honra de levá-la a terra firme.

Simon apenas assentiu e deixou Anthony fazer o que queria, abalado e irritado demais pela momentânea perda de controle para discutir.

O barco ancorou perto do cais e uma prancha de embarque foi instalada. O duque assistiu ao desembarque de toda a família Bridgerton e então seguiu atrás deles até as margens cobertas de grama do Tâmisa.

No topo da colina ficava o Observatório Real, um antigo e imponente prédio feito de belos tijolos vermelhos. Suas torres eram encimadas com domos cinza, e Simon teve a sensação de estar, como Daphne havia descrito, no centro do mundo. Ele se deu conta de que tudo era medido a partir daquele ponto de referência.

Para ele, que já havia cruzado uma boa parte do globo, a ideia era curiosa.

– Estão todos aqui? – perguntou a viscondessa. – Fiquem parados para que eu me certifique disso. – Ela começou a contar cabeças, finalizando o cálculo com um triunfante: – Dez! Ótimo, estamos todos presentes.

– Dê graças a Deus por ela não nos obrigar mais a ficar em fila por ordem de idade.

Simon olhou para a esquerda e viu Colin sorrindo para ele.

– Quando os mais velhos ainda eram os mais altos, a idade funcionava como método de manutenção da ordem. Mas então Benedict cresceu mais que Anthony, e depois Gregory ultrapassou Francesca... – Colin deu de ombros. – Mamãe simplesmente desistiu.

Simon examinou o grupo e levantou um dos ombros.

– Estou tentando descobrir onde eu me encaixaria.

– Acho que em algum lugar perto de Anthony – sugeriu Colin.

– Deus me livre – falou Simon.

Colin olhou para ele com um misto de divertimento e curiosidade.

– Anthony! – chamou Violet. – Onde está Anthony?

O mais velho dos irmãos respondeu com um resmungo mal-humorado.

– Ah, aí está você. Venha me acompanhar.

Ele soltou o braço de Daphne com relutância e foi para perto da mãe.

– Ela é implacável, não é? – cochichou Colin.

Simon achou melhor não fazer nenhum comentário.

– Bem, não a decepcione – avisou Colin. – Depois de todas as maquinações dela, o mínimo que você pode fazer é ir dar o braço a Daphne.

Ele se virou para o rapaz com uma sobrancelha levantada.

– Acho que, comparado à sua mãe, você não fica atrás.

Colin apenas riu.

– Sim, só que eu pelo menos não *finjo* ser sutil.

Nesse momento, Daphne se aproximou deles.

– Fiquei sem acompanhante – reclamou ela.

– Nossa, não imagino como isso pôde acontecer – respondeu Colin. – Agora, se me dão licença, vou procurar Hyacinth. Se for obrigado a acompanhar Eloise, vou me jogar no rio. Ela está um horror desde que completou 14 anos.

Simon fez uma cara confusa.

– Ué, achei que ela já tivesse 15 anos.

Colin assentiu.

– Sim, para você ter uma ideia de há quanto tempo ela está um horror.

Daphne deu uma cotovelada no irmão.

– Vou ser boazinha e não contar a ela que você disse isso.

Colin apenas revirou os olhos e desapareceu no meio do grupo, gritando o nome de Hyacinth.

Daphne se apoiou no braço de Simon quando ele o ofereceu e perguntou:

– Já conseguimos assustá-lo?

– Como assim?

Ela lhe ofereceu um sorriso triste.

– Não há nada tão cansativo como um passeio da família Bridgerton.

– Ah. – Simon deu um passo rápido para a direita a fim de desviar de Gregory, que corria atrás de Hyacinth gritando alguma coisa sobre lama e vingança. – É, hã, uma experiência nova.

– Muito educado de sua parte – elogiou Daphne, admirada. – Estou impressionada.

– É que eu não tenho irmãos, então... – disse ele, dando um salto para trás quando Hyacinth passou correndo, gritando num tom tão agudo que Simon ficou impressionado.

Daphne soltou um suspiro sonhador.

– Não tem irmãos. Que sonho – brincou ela. O olhar distante permaneceu em seu rosto por mais alguns segundos, então Daphne se empertigou e balançou a cabeça. – Enfim... – Estendeu a mão no momento exato em que Gregory passou correndo e o agarrou firmemente pelo braço. - Gregory Bridgerton - repreendeu -, você sabe muito bem que não deve correr assim no meio das pessoas. Pode acabar derrubando alguém.

- Como você fez aquilo? - perguntou Simon.

- O quê? Pegá-lo?

- É.

Ela deu de ombros.

- Anos de prática.

- Daphne! - gemeu Gregory. Seu braço ainda estava preso à mão da irmã.

Ela o soltou.

- Agora comporte-se!

O menino deu dois passos e em seguida saiu correndo.

- Vai dar uma bronca em Hyacinth também? - perguntou Simon.

Daphne olhou por cima do ombro.

- Parece que mamãe a tem sob controle.

Simon viu que Violet estava sacudindo o dedo com muita veemência para a filha caçula. Virou-se novamente para Daphne.

- O que você ia dizer antes de Gregory passar correndo por nós?

Ela piscou.

- Não faço ideia.

- Creio que estava começando a se empolgar com a ideia de não ter irmãos.

– Ah, sim. – Ela soltou uma risadinha enquanto seguiam o restante do grupo colina acima até o observatório. – Na verdade, acredite se quiser, eu ia dizer que, embora o conceito de solidão eterna seja, às vezes, tentador, acho que me sentiria incompleta sem minha família.

Simon não disse nada.

– Não consigo me imaginar tendo um único filho – acrescentou ela.

– Às vezes – comentou Simon num tom seco – isso não é uma escolha.

O rosto de Daphne ficou vermelho no mesmo instante.

– Ah, s-s-sinto muito – gaguejou ela, petrificada. – Eu me esqueci. Sua mãe...

Simon parou de andar por um momento.

– Eu não a conheci – disse ele dando de ombros. – Não senti falta dela.

Mas seus olhos azuis estavam estranhamente inexpressivos e semicerrados, e Daphne de algum modo soube que ele não estava sendo sincero. Ao mesmo tempo, percebeu que ele de fato acreditava no que tinha dito. E então se perguntou: o que poderia ter acontecido àquele homem que o fazia mentir para si mesmo há tantos anos?

Observou o rosto dele, inclinando um pouco a cabeça para o lado enquanto examinava seus traços. O vento havia despenteado seus cabelos escuros e o rosto dele estava corado. Ele parecia bastante desconfortável com o olhar atento dela. Finalmente, Simon soltou um grunhido e falou:

– Estamos ficando para trás.

Daphne olhou para o alto da colina. O grupo estava bem à frente deles.

– É verdade – concordou ela, endireitando os ombros. – Vamos indo.

Mas, enquanto subiam juntos em direção aos outros, ela não pensava em sua família, nem no observatório, tampouco em longitude. Em vez disso, perguntava-se por que estava sentindo a estranha necessidade de jogar os braços ao redor do duque e nunca mais soltá-lo.

Algumas horas depois, estavam todos de volta às margens do Tâmisa, saboreando os últimos bocados de um almoço simples mas elegante que havia sido preparado pela cozinheira dos Bridgertons. Como na noite anterior, Simon falou pouco, preferindo observar as interações muitas vezes barulhentas da família de Daphne.

Mas Hyacinth parecia reservar outros planos para ele.

– Olá, Vossa Graça – disse ela, sentando-se ao lado dele sobre a toalha que um dos lacaios estendera para o piquenique. – O senhor gostou da visita ao observatório?

Simon não pôde deixar de sorrir ao responder:

– Gostei, sim, com certeza, Srta. Hyacinth. E você?

– Ah, muito! Gostei principalmente de sua aula sobre longitude e latitude.

– Bem, não sei se chamaria de *aula* – falou Simon, sentindo-se de repente meio velho e enfadonho.

Na outra ponta da toalha, Daphne se divertia com a aflição dele.

Hyacinth apenas sorriu com ar coquete – seria isso? – e perguntou:

– O senhor sabia que Greenwich tem também uma história muito romântica?

Daphne começou a gargalhar, a traidorazinha.

– É mesmo? – conseguiu dizer Simon, com algum esforço.

– É – afirmou Hyacinth, com tamanha expressão de sabedoria que Simon imaginou se não havia uma matrona de 40 anos dentro de seu corpo de 10. – Foi aqui que Sir Walter Raleigh estendeu sua capa no chão para que a rainha Elizabeth não precisasse sujar os sapatos numa poça.

– É mesmo? – indagou Simon, levantando-se e examinando a área.

– Vossa Graça! – Hyacinth voltou a mostrar a impaciência de uma criança de 10 anos quando se levantou de um salto. – O que o senhor está fazendo?

– Examinando o terreno – informou ele.

Lançou um olhar enigmático para Daphne. Ela estava encarando-o com alegria, bom humor e algo mais que fez com que sentisse seu peito inflar de orgulho.

– Mas o que está procurando? – insistiu Hyacinth.

– Poças.

– Poças? – A expressão dela foi sendo tomada pelo deleite quando entendeu o que ele estava querendo dizer. – Poças?

– Isso mesmo. Se vou ter que estragar uma capa para poupar seus sapatos, Srta. Hyacinth, gostaria de saber disso com antecedência.

– Mas o senhor não está usando uma capa.

– Ah, minha nossa – respondeu Simon, com um tom de voz que fez Daphne, sentada no chão, gargalhar. – Isso quer dizer que terei que tirar a *camisa*?

– Não! – gritou Hyacinth com a voz estridente. – O senhor não precisa tirar nada. Não há nenhuma poça!

– Graças a Deus – suspirou Simon, levando dramaticamente uma mão ao peito. Estava se divertindo muito mais do que jamais imaginara ser possível. – Vocês, moças da família Bridgerton, são muito exigentes, sabia disso?

Hyacinth olhou para ele com um misto de desconfiança e alegria. A desconfiança afinal venceu. Suas mãos foram parar nos jovens quadris quando ela estreitou os olhos e perguntou:

– O senhor está brincando comigo?

Ele sorriu para ela.

– O que a senhorita acha?

– Acho que sim.

– Pois eu acho que tenho sorte de não haver nenhuma poça por aqui.

A menina pensou por um instante.

– Se decidir se casar com minha irmã – disse ela, fazendo Daphne se engasgar com um biscoito –, terá minha aprovação.

Simon não estava comendo nada, mas também se engasgou.

– Mas, se não se casar com ela – continuou Hyacinth, sorrindo timidamente –, eu ficaria muito agradecida se esperasse por mim.

Para sorte de Simon, que tinha pouca experiência com meninas pequenas e nenhuma ideia de como responder, Gregory apareceu correndo e puxou os cabelos da irmã mais nova. Ela saiu correndo atrás dele na mesma hora, determinada a se vingar.

– Nunca pensei que diria isso – comentou Daphne, rindo –, mas acho que você acabou de ser salvo pelo meu irmão.

– Quantos anos tem sua irmã? – quis saber Simon.

– Dez. Por quê?

Ele balançou a cabeça, espantado.

– Porque por um instante pude jurar que tinha quarenta.

Daphne sorriu.

– Às vezes ela é tão parecida com minha mãe que é assustador.

Nesse instante, Lady Bridgerton se levantou e começou a reunir os filhos para voltarem ao iate.

– Venham! Está ficando tarde.

Simon olhou para o relógio de bolso.

– São três horas.

Daphne deu de ombros enquanto se levantava.

– Para ela, é tarde. Segundo minha mãe, uma dama deve sempre estar em casa às cinco.

– Por quê?

Ela se abaixou para recolher a toalha.

– Não faço ideia. Para se arrumar para a noite, imagino. É uma das regras com as quais cresci e achei melhor não questionar. – Ela se empertigou, segurando a toalha azul macia perto do peito, e sorriu. – Estamos prontos para ir?

Simon estendeu-lhe o braço.

– Com certeza.

Deram alguns passos na direção do iate e então Daphne comentou:

– Você se saiu muito bem com Hyacinth. Deve ter muita experiência com crianças.

– Nenhuma – disse ele, sucintamente.

– Ah – respondeu ela, com uma expressão de surpresa. – Eu sabia que você não tem irmãos, mas imaginei que pudesse ter conhecido várias crianças nas suas viagens.

– Não.

Daphne ficou em silêncio por um instante, perguntando-se se devia continuar a conversa. A voz de Simon ficara áspera e assustadora, e seu rosto... Ele simplesmente não parecia o mesmo homem que havia brincado com Hyacinth minutos antes.

Mas, por algum motivo – talvez porque tivesse

sido uma tarde tão agradável, ou apenas porque o clima estava ótimo –, ela forçou um sorriso alegre e afirmou:

– Bem, tendo ou não experiência, é óbvio que você tem o dom de lidar com elas. Alguns adultos não fazem ideia de como conversar com crianças. Você, sim.

Ele ficou em silêncio.

Daphne deu um tapinha no braço dele e continuou:

– Algum dia você será um excelente pai de uma criança muito sortuda.

Simon virou a cabeça rapidamente para encará-la e seu olhar quase congelou o coração dela.

– Creio que eu já lhe disse que não tenho nenhuma intenção de me casar – disparou. – Nunca.

– Mas com certeza você...

– Portanto, é muito pouco provável que algum dia venha a ter filhos.

– Eu... eu... sei.

Daphne engoliu em seco e tentou sorrir, mas não conseguiu nada além de um tremor dos lábios. E, embora soubesse que a corte entre os dois não passava de uma farsa, sentiu uma vaga decepção.

Chegaram à beira do cais, onde a maior parte da família estava andando de um lado para outro. Alguns já haviam entrado no iate, e Gregory dançava na prancha de embarque.

– Gregory! – chamou Violet, com a voz severa. – Pare com isso imediatamente!

Ele obedeceu, mas não saiu de onde estava.

– Entre no barco agora ou volte para o cais – continuou ela.

Simon afastou o braço do de Daphne e murmurou:

– A prancha parece estar molhada.

Começou a caminhar em direção a Gregory.

– Você ouviu a mamãe! – gritou Hyacinth.

– Ah, Hyacinth – suspirou Daphne. – Não consegue simplesmente não se meter?

Gregory mostrou a língua para a caçula da família.

Daphne soltou um gemido, então percebeu que Simon ainda estava se dirigindo para a prancha. Correu para alcançá-lo, dizendo:

– Simon, tenho certeza de que ele ficará bem.

– Não se escorregar e ficar preso nas cordas – disse ele, fazendo um gesto com a cabeça para indicar um emaranhado de cordas pendurado para fora do iate.

O duque chegou à ponta da prancha caminhando de modo casual e despreocupado.

– Você poderia entrar no barco? – gritou, pisando no pedaço estreito de madeira. – Para que eu possa passar?

Gregory piscou.

– Você não tem que acompanhar a Daphne?

Simon resmungou alguma coisa e seguiu em frente, mas nesse exato instante, Anthony, que já havia embarcado, apareceu no topo da prancha.

– Gregory! – gritou ele. – Entre neste barco imediatamente!

Do cais, Daphne viu, horrorizada, quando o irmão mais novo girou, surpreso, perdendo o equilíbrio na madeira escorregadia. Anthony saltou para a frente, agitando os braços freneticamente para segurá-lo, mas Gregory já estava fora de seu alcance.

Anthony lutou para se reequilibrar enquanto Gregory escorregava prancha abaixo, esbarrando nas canelas de Simon.

– Simon! – berrou Daphne, começando a correr.

O duque caiu na água escura do Tâmisa, com Gregory gritando um sincero "Me desculpe!". Ele escorregou até o fim da prancha sentado de costas – parecendo um caranguejo, na verdade –, sem sequer olhar aonde estava indo.

Enquanto isso, Anthony, que ainda não havia conseguido recuperar o equilíbrio, perdeu-o de vez e, antes que alguém pudesse fazer alguma coisa, soltou um grunhido e também caiu na água, bem ao lado de Simon.

Daphne levou a mão à boca, com os olhos arregalados.

Violet puxou-a pelo braço.

– Acho bom você não começar a rir.

Daphne apertou os lábios, esforçando-se para obedecer à mãe, mas estava difícil.

– *Você* está rindo – observou ela.

– Eu, não – mentiu Violet. Seu pescoço estava tremendo com o esforço para conter as gargalhadas. – E, além disso, sou uma mãe de família e uma senhora respeitável. Eles não ousariam fazer nada comigo.

Anthony e Simon saíram cheios de pose do Tâmisa, pingando e se encarando com raiva.

Gregory rastejou prancha acima e desapareceu dentro do iate.

– Talvez você deva interceder – sugeriu Violet.

– Eu? – questionou Daphne.

– Parece que eles podem chegar às vias de fato.

– Mas por quê? Foi tudo culpa do Gregory.

– Sim – disse Violet com impaciência –, mas eles são *homens*, estão furiosos e envergonhados e não podem descontar em um menino de 12 anos.

Como era de esperar, Anthony estava resmungando:

– Eu poderia ter cuidado dele.

Ao mesmo tempo, Simon reclamou:

– Se você não o tivesse assustado...

Violet revirou os olhos e encarou a filha.

– Logo você vai aprender que todos os homens têm uma necessidade inexplicável de colocar a culpa em alguém quando fazem papel de bobos – afirmou.

Daphne se apressou em direção aos dois, com a intenção de evitar uma briga entre eles, mas assim que olhou para a cara deles percebeu que nada do que dissesse os faria ter a mesma inteligência e sensibilidade que uma mulher demonstraria em situação semelhante, então apenas sorriu, agarrou o braço de Simon e pediu:

– Poderia me acompanhar?

Simon olhou furioso para Anthony, que retribuiu o gesto.

Daphne puxou Simon para longe do irmão.

– Isto ainda não acabou, Hastings – sibilou Anthony.

– Longe disso – respondeu o outro.

Ela notou que eles estavam apenas procurando uma desculpa para brigar. Então puxou o braço do duque com mais força, preparada para deslocar o ombro dele se fosse preciso.

Depois de um último olhar furioso, ele cedeu e a seguiu até o barco.

Foi uma longa viagem de volta.

Mais tarde naquela noite, enquanto se preparava para se deitar, Daphne se sentiu estranhamente inquieta. Chegou à conclusão de que não conseguiria dormir, então vestiu um robe e desceu para pegar um copo de leite morno e encontrar alguém para lhe fazer companhia. Com tantos irmãos, certamente *um* deles estaria acordado.

No caminho para a cozinha, ouviu resmungos vindos do escritório de Anthony e enfiou a cabeça pela porta. O irmão mais velho estava debruçado sobre a mesa respondendo correspondências, com os dedos cheios de manchas de tinta. Não era comum encontrá-lo ali tão tarde da noite. Ele havia decidido conservar seu escritório na casa depois que fora morar sozinho, mas em geral tratava dos negócios durante o dia.

– Você não tem uma secretária para fazer isso? – perguntou Daphne com um sorriso.

Anthony olhou para ela.

– A idiota se casou e se mudou para Bristol – reclamou ele.

– Ah. – Ela entrou e se sentou numa cadeira em frente à mesa. – Isso explica você estar aqui de madrugada.

Ele olhou para o relógio.

– Meia-noite não é exatamente madrugada. E, além disso, levei quase a tarde inteira só para tirar o Tâmisa dos meus cabelos.

Daphne tentou conter o riso.

– Mas você tem razão – continuou Anthony com um suspiro, largando a pena. – Está tarde e não há nada aqui que não possa esperar até amanhã. – Ele se recostou e alongou o pescoço. – O que está fazendo de pé?

– Não consegui dormir – explicou Daphne dando de ombros. – Desci para pegar um pouco de leite morno e ouvi você xingando.

Anthony soltou um gemido.

– É esta maldita pena, eu juro que... – Ele sorriu timidamente. – Acho que não preciso completar a frase, né?

Daphne sorriu em resposta. Os irmãos nunca tiveram cuidado com a linguagem que usavam perto dela.

– Então daqui a pouco você irá para casa?

Ele assentiu.

– Mas o leite morno que você mencionou parece ótimo. Por que não chama alguém e pede um copo?

Daphne se levantou.

– Tenho uma ideia melhor. Por que não vamos nós mesmos pegar? Não somos idiotas. Provavelmente somos capazes de esquentar um pouco de leite. E, além disso, os criados já devem estar dormindo.

Anthony a seguiu até a porta do escritório.

– Está bem, mas vou deixar a tarefa por sua conta. Não faço a menor ideia de como se ferve leite.

– Não creio que se deva ferver – disse Daphne, franzindo a testa. Virou para entrar na cozinha e empurrou a porta. O ambiente estava escuro, exceto pela luz da lua cintilando através das janelas. – Pegue uma lamparina enquanto eu vejo onde está o leite. – Deu um sorrisinho. – Você sabe acender uma lamparina, não sabe?

– Ah, creio que eu consiga fazer isso – respondeu ele, de maneira afável.

Daphne sorriu enquanto tateava no escuro e pegava uma panelinha pendurada no alto. O relacionamento dela com o irmão mais velho era, em geral, tranquilo e divertido, e estava sendo bom vê-lo de volta ao normal. Anthony andara muito intransigente nos últimos dias, especialmente em relação a ela. E a Simon, é claro. Mas era raro que Simon estivesse presente para ser vítima da carranca de Anthony.

Uma luz tremeluziu atrás dela e quando Daphne se virou viu Anthony sorrindo triunfalmente.

– Você achou o leite ou devo me aventurar em busca de uma vaca lá fora? – perguntou ele.

Ela riu e levantou uma garrafa.

– Achei! – Foi até o fogão, uma geringonça de aparência moderna que o cozinheiro comprara no começo daquele ano. – Sabe como funciona esta coisa? – perguntou.

– Não tenho a menor ideia. E você?

Daphne balançou a cabeça.

– Também não. – Estendeu a mão e tocou a superfície do aparelho. – Não está quente.

– Nem um pouquinho?

Ela fez um gesto com a cabeça indicando que não.

– Na verdade, está bem frio.

Os dois ficaram em silêncio por alguns segundos.

– Sabe – disse Anthony enfim –, leite frio pode ser bastante refrescante.

– Eu estava pensando a mesma coisa!

Ele sorriu e pegou duas canecas.

– Aqui, pode servir.

Daphne obedeceu e logo os dois estavam sentados em banquinhos, bebendo o líquido fresco. Anthony terminou o dele rapidamente e se serviu de novo.

– Quer mais? – perguntou à irmã, limpando o bigode de leite.

– Não, ainda não estou nem na metade – comentou Daphne, dando mais um gole.

Ela lambeu os lábios e se remexeu na cadeira. Agora que estava sozinha com Anthony, e ele demonstrava ter voltado ao bom humor de sempre, parecia ser um bom momento para... bem, a verdade era que... *Ora, mas que droga*, pensou, *vá em frente e pergunte*.

– Anthony? – chamou, um pouco hesitante. – Posso fazer uma pergunta?

– É claro.

– É sobre o duque.

Ele bateu a caneca com força na mesa.

– O que tem o duque?

– Eu sei que você não gosta dele... – começou ela, baixando o tom de voz.

– Não é que eu não goste dele – interrompeu Anthony com um suspiro cansado. – Ele é um dos meus melhores amigos.

Daphne ergueu as sobrancelhas.

– É o que se pode deduzir com base em seu comportamento recente – ironizou.

– Eu apenas não confio nele em relação às mulheres. Principalmente em relação a você.

– Anthony, você deve saber que essa é uma das coisas mais tolas que já disse. O duque pode ter sido um libertino, e imagino que ainda possa ser, mas ele jamais me seduziria. Nem que fosse apenas pelo fato de eu ser sua irmã.

Ele não pareceu convencido.

– Mesmo que não houvesse um código de honra masculino sobre esse tipo de coisa – insistiu Daphne, mal resistindo à vontade de revirar os olhos –, ele sabe que você o mataria se me tocasse. O homem não é burro.

Anthony não fez qualquer comentário sobre o que ela acabara de dizer. Em vez disso, indagou:

– O que você queria perguntar?

– Na verdade – disse Daphne devagar –, eu estava imaginando se você sabe por que o duque é tão contrário ao casamento.

Anthony cuspiu o leite longe, por cima da mesa.

– Pelo amor de Deus, Daphne! Achei que havíamos concordado que tudo não passa de uma farsa! Por que está sequer considerando a possibilidade de se casar com ele?

– Eu não estou considerando a possibilidade de me casar com ele! – afirmou ela, pensando que isso poderia não ser verdade, mas não estava disposta a investigar os próprios sentimentos para ter certeza. – Estou apenas curiosa – murmurou, na defensiva.

– É melhor mesmo não estar pensando nisso – aconselhou Anthony. – Porque eu posso lhe dizer com certeza que isso nunca vai acontecer. Nunca. Está entendendo, Daphne? Ele não vai se casar com você.

– Eu teria de ser uma débil mental para não entender – resmungou ela.

– Que bom. Então estamos conversados.

– Não estamos, não! – exclamou ela. – Você ainda não respondeu à minha pergunta.

Anthony a encarou do outro lado da mesa.

– Se você sabe por que ele é contra o casamento – provocou ela.

– Por que está tão interessada? – indagou ele num tom exasperado.

A resposta era um pouco próxima demais das acusações de Anthony, mas ela disse apenas:

– Estou curiosa. E, além disso, acho que tenho o direito de saber, já que, se eu não encontrar um pretendente aceitável em breve, posso me tornar uma pária depois que ele me deixar.

– Achei que era *você* que iria terminar tudo – comentou Anthony, desconfiado.

Daphne riu.

– Quem vai acreditar nisso?

Anthony não saltou imediatamente em defesa da irmã, o que Daphne considerou um pouco irritante. Mas explicou:

– Não sei por que Hastings se recusa a se casar. Tudo o que sei é que ele tem essa convicção desde que o conheço. – Daphne abriu a boca para falar, mas ele a interrompeu, acrescentando: – E ele diz isso com tanta veemência que não acredito que seja uma decisão leviana de um solteiro assediado.

– E isso quer dizer que...

– Que, ao contrário da maioria dos homens, quando ele afirma que nunca irá se casar, está falando a verdade.

– Sei.

Anthony soltou um suspiro longo e cansado, e

Daphne notou, ao redor dos olhos dele, pequenas rugas de preocupação que nunca vira antes.

– Escolha alguém do seu novo grupo de pretendentes – aconselhou ele – e esqueça Hastings. Ele é um bom homem, mas não é para você.

Daphne se agarrou à primeira parte da última frase.

– Mas você acha que ele é um bom...

– Ele não é para você – repetiu seu irmão.

Mas ela não conseguia deixar de pensar que talvez, quem sabe, ele pudesse estar errado.

Capítulo 9

O duque de Hastings foi visto mais uma vez com a Srta. Bridgerton (para aqueles que, como esta autora, acham difícil diferenciar os inúmeros filhos dos Bridgertons uns dos outros, trata-se no caso, da Srta. Daphne). Fazia muito tempo que não se viam duas pessoas tão claramente dedicadas uma à outra.

Parece curioso, no entanto, que, à exceção do passeio da família até Greenwich, relatado neste jornal há dez dias, os dois sejam vistos juntos apenas em eventos noturnos. A autora sabe de fonte segura que, embora o duque tenha visitado a Srta. Bridgerton em sua casa há duas semanas, essa cortesia não se repetiu e, de fato, os dois não foram vistos juntos no Hyde Park nem uma vez sequer!

CRÔNICAS DA SOCIEDADE DE LADY WHISTLEDOWN,
14 DE MAIO DE 1813

Duas semanas depois, Daphne estava em Hampstead Heath, parada na lateral do salão de baile de Lady Trowbridge, afastada do grupo elegante da festa. Sentia-se bastante satisfeita com sua posição.

Não queria estar no centro dos acontecimentos. Não queria ser encontrada pelas dezenas de pretendentes que agora não paravam de convidá-la para dançar. Na verdade, ela não queria estar no salão de Lady Trowbridge.

Porque Simon não estava lá.

Isso não significava que ela estivesse destinada a passar a noite inteira esquecida em um canto. Todas as previsões de Simon quanto à sua crescente popularidade haviam se mostrado corretas. Daphne, que sempre fora a garota que todos viam como amiga, nunca como mulher, foi de repente alçada à posição de moça mais desejável da temporada.

Todos os que emitiam sua opinião sobre essa mudança súbita (e, quando se tratava da sociedade, isso significava *todo mundo*) declaravam que sempre souberam que Daphne era especial e estavam apenas esperando que o restante das pessoas percebesse. Lady Jersey dizia a quem quisesse ouvir que já previa o sucesso da jovem havia meses, e o único mistério era por que ninguém a notara antes.

Isso era bobagem, é claro. Embora Daphne nunca tivesse sido objeto de escárnio de Lady Jersey, nenhum Bridgerton se recordava de tê-la ouvido se referir a Daphne (como vinha fazendo ultimamente) como "tesouro do amanhã".

Mas, apesar de os rapazes agora fazerem fila para tirá-la para dançar assim que ela chegava a qualquer baile e lutarem pelo privilégio de lhe oferecer um copo de limonada (Daphne quase gargalhou na primeira vez em que isso aconteceu), ela descobriu que nenhuma noite era memorável de fato a menos que Simon estivesse a seu lado.

Não importava que ele fizesse questão de mencionar ao menos uma vez por noite que era totalmente contra a instituição do casamento (embora se pudesse dizer a favor dele que o duque sempre fazia isso ao mesmo tempo que agradecia a Daphne por livrá-lo das hordas de mães ambiciosas). Também não importava que às vezes ele ficasse calado demais e fosse quase grosseiro com certos membros da sociedade.

Tudo o que parecia ter importância eram aqueles momentos em que eles não estavam exatamente a sós (eles *nunca* estavam a sós), mas ainda assim podiam desfrutar de certa privacidade. Uma conversa animada num canto, uma valsa ao redor do salão. Daphne encarava os olhos azul-claros dele e esquecia que estava cercada por quinhentos espectadores, todos muito interessados em saber a quantas andava sua vida amorosa.

Nesses momentos, ela praticamente esquecia que tudo não passava de fingimento.

Daphne não tentara conversar de novo com Anthony sobre Simon. A hostilidade do irmão ficava evidente toda vez que o nome do duque surgia em uma conversa. E quando os dois homens se encontravam... bem, Anthony em geral conseguia demonstrar certo nível de cordialidade, mas era tudo.

No entanto, mesmo em meio a toda essa raiva, Daphne podia ver resquícios da antiga amizade entre eles. Torcia para que, quando tudo estivesse terminado - e ela casada com algum conde entediante mas bondoso que nunca tocara seu coração -, os dois voltassem a ser amigos.

Atendendo ao pedido bastante veemente de Anthony, Simon decidira não comparecer a todos os eventos a que Violet e Daphne fossem. Anthony argumentara que o único motivo pelo qual havia concordado com aquele plano ridículo fora a possibilidade de Daphne encontrar um marido entre todos os novos pretendentes. Infelizmente, em sua opinião (e felizmente na de Daphne), nenhum desses jovens cavalheiros ousava abordá-la quando Simon estava presente.

"Está sendo uma grande perda de tempo" foram as palavras exatas de Anthony.

Na verdade, essa frase veio acompanhada de uma boa quantidade de xingamentos e injúrias, mas Daphne não vira motivo para perder tempo com isso. Desde o incidente no Tâmisa - *dentro* do Tâmisa, na verdade -, Anthony dedicava um bom tempo a acrescentar complementos ofensivos ao nome de Simon.

Mas o duque entendera o ponto de vista dele e disse a Daphne que desejava que ela encontrasse um marido adequado.

Então, se afastou.

E Daphne ficou muito infeliz.

Ela imaginava que deveria saber que isso iria acontecer. Deveria ter previsto os perigos de ser cortejada – ainda que de mentira – pelo homem que a sociedade começara a chamar recentemente de "o duque avassalador".

O apelido fora criado quando Philipa Featherington o descrevera como "avassaladoramente bonito", e como ela não era nada discreta, toda a sociedade testemunhara sua declaração. Em pouco tempo, algum rapazola recém-saído da Universidade de Oxford adaptou a afirmação de Philipa e então surgiu "o duque avassalador".

Daphne considerava o apelido lamentavelmente irônico. Porque o duque avassalador estava de fato arrasando seu coração.

Não que fosse a intenção dele. Simon a tratava sempre com respeito e bom humor. Até mesmo Anthony era obrigado a admitir que ele não dera nenhum motivo para reclamação naquele período. Nunca tentara ficar a sós com Daphne e nunca fizera nada além de beijar sua mão enluvada (e, para tristeza de Daphne, isso acontecera apenas duas vezes).

Os dois haviam se tornado excelentes companhias um para o outro, e em seus encontros eles se alternavam entre confortáveis períodos de silêncio e diálogos animados. Em todas as festas, dançavam juntos duas vezes – o máximo permitido para não escandalizar a sociedade.

E Daphne sabia, sem sombra de dúvida, que estava se apaixonando.

A ironia era extraordinária. Ela havia começado a passar tanto tempo na companhia de Simon com o objetivo específico de atrair outros homens. Por sua vez, ele começara a passar tanto tempo com *ela* para evitar o assédio das mocinhas casamenteiras.

Pensando bem, avaliou Daphne, apoiando-se na parede, a ironia era extraordinariamente dolorosa.

Embora Simon ainda falasse muito sobre a questão do casamento e sua determinação de nunca ingressar nessa condição abençoada, Daphne o flagrou olhando para ela algumas vezes de uma forma que a levava a acreditar que ele poderia desejá-la. Nunca repetira nenhum dos comentários maldosos que fizera antes de saber que ela era uma Bridgerton, mas às vezes ela o pegava encarando-a do mesmo jeito faminto e selvagem da noite em que se conheceram. Era claro que ele disfarçava assim que Daphne percebia, mas era sempre o suficiente para deixá-la arrepiada e sem fôlego de desejo.

E os olhos dele! Todos diziam que seus olhos eram de um azul glacial, e quando Daphne o via conversando com outros membros da sociedade, entendia por quê. Simon não era tão falante com os outros como era com ela. Expressava-se de modo mais sucinto, com o tom mais áspero, e seus olhos apenas refletiam a severidade de seu comportamento.

Mas quando os dois riam juntos, fazendo piada sobre alguma regra tola da sociedade, os olhos dele mudavam. Ficavam mais suaves, mais gentis, mais à vontade. Em seus momentos mais fantasiosos, ela chegava a achar que eles estavam derretendo.

Daphne suspirou, apoiando-se ainda mais na parede. Sentia que esses "momentos fantasiosos" estavam ficando cada vez mais frequentes nos últimos tempos.

– Ei, Daff, por que você está escondida aqui?

Ela ergueu o olhar e viu Colin se aproximando, com o sorriso convencido de sempre estampado no rosto bonito. Desde seu retorno a Londres, ele estava fazendo um grande sucesso com as garotas da cidade, e Daphne podia, com facilidade, apontar ao menos umas dez delas que certamente estavam apaixonadas por ele e desesperadas por sua atenção. No entanto, não se preocupava com a possibilidade de o irmão corresponder a qualquer dessas afeições. Era evidente que Colin ainda tinha muito que viver antes de sossegar.

– Não estou escondida – corrigiu ela. – Estou tentando evitar.

– Tentando evitar quem? Hastings?

– Não, é claro que não. De qualquer maneira, ele nem está aqui.

– Está, sim.

Como se tratava de Colin, cujo principal objetivo na vida (depois de correr atrás de mulheres e apostar em cavalos, é evidente) era atormentar a irmã, Daphne fingiu não dar importância ao que ele tinha dito, mas ainda assim não conseguiu disfarçar seu interesse ao perguntar:

– Está?

Colin assentiu com uma expressão marota e fez um sinal em direção à entrada do salão.

– Eu o vi chegar há menos de quinze minutos.

Daphne estreitou os olhos.

– Você está brincando comigo? Ele me disse com todas as letras que não viria hoje.

– E mesmo assim você veio? – Colin levou a mão à boca, fingindo surpresa.

– É claro – respondeu ela. – Minha vida não gira em torno de Hastings.

– Não?

Daphne teve a profunda sensação de que ele não estava brincando.

– Não, não gira – insistiu ela, o que era uma mentira. Sua vida podia não girar em torno de Simon, mas seus pensamentos certamente sim.

Os olhos verdes de Colin ficaram estranhamente sérios.

– Você está caidinha, não é?

– Não faço ideia do que você está falando.

Ele sorriu com astúcia.

– Mas vai fazer.

– Colin!

– Enquanto isso – continuou ele, fazendo um sinal na direção da entrada do salão –, por que não vai falar com ele? Minha maravilhosa companhia obviamente não é nada comparada com a dele. Posso ver que seus pés já estão até se afastando de mim.

Horrorizada com o fato de seu corpo traí-la de tal maneira, Daphne baixou os olhos.

– Rá! Fiz você olhar – disse ele.

– Colin Bridgerton – resmungou ela –, às vezes parece que você tem 3 anos de idade.

– Interessante – brincou ele. – De acordo com esse raciocínio, você teria a tenra idade de 1 ano e meio, irmãzinha.

Sem conseguir pensar numa resposta adequada, Daphne apenas o encarou com sua cara mais feia.

Mas o irmão apenas riu.

– É claro que você está linda com essa cara, querida irmã, mas é melhor fazer outra. Sua Avassaladoridade está se aproximando.

Daphne se recusou a morder a isca dessa vez. Ele não a faria olhar.

Colin inclinou-se para a frente e sussurrou de forma conspiratória.

– Desta vez eu não estou brincando, Daff.

Ela manteve a carranca.

Seu irmão começou a rir.

– Daphne! – Era a voz de Simon. Bem em seu ouvido.

Ela girou nos calcanhares.

A risada de Colin ficou mais alta.

– Você realmente devia acreditar mais no seu irmão preferido, Daff querida.

– *Ele* é seu irmão preferido? – perguntou Simon, com uma sobrancelha erguida e ar de descrença.

– Só porque Gregory pôs um sapo na minha cama

ontem à noite – disparou Daphne – e Benedict nunca recuperou a posição desde que decapitou minha boneca preferida.

– Fico me perguntando o que Anthony fez para lhe ser negada até mesmo uma menção honrosa – murmurou Colin.

– Você não estava indo a outro lugar? – indagou Daphne incisivamente.

Colin deu de ombros.

– Na verdade, não.

– Você não acabou de me dizer que prometeu uma dança a Prudence Featherington? – insistiu ela por entre os dentes.

– Nossa, não! Você deve ter ouvido mal.

– Talvez a mamãe esteja procurando por você, então. Aliás, tenho certeza de que a ouvi chamando seu nome.

Colin sorriu com o desconforto da irmã.

– Você não deveria ser tão óbvia – aconselhou ele num sussurro teatral, alto o bastante para que Simon escutasse. – Ele vai descobrir que você gosta dele.

O corpo inteiro do duque estremeceu com uma alegria incontida.

– Não é a companhia dele que estou tentando garantir – disse Daphne acidamente. – É a sua que estou tentando evitar.

Colin levou a mão ao coração.

– Assim você me magoa, Daff. – Virou-se para Simon. – Ah, como ela me magoa...

– Você está desperdiçando sua vocação, meu rapaz – comentou Simon alegremente. – Devia ser ator.

– Observação interessante – respondeu ele –, mas isso com certeza iria arruinar o humor de minha mãe. – Seus olhos se iluminaram. – Ótima ideia! E justamente quando a festa estava começando a ficar chata. Boa noite aos dois. – Fez uma reverência elegante e se afastou.

Daphne e Simon permaneceram em silêncio enquanto o irmão dela desaparecia no meio dos convidados do baile.

– O próximo grito que você ouvir – disse ela com suavidade – certamente será de minha mãe.

– E o barulho será do corpo dela desmaiado caindo no chão?

Daphne assentiu, com um sorriso hesitante nos lábios.

– Evidente que sim. – Ficou um instante em silêncio e então disse: – Eu não esperava que você viesse hoje.

Ele deu de ombros.

– Eu estava entediado.

– Estava entediado e resolveu vir até Hampstead Heath, para o baile anual de Lady Trowbridge? – Daphne levantou as sobrancelhas. O lugar ficava a cerca de 12 quilômetros de Mayfair, um trajeto de mais de uma hora em uma noite como aquela, quando toda a sociedade entupia o caminho. – Perdoe-me se começo a duvidar de sua sanidade.

– Eu mesmo estou começando a duvidar dela – murmurou ele.

– Bem, de qualquer forma – disse ela com um suspiro contente –, fico feliz que tenha vindo. A noite está horrível.

– É mesmo?

Ela assentiu.

– As pessoas não param de me atormentar com perguntas sobre você.

– Ora, ora, isto está ficando interessante.

– Interessante? A primeira pessoa a me interrogar foi minha mãe. Ela quer saber por que você nunca vai me visitar à tarde.

Simon franziu a testa.

– Você acha necessário? Pensei que minha atenção exclusiva nos eventos noturnos seria o suficiente para que todos acreditassem na farsa.

Daphne ficou surpresa por conseguir conter um resmungo de frustração. Ele não precisava fazer o plano parecer um fardo tão grande.

– Sua atenção exclusiva – disse ela – teria sido suficiente para enganar qualquer um exceto minha mãe. E ela provavelmente não teria dito nada, só que o assunto foi mencionado no *Whistledown*.

– É mesmo? – perguntou Simon.

– É. Então é melhor você aparecer amanhã, ou todos vão começar a fazer suposições.

– Eu gostaria de saber quem são os espiões dessa mulher – resmungou ele. – Então os contrataria para trabalhar para mim.

– Por que você precisaria de espiões?

– Por nada. Mas parece uma pena desperdiçar tanto talento.

Daphne duvidava que a fictícia Lady Whistledown concordasse que havia algum talento sendo desperdiçado, mas como não queria entrar numa discussão sobre os méritos e deméritos do jornal, ela apenas ignorou o comentário.

– E depois – continuou ela –, quando minha mãe terminou o interrogatório, foi a vez de todos os demais, e foi ainda pior.

– Nossa senhora!

Ela lançou um olhar insolente para ele.

– Apenas um dos inquiridores não era mulher, e embora todos tenham dito com veemência como se sentiam felizes por mim, estavam claramente tentando insinuar que nós não ficaríamos noivos.

– Você disse a todos eles que eu estou completamente apaixonado por você, imagino.

Daphne sentiu o coração bater mais forte.

– É claro – mentiu ela, dando um sorriso meigo. – Afinal, tenho uma reputação a zelar.

Simon riu.

– E então, quem foi o único homem a fazer perguntas?

Daphne fez uma careta.

– Na verdade, era outro duque. Um velho bizarro que disse que foi amigo do seu pai.

O rosto de Simon de repente ficou tenso.

Ela apenas deu de ombros, sem perceber a mudança na expressão dele.

– Ele não parou de falar sobre como seu pai era um bom homem. – Deu uma risadinha ao tentar imitar a voz do velho. – "Não queremos um duque incompetente desonrando o título, afinal." Eu não fazia ideia de que vocês, duques, se interessavam tanto pela vida uns dos outros.

Simon ficou em silêncio.

Daphne fez uma expressão pensativa.

– Sabe, acho que eu nunca ouvi você falar do seu pai.

– Isso porque eu não quero falar dele – respondeu Simon asperamente.

Ela piscou, preocupada.

– Algum problema?

– Absolutamente nenhum – afirmou ele, com a voz ríspida.

– Ah. – Ela se pegou mordendo o lábio inferior e se obrigou a parar. – Não vou mais falar sobre isso, então.

– Eu disse que não há problema *nenhum*.

Daphne manteve a expressão impassível.

– Está bem.

Houve um longo e desconfortável silêncio. Ela ficou mexendo, sem graça, na saia do vestido antes de finalmente comentar:

– Lindas as flores que Lady Trowbridge usou na decoração, não acha?

Simon acompanhou o movimento da mão dela na direção de um arranjo de botões cor-de-rosa e brancos.

– Acho.

– Será que ela mesma as cultiva?

– Não faço ideia.

Mais um silêncio constrangedor.

– É muito difícil cultivar rosas.

Dessa vez a resposta foi apenas um grunhido.

Daphne pigarreou e então, como ele nem sequer olhou para ela, perguntou:

– Você provou a limonada?

– Não gosto de limonada.

– Bem, eu gosto – reagiu ela, decidindo que cansara daquilo. – E estou com sede. Então, se me der licença, vou buscar um copo e deixá-lo sozinho com seu mau humor. Tenho certeza de que encontrará uma companhia mais agradável que a minha.

Ela se virou para ir embora, mas antes que pudesse dar o primeiro passo sentiu uma mão pesada em seu braço. Olhou para baixo, momentaneamente hipnotizada pela visão da luva branca dele sobre a seda cor de pêssego de seu vestido. Ficou encarando a mão de Simon, quase esperando que ele a movesse em direção à pele nua de seu cotovelo.

Mas é claro que ele não agiria assim. Ele só fazia esse tipo de coisa em seus sonhos.

– Daphne, por favor – pediu ele –, não vá.

Ele falou em voz baixa e com uma intensidade que a fez estremecer.

Ela se virou, e assim que seus olhos se encontraram com os dele, o duque continuou:

– Por favor, aceite minhas desculpas.

Ela assentiu.

Mas ele claramente sentiu a necessidade de se explicar.

– Eu não... – Simon parou e tossiu baixinho na mão. – Eu não me dava bem com meu pai. Eu... eu não gosto de falar dele.

Daphne o encarou, fascinada. Nunca o vira tão sem palavras.

Ele bufou, irritado. Era estranho, pensou Daphne, porque ele parecia estar irritado consigo mesmo.

– Quando você fala sobre ele... – Simon balançou a cabeça, como se estivesse tentando dizer o que queria de outra forma. – O assunto fica na minha cabeça e eu não consigo parar de pensar nele. E... e... e isso me deixa muito irritado.

– Eu sinto muito – lamentou-se Daphne, sabendo que devia estar demonstrando a própria confusão. Achou que devia falar mais alguma coisa, mas não sabia o quê.

– Não com você – completou ele com rapidez e, ao focar os olhos azuis nela, alguma coisa neles pareceu clarear. O rosto de Simon também pareceu ficar relaxado, principalmente as linhas tensas que haviam se formado ao redor da boca. Ele engoliu em seco. – Fico irritado comigo mesmo.

– E aparentemente com seu pai também – observou ela baixinho.

Ele não respondeu. Ela chegou à conclusão de que

não esperava que ele respondesse. A mão do duque ainda estava em seu braço, e ela a cobriu com a sua.

– Gostaria de tomar um pouco de ar fresco? – perguntou ela com delicadeza. – Parece estar precisando.

Ele assentiu.

– É melhor você ficar aqui. Anthony é capaz de arrancar minha cabeça se eu levá-la ao terraço.

– Por mim, Anthony pode fazer o que quiser. De qualquer forma, estou cansada da vigilância constante dele.

– Ele está apenas tentando ser um bom irmão para você.

Ela entreabriu os lábios, consternada.

– De que lado você está, afinal?

Ignorando habilmente a pergunta de Daphne, Simon disse:

– Então está bem. Mas apenas um passeio rápido. Posso enfrentar Anthony, mas se ele juntar todos os seus irmãos, sou um homem morto.

Havia uma porta que levava ao terraço a alguns metros. Daphne a indicou com a cabeça e Simon posicionou a mão em seu cotovelo.

– Deve haver vários casais no terraço neste momento – comentou ela. – Ele não terá do que reclamar.

Mas, antes que conseguissem sair, ouviram uma voz masculina atrás de si:

– Hastings!

Simon parou e se virou de imediato, percebendo com irritação que havia se acostumado a atender pelo nome do pai. Em pouco tempo, estaria considerando aquele seu próprio nome.

De algum modo, a ideia o deixou incomodado.

Um senhor apoiado numa bengala foi na direção deles.

– Esse é o duque de quem falei – informou Daphne. – De Middlethorpe, acho.

Simon assentiu secamente.

– Hastings! – repetiu o velho, dando tapinhas no braço dele. – Faz muito tempo que quero conhecê-lo. Sou o duque de Middlethorpe. Seu pai era um bom amigo.

Simon apenas balançou a cabeça de novo, num movimento de precisão quase militar.

– Ele sentiu muito sua falta. Quando você estava viajando.

Simon começou a ser tomado pela fúria, um sentimento que fez sua língua inchar e deixou seu rosto rígido e tenso. Ele soube, sem sombra de dúvida, que se tentasse falar soaria exatamente como o menino de 8 anos que tinha sido.

E não iria passar tamanha vergonha na frente de Daphne de jeito nenhum.

De alguma forma – ele jamais saberia como, mas talvez porque nunca houvesse tido muita dificuldade com vogais além da palavra "eu" –, ele conseguiu dizer:

– Ah, é?

Ficou satisfeito por sua voz ter saído clara e condescendente.

Mas, se o velho percebeu o rancor em seu tom, não deu a entender.

– Eu estava com ele na hora de sua morte – prosseguiu Middlethorpe.

Simon não respondeu.

Daphne – graças a Deus – se intrometeu na conversa com um solidário "Minha nossa!".

– Ele me pediu que lhe entregasse algumas cartas. Tenho várias na minha casa.

– Pode queimá-las.

Daphne soltou um arquejo e agarrou Middlethorpe pelo braço.

– Ah, não, não faça isso. Ele pode não querer lê-las agora, mas com certeza mudará de ideia no futuro.

Simon a fuzilou com os olhos antes de se dirigir novamente a Middlethorpe.

– Eu disse para queimá-las.

– Eu... hã... – Middlethorpe parecia desesperadamente confuso. Devia saber que os dois não se davam bem, mas era óbvio que o finado duque não havia lhe revelado quão profundas eram as diferenças entre eles. O velho duque olhou para Daphne, percebendo uma possível aliada, e disse: – Além das cartas, havia coisas que ele queria que eu falasse ao filho. Eu poderia fazer isso agora.

Mas Simon já havia soltado o braço de Daphne e ido para o terraço.

– Lamento muito – disse Daphne a Middlethorpe, sentindo-se na obrigação de se desculpar pelo péssimo comportamento de Simon. – Tenho certeza de que ele não quis ser grosseiro.

A expressão de Middlethorpe deixou claro que ele *sabia* que isso não era verdade.

Mas Daphne insistiu:

– Ele é um pouco sensível em relação ao pai.

O velho assentiu.

– O duque me avisou que ele reagiria assim. Mas falou isso rindo e depois fez uma piada sobre o orgulho dos Bassets. Confesso que não achei que ele estivesse realmente falando sério.

Daphne olhou, nervosa, para o terraço.

– Parece que estava, afinal – murmurou ela. – É melhor eu ir falar com ele.

Middlethorpe assentiu.

– Por favor, não queime as cartas – repetiu ela.

– Eu jamais faria isso. Mas...

Ela já tinha dado um passo em direção ao terraço mas voltou, apreensiva com o tom de voz hesitante do velho.

– O quê? – perguntou.

– Não estou bem de saúde – disse Middlethorpe. – Eu... o médico diz que a qualquer momento eu posso... Você permite que eu lhe confie a guarda das cartas?

Daphne encarou o duque com um misto de perplexidade e pavor. Perplexidade por não acreditar que ele entregaria correspondências tão pessoais a uma jovem que mal conhecia. Pavor porque sabia que, se as aceitasse, Simon poderia nunca mais perdoá-la.

– Não sei... – respondeu ela em um tom de voz vacilante. – Não estou certa de ser a pessoa mais indicada para isso.

Os velhos olhos de Middlethorpe se estreitaram com um ar de sabedoria.

– Acho que não existe ninguém melhor – comentou ele baixinho. – E acredito que saberá quando chegar a hora de mostrar as cartas a ele. Posso pedir que sejam entregues a você?

Ela assentiu em silêncio. Não sabia o que mais fazer.

Middlethorpe levantou a bengala e a apontou para o terraço.

– É melhor ir falar com ele.

Daphne encarou-o, balançou a cabeça e saiu apressadamente. O terraço estava iluminado apenas por alguns candeeiros na parede, de modo que só com o reforço da luz da lua ela pôde localizar Simon no canto. Ele parecia tenso e irritado, com os braços cruzados à frente do corpo. Estava de frente para o interminável gramado da casa, mas Daphne duvidava que ele estivesse vendo qualquer coisa além da própria raiva.

Ela se aproximou dele devagar, notando que o ambiente estava bem fresco, ao contrário do salão lotado e abafado. Ouviu alguns murmúrios que indicavam que eles não estavam sozinhos, mas Daphne não conseguiu ver mais ninguém por causa da iluminação fraca. Os outros convidados claramente haviam escolhido se isolar nos cantos escuros. Ou talvez tivessem descido a escada que levava ao jardim e estivessem sentados nos bancos abaixo.

Enquanto se dirigia ao lugar onde estava Simon, pensou em dizer algo como "Você foi muito grosseiro com o duque" ou "Por que tem tanta raiva do seu pai?", mas acabou chegando à conclusão de que não era o momento de se intrometer nos sentimentos dele. Assim, quando chegou a seu lado, apenas se apoiou na balaustrada e disse:

- Queria poder ver as estrelas.

Ele olhou para ela, primeiro surpreso e depois com curiosidade.

- Nunca conseguimos vê-las em Londres - continuou ela, mantendo o tom de voz propositalmente baixo. - Ou as luzes são brilhantes demais ou há muita neblina. Ou então o ar está muito poluído para que se consiga ver através dele. - Deu de ombros e olhou para o céu, que estava encoberto. - Estava torcendo para conseguir vê-las aqui em Hampstead Heath. Mas, infelizmente, as nuvens não estão cooperando.

Houve um longo momento de silêncio. Então Simon pigarreou e indagou:

- Você sabia que as estrelas são muito diferentes no hemisfério sul?

Daphne não havia percebido quanto estava tensa até sentir todo o seu corpo relaxar com a pergunta dele. Simon estava claramente tentando recuperar a descontração anterior, e ela ficou feliz de permitir que isso acontecesse. Olhou para ele intrigada e falou:

– Sério?

– Sério. Pode pesquisar em qualquer livro de astronomia.

– Hum.

– O interessante – prosseguiu ele, com a voz mais leve – é que, mesmo que você não seja um estudioso de astronomia, e eu não sou...

– E eu também não, obviamente – interrompeu ela com um sorriso autodepreciativo.

Ele deu um tapinha na mão dela e sorriu, e Daphne notou, aliviada, que a felicidade tinha voltado aos olhos dele. Então seu alívio se transformou em algo ainda melhor: alegria. Porque havia sido ela quem expulsara as sombras dos olhos dele. Percebeu que queria fazer isso para sempre.

Se ao menos ele permitisse...

– ... é capaz de notar a diferença – completou ele. – É isso que é estranho. Eu nunca me preocupei em aprender sobre as constelações. E, apesar disso, quando estava na África, certa vez olhei para o céu e a noite estava muito clara. Nunca vi uma noite como aquela.

Daphne o encarou, fascinada.

– Quando olhei para o céu – continuou Simon, balançando a cabeça, espantado –, ele parecia estar errado.

– Como um céu poderia estar errado?

Ele deu de ombros.

– Simplesmente dava essa impressão. As estrelas pareciam fora de lugar.

– Acho que eu deveria querer ver o céu do hemisfério sul – brincou Daphne. – Se eu fosse exótica e intensa, o tipo de mulher sobre a qual os homens escrevem poesias, imagino que eu iria gostar de viajar.

– Você *é* o tipo de mulher sobre a qual os homens escrevem poesias – lembrou Simon inclinando a cabeça para o lado de modo ligeiramente sarcástico. – Ainda que fosse poesia ruim.

Daphne riu.

– Ora, não seja implicante. Foi comovente. Meu primeiro dia com seis visitas e Neville Binsby escreveu mesmo uma poesia.

– Sete visitas – corrigiu ele –, incluindo a minha.

– Isso. Mas você não conta, na verdade.

– Assim você me magoa – provocou ele, imitando Colin. – Ah, como magoa...

– Talvez você também devesse pensar em seguir a carreira de ator. Mas o que eu ia dizer era que, sendo uma entediante moça inglesa, não desejo ir a lugar nenhum. Sou feliz aqui.

Simon balançou a cabeça, com uma luz estranha e eletrizante brilhando em seus olhos.

– Você não é entediante. E – a voz dele se transformou num sussurro cheio de emoção – gosto de saber que é feliz. Não conheço muitas pessoas realmente felizes.

Daphne olhou para Simon e percebeu que ele havia se aproximado dela. De certa forma, duvidava que ele próprio tivesse se dado conta disso, mas o corpo dele estava oscilando na direção do dela. Daphne achava quase impossível desviar os olhos dos dele.

– Simon? – murmurou.

– Tem outras pessoas aqui – disse ele, com a voz estranhamente abafada.

Daphne virou a cabeça para os cantos do terraço. As conversas em voz baixa que ela escutara antes haviam desaparecido, mas isso podia significar apenas que as pessoas os estavam bisbilhotando.

Diante dela, o jardim convidava a um passeio. Se a festa fosse em Londres, não haveria aonde ir além do terraço, mas Lady Trowbridge se orgulhava de ser diferente, por isso sempre realizava seu baile anual em sua segunda residência, em Hampstead Heath. Não era distante de Mayfair, mas poderia muito bem ser em outro mundo. Casas elegantes pontuavam amplas áreas verdes e no jardim da anfitriã da noite havia árvores e flores, arbustos e cercas vivas – cantos escuros em que um casal poderia se perder.

Daphne se sentiu dominada por uma sensação louca e irrefreável.

– Vamos dar uma volta pelo jardim – convidou ela baixinho.

– Não podemos.

– Nós precisamos.

– *Não podemos.*

O desespero na voz de Simon lhe disse tudo o que ela precisava saber. Ele a queria. Desejava. Estava louco por ela.

Daphne sentiu seu coração cantar e bater descontroladamente.

E pensou... e se ela o beijasse? E se o levasse para o jardim, levantasse a cabeça e sentisse os lábios dele tocarem os seus? Será que ele perceberia quanto ela o amava? Quanto poderia vir a amá-la? Quanto ela poderia fazê-lo feliz?

Se isso acontecesse, talvez ele parasse de falar sobre sua determinação em não se casar.

– Eu vou – anunciou ela. – Você pode vir, se quiser.

Enquanto se afastava – lentamente, para que ele pudesse alcançá-la –, ela o ouviu resmungar um xingamento sincero e logo escutou seus passos encurtando a distância entre os dois.

– Daphne, isto é loucura – disse Simon, mas a rouquidão em sua voz demonstrou que ele estava tentando convencer mais a si mesmo do que a ela.

Ela não respondeu, apenas seguiu em frente.

– Pelo amor de Deus, mulher, quer me ouvir? – Segurou o pulso dela com força, fazendo-a girar. – Prometi ao seu irmão – disse ele desesperadamente. – Fiz uma promessa!

Ela deu o sorriso de uma mulher que sabe que é desejada.

– Então vá embora.

– Você sabe que eu não posso. Não teria coragem

de deixá-la desprotegida no jardim. Alguém seria capaz de se aproveitar de você.

Daphne deu de ombros com delicadeza e tentou soltar o pulso da mão dele.

Mas os dedos do duque apenas o apertaram ainda mais.

Assim, embora ela soubesse que essa não era a intenção dele, deixou-se ir lentamente em sua direção, até estarem a poucos centímetros um do outro.

A respiração de Simon ficou ofegante.

– Não faça isso, Daphne.

Ela tentou dizer algo bem-humorado. Algo sedutor. Mas sua ousadia acabou no último momento. Ela nunca fora beijada, e agora que o havia praticamente convidado a ser o primeiro, não sabia o que fazer.

Os dedos dele se afrouxaram um pouco no pulso dela, mas continuaram segurando, enquanto ele a puxava para junto de si e em direção a uma cerca viva alta e muito bem podada. Então sussurrou seu nome e tocou em seu rosto.

Os olhos dela se fecharam e os lábios se entreabriram.

E, no fim, foi inevitável.

Capítulo 10

Muitas mulheres já foram arruinadas por um único beijo.

CRÔNICAS DA SOCIEDADE DE LADY WHISTLEDOWN,
14 DE MAIO DE 1813

Simon não tinha certeza do momento em que soube que iria beijá-la. Provavelmente foi algo que ele nunca soube, mas apenas sentiu.

Até aquele último minuto, havia conseguido convencer a si mesmo de que a estava levando para trás da cerca viva a fim de repreendê-la, censurá-la pelo comportamento descuidado que colocaria os dois em apuros.

Mas então algo aconteceu. Ou talvez estivesse acontecendo o tempo todo e ele simplesmente tivesse tentado ao máximo não perceber. O olhar dela mudou. Quase cintilou. E ela abriu a boca - muito pouco, o suficiente apenas para respirar, mas foi o bastante para que Simon não conseguisse desviar os olhos dela.

A mão dele subiu pelo braço de Daphne, por cima do cetim claro da luva, passando pela pele nua e finalmente além da frágil seda da manga de seu vestido. Seguiu até as costas dela, puxando-a para mais perto, diminuindo a distância entre os dois. Ele a queria mais próxima. Queria-a em volta, em cima e embaixo dele. Desejava-a com tanta intensidade que isso o assustava.

Simon a encaixou em seu corpo, passando os braços a seu redor. Ele podia sentir todo o corpo dela, cada centímetro. Ela era bem mais baixa que ele, de modo que seus seios se moldaram abaixo das costelas dele e a coxa de Simon encostou...

Ele estremeceu de desejo.

Sua coxa avançou entre as pernas de Daphne e ele sentiu, nos músculos firmes, o calor que emanava da pele dela. Simon gemeu, um som primitivo que era um misto de necessidade e frustração. Ele não poderia tê-la naquela noite - *nunca* poderia tê-la - e precisava fazer aquele toque durar uma vida inteira.

A seda do vestido dela era macia e delicada ao toque dos dedos dele, e à medida que Simon passava as mãos pelas costas de Daphne, podia sentir cada curva elegante de seu corpo.

E então, de alguma maneira - até o dia de sua morte, ele nunca saberia como conseguira -, ele se afastou dela. Apenas um centímetro, mas foi o suficiente para que o ar frio da noite passasse por entre seus corpos.

– Não! – protestou ela, e ele se perguntou se Daphne tinha alguma ideia do convite que fizera com essa simples palavra.

As mãos dele envolveram o rosto dela, segurando firme. Estava escuro demais para ver as nuances daquele rosto inesquecível, mas Simon sabia que os lábios eram suaves e rosados, com um toque de pêssego nos cantos. Sabia que os olhos tinham vários tons de castanho, com aquele único e encantador círculo verde desafiando-o a chegar mais perto para tentar ver se ele era mesmo real ou se era obra de sua imaginação.

Mas o resto – a sensação, o gosto dela –, podia apenas imaginar.

E, por Deus, como ele imaginava. Apesar de seu comportamento irrepreensível e de todas as promessas feitas a Anthony, ele ardia de desejo por ela. Quando a via do outro lado de um salão lotado, sentia a pele queimar. Quando a via em seus sonhos, ficava em chamas.

Agora que a tinha em seus braços, com a respiração rápida e ofegante e com os olhos vidrados de uma necessidade que ela não tinha como compreender, ele achava que poderia explodir.

Assim, beijá-la se tornou uma questão de autopreservação. Era simples: se não fizesse isso, se não a possuísse, ele morreria. Parecia melodramático, mas naquele instante ele poderia jurar que era verdade. O desejo que se enroscava em suas entranhas acabaria fazendo-o sucumbir.

Era dessa forma sôfrega que ele a desejava.

Quando seus lábios finalmente cobriram os dela, ele não foi gentil. Não agiu com violência, mas sua pulsação estava irregular demais, urgente demais, e seu beijo foi o de um amante ávido, não o de um pretendente delicado.

Ele a teria forçado a entreabrir os lábios, mas Daphne também estava dominada pela paixão, e, quando a língua de Simon tentou abrir caminho, não encontrou resistência.

– Ah, Daphne – gemeu ele, com as mãos avançando pela curva suave das nádegas dela, puxando-a mais para perto, querendo que ela sentisse o latejar de desejo em sua virilha. – Eu nunca pensei... nunca imaginei...

Mas era mentira. Ele *havia* imaginado. Em detalhes vívidos. Mas não era nada perto da realidade.

Cada toque, cada movimento fazia com que ele a quisesse ainda mais, e conforme os segundos passavam Simon sentia o corpo brigando com a mente pelo controle de seus atos. Não importava mais o que estava certo, o que era adequado. Tudo o que importava é que ela estava ali, em seus braços.

E que também o queria.

Suas mãos a agarravam e sua boca era insaciável.

A mão enluvada de Daphne percorreu de forma hesitante suas costas e repousou suavemente em sua nuca. Simon sentiu a pele formigar quando ela o tocou.

E não parou por aí. Os lábios dele se afastaram dos dela e desceram por seu pescoço até a cavidade logo acima da clavícula. Ela gemia a cada toque, o que acendia ainda mais a paixão dele.

Com as mãos trêmulas, ele tocou o decote delicado do vestido dela. Sabia que não precisaria de mais do que um leve puxão para fazer com que a seda suave descesse até a elevação dos seios dela.

Era uma imagem que não tinha direito de ver, um beijo que não merecia dar, mas ele não conseguia se conter.

Deu a Daphne a oportunidade de fazê-lo parar. Seus movimentos eram de uma lentidão agonizante, e ele parou por um segundo antes de tirar a roupa dela, para lhe dar uma última chance de dizer não. Mas, em vez de demonstrar o assombro de uma virgem, ela arqueou as costas e soltou um suspiro suave e absolutamente excitante.

Simon estava arruinado.

Ele deixou o tecido do vestido cair e num momento de desejo atordoante, apenas olhou para ela. E então, enquanto sua boca descia em direção à dela para tomá-la, ele ouviu...

– Seu canalha!

Quando reconheceu aquela voz, Daphne gritou e deu um salto para trás.

– Ah, meu Deus – arquejou ela. – Anthony!

O irmão dela se encontrava a apenas 3 metros e se aproximando rapidamente. Estava com a testa franzida numa expressão de fúria absoluta e, ao se jogar sobre Simon, soltou um grito primitivo diferente de tudo o que Daphne já ouvira na vida. Mal parecia humano.

Ela quase não teve tempo de se cobrir antes que

o corpo de Anthony se chocasse contra o de Simon com tanta força que ela também foi derrubada no chão pelo braço descontrolado de um dos dois.

– Vou matar você, seu maldito... – O xingamento colérico de Anthony se perdeu quando Simon o girou, tirando-lhe o fôlego.

– Anthony, não! Parem! – gritou Daphne, ainda segurando o corpete do vestido, apesar de já o ter puxado para cima e não haver mais o risco de ele cair.

Porém Anthony estava possuído. Ele esmurrou Simon, com a raiva transparecendo no rosto, nos punhos, nos grunhidos furiosos que saíam de sua boca.

E quanto a Simon... Ele estava apenas se defendendo.

Daphne, que assistia à cena imóvel, sentindo-se uma idiota indefesa, de repente se deu conta de que precisava intervir. Caso contrário, seu irmão mataria Simon ali mesmo, no jardim de Lady Trowbridge. Abaixou-se para tentar afastar Anthony do homem que amava, mas nesse instante os dois rolaram pelo chão e acabaram atingindo-a violentamente, fazendo-a se estatelar na cerca viva.

– Aaaaaaiiiiiii! – berrou ela, sentindo dores em mais partes do corpo do que imaginara possível.

Seu grito deve ter soado mais sofrido do que ela pensara, porque os dois homens ficaram imóveis no mesmo instante.

– Ah, meu Deus! – Simon, que estava em cima de Anthony quando Daphne caiu, correu para ajudá-la. – Daphne! Você está bem?

Ela apenas gemeu, tentando não se mexer. Os espinhos cortavam sua pele e cada movimento que fazia apenas aumentava os arranhões.

– Acho que ela está ferida – disse Simon a Anthony, com a voz cheia de preocupação. – Precisamos levantá-la de uma vez só. Se não, é provável que ela fique ainda mais emaranhada.

Anthony assentiu de modo sucinto e distante, superando por um momento a fúria contra Simon. Daphne estava sofrendo e isso era mais urgente que tudo.

– Tente ficar parada, Daff – sussurrou Simon, tentando tranquilizá-la. – Vou passar os braços a seu redor. Então vou levantá-la e tirá-la daí. Entendeu?

Ela balançou a cabeça.

– Você vai se arranhar todo.

– Minhas mangas são compridas. Não se preocupe comigo.

– Deixe que eu faço isso – intrometeu-se Anthony.

Mas Simon o ignorou. Enquanto ele ficou parado, com ar indefeso, Simon enfiou-se no arbusto enroscado da cerca viva e empurrou devagar as mãos enluvadas em meio à planta, tentando enfiar os braços cobertos pelo casaco entre os galhos espinhosos e o corpo de Daphne. Quando chegou às mangas do vestido, no entanto, teve que parar para soltar os espinhos afiados da roupa dela. Vários deles haviam atravessado o tecido e estavam ferindo a pele de Daphne.

– Não vou conseguir libertá-la sem rasgar seu vestido.

Ela assentiu, num movimento tenso.

– Não tem importância – arquejou ela. – Já está estragado.

– Mas... – Embora tivesse tentado abaixar aquele mesmo vestido até a cintura de Daphne havia poucos minutos, Simon ainda se sentia desconfortável para dizer que o tecido provavelmente cairia do corpo dela depois que os galhos terminassem de rasgar a seda. Então, virou-se para Anthony e disse: – Ela vai precisar do seu casaco.

O rapaz já o estava tirando.

Simon virou-se novamente para Daphne e a encarou.

– Está pronta? – perguntou baixinho.

Ela assentiu. Talvez fosse a imaginação de Simon, mas ele teve a impressão de que ela parecia um pouco mais calma agora que estava olhando para o rosto dele.

Depois de se certificar de que não havia mais galhos presos à roupa de Daphne, ele enfiou os braços ainda mais fundo no arbusto e ao redor do corpo dela, até conseguir prender uma mão à outra atrás de suas costas.

– Quando eu chegar no três – murmurou ele.

Ela assentiu novamente.

– Um... dois...

Então ele a puxou para cima e para fora da cerca viva, e os dois caíram com a força do impulso.

– Você disse "Quando eu chegar no três"! – berrou Daphne.

– Eu menti! Não queria que você ficasse tensa.

Daphne poderia continuar discutindo, mas nesse instante ela se deu conta de que estava com o vestido em farrapos e soltou um grito enquanto tentava se cobrir com os braços.

– Pegue – disse Anthony, jogando seu casaco para ela.

Ela aceitou com gratidão e se enrolou no belo traje do irmão. Ficava perfeito em Anthony, mas tão largo nela que era facilmente possível se enrolar nele.

– Você está bem? – perguntou ele com a voz áspera.

Ela fez que sim com a cabeça.

– Ótimo. – Em seguida, Anthony se virou para Simon. – Obrigado por tirá-la dali.

Simon não disse nada, mas assentiu.

Anthony olhou de novo para Daphne.

– Tem certeza de que está bem?

– Está ardendo um pouco – admitiu ela –, e com certeza vou ter que passar alguma pomada quando chegar em casa, mas nada que eu não possa suportar.

– Ótimo – repetiu ele.

Então fechou o punho e deu um soco em Simon, que estava desatento e foi derrubado no chão.

– Isto – cuspiu Anthony – é por desonrar minha irmã.

– Anthony! – gritou Daphne. – Pare com essa bobagem imediatamente! Ele não me desonrou.

Ele deu meia-volta e a fuzilou com o olhar, furioso.

– Eu vi os seus...

Daphne sentiu o estômago revirar e por um instante temeu que tivesse mesmo que se explicar. Por Deus, Anthony tinha visto os seus seios! O irmão dela! Não era natural.

– Ponha-se de pé – grunhiu Anthony –, para que eu possa bater em você de novo.

– Você está louco? – berrou Daphne, pulando entre ele e Simon, que ainda estava no chão, com a mão no olho ferido. – Anthony, eu juro que se bater nele de novo eu nunca vou perdoá-lo.

Ele a empurrou para o lado, e de uma forma nada gentil.

– O próximo soco – cuspiu ele – será por ter traído nossa amizade.

Lentamente, e para horror de Daphne, Simon se levantou.

– Não! – protestou ela, voltando a se colocar entre eles.

– Saia da frente, Daphne – disse Simon baixinho. – Isto é entre nós dois.

– Não é, não! Caso ninguém se lembre, fui eu que... – Ela parou no meio da frase. Não fazia sentido falar nada. Eles não estavam ouvindo.

– Saia da frente, Daphne – exigiu Anthony, com a voz assustadoramente fria.

Ele nem sequer olhou para ela. Manteve o olhar fixo por cima de sua cabeça, diretamente nos olhos de Simon.

– Isto é ridículo! Não podemos conversar como

adultos? – Ela ficou alternando o olhar entre os dois homens. – Pelo amor de Deus! Simon! Veja como está seu olho!

Ela correu e pôs a mão sobre o olho dele, que já estava fechando de inchaço.

O duque continuou impassível, sem mexer um músculo sequer sob o toque preocupado de Daphne. Os dedos dela passaram sobre a pele inchada com suavidade, de um modo estranhamente reconfortante. Ele ainda a queria muito, embora nesse momento não fosse por desejo. Era muito bom tê-la a seu lado, honrada e pura.

E apesar disso ele estava prestes a fazer a coisa mais desonrada de sua vida.

Quando Anthony parasse de agredi-lo, saciasse sua fúria e finalmente exigisse que ele se casasse com sua irmã, Simon ia responder que não.

– Saia da frente, Daphne – disse ele, com a voz soando estranha aos próprios ouvidos.

– Não, eu...

– *Saia*! – rugiu ele.

Ela deu um salto para o lado, ficando de costas para a mesma cerca viva na qual caíra, olhando horrorizada para os dois.

Simon assentiu com irritação para Anthony.

– Vamos lá, me bata!

Ele pareceu perplexo com o pedido.

– Vamos lá! – repetiu Simon. – Termine logo com isso.

O punho de Anthony se abriu. Sem se mexer um milímetro, ele virou os olhos para Daphne.

– Eu não posso – murmurou. – Não com ele parado aí pedindo por isso.

Simon deu um passo à frente, aproximando o rosto de modo provocador.

– Bata agora! Me faça pagar!

– Você vai pagar no altar – respondeu Anthony.

Daphne soltou um arquejo, atraindo a atenção de Simon. Por que ela estava surpresa? Ela certamente compreendia as consequências, se não dos seus atos, da estupidez de serem flagrados.

– Eu não vou obrigá-lo a fazer isso – afirmou ela.

– Mas eu vou – decretou Anthony.

Simon balançou a cabeça.

– Até amanhã eu terei saído do país.

– Você vai embora? – perguntou Daphne.

O som magoado da voz dela cravou uma faca de culpa no coração de Simon.

– Se eu ficar, você será sempre marcada pela minha presença. O melhor a fazer é partir.

O lábio inferior dela tremia, e isso o deixou arrasado. Uma única palavra saiu da boca de Daphne. Foi o nome dele, cheio de um desejo que o deixou completamente arrasado.

Simon levou um instante para conseguir dizer:

– Eu não posso me casar com você, Daff.

– Não pode ou não quer? – questionou Anthony.

– Os dois.

Anthony bateu nele de novo.

Simon caiu no chão, impressionado com a força da pancada em seu queixo. Mas ele merecia cada golpe, cada pontada de dor. Não queria olhar para Daphne, não queria ter que encará-la, mas ela se ajoelhou a seu lado e passou a mão suavemente por trás dos ombros dele para ajudá-lo a se levantar.

– Eu sinto muito, Daff – desculpou-se ele, obrigando-se a olhar para o rosto dela. Sentiu-se estranho e tonto, e seu olho inchado não o deixava enxergar direito, mas ela o estava ajudando mesmo depois que ele a rejeitara, então lhe devia ao menos isso. – Muito mesmo.

– Poupe suas palavras patéticas – vociferou Anthony. – Vejo você ao amanhecer.

– Não! – gritou Daphne.

Simon olhou para Anthony e assentiu de maneira quase imperceptível. Então se virou mais uma vez para Daphne e murmurou:

– Se p-pudesse ser alguém, Daff, seria você. Eu j-juro.

– Do que você está falando? – indagou ela, com a perplexidade transformando seus olhos escuros em órbitas frenéticas. – O que quer dizer?

Simon se limitou a fechar os olhos e suspirar. No dia seguinte, àquela mesma hora, ele estaria morto, porque certamente não iria levantar uma pistola contra Anthony e duvidava que estivesse calmo o bastante para atirar para cima.

Ainda assim – de uma forma bizarra e patética –, ele conseguiria o que sempre desejara da vida. Teria sua vingança final contra o pai.

Estranho, mas não era dessa forma que ele achara que fosse terminar. Sempre pensara que... bem, ele não sabia o que sempre pensara. A maioria dos homens evita tentar prever a própria morte. Mas não era daquela maneira que ele tinha imaginado que seria. Não com os olhos do melhor amigo ardendo de ódio. Não num campo deserto, ao amanhecer.

Não com desonra.

As mãos de Daphne, que o estavam acariciando tão gentilmente, apertaram seus ombros e o sacudiram. O movimento forçou seu olho a se abrir e ele viu que o rosto dela estava muito perto do dele – com uma expressão furiosa.

– Qual é o seu problema? – perguntou ela. Ele nunca tinha visto Daphne daquele jeito, com os olhos chispando de raiva, angústia e até um pouco de desespero. – Ele vai matar você! Vai se encontrar com você em algum campo deserto e matar você com um tiro. E você age como se quisesse isso!

– Eu n-não q-q-quero m-morrer – disse ele, com a mente e o corpo tão cansados que sequer se importava de estar gaguejando. – M-mas eu não posso me casar com você.

Ela o soltou e se afastou. A expressão de dor e rejeição em seus olhos era quase impossível de suportar. Daphne parecia desamparada, enrolada no casaco enorme do irmão e com pedaços de galhos e folhas ainda presos nos cabelos escuros. Quando abriu a boca para falar, parecia que as palavras estavam sendo arrancadas de sua alma.

– Eu... eu sempre soube que não era o tipo de mulher com quem os homens sonham, mas nunca imaginei que alguém fosse preferir morrer a se casar comigo.

– Não! – gritou Simon, esforçando-se para se levantar apesar das dores que tomavam conta de seu corpo. – Daphne, não é isso!

– Você já disse o bastante – decretou Anthony numa voz seca, metendo-se entre os dois.

Pôs as mãos nos ombros da irmã e a tirou de perto do homem que havia partido seu coração e possivelmente destruído sua reputação para sempre.

– Só mais uma coisa – pediu Simon, detestando a expressão patética de súplica que sabia que estava em seus olhos.

Mas precisava falar com Daphne. Tinha que garantir que ela compreendesse.

Porém Anthony fez que não com a cabeça.

– Espere. – Simon puxou a manga da camisa daquele homem que um dia já fora seu melhor amigo. – Não posso consertar isto. Eu fiz... – Ele soltou um suspiro irregular, tentando organizar os pensamentos. – Eu fiz uma promessa, Anthony. Não posso me casar com ela. Não posso corrigir isso. Mas posso dizer a ela...

– Dizer o quê? – perguntou Anthony absolutamente desprovido de emoção.

Simon soltou a blusa dele e passou a mão pelos cabelos. Ele não poderia contar a Daphne. Ela não compreenderia. Ou, pior, compreenderia e então tudo o que sentiria por ele seria piedade. Finalmente, sabendo que Anthony estava olhando para ele com ar impaciente, disse:

– Talvez eu possa melhorar a situação ao menos um pouco.

Anthony não se moveu um centímetro sequer.

– Por favor. – Simon se perguntou se já havia pronunciado essas palavras com tanta intensidade.

Anthony continuou parado por vários segundos, então deu um passo para o lado.

– Obrigado – disse Simon num tom de voz solene, antes de se voltar para Daphne.

Ele pensou que ela talvez se recusasse a olhar para ele, insultando-o com seu desdém, mas, em vez disso, Daphne ergueu a cabeça, com os olhos desafiadores e ousados. Nunca a admirou tanto.

– Daff – começou ele, ainda sem ter certeza do que dizer, mas esperando que as palavras de alguma forma saíssem corretas e de uma vez só. – Não... não é você. Se pudesse ser alguém, seria você. Mas casar comigo a destruiria. Eu jamais poderia lhe dar o que você quer. Você morreria um pouco a cada dia, e assistir a isso me mataria.

– Você nunca poderia me magoar – murmurou ela.

Ele balançou a cabeça.

– Você precisa confiar em mim.

O olhar dela se tornou doce e sincero quando ela sussurrou:

– Eu confio. Mas me pergunto se você confia em mim.

As palavras dela foram como um soco no estômago, e Simon se sentiu impotente e vazio quando afirmou:

– Por favor, saiba que eu nunca quis magoar você.

Daphne permaneceu imóvel por tanto tempo que ele se perguntou se ela havia parado de respirar. Mas então, sem sequer olhar para o irmão, ela pediu:

– Quero ir para casa.

Anthony passou os braços ao redor dela e a virou para si, como se pudesse protegê-la simplesmente ao impedi-la de ver Simon.

– Eu levo você – disse ele em um tom tranquilizador. – Vou colocá-la na cama e lhe dar um pouco de conhaque.

– Não quero beber nada – retrucou Daphne enfaticamente. – Quero pensar.

Simon achou que Anthony ficou um pouco perplexo com a afirmação dela, mas, justiça seja feita, tudo o que fez foi dar um aperto suave no braço da irmã e dizer:

– Tudo bem, então.

E Simon ficou ali parado, espancado e ensanguentado, até os dois desaparecerem na noite.

Capítulo 11

O baile anual de Lady Trowbridge em Hampstead Heath, sábado à noite, foi, como sempre, um dos pontos altos da temporada de fofocas. Esta autora viu Colin Bridgerton dançar com todas as três irmãs Featheringtons (não ao mesmo tempo, é claro), embora deva se dizer que o mais espirituoso dos Bridgertons não parecia encantado com seu destino. Além disso, Nigel Berbrooke foi flagrado cortejando uma moça que não era a Srta. Daphne Bridgerton – talvez ele tenha finalmente percebido a inutilidade de sua perseguição.

E, por falar na Srta. Bridgerton, ela deixou o evento cedo. O irmão Benedict informou aos curiosos que ela estava com dor de cabeça, mas esta autora a viu no começo da noite, enquanto ela conversava com o velho duque de Middlethorpe, e ela aparentava estar em perfeito estado de saúde.

CRÔNICAS DA SOCIEDADE DE LADY WHISTLEDOWN,
17 DE MAIO DE 1813

Foi impossível dormir. Daphne ficou andando de um lado para outro, deixando um rastro no tapete azul e branco que havia em seu quarto desde que ela era criança. Sua mente era um turbilhão de pensamentos, mas uma coisa estava clara: ela precisava impedir aquele duelo.

No entanto, Daphne não subestimava as dificuldades que essa tarefa envolvia. Em primeiro lugar, porque os homens em geral eram idiotas teimosos quando se tratava de coisas como honra e duelos, e ela realmente duvidava que Anthony ou Simon fossem gostar de sua interferência.

Em segundo lugar, ela nem sabia onde ocorreria a luta. Os dois não tinham falado sobre isso no jardim de Lady Trowbridge. Daphne imaginou que Anthony mandaria uma mensagem a Simon por um criado. Ou talvez, na posição de desafiado, Simon tivesse o direito de escolher o local. Daphne estava certa de que devia haver algum tipo de etiqueta a ser seguida, mas ela não a conhecia.

Parou diante da janela e abriu a cortina para espiar lá fora. A noite ainda estava no começo segundo os padrões da sociedade. Ela e Anthony tinham saído bem cedo da festa e chegado em casa havia duas horas. Até onde Daphne sabia, Benedict, Colin e a mãe ainda estavam na casa de Lady Trowbridge. Ela encarou o fato de ainda não terem retornado como um bom sinal. Se a cena com Simon tivesse tido testemunhas, a fofoca certamente teria corrido o salão em segundos, fazendo com que a mãe corresse para casa, envergonhada.

Então talvez Daphne pudesse passar por aquela

noite apenas com o vestido em farrapos – e não sua reputação.

Mas a preocupação com a honra era o menor de seus problemas. Ela queria que sua família chegasse logo em casa por outro motivo. Não havia como impedir o duelo sozinha. Só se fosse imbecil para atravessar Londres de madrugada e tentar argumentar com dois homens em guerra. Ela precisaria de ajuda.

Daphne achava que Benedict ficaria imediatamente do lado de Anthony na história. Na verdade, era capaz até de agir como ajudante dele.

Mas Colin... Colin poderia concordar com sua forma de pensar. Era provável que reclamasse e dissesse que Simon merecia ser morto ao amanhecer, mas se Daphne implorasse ele a ajudaria.

O duelo precisava ser impedido. Ela não entendia o que se passava pela cabeça de Simon, mas era óbvio que ele estava angustiado com alguma coisa, provavelmente algo relacionado a seu pai. Daphne já tinha percebido que ele era atormentado por um demônio interior. Ele disfarçava bem, sobretudo quando estava em sua companhia, mas ela já o tinha visto várias vezes com uma lúgubre expressão de desespero nos olhos. Tinha que haver um motivo que o fazia ficar assim com tanta frequência. Às vezes Daphne achava que era a única pessoa com quem ele ficava relaxado o bastante para rir, brincar e conversar amenidades. E talvez Anthony. Bem, principalmente Anthony, antes de tudo aquilo acontecer.

Mas, apesar da postura fatalista de Simon no jardim de Lady Trowbridge, ela não achava que ele queria morrer.

Daphne ouviu o barulho de rodas nos cascalhos e correu para abrir a janela bem a tempo de ver a carruagem da família passar pela casa a caminho do estábulo.

Contorcendo as mãos, ela atravessou o quarto correndo e colou o ouvido na porta. Não podia descer. Anthony achava que ela estava dormindo, ou pelo menos deitada remoendo os acontecimentos da noite.

Ele prometera que não diria nada a Violet. Pelo menos não até saber o que tinha chegado aos ouvidos dela.

A volta de todos tarde da noite deu a entender a Daphne que não houvera qualquer boato grave circulando a seu respeito, mas isso não significava que ela tivesse escapado sã e salva. Devia ter havido rumores. Sempre havia. E rumores fora de controle podiam rapidamente se transformar em uma grande confusão.

Ela sabia que acabaria tendo de encarar a mãe. Mais cedo ou mais tarde, Violet ficaria sabendo de alguma coisa. A sociedade garantiria isso. Daphne apenas esperava que, quando as fofocas chegassem aos ouvidos de Violet – a maioria delas, infelizmente, verdadeira –, a filha já estivesse noiva de algum duque.

Todos perdoariam qualquer coisa de uma pessoa comprometida com um duque.

E este seria o ponto crucial de sua estratégia para salvar a vida de Simon. Ele não salvaria a si mesmo, mas poderia salvar *Daphne*.

Colin Bridgerton atravessou o corredor na ponta dos pés, pisando silenciosamente na passadeira estendida no chão. A mãe tinha ido se deitar e Benedict estava reunido com Anthony no escritório dele. Mas Colin não estava interessado em nenhum deles. Era Daphne que ele queria ver.

Bateu de leve na porta da irmã, encorajado pelo fraco feixe de luz que escapava por baixo dela. Com certeza Daphne havia deixado várias velas acesas. Como era sensata demais para cair no sono sem apagá-las, ainda devia estar acordada.

E, nesse caso, teria que falar com ele.

Levantou a mão para bater novamente, mas a porta se abriu sem qualquer barulho e ela fez sinal para que ele entrasse.

– Preciso falar com você – sussurrou.

– Eu também preciso falar com você – disse Colin.

Depois que ele entrou, Daphne olhou rapidamente para os dois lados do corredor e fechou a porta.

– Estou em apuros – começou ela.

– Eu sei.

O sangue se esvaiu de seu rosto.

– Sabe?

Colin assentiu, com os olhos verdes sérios de uma forma um tanto incomum.

– Você se lembra do meu amigo Macclesfield?

Ela assentiu. Era o jovem conde que a mãe insistira em lhe apresentar três semanas antes. A mesma noite em que conhecera Simon.

– Bem, ele a viu hoje desaparecendo nos jardins com Hastings.

Daphne sentiu a garganta se fechar, mas conseguiu perguntar:

– Viu?

Colin assentiu, irritado.

– Com certeza ele não vai dizer nada. Somos amigos há quase dez anos. Mas, se ele viu vocês, outra pessoa também pode ter visto. Lady Danbury ficou olhando para nós com uma cara bem esquisita enquanto ele me contava sobre vocês.

– Lady Danbury também viu? – indagou Daphne.

– Não sei – respondeu Colin com um leve estremecimento. – Só sei que ela me encarou como se soubesse de tudo o que já fiz de errado na vida.

Daphne balançou a cabeça ligeiramente.

– É o jeito dela. E, mesmo que ela tenha visto algo, não dirá nada.

– Lady Danbury? – disse Colin, desconfiado.

– Ela é uma cobra, e sabe ser bastante sarcástica, mas não é o tipo de pessoa capaz de destruir alguém apenas por diversão. Se souber de alguma coisa, irá me confrontar diretamente.

Colin não pareceu convencido.

Daphne pigarreou várias vezes enquanto tentava elaborar a próxima pergunta:

– O que exatamente ele viu?

O rapaz olhou para ela com desconfiança.

– Como assim?

– O que exatamente... – repetiu ela quase explodindo, com os nervos à flor da pele por conta da noite longa e estressante. – O que ele viu?

Colin se empertigou e olhou para ela com uma expressão defensiva.

– O que eu já disse – respondeu ele. – Viu você desaparecer nos jardins com Hastings.

– Mas foi só isso?

– Só isso? – falou Colin. Seus olhos se arregalaram e então se estreitaram. – Que diabo aconteceu lá?

Daphne se atirou numa poltrona e enterrou o rosto nas mãos.

– Ah, Colin, estou muito enrolada.

Ele não disse nada. Daphne secou os olhos, que estavam estranhamente molhados apesar de ela não estar chorando, e olhou para cima. O irmão parecia mais velho – e mais severo – do que ela jamais o vira. Estava com os braços cruzados, as pernas abertas numa posição imponente e implacável, e seus olhos, em geral tão alegres e travessos, mostravam-se bem sérios. Com certeza ele estava esperando que ela olhasse para cima antes de falar.

– Agora que sua demonstração de autopiedade

acabou – disse ele enfaticamente –, que tal me contar o que você e Hastings fizeram hoje no jardim de Lady Trowbridge?

– Não use esse tom de voz comigo – respondeu Daphne. – E não me acuse de autopiedade. Pelo amor de Deus, um homem vai morrer amanhã! Eu tenho o direito de estar chateada.

Colin sentou-se numa cadeira de frente para ela, com o rosto suavizado por uma expressão de extrema preocupação.

– É melhor você me contar tudo.

Daphne assentiu e relatou os eventos. Porém não explicou a extensão precisa de sua desgraça. Colin não precisava saber exatamente o que Anthony via. Dizer que fora flagrada numa posição comprometedora teria que bastar.

Enfim, ela concluiu:

– E agora vai haver um duelo e Simon vai morrer!

– Você não tem certeza disso, Daphne.

Ela balançou a cabeça tristemente.

– Ele não vai atirar em Anthony. Eu apostaria minha vida nisso. E Anthony... – Sua voz ficou embargada e ela precisou engolir em seco antes de prosseguir. – Anthony está tão furioso que duvido que vá desistir.

– O que você quer fazer?

– Não sei. Não sei nem onde o duelo vai acontecer. Só sei de uma coisa: preciso impedi-lo!

Colin disse um palavrão em voz baixa e então continuou de forma gentil:

– Não sei se você pode fazer isso, Daphne.

– Eu preciso! – gritou ela. – Colin, não posso ficar aqui sentada olhando para o teto esperando que Simon morra. – Sua voz ficou embargada e ela acrescentou: – Eu o amo.

Ele empalideceu.

– Mesmo depois de ele tê-la rejeitado?

Ela assentiu com desânimo.

– Não me importo se isso faz com que eu pareça uma idiota patética, mas não posso evitar. Eu ainda o amo. Ele precisa de mim.

– Se isso fosse verdade – falou Colin, baixinho –, não acha que ele teria concordado em se casar com você quando Anthony exigiu?

Daphne balançou a cabeça.

– Não. Tem alguma outra coisa que eu não sei. Não consigo explicar direito, mas é como se uma parte dele quisesse se casar comigo. – Ela estava ficando agitada, com a respiração ofegante, mas mesmo assim prosseguiu: – Não sei, Colin... Se você tivesse visto a expressão dele, entenderia o que estou dizendo. Ele estava tentando me proteger de alguma coisa. Tenho certeza.

– Não conheço Hastings tão bem como Anthony – disse Colin – nem mesmo tão bem como você, mas nunca ouvi nada sobre nenhum segredo profundo e grave relacionado a ele. Tem certeza... – Parou no meio da frase e segurou o rosto entre as mãos por um instante antes de olhar de novo para ela. Quando voltou a falar, sua voz estava dolorosamente suave. - Tem certeza de que os sentimentos dele por você não são fruto de sua imaginação?

Daphne não se ofendeu. Sabia que a história parecia fantástica, mas seu coração lhe dizia que estava certa.

- Eu não quero que ele morra - resumiu ela em voz baixa. - No fim, é só isso que importa.

Colin assentiu, mas então fez uma última pergunta:

- Você não quer que ele morra ou não quer que ele morra por sua causa?

Daphne se levantou, trêmula.

- Acho melhor você sair - pediu ela, usando o que lhe restava de energia para manter a voz firme. - Não acredito que me perguntou isso.

Mas Colin não obedeceu. Apenas estendeu o braço e apertou a mão da irmã.

- Vou ajudá-la, Daff. Você sabe que eu faço qualquer coisa por você.

Então ela caiu em seus braços e deixou rolarem todas as lágrimas que vinha segurando tão bravamente.

Meia hora depois, estava com os olhos secos e a mente clara. Precisava ter chorado. Havia muita coisa presa dentro dela - muitos sentimentos, muita confusão, mágoa e raiva. Ela precisava liberar tudo aquilo. Mas agora não havia mais tempo para emoção. Tinha que manter a cabeça fria e se concentrar em seu objetivo.

Colin fora sondar Anthony e Benedict, que estavam, segundo ele, conversando em voz baixa e de forma frenética no escritório de Anthony. Assim como Daphne, Colin achava que Anthony devia ter pedido que Benedict o acompanhasse. Sua missão era descobrir onde o duelo seria realizado. Daphne não tinha dúvida de que ele conseguiria. Colin sempre conseguia que todos lhe contassem tudo.

Daphne vestira sua roupa de montaria mais surrada e confortável. Não fazia ideia de como a manhã acabaria, mas a última coisa que queria era ficar tropeçando em rendas e anáguas.

Alguém bateu à porta e, antes que ela girasse a maçaneta, Colin entrou no quarto. Ele também havia trocado de roupa.

– Descobriu tudo? – perguntou Daphne com ansiedade.

Ele assentiu rapidamente.

– Não temos tempo a perder. Imagino que você queira chegar lá antes de todo mundo, certo?

– Se Simon aparecer antes de Anthony, talvez eu possa convencê-lo a casar comigo antes do duelo.

Colin soltou um suspiro tenso.

– Daff – disse ele –, você considerou a possibilidade de não conseguir o que quer?

Ela engoliu em seco, sentindo um nó na garganta.

– Estou tentando não pensar nisso.

– Mas...

Daphne o interrompeu.

– Se eu pensar nisso, corro o risco de perder o foco, a coragem – argumentou com a voz tensa. – E não posso fazer isso. Pelo bem de Simon, não posso fazer isso.

– Espero que ele saiba o seu valor – comentou Colin baixinho. – Porque, se não souber, talvez eu mesmo tenha que matá-lo.

Daphne respondeu apenas:

– É melhor irmos logo.

Ele assentiu e os dois partiram.

Simon guiou o cavalo ao longo da trilha em direção ao canto mais distante do novo Regent's Park. Anthony sugerira – e ele concordara – que resolvessem o assunto longe de Mayfair. Seriam as primeiras horas do amanhecer, é claro, e provavelmente as pessoas ainda não teriam saído de casa, mas não havia motivo para alardear um duelo em Hyde Park.

Não que Simon se importasse muito com o fato de duelos serem ilegais. Afinal, não estaria por perto para sofrer as consequências.

Mas era um jeito muito desagradável de morrer. No entanto, Simon não via alternativa. Havia desonrado uma dama de família com quem não podia se casar e agora devia pagar por isso. Não era nada que Simon não soubesse antes de beijá-la.

Quando se encaminhava ao ponto de encontro, viu que Anthony e Benedict já haviam chegado e esperavam por ele. Estavam com os cabelos castanhos despenteados pela brisa e uma expressão severa no rosto.

Quase tão severa como os sentimentos de Simon.

Parou a alguns metros dos dois e desceu do cavalo.

– Onde está seu assistente? – perguntou Benedict.

– Não me dei o trabalho de arranjar um – respondeu Simon.

– Mas você precisa de um assistente! Não existe duelo sem isso.

Simon apenas deu de ombros.

– Não achei necessário. Você trouxe as armas. Confio em você.

Anthony foi até ele.

– Eu não quero fazer isso – disse ele.

– Você não tem escolha.

– Mas você tem – insistiu Anthony. – Poderia se casar com ela. Talvez não a ame, mas sei que gosta dela o suficiente. Por que continua se negando?

Simon pensou em ser sincero, em contar todos os motivos pelos quais jurara jamais se casar e perpetuar sua linhagem. Mas eles não entenderiam. Não os Bridgertons, para quem a família era algo bom e verdadeiro. Não sabiam nada a respeito de palavras cruéis e sonhos destruídos. Não conheciam a rejeição.

Ele considerou, então, a possibilidade de dizer alguma coisa cruel, algo que fizesse Anthony e Benedict desprezarem-no e que acabasse mais rápido com aquele suposto duelo. Mas isso exigiria que ele difamasse Daphne, e Simon simplesmente não poderia fazer isso.

Assim, tudo o que ele fez foi encarar Anthony Bridgerton, o homem que havia sido seu amigo desde os primeiros dias de escola, e dizer:

– Apenas saiba que não tem nada a ver com Daphne. Sua irmã é a melhor mulher que tive o privilégio de conhecer.

E então, fazendo um sinal com a cabeça para os dois, Simon pegou uma das duas pistolas do estojo que Benedict havia colocado no chão e começou sua longa caminhada até a parte norte do campo.

– Espeeeeeeereeeeeem!

Simon soltou um arquejo e se virou. Meu Deus, era Daphne!

Ela estava montada em sua égua, atravessando o campo a galope, e por um instante de perplexidade Simon se esqueceu de ficar absolutamente furioso com ela por interferir no duelo e apenas se maravilhou com a imagem magnífica da moça sentada na sela.

Quando Daphne puxou as rédeas e fez o animal parar diante dele, no entanto, sua raiva já tinha voltado com toda a força.

– Que *diabo* você pensa que está fazendo? – perguntou.

– Salvando sua vida miserável! – Ela o fuzilou com os olhos e Simon se deu conta de que nunca a vira tão furiosa.

Quase tão furiosa quanto ele.

– Daphne, sua maluca! Você percebe como essa sua façanha é perigosa? – Sem perceber o que estava fazendo, ele passou as mãos ao redor dos ombros dela e começou a tremer. – Um de nós poderia ter atirado em você.

– Ah, por favor – zombou ela. – Você ainda não tinha nem chegado à sua ponta do campo.

Ela tinha razão, mas ele estava irado demais para reconhecer isso.

– E cavalgar até aqui sozinha! De madrugada! – gritou ele. – Você devia saber os riscos que correria.

– Eu sei muito bem dos riscos – respondeu ela. – Colin veio comigo.

– Colin? – Simon virou a cabeça de um lado para outro enquanto procurava por ele. – Eu vou matá-lo!

– Antes ou depois que Anthony atirar no seu peito?

– Ah, definitivamente antes – resmungou Simon. – Onde está ele? Bridgerton! – gritou.

Três cabeças muito parecidas se viraram para ele. Simon saiu pisando firme pela grama, com olhos mortais.

– Eu estava me referindo ao Bridgerton idiota.

– Acho que deve ser você – disse Anthony suavemente, acenando com a cabeça na direção de Colin.

O rapaz lançou um olhar letal para o irmão.

– E eu devia deixá-la em casa se esgoelando de tanto chorar?

– Devia! – responderam três vozes diferentes.

– Simon! – gritou Daphne, tropeçando na grama atrás dele. – Volte aqui!

O duque se virou para Benedict.

– Tire sua irmã daqui.

Ele pareceu indeciso.

– Vá! – ordenou Anthony.

Benedict permaneceu imóvel, alternando o olhar entre os irmãos, a irmã e o homem que a tinha desonrado.

– Pelo amor de Deus... – disse Anthony.

– Ela merece uma chance de falar – afirmou Benedict, cruzando os braços.

– Qual é o problema de vocês? – rugiu Anthony, olhando furioso para os dois irmãos mais jovens.

– Simon – chamou Daphne, ofegante depois de correr pelo campo –, você precisa me ouvir.

Ele tentou ignorar os puxões dela na manga de sua camisa.

– Daphne, desista. Não há nada que você possa fazer.

Ela encarou os irmãos com olhos suplicantes. Colin e Benedict estavam evidentemente solidários, mas não tinham muito como ajudá-la. Anthony ainda parecia um deus irado.

Finalmente, ela fez a única coisa em que pôde pensar para atrasar o duelo. Deu um soco em Simon. No olho bom.

Ele gritou de dor enquanto cambaleava para trás.

– Por que diabo você fez isso?

– Caia, seu idiota – sussurrou ela.

Se ele estivesse prostrado no chão, Anthony não poderia atirar nele.

– Com toda a certeza não vou cair! – resmungou ele com a mão no olho. – Pelo amor de Deus, ser derrubado por uma mulher. Isso é inaceitável.

– Homens... – murmurou Daphne. – Todos idiotas. – Ela se virou para os irmãos, que a encaravam com expressões idênticas de perplexidade. – O que estão olhando? – desafiou.

Colin começou a aplaudir. Anthony bateu no ombro dele.

– Poderiam me deixar a sós por um pequeno, brevíssimo momento com Sua Graça? – pediu ela, praticamente sussurrando.

Colin e Benedict assentiram e se afastaram. Anthony não se mexeu.

Daphne o fuzilou com o olhar.

– Vou dar um soco em você também.

E ela teria cumprido a ameaça se Benedict não tivesse voltado e quase arrancado o braço do irmão enquanto o puxava para longe.

Daphne encarou Simon, que pressionava o supercílio com os dedos, como se isso pudesse diminuir a dor em seu olho.

– Não acredito que você me deu um soco – disse ele.

Ela olhou mais uma vez para os irmãos a fim de se certificar de que eles não podiam escutar.

– Pareceu uma boa ideia no momento.

– Não sei o que você pretendia conseguir aqui – comentou ele. – Pensei que eu tivesse sido bem claro. – Ele suspirou. Nesse momento, pareceu cansado e infinitamente velho. – Já falei que não posso me casar com você.

– Você *tem* que se casar comigo.

As palavras dela foram tão intensas que ele a encarou com olhos atentos.

– Como assim? – perguntou ele, com a voz ainda sob controle.

– Nós fomos vistos.

– Por quem?

– Macclesfield.

Simon relaxou visivelmente.

– Ele não dirá nada.

– Mas outras pessoas também viram!

Daphne mordeu o lábio inferior. Não era necessariamente uma mentira. Devia ter havido mesmo outras pessoas.

– Quem?

– Não sei – admitiu ela. – Mas ouvi rumores. Até amanhã todos em Londres terão ouvido também.

Simon praguejou com tanta fúria que Daphne chegou a dar um passo para trás.

– Se não se casar comigo – comentou ela em voz baixa –, vou estar acabada.

– Isso não é verdade – contestou ele, sem muita convicção.

– É, sim, e você sabe disso. – Ela se obrigou a encará-lo. Todo o futuro dela (e a vida dele!) dependia daquele momento. Daphne não podia vacilar. – Ninguém vai me querer. Serei mandada para algum canto esquecido do país...

– Sua mãe jamais faria isso.

– Mas nunca vou me casar. Você sabe disso. – Deu um passo para a frente, ficando propositalmente próxima a ele. – Serei vista para sempre como uma perdida. Nunca terei um marido, nunca terei filhos...

– Pare! – Simon quase gritou. – Pelo amor de Deus, pare.

Anthony, Benedict e Colin se viraram ao ouvir o grito, mas Daphne balançou a cabeça para eles de forma frenética e conseguiu que ficassem onde estavam.

– Por que não pode se casar comigo? – perguntou ela em voz baixa. – Sei que gosta de mim. O que é?

Simon passou a mão pelo rosto, apertando as têmporas com o polegar e o indicador. Estava morrendo de dor de cabeça. E Daphne... meu Deus, ela estava cada vez mais próxima. Ela estendeu a mão e tocou em seu ombro, acariciou seu rosto. Ele não era forte o bastante. Pelo amor de Deus, ele não ia ser forte o bastante.

– Simon – implorou ela –, me salve.

Ele estava perdido.

Capítulo 12

Um duelo! Existe algo mais excitante, mais romântico... ou mais imbecil?

Chegou aos ouvidos desta autora que um duelo ocorreu no início desta semana no Regent's Park. Como acontecimentos desse tipo são ilegais, esta autora não revelará os nomes dos envolvidos, mas que fique claro que ela reprova seriamente tal demonstração de violência.

É claro que, como a notícia chegou a este jornal, parece que os dois idiotas que participaram da luta (nego-me a chamá-los de cavalheiros, pois isso implicaria algum grau de inteligência, uma qualidade que, se eles algum dia possuíram, por certo os deixou na mão aquela manhã) saíram ilesos.

Talvez um anjo de sensatez e racionalidade tenha olhado por eles naquele dia fatídico.

Se foi o caso, esta autora crê que esse anjo deveria lançar sua influência sobre muitos outros homens da sociedade. Tal ação promoveria um ambiente bem mais pacífico e amistoso, levando a uma melhoria significativa de nosso mundo.

CRÔNICAS DA SOCIEDADE DE LADY WHISTLEDOWN,
19 DE MAIO DE 1813

Simon ergueu o olhar furioso para ela.

– Eu caso – disse ele em voz baixa –, mas você precisa saber...

A frase foi interrompida pelo grito exultante e o abraço apertado que ela lhe deu.

– Ah, Simon, você não vai se arrepender – prometeu ela, com as palavras saindo num jorro de alívio. Seus olhos brilhavam tanto com lágrimas não derramadas quanto de alegria. – Vou fazê-lo feliz. Eu prometo. Vou fazê-lo muito feliz. Você não vai se arrepender.

– Pare! – interrompeu Simon com dificuldade, empurrando-a para longe. A felicidade verdadeira dela era demais para ele. – Você tem que me ouvir.

Ela parou e seu rosto ficou apreensivo.

– Escute o que tenho a dizer – continuou ele com um tom de voz áspero – e então decida se quer se casar comigo.

Mordendo o lábio inferior, ela assentiu muito levemente.

Simon deu um suspiro tenso. Como contar a ela? O *que* dizer? Não poderia falar a verdade. Não *toda* a verdade, pelo menos. Mas Daphne teria que compreender... Caso se casasse com ele... Ela estaria abrindo mão de muito mais do que jamais imaginaria.

Ele precisava lhe dar a oportunidade de desistir. Ela merecia isso. Simon engoliu em seco, com a culpa descendo desconfortavelmente por sua garganta. Ela tinha direito a muito mais do que ele poderia lhe dar, mas era só o que podia oferecer.

– Daphne – disse ele, o nome dela como sempre reconfortando sua alma –, se você se casar comigo...

Ela deu um passo para a frente e estendeu-lhe a mão, apenas para puxá-la de volta diante do olhar cauteloso dele.

– O quê? – sussurrou ela. – Nada pode ser tão terrível que...

– Eu não posso ter filhos.

Pronto. Ele disse. E era quase a verdade.

Os lábios de Daphne se entreabriram, mas não houve qualquer outro sinal de que ela o ouvira.

Ele sabia que suas palavras seriam brutais, mas não via nenhuma outra maneira de fazer com que ela compreendesse.

– Se você se casar comigo, nunca terá filhos. Nunca terá um bebê em seus braços sabendo que é seu, que o gerou com amor. Você nunca...

– Como você sabe? – interrompeu ela, com a voz monótona e estranhamente alta.

– Eu simplesmente sei.

– Mas...

– Eu não posso ter filhos – repetiu ele cruelmente. – Você precisa entender isso.

– Sei. – A boca de Daphne estremeceu levemente, como se ela não soubesse o que dizer, e pareceu piscar um pouco mais depressa do que o usual.

Simon encarou-a, mas não conseguiu ler suas emoções como costumava fazer. Ela em geral tinha uma expressão muito transparente, com olhos sinceros de uma forma impressionante – era como se ele pudesse ver sua alma. Mas naquele momento ela parecia fechada e sem ação.

Estava perturbada – isso era claro. Mas ele não fazia ideia do que ela iria dizer ou como iria reagir.

E teve a estranha sensação de que Daphne também não sabia.

Sentiu uma presença à sua direita. Virou-se e viu Anthony com uma expressão ao mesmo tempo irritada e preocupada.

– Algum problema? – perguntou ele baixinho, olhando para o rosto angustiado da irmã.

Antes que Simon pudesse responder, Daphne disse:

– Não.

Os olhares dos dois homens se voltaram para ela.

– Não vai haver duelo – continuou. – Simon e eu vamos nos casar.

– Sei. – Era como se Anthony quisesse estar mais aliviado, mas a expressão solene da irmã impôs um estranho silêncio à situação. – Vou contar aos outros – disse ele, afastando-se.

Simon sentiu algo bastante esquisito invadir seus pulmões. Percebeu melancolicamente que se tratava de ar. Ele estivera prendendo a respiração sem sequer notar. Experimentou outro sentimento também. Algo quente e terrível, e ao mesmo tempo exultante e maravilhoso. Era emoção, pura e absoluta, uma mistura bizarra de alívio, alegria, desejo e temor. E ele, que passara a maior parte da vida evitando sensações confusas, não tinha ideia de como agir em seguida.

Seus olhos encontraram os de Daphne.

– Tem certeza? – perguntou, falando num suave sussurro.

Ela assentiu, com a expressão estranhamente neutra.

– Você vale a pena.

Então andou lentamente em direção a seu cavalo.

E Simon ficou se perguntando se tinha acabado de ser levado ao paraíso ou arrastado até as profundezas do inferno.

Daphne passou o restante do dia cercada pela família. Todos estavam, é claro, empolgados com a notícia do noivado. Todos menos seus irmãos mais velhos, que, embora se sentissem felizes pela irmã, estavam desanimados também. Daphne não os culpava. Ela mesma se sentia assim. Os acontecimentos do dia haviam deixado-os exaustos.

Ficou decidido que o casamento deveria ocorrer o mais breve possível. (Violet fora informada de que Daphne talvez tivesse sido vista beijando Simon no jardim de Lady Trowbridge, e isso foi o bastante para que mandasse, na mesma hora, um pedido especial para o arcebispo.) Lady Bridgerton mergulhara, então, em um mar de detalhes da festa. Segundo ela, a cerimônia não precisava ser sem graça só porque seria simples.

Eloise, Francesca e Hyacinth, todas eufóricas com a perspectiva de serem damas de honra, não paravam de fazer perguntas. Como Simon tinha feito o pedido? Havia se ajoelhado? Que cor Daphne usaria e quando ele lhe daria um anel?

Daphne fez o que pôde para responder às perguntas, mas quase não conseguia se concentrar na conversa, e quando a tarde virou noite todas as suas respostas reduziram-se a monossílabos. Finalmente, depois que Hyacinth quis saber que cores de rosas ela queria para o buquê e ela respondeu "três", as irmãs desistiram e a deixaram a sós.

A enormidade de suas ações havia deixado Daphne praticamente sem fala. Ela havia salvado a vida de uma pessoa, garantido uma promessa de casamento do homem que adorava e se comprometido a uma vida sem filhos.

Tudo num único dia.

Ela riu, com um certo desespero. Imagine o que seria capaz de realizar no dia seguinte...

Gostaria de saber o que passara por sua cabeça naqueles instantes finais antes de se virar para Anthony e dizer "Não haverá duelo", mas achava que não conseguiria lembrar. O que quer que fosse, não era feito de palavras, frases ou pensamentos conscientes. Era como se ela estivesse rodeada de cores. Tons de vermelho e amarelo, e uma mistura de laranja na qual ela e Simon se encontravam. Puro sentimento e instinto. Era isso. Nenhuma razão, nenhuma lógica, nada remotamente racional ou sensato.

E, de alguma forma, enquanto tudo aquilo acontecia a seu redor, ela soubera o que tinha que fazer. Seria capaz de viver sem os filhos que ainda não haviam nascido, mas não sem Simon. Os bebês com que ela sonhara eram seres amorfos e desconhecidos que Daphne não podia ver nem tocar.

Mas Simon... Simon era real, e estava *ali*. Ela conhecia a sensação de tocar o rosto dele, de rir em sua presença. Conhecia o doce sabor de seu beijo e o ar zombeteiro de seu sorriso.

Ela o amava.

Talvez – apesar de ela mal ousar pensar nisso – ele estivesse errado. Talvez *pudesse* ter filhos. Talvez tivesse sido enganado por algum médico incompetente, ou então Deus estivesse apenas esperando o momento certo de lhe conceder um milagre. Ela não precisava de uma família do tamanho da sua, mas se pudesse ter um filho, apenas, sabia que se sentiria completa.

No entanto, não falaria sobre isso com Simon. Se ele vislumbrasse nela alguma esperança, por menor que fosse, de ter um filho, não a desposaria. Daphne sabia disso. Ele havia feito um esforço enorme para ser o mais sincero possível. Não permitiria que ela tomasse uma decisão se não acreditasse que estava plenamente consciente da situação.

– Daphne?

Ela, que até esse momento estivera sentada, indiferente, no sofá da sala de casa, ergueu o olhar e viu a mãe encarando-a com uma expressão de profunda preocupação.

– Você está bem? – perguntou Violet.

Daphne forçou um sorriso cansado.

– Estou só cansada.

Era verdade. Nem sequer lhe ocorrera que estava havia 36 horas sem dormir.

Violet sentou-se a seu lado.

– Pensei que você estaria mais empolgada. Sei que ama Simon.

Daphne olhou surpresa para a mãe.

– Não é difícil de perceber – comentou Violet com delicadeza. Deu um tapinha na mão da filha. – Ele é um bom homem. Você escolheu bem.

Daphne sentiu um sorriso vacilante se formar em seus lábios. Ela *havia* escolhido bem. E faria o melhor que pudesse de seu casamento. Mesmo que não fossem abençoados com filhos – afinal, ela mesma poderia ser estéril. Daphne sabia de vários casais que não tiveram filhos e duvidava que algum deles soubesse de suas deficiências antes dos votos matrimoniais. Além disso, com sete irmãos, ela certamente teria muitos sobrinhos e sobrinhas para abraçar e mimar.

Era melhor viver com o homem que amava do que ter filhos com um que não amasse.

– Por que não dorme um pouco? – sugeriu Violet. – Você está parecendo exausta. Detesto vê-la com olheiras.

Ela assentiu e se levantou com dificuldade. Sua mãe tinha razão. Ela precisava dormir.

– Tenho certeza de que estarei muito melhor em uma ou duas horas – disse, deixando escapar um bocejo.

Violet se levantou e ofereceu um braço à filha.

– Acho que não vai conseguir subir as escadas sozinha – comentou, sorrindo ao guiar Daphne para fora da sala e escada acima. – E, sinceramente, duvido que vá acordar de novo em uma ou duas horas. Darei instruções explícitas para que não seja incomodada até amanhã de manhã.

Daphne assentiu, sonolenta.

– Que bom – murmurou ela, tropeçando para dentro do quarto. – De manhã é bom.

Violet conduziu-a até a cama e a ajudou a se deitar. Tirou seus sapatos, mas deixou-a com a roupa que já estava vestindo.

– Pronto – disse ela baixinho, abaixando-se para beijar a testa da filha. – Pode dormir em paz agora.

A única resposta de Daphne foi um ronco.

Simon também estava exausto. Não era todos os dias que um homem se resignava a morrer. E depois era salvo pela mulher que ocupara todos os seus sonhos nas três semanas anteriores – e ainda ficava noivo dela!

Se não estivesse com dois olhos roxos e um ferimento no queixo de tamanho considerável, poderia achar que havia sonhado tudo aquilo.

Será que Daphne se dava conta do que fizera? Do que estava abrindo mão? Ela era uma moça sensata, que não se entregava a sonhos tolos e voos da imaginação. Simon acreditava que ela não teria concordado em se casar sem pensar em todas as consequências.

Mas, por outro lado, havia tomado a decisão em menos de um minuto. Como poderia ter considerado tudo em tão pouco tempo?

A menos que estivesse apaixonada por ele. Será que desistira do sonho de ter uma família porque o amava?

Ou talvez tivesse sido por culpa. Se ele houvesse morrido naquele duelo, tinha certeza de que Daphne se culparia. Mas que droga, ele *gostava* dela. Era uma das melhores pessoas que ele conhecia. Simon achava que não seria capaz de viver com a morte dela em sua consciência. Então, talvez ela se sentisse da mesma forma em relação a ele.

Mas, quaisquer que fossem seus motivos, a verdade era que no próximo sábado (Lady Bridgerton já havia mandado lhe avisar que o noivado não se prolongaria por muito tempo) ele estaria ligado a Daphne para o resto da vida.

E ela a ele.

Sabia que agora não havia como desistir. Daphne jamais abriria mão do casamento àquela altura, assim como ele. E, para sua absoluta surpresa, essa certeza quase fatalista parecia... uma coisa boa.

Daphne seria sua. Ela sabia de seus defeitos, tinha consciência do que ele não poderia lhe dar, e ainda assim o havia escolhido.

Isso o agradou mais do que jamais imaginou possível.

– Senhor?

Simon estava esparramado na cadeira de couro de seu escritório e olhou para cima. Não que precisasse. A voz baixa e calma só podia ser de seu mordomo.

– Sim, Jeffries?

– Lorde Bridgerton está aqui para ver o senhor. Devo dizer que não está em casa?

Simon se levantou. Droga, como estava cansado.

– Ele não vai acreditar.

Jeffries assentiu.

– Sim, senhor. – Deu três passos em direção à porta e se virou. – Tem certeza de que deseja recebê-lo? O senhor parece ligeiramente, hã, indisposto.

Simon soltou uma risada seca.

– Se está se referindo ao estado de meus olhos, lorde Bridgerton é o responsável pelo ferimento maior.

Jeffries piscou como uma coruja.

– O maior, senhor?

Simon conseguiu dar um meio sorriso. Não foi fácil. Todo o seu rosto doía.

– Sei que é difícil diferenciar, mas acontece que meu olho direito está um pouco pior do que o esquerdo.

Jeffries se aproximou dele, claramente intrigado.

– Acredite em mim.

O mordomo se empertigou.

– É claro, senhor. Devo levar lorde Bridgerton à sala de estar?

– Não, traga-o aqui. – Diante da hesitação de Jeffries, Simon acrescentou: – E não precisa se preocupar com a minha segurança. Lorde Bridgerton não deverá acrescentar mais nenhum ferimento à minha coleção a esta altura. Não – acrescentou num resmungo – que fosse conseguir encontrar facilmente algum ponto que já não estivesse ferido.

Jeffries arregalou os olhos e saiu apressado do escritório.

Um instante depois, Anthony Bridgerton entrou. Olhou para o duque e disse:

– Você está péssimo.

Simon se levantou e ergueu uma sobrancelha – algo bastante difícil, dadas as circunstâncias.

– Isso o surpreende?

Anthony riu. O som saiu um pouco melancólico, meio vazio, mas Simon ouviu uma ressonância do velho amigo. Da antiga amizade deles. Ficou surpreso com quanto se sentiu grato por isso.

Anthony apontou para os olhos de Simon.

– Qual é o meu?

– O direito – respondeu ele, tocando a pele ferida com cuidado. – Daphne tem um belo soco para uma moça, mas não tem seu tamanho e sua força.

– Mesmo assim – comentou Anthony, inclinando-se para a frente a fim de inspecionar a obra da irmã –, ela fez um belo trabalho.

– Você devia se orgulhar dela – gemeu Simon. – Está doendo demais.

– Ótimo.

Então os dois ficaram em silêncio. Havia tanto a ser dito, mas nenhum deles sabia como começar.

– Eu nunca quis que fosse assim – falou Anthony finalmente.

– Nem eu.

Anthony se apoiou na beirada da mesa do escritório, mas ficou se remexendo desconfortavelmente, parecendo pouco à vontade.

– Não foi fácil para mim deixar que você a cortejasse.

– Você sabe que não era de verdade.

– Ontem à noite você *tornou* verdadeiro.

O que ele iria dizer? Que Daphne o havia seduzido, e não o contrário? Que fora ela que o levara para os jardins, em direção à escuridão da noite? Nada disso importava. Ele tinha muito mais experiência que Daphne. Deveria ter sido capaz de parar.

Ficou em silêncio.

– Espero que possamos deixar isso para trás – disse Anthony.

– Tenho certeza de que esse é o maior desejo de Daphne.

Anthony estreitou os olhos.

– E agora seu objetivo de vida é realizar os maiores desejos dela?

Todos, exceto um, pensou Simon. *Todos menos o que realmente importa.*

– Você sabe que eu farei de tudo para deixá-la feliz – afirmou ele.

Anthony assentiu.

– Se você a magoar...

– Eu nunca vou magoá-la – prometeu Simon, com os olhos inflamados.

O outro o encarou longa e seriamente.

– Eu estava preparado para matá-lo por desonrá-la. Se você a magoar, garanto que nunca terá paz em toda a sua vida. Que – acrescentou, com o olhar um pouco mais severo – não seria muito longa.

– Longa o suficiente apenas para que eu sentisse uma dor excruciante? – perguntou Simon com delicadeza.

– Exatamente.

Simon assentiu. Embora Anthony o estivesse ameaçando com tortura e morte, ele o respeitava por isso. A devoção à própria irmã era algo admirável.

Simon se perguntou se Anthony via nele algo que mais ninguém podia ver. Os dois se conheciam havia tanto tempo... Será que Anthony de algum modo enxergara os cantos mais obscuros de sua alma? A angústia e a fúria que ele se esforçava tanto por manter em segredo?

Se assim fosse, era por isso que se preocupava com a felicidade da irmã?

– Eu lhe dou a minha palavra – jurou Simon. – Farei tudo o que estiver a meu alcance para manter Daphne segura e feliz.

Anthony assentiu secamente.

– É bom mesmo. – Afastou-se da mesa e foi em direção à porta. – Ou vai se ver comigo.

Então, foi embora.

Simon soltou um gemido e afundou de novo na poltrona de couro. Quando sua vida havia ficado tão complicada? Quando os amigos tinham se tornado inimigos e flertes inocentes se transformado em luxúria?

E que diabo ele iria fazer com Daphne? Não queria magoá-la – não suportava a ideia de magoá-la, na verdade – e, no entanto, estava condenado a fazer isso simplesmente ao se casar com ela. Simon a desejava com ardor, ansiava pelo dia em que poderia cobri-la com seu corpo, penetrando-a bem devagar até que ela gemesse seu nome...

Estremeceu. Pensamentos como aqueles não podiam ser bons para sua saúde.

– Senhor?

Jeffries de novo. Como estava cansado demais até para olhar para cima, Simon apenas fez um gesto com a mão.

– Não gostaria de se recolher, senhor?

Simon conseguiu olhar para o relógio, mas só porque não precisou mexer a cabeça para isso. Eram apenas sete da noite. Longe do horário em que costumava ir para a cama.

– Ainda é cedo – resmungou ele.

– Mesmo assim – contestou o mordomo –, talvez o senhor queira se recolher.

Simon fechou os olhos. Jeffries tinha razão. Precisava mesmo de um longo encontro com o colchão de penas e os finos lençóis de linho. Podia fugir para seu quarto, onde talvez estivesse livre de ver um Bridgerton durante uma noite inteira.

Droga, da forma como estava se sentindo, ele seria capaz de ficar enfiado lá durante dias.

Capítulo 13

O duque de Hastings e a Srta. Bridgerton vão se casar!

Esta autora precisa aproveitar a oportunidade para lembrar ao querido leitor que o casamento foi previsto pela coluna. Não nos passou despercebido que sempre que este jornal noticia uma nova ligação entre um cavalheiro qualificado e uma dama solteira, as apostas nos círculos da sociedade mudam em poucas horas, e sempre a favor do casamento.

Embora esta autora não seja aceita no White's, ela tem motivos para acreditar que as apostas oficiais sobre a união do duque e da Srta. Daphne Bridgerton eram de duas para uma.

CRÔNICAS DA SOCIEDADE DE LADY WHISTLEDOWN,
21 DE MAIO DE 1813

O restante da semana passou voando. Daphne não viu Simon por vários dias. Poderia pensar que ele fora embora da cidade, mas Anthony lhe dissera que tinha ido à Casa Hastings para acertar os detalhes do contrato matrimonial.

Para surpresa de Anthony, Simon se recusara a

aceitar um centavo sequer de dote. Finalmente, os dois decidiram que Anthony aplicaria o dinheiro que o pai havia deixado para o casamento de Daphne numa propriedade que ele mesmo administraria. O dinheiro seria dela para que gastasse ou guardasse como preferisse.

"Você pode deixar para seus filhos", sugeriu Anthony.

Daphne apenas sorriu. Era isso ou chorar.

Alguns dias depois, Simon apareceu na Casa Bridgerton à tarde. Faltavam dois dias para o casamento.

Daphne ficou esperando na sala de estar depois que o mordomo anunciou a chegada dele. Sentou-se recatadamente na beira do sofá de linho, com as costas eretas e as mãos juntas, no colo. Estava segura de que era o modelo da refinada feminilidade inglesa.

Sentia-se uma pilha de nervos.

Olhou para as mãos e percebeu que suas unhas estavam deixando marcas avermelhadas nas palmas.

Sentia uma vontade de rir tão avassaladora quanto inadequada. Nunca havia ficado nervosa ao ver Simon. Na verdade, talvez esse fosse o aspecto mais admirável de sua amizade com o duque. Mesmo quando o flagrava olhando para ela com urgência – e tinha certeza de que os próprios olhos refletiam o mesmo sentimento –, sentia-se absolutamente confortável em sua companhia. Sim, o estômago revirava e a pele se arrepiava, mas eram sintomas de desejo, não de desconforto. Antes e acima de tudo,

Simon era amigo dela, e Daphne sabia que a sensação tranquila e alegre que tinha sempre que ele estava por perto era algo raro.

Estava confiante de que conseguiriam voltar àquele estado de conforto e companheirismo, mas depois do que ocorrera no Regent's Park ela temia que isso não fosse acontecer tão cedo.

– Bom dia, Daphne.

Simon apareceu na porta da sala e encheu o ambiente com sua maravilhosa presença. Tudo bem, talvez sua presença não estivesse tão maravilhosa como de costume. Seus olhos ainda exibiam hematomas e a marca em seu queixo estava começando a ganhar um impressionante tom esverdeado.

Ainda assim, aquilo era melhor do que um tiro no peito.

– Simon – respondeu Daphne. – Que bom ver você. O que o traz à Casa Bridgerton?

Ele olhou para ela com uma expressão surpresa.

– Não estamos noivos?

Ela corou.

– Sim, é verdade.

– Eu achava que os homens deveriam visitar suas noivas. – Sentou-se na frente dela. – Lady Whistledown não disse algo nesse sentido?

– Acho que não – murmurou Daphne. – Mas tenho certeza de que minha mãe deve ter dito.

Os dois sorriram e por um instante Daphne pensou que tudo ficaria bem de novo. Mas, assim que os sorrisos se apagaram, um silêncio desconfortável tomou conta do ambiente.

– Você está melhor? – perguntou ela finalmente. – Seus olhos não estão muito inchados.

– Você acha? – Simon se virou para um grande espelho de moldura dourada. – Acho que os ferimentos ganharam um tom de azul espetacular.

– Roxo.

Ele se inclinou para a frente, como se para ver melhor seu reflexo.

– Roxo, então. Mas acho que isso pode ser discutível.

– Eles estão doendo?

Ele sorriu com desânimo.

– Apenas quando alguém toca neles.

– Vou evitar fazer isso, então – murmurou Daphne. – Vai ser difícil, é claro, mas serei perseverante.

– Sim – disse ele, com o rosto totalmente inexpressivo –, todos dizem que faço as mulheres terem vontade de furar meus olhos.

Daphne sorriu com alívio. Se os dois conseguiam brincar com esse tipo de coisa, era claro que tudo voltaria a ser como antes.

Simon pigarreou.

– Vim vê-la por um motivo específico.

Daphne olhou para ele com expectativa.

Ele estendeu-lhe uma caixa de joia.

– Para você.

Ela quase engasgou ao estender a mão para a caixinha coberta de veludo.

– Tem certeza? – perguntou.

– Imagino que anéis de noivado sejam obrigatórios – disse ele em voz baixa.

– Ah, como sou burra... Não me dei conta...

– De que era um anel de noivado? O que pensou que fosse?

– Não pensei em nada, na verdade – admitiu ela, encabulada.

Ele nunca havia lhe dado um presente. Daphne ficara tão surpresa com o gesto que se esquecera completamente de que Simon lhe devia um anel de noivado.

"Devia." Não gostava dessa palavra. Não gostava nem de ter pensado nela. Mas tinha certeza absoluta de que era nisso que ele estava pensando quando escolheu o anel.

Isso a entristeceu.

Daphne forçou um sorriso.

– É uma joia de família?

– Não! – retrucou ele, com veemência suficiente para fazê-la pestanejar.

– Ah.

Mais um silêncio constrangedor.

Ele tossiu de leve e então explicou:

– Achei que você preferiria algo seu mesmo. Todas as joias da família Hastings foram escolhidas para outra pessoa. Esta eu escolhi para você.

Daphne quase derreteu ali mesmo.

– Que coisa mais gentil – disse ela, mal conseguindo segurar uma fungada de emoção.

Simon se contorceu na poltrona, o que não a surpreendeu. Homens detestavam essas manifestações femininas.

– Não vai abrir? – resmungou ele.

– Ah, sim, é claro. – Daphne balançou a cabeça de leve ao ser chamada à atenção. – Que tolice a minha.

Seus olhos ficaram meio vidrados quando ela olhou para o presente. Depois de piscar algumas vezes para clarear a visão, ela soltou cuidadosamente o fecho da caixa e a abriu.

Não conseguiu dizer nada além de "Ah, meu Deus", e mesmo essa frase foi mais um suspiro que qualquer outra coisa.

Aninhado lá dentro estava um impressionante anel de ouro branco adornado com uma grande esmeralda lapidada, ladeada por dois diamantes perfeitos. Era a joia mais maravilhosa que Daphne já vira, brilhante mas requintada, claramente valiosa mas não ostensiva em excesso.

– É lindo – murmurou ela. – Eu amei.

– Tem certeza? – Simon tirou as luvas, então se inclinou para a frente e tirou o anel da caixa. – Porque é sua aliança de noivado. É você quem irá usá-la, e ela deve refletir seu gosto, não o meu.

A voz de Daphne estava um tanto embargada quando ela disse:

– Parece que nós temos o mesmo gosto.

Simon deu um breve suspiro de alívio e segurou a mão dela. Até aquele instante, não havia se dado conta de quão importante era para ele o fato de Daphne gostar do presente. Detestava estar tão nervoso perto dela depois da amizade que os dois tinham desenvolvido nas últimas semanas. Odiava os silêncios em suas conversas, quando ela tinha sido a única pessoa com quem ele não sentia necessidade de fazer uma pausa para juntar um estoque de palavras antes de falar.

Não que estivesse tendo nenhum problema com isso naquele momento. A única questão era que ele parecia não saber o que dizer.

– Posso pôr no seu dedo? – perguntou ele em voz baixa.

Ela assentiu e começou a tirar a luva.

Mas Simon interrompeu o movimento dela e assumiu a tarefa. Deu um pequeno puxão na ponta de cada dedo e então, devagar, tirou a luva da mão de Daphne. O gesto foi descaradamente erótico, uma versão abreviada do que ele queria fazer: remover cada peça de roupa do corpo dela.

Daphne soltou um arquejo quando a bainha da luva passou pelas pontas de seus dedos. O som de sua respiração passando pelos lábios fez com que Simon a quisesse ainda mais.

Com as mãos trêmulas, ele colocou o anel no dedo dela, ajeitando-o no lugar.

– Serviu direitinho – disse ela, mexendo a mão de um lado para outro a fim de ver como a joia refletia a luz.

Simon, no entanto, não a soltou. Com os movimentos que Daphne fazia, sua pele deslizava na dele, criando um calor estranhamente reconfortante. Então ele levou a mão dela até a boca e deu um beijo suave nos nós de seus dedos.

– Que bom que coube – murmurou ele.

Os lábios dela se curvaram – uma insinuação daquele amplo sorriso que ele aprendera a adorar. Talvez fosse um sinal de que tudo ficaria bem entre eles.

– Como você sabia que eu gosto de esmeraldas? – perguntou Daphne.

– Eu não sabia – admitiu ele. – Elas me lembram seus olhos.

– Meus... – Daphne inclinou a cabeça levemente para o lado e retorceu os lábios em um sorriso irritado. – Simon, meus olhos são castanhos.

– A *maior parte* deles é castanha – corrigiu ele.

Ela se virou para o mesmo espelho em que ele avaliara os próprios ferimentos mais cedo e piscou algumas vezes.

– Não – disse ela devagar, como se estivesse falando com uma pessoa de intelecto limitado –, são castanhos.

Ele estendeu o braço e passou, com delicadeza, um dedo embaixo do olho dela.

– Não nas bordas.

Ela lhe lançou um olhar de dúvida, mas um pouco esperançoso, então soltou um suspiro estranho e se levantou.

– Agora faço questão de ver.

Simon observou, divertido, enquanto ela aproximava o rosto do espelho. Daphne piscou várias vezes, então arregalou bem os olhos e piscou um pouco mais.

– Ah, meu Deus! – exclamou ela. – Eu nunca tinha reparado nisso!

Ele também se levantou, foi até o lado dela e se apoiou na mesa de mogno em frente ao espelho.

– Logo você vai aprender que eu tenho sempre razão.

Ela o encarou com uma expressão sarcástica.

– Mas como você percebeu isso?

Ele deu de ombros.

– Prestei bastante atenção.

– Você... – começou ela, então decidiu não terminar o que ia dizer e voltou a se encostar na mesa, arregalando bem os olhos para inspecioná-los mais uma vez. – Quem diria – murmurou –, eu tenho olhos verdes.

– Bem, eu não iria tão longe...

– Hoje – interrompeu ela – eu me recuso a acreditar que sejam de qualquer cor que não verde.

Simon sorriu.

– Como queira.

Ela suspirou.

– Sempre tive tanta inveja de Colin... Acho um desperdício aqueles olhos tão lindos em um homem.

– Com certeza as jovens apaixonadas por ele discordariam disso.

Daphne lançou-lhe um olhar divertido.

– Sim, mas elas não têm importância nenhuma, não é?

Simon sentiu vontade de rir.

– Se você diz...

– Logo você vai aprender que eu tenho sempre razão – disse ela num tom brincalhão.

Desta vez ele riu. Não conseguiu segurar. Quando percebeu que ela estava em silêncio, acabou ficando sério, mas ela estava olhando para ele com carinho, com um sorriso nostálgico nos lábios.

– Isso foi bom – comentou ela, pondo a mão sobre a dele. – Quase como costumava ser, não acha?

Ele assentiu, virando a palma da mão para cima de forma a segurar a mão dela.

– Vamos voltar a ser como antes, não vamos? – perguntou Daphne, um pouco apreensiva. – Vai ficar tudo exatamente igual, certo?

– Vai – concordou ele, embora não tivesse certeza. Eles poderiam se divertir juntos, mas talvez nunca fosse como costumava ser.

Ela sorriu, fechou os olhos e apoiou a cabeça no ombro dele.

– Que bom.

Simon ficou olhando para o reflexo dos dois no espelho durante vários minutos. E quase acreditou que conseguiria fazê-la feliz.

Na noite seguinte – a última de Daphne como Srta. Bridgerton –, Violet bateu na porta de seu quarto.

Ela estava sentada na cama, com lembranças de infância espalhadas à sua frente, quando ouviu uma batida na porta.

– Pode entrar! – gritou.

Violet enfiou a cabeça pela porta com um sorriso constrangido no rosto.

– Daphne – disse ela, parecendo desconfortável –, posso falar com você um instante?

Ela olhou para a mãe com preocupação.

– É claro.

Quando Violet entrou no quarto, Daphne se levantou. O vestido amarelo da mãe combinava perfeitamente com seu tom de pele.

– Está tudo certo, mamãe? – perguntou ela. – Você não parece muito bem.

– Estou ótima. Eu só... – Violet pigarreou e se empertigou. – Acho que chegou a hora de termos uma conversa.

– Ahhhhhh – suspirou Daphne, com o coração batendo forte de expectativa.

Estava esperando por aquilo. Todas as amigas haviam lhe dito que, um dia antes do casamento, a mãe de uma moça lhe contava todos os segredos da noite de núpcias. A noiva era, então, admitida no mundo feminino e ficava sabendo de todos os fatos pecaminosos e deliciosos que eram mantidos longe dos ouvidos das moças solteiras. Algumas das jovens próximas a ela já haviam se casado, é claro, e Daphne e as amigas tinham tentado fazê-las revelar esses segredos proibidos, mas as jovens senhoras apenas riam, dizendo: "Vocês logo descobrirão."

"Logo" havia se tornado "agora", e Daphne mal podia esperar.

Violet, por outro lado, parecia que ia vomitar a qualquer momento.

Daphne apontou para sua cama.

– Gostaria de se sentar, mamãe?

A viscondessa assentiu distraidamente.

– Sim, sim, seria ótimo – falou, ocupando um espaço na ponta do colchão.

Ela não parecia muito confortável.

Daphne resolveu ajudá-la e deu início à conversa.

– É sobre o casamento? – perguntou com delicadeza.

Violet fez um sinal afirmativo quase imperceptível com a cabeça.

Daphne se esforçou para não transparecer a alegria que sentia.

– Sobre a noite de núpcias? – continuou.

Dessa vez, Violet só conseguiu mexer o queixo um centímetro para cima e outro para baixo.

– Eu realmente não sei como falar sobre isso com você. É muito constrangedor.

Daphne tentou ter paciência. A mãe acabaria chegando ao ponto.

– Sabe – começou Violet, hesitante –, há coisas

que você precisa saber. Coisas que vão acontecer amanhã à noite. Coisas – tossiu – que têm a ver com o seu marido.

Daphne se inclinou para a frente, arregalando os olhos.

Violet recuou, claramente desconfortável com o interesse evidente da filha.

– Sabe, o seu marido... quer dizer, Simon, é claro, já que ele será seu marido...

Como a mãe não deu mostras de que ia concluir o pensamento, Daphne murmurou:

– Sim, Simon será meu marido.

Violet soltou um gemido, sem conseguir encarar a filha.

– Isto é muito difícil para mim.

– Estou vendo – resmungou Daphne.

Violet respirou fundo e se endireitou, como se estivesse se preparando para a tarefa mais desagradável do mundo.

– Na sua noite de núpcias – falou –, seu marido irá esperar que você cumpra os seus deveres conjugais.

Até aí, nada que Daphne já não soubesse.

– Seu casamento terá que ser consumado.

– É claro – assentiu Daphne.

– Ele irá se juntar a você na cama.

Ela fez que sim com a cabeça. Sabia disso também.

– E ele irá realizar algumas... – Violet ficou pensando na melhor forma de se expressar enquanto agitava as mãos no ar – intimidades com você.

Daphne entreabriu os lábios e sua respiração curta era o único som no quarto. Finalmente aquilo estava ficando interessante.

– Estou aqui para lhe dizer – prosseguiu Violet, com a voz um pouco mais animada – que seus deveres conjugais não precisam ser desagradáveis.

Mas o que *eram* deveres conjugais?

O rosto de Violet estava vermelho.

– Sei que algumas mulheres consideram o... hã... ato... ruim, mas...

– É mesmo? – quis saber Daphne, curiosa. – Então por que vejo tantas criadas saindo às escondidas com os lacaios?

Violet no mesmo instante assumiu uma postura de patroa ultrajada.

– Qual das criadas fez isso? – questionou.

– Não tente mudar de assunto – alertou Daphne. – Esperei por esta conversa a semana toda.

Parte da fúria de sua mãe se foi.

– Esperou?

Daphne fez uma cara de "o que você acha?".

– Bem, é claro.

Violet deu um suspiro e murmurou:

– Está certo. Onde eu estava?

– A senhora dizia que algumas mulheres consideram os deveres conjugais desagradáveis.

– Ah, sim. Bem... Hã...

Daphne olhou para as mãos da mãe e percebeu que ela já havia praticamente destruído um lenço.

– Só quero que você saiba – prosseguiu Violet, tropeçando nas palavras, desejando que aquela conversa terminasse logo – que não precisa ser nem um pouco desagradável. Se duas pessoas se gostam... e eu acredito que o duque gosta muito de você...

– E eu dele – interrompeu Daphne com delicadeza.

– É claro. Sim. Bem, considerando que vocês dois se gostam, provavelmente será um momento encantador e muito especial. – Violet começou a alisar o vestido, estendendo a seda amarela sobre a colcha. – E você não deve ficar nervosa. Tenho certeza de que o duque será muito gentil.

Daphne pensou no beijo ardente de Simon. "Gentil" não parecia ser o caso.

– Mas...

Violet levantou-se num salto.

– Muito bem. Foi só isso que eu vim dizer. Tenha uma boa noite.

– *É só isso?*

Violet acelerou a caminho da porta.

– Hã, sim. – Encarou a filha com um olhar culpado. – Você estava esperando outra coisa?

– Estava! – Daphne correu atrás da mãe e se atirou contra a porta para que ela não pudesse escapar. – Você não pode ir embora depois de me dizer só isso!

Violet olhou pela janela com um ar melancólico. Daphne deu graças a Deus pelo fato de seu quarto ficar no segundo andar, senão não descartaria a possibilidade de a mãe tentar sair por ela.

– Daphne... – falou Violet, com a voz engasgada.

– Mas o que *eu* devo fazer?

– O seu marido saberá – respondeu Violet de forma recatada.

– Não quero fazer papel de boba, mamãe.

Violet soltou um gemido.

– Você não vai fazer papel de boba. Confie em mim. Os homens são...

– São o quê, mamãe?

A essa altura, não só o rosto de Violet estava vermelho, mas também o pescoço e as orelhas.

– Os homens são fáceis de agradar – murmurou ela. – Ele não vai se decepcionar.

– Mas...

– Mas chega! – retrucou Violet com firmeza. – Eu já lhe disse tudo o que minha mãe me disse. Não seja uma boba nervosa e faça o possível para ter um filho.

Daphne ficou boquiaberta.

– O *quê*?

Violet soltou uma risada nervosa.

– Eu me esqueci de mencionar a parte sobre o bebê?

– Mamãe!

– Muito bem. Os seus deveres conjugais... quer dizer, a consumação... é como se fazem os bebês.

Daphne se apoiou na parede.

– Então a senhora fez isso oito vezes?

– Não!

Daphne ficou confusa. As explicações da mãe estavam sendo vagas demais, e ela ainda não sabia exatamente o que eram os tais deveres conjugais, mas alguma coisa não estava batendo.

– Mas para ter oito filhos a senhora não teria que ter feito oito vezes?

Violet começou a se abanar furiosamente.

– Sim. Não! Daphne, isso é muito pessoal.

– Mas como a senhora poderia ter tido oito filhos se...

– Eu fiz mais do que oito vezes – admitiu Violet em uma voz muito baixa, com uma expressão de quem queria atravessar a parede.

Daphne encarou a mãe com incredulidade.

– Fez?

– Às vezes as pessoas só fazem porque gostam – explicou Violet, mal movendo os lábios e olhando para um ponto fixo no chão.

Daphne ficou perplexa.

– É mesmo? – perguntou ela, num sussurro.

– Hã... é.

– Como quando homens e mulheres se beijam?

– Sim, exatamente – concordou Violet, suspirando aliviada. – Muito parecido... – Ela estreitou os olhos. – Daphne – falou, com a voz repentinamente estridente –, você beijou o duque?

Ela sentiu a pele assumir uma coloração semelhante à da mãe.

– Posso ter beijado – murmurou ela.

Violet sacudiu um dedo para a filha.

– Daphne Bridgerton, eu não acredito que você tenha sido capaz de fazer uma coisa dessas. A senhorita sabe muito bem o que eu lhe disse sobre permitir tais liberdades!

– Isso não tem nenhuma importância agora que estamos prestes a nos casar!

– Ainda assim... – suspirou Violet. – Bem, deixe para lá. Você tem razão. Não tem importância. Você está para casar, e ainda por cima com um duque. E se ele a beijou, bem, então isso era de esperar.

Daphne apenas encarou a mãe com uma expressão incrédula. A fala nervosa e hesitante dela lhe era muito estranha.

– Então – anunciou Violet –, como não tem mais perguntas, vou deixá-la, hã – ela olhou distraidamente para as lembranças em que Daphne estava remexendo –, continuar o que quer que estivesse fazendo.

– Mas eu tenho mais perguntas, sim!

Sua mãe, no entanto, já havia conseguido escapar.

E, por mais que quisesse aprender os segredos do ato conjugal, Daphne não iria perseguir a mãe pelo corredor – à vista de toda a família e dos criados – para descobrir.

Além disso, a conversa com Violet suscitara diversas novas preocupações. Ela dissera que as obrigações matrimoniais eram um requisito para gerar bebês. Se Simon não podia ter filhos, será que isso queria dizer que não era capaz de realizar as intimidades que a mãe havia mencionado?

E o que *eram* essas intimidades? Daphne suspeitava que tivessem alguma coisa a ver com o ato de beijar, já que toda a sociedade parecia tão determinada a garantir que as jovens mantivessem os lábios puros e castos. E também, pensou, com as bochechas ficando rubras ao se lembrar do que havia acontecido nos jardins com Simon, deviam ter a ver com os seios.

Daphne suspirou. A mãe quase ordenara que não ficasse nervosa, mas era impossível. Principalmente quando se esperava que ela cumprisse seus deveres sem ter a menor ideia de como fazer isso.

E quanto a Simon? Se ele não pudesse consumar o casamento, algum dia *seria* um casamento?

Tudo isso era mais que suficiente para deixar uma noiva muito apreensiva.

No fim, foram os pequenos detalhes da cerimônia que Daphne guardou na memória. Sua mãe chorava e Anthony estava com a voz estranhamente rouca quando a entregou a Simon. Hyacinth atirou as pétalas de rosa rápido demais e não sobrou nenhuma para o momento em que Daphne chegou ao altar. Gregory espirrou três vezes antes de começarem os votos nupciais.

Ela se lembrava também do olhar de concentração de Simon na hora em que ele fez seus votos. Cada sílaba foi pronunciada devagar e com cuidado. Os olhos dele ardiam de desejo, e sua voz baixa era sincera. Para Daphne, era como se nada no mundo pudesse ser tão importante como as palavras que ele falou quando os dois estavam diante do arcebispo.

Seu coração se confortou com isso. Nenhum homem que fazia os votos com tanta intensidade poderia ver o casamento como uma mera conveniência.

O que Deus uniu, o homem não separa.

Daphne sentiu um arrepio percorrendo-lhe a espinha e deixando-a tonta. Em apenas um instante, ela pertenceria àquele homem para sempre.

Simon virou levemente a cabeça para ela e a encarou. *Você está bem?*, perguntava seu olhar.

Ela assentiu com um movimento tão discreto da cabeça que apenas ele pôde notar. Algo brilhou nos olhos dele – seria alívio?

E agora eu vos declaro...

Gregory espirrou uma quarta vez, depois uma quinta e uma sexta, encobrindo por completo o "marido e mulher" do arcebispo. Daphne sentiu uma risada subindo por sua garganta. Apertou os lábios, determinada a ficar adequadamente séria. Afinal, o casamento era uma instituição solene que não podia ser tratada como uma piada.

Ela virou a cabeça para Simon e percebeu que ele a encarava com uma expressão divertida. Estava com os olhos azul-claros focados em sua boca e os cantos dos lábios dele de repente começaram a se retorcer.

Daphne sentiu a risada ficar ainda mais difícil de segurar.

Pode beijar a noiva.

Simon a agarrou com braços quase desesperados, encostando a boca nos lábios dela com tanto desejo que chegou a arrancar um suspiro coletivo do pequeno grupo de convidados.

Então os dois, ainda abraçados, explodiram em uma gargalhada.

Mais tarde, Violet disse que fora o beijo mais estranho que ela tivera o privilégio de testemunhar.

Quando parou de espirrar, Gregory disse que foi nojento.

O arcebispo, que já tinha uma idade bastante avançada, pareceu perplexo.

Mas Hyacinth, que aos 10 anos não devia saber nada sobre beijos, ficou com uma expressão pensativa e depois disse:

– Acho que foi ótimo. Se eles estão rindo agora, provavelmente vão rir para sempre. – Virou-se para a mãe. – Isso não é bom?

Violet pegou a mão da filha caçula e a apertou.

– O riso é sempre uma coisa boa, Hyacinth. E obrigada por nos lembrar disso.

E assim começaram os rumores de que o duque e a nova duquesa de Hastings eram o casal mais feliz e abençoado que aparecia em décadas. Afinal, quem conseguia se lembrar de outro casamento com tantas risadas?

Capítulo 14

Ficamos sabendo que o casamento do duque de Hastings e da ex-Srta. Bridgerton, embora simples, foi bastante agitado. A Srta. Hyacinth Bridgerton (de 10 anos) contou à Srta. Felicity Featherington (de mesma idade) que a noiva e o noivo deram muitas risadas durante a cerimônia. A Srta. Felicity, então, repetiu a informação para a mãe, a Sra. Featherington, que por sua vez a repetiu para o mundo.

Esta autora terá que confiar no relato da Srta. Hyacinth, já que não foi convidada para o evento.

CRÔNICAS DA SOCIEDADE DE LADY WHISTLEDOWN,
24 DE MAIO DE 1813

Não haveria viagem de lua de mel. Afinal, não houvera tempo para planejar algo assim. Em vez disso, Simon sugeriu que eles passassem algumas semanas no castelo de Clyvedon, a sede ancestral dos Bassets. Daphne achou a ideia ótima. Estava ansiosa para se afastar de Londres, assim como dos olhos e ouvidos curiosos da sociedade.

Além disso, estava estranhamente ansiosa para conhecer o lugar onde Simon fora criado.

Ficou imaginando como ele era quando menino. Seria tão incontrolável como era agora, quando estava com ela? Ou será que tinha sido uma criança tranquila, com o comportamento reservado que demonstrava à maior parte das pessoas?

O novo casal deixou a Casa Bridgerton em meio a cumprimentos e abraços, e Simon conduziu Daphne à sua melhor carruagem. Apesar de ser verão, o ar estava fresco e ele colocou cuidadosamente um cobertor sobre as pernas dela. Daphne riu.

– Não é um pouco de exagero? – provocou ela. – Acho muito improvável que eu pegue um resfriado nos poucos quarteirões daqui até sua casa.

Ele olhou para ela com um ar esquisito.

– Nós estamos indo para Clyvedon.

– Hoje?

Ela não conseguiu disfarçar a surpresa. Tinha imaginado que iriam no dia seguinte. A aldeia de Clyvedon ficava perto de Hastings, na costa sudeste da Inglaterra. A tarde já estava chegando ao fim, de modo que eles só chegariam lá de madrugada.

Não era a noite de núpcias que Daphne havia imaginado.

– Não é melhor passar a noite aqui em Londres e viajar amanhã? – perguntou ela.

– Já está tudo acertado – resmungou ele.

– Sei... – Daphne tentou com afinco esconder a decepção. Ficou em silêncio durante um minuto inteiro enquanto a carruagem entrava em movimento, sacolejando no solo formado por pedregulhos desiguais. Quando viraram na Park Lane, ela indagou: – Vamos parar em alguma hospedaria?

– É claro – respondeu Simon. – Precisamos jantar. Eu não a deixaria faminta em nosso primeiro dia de casados, não é?

– E nós vamos passar a noite nessa hospedaria? – insistiu Daphne.

– Não, nós... – Simon se calou e então seus traços se suavizaram inexplicavelmente. Ele se virou para ela com uma expressão carinhosa. – Estou sendo um bruto, não é?

Ela corou. Sempre corava quando ele a olhava daquela maneira enternecedora.

– Não, não, eu só fiquei surpresa por...

– Claro, você tem razão. Vamos passar a noite na hospedaria. Conheço uma ótima que fica na metade do caminho para Clyvedon. A comida é gostosa e as camas, limpas. – Tocou no queixo dela. – Não vou obrigá-la a fazer toda a viagem em uma noite.

– Não que eu não seja resistente o bastante para isso – argumentou ela, ficando ainda mais corada ao pensar nas palavras seguintes. – É só que nos casamos hoje, e se não pararmos numa hospedaria vamos estar na carruagem quando a noite cair, e...

– Não precisa dizer mais nada – falou Simon, pondo um dedo nos lábios dela.

Daphne assentiu, agradecida. Ela realmente não queria discutir a noite de núpcias deles daquela maneira. Além disso, parecia o tipo de assunto que o marido deveria propor, não a mulher. Afinal, Simon com certeza era o mais experiente dos dois naquela questão.

Ela não poderia ser *menos* experiente, pensou com irritação. Sua mãe, apesar de todo o esforço constrangido, não conseguira lhe explicar absolutamente nada. Bem, exceto pela parte sobre a geração dos filhos, mas de qualquer forma Daphne não tinha entendido nada. Por outro lado, talvez...

Ela ficou sem fôlego. E se Simon não pudesse... ou se não quisesse...

Não, ele definitivamente queria. Acima de tudo, ele a desejava. O ardor em seus olhos ou as batidas mais fortes de seu coração naquela noite nos jardins não haviam sido fruto da imaginação de Daphne.

Ela olhou pela janela, observando a cidade se fundir ao campo. Ficar obcecada com essas coisas iria fazê-la enlouquecer. Tinha que tirar isso da cabeça. De qualquer maneira.

Bem, pelo menos até aquela noite.

Sua noite de núpcias.

Esse pensamento a fez estremecer.

Simon olhou para Daphne – sua mulher, lembrou a si mesmo, embora ainda fosse um pouco difícil de acreditar. Ele nunca havia planejado ter uma esposa. Na verdade, sua intenção era justamente *não* ter uma esposa. E, no entanto, ali estava ele com Daphne Bridgerton. Não, Daphne *Basset*. A duquesa de Hastings.

Isso talvez fosse o mais estranho de tudo. O ducado que ele herdara não tivera uma só duquesa desde que ele nascera. Logo, a seus ouvidos o título parecia estranho, enferrujado.

Simon deu um longo suspiro e pousou o olhar em Daphne. Então franziu a testa.

– Está com frio? – perguntou.

Ela tremia. Estava prestes a dizer que não, mas por fim respondeu:

– Só um pouquinho. Mas você não precisa...

Simon enrolou o cobertor um pouco mais ao redor dela, perguntando-se por que raios ela mentiria sobre algo tão sem importância.

– Foi um longo dia – murmurou ele, não porque sentisse realmente isso, mas porque parecia o tipo certo de comentário reconfortante a se fazer no momento.

Vinha pensando muito em comentários reconfortantes e considerações gentis. Ele ia tentar ser um bom marido. Daphne merecia ao menos isso. Havia muitas coisas que ele não seria capaz de lhe dar – entre elas, infelizmente, a alegria plena e verdadeira –, mas poderia fazer de tudo para mantê-la segura, protegida e um pouco contente.

Afinal, ela o havia escolhido, mesmo sabendo que

eles jamais teriam filhos. Mostrar-se um marido bom e fiel parecia ser o mínimo a lhe oferecer em troca.

– Eu gostei – disse Daphne baixinho.

Ele se virou para ela com o rosto inexpressivo.

– Como?

A sombra de um sorriso perpassou os lábios dela. Era uma bela visão – calorosa, provocadora e um pouquinho maliciosa, que fez com que o corpo dele fosse tomado por uma onda de desejo que não o deixou se concentrar no que ela dizia.

– Você disse que foi um longo dia. Eu disse que gostei.

A expressão dele continuava indiferente.

O rosto dela foi dominado por uma expressão tão encantadora de frustração que Simon começou a sorrir.

– Você disse que foi um longo dia – repetiu ela –, e eu disse que gostei.

– Sei – murmurou ele, com toda a seriedade.

Sua resposta lacônica a fez soltar um resmungo, o que, é claro, o deixou com vontade de beijá-la.

Tudo o deixava com vontade de beijá-la.

Aquilo estava começando a ficar bastante doloroso.

– Provavelmente não vamos chegar à hospedaria muito tarde – disse ele, tentando aliviar a própria tensão.

Não adiantou nada, é claro. Só serviu para lembrá-lo que ele adiara sua noite de núpcias por um dia inteiro. Um dia inteiro de desejo, de necessidade, do corpo implorando por alívio. Mas ele não iria possuí-la numa hospedaria de beira de estrada, por mais limpa e arrumada que pudesse ser.

Daphne merecia mais. Aquela seria sua única noite de núpcias, e ele faria com que fosse perfeita.

Ela lançou-lhe um olhar ligeiramente surpreso com a súbita mudança de assunto.

– Que bom.

– Hoje em dia as estradas não são seguras de madrugada – acrescentou Simon, tentando não lembrar a si mesmo que seu plano inicial era ir direto até Clyvedon.

– Não – concordou ela.

– E estaremos com fome.

– Estaremos – disse ela, começando a parecer intrigada com a obsessão dele pela parada recém-planejada.

Simon não podia culpá-la, mas ou ele falava sem parar sobre os planos de viagem ou acabaria agarrando-a e a possuindo ali mesmo na carruagem.

O que *não* era uma opção, de modo que ele continuou:

– A comida deles é boa.

Ela ficou um pouco pensativa e depois comentou:

– Você já disse isso.

– É verdade. – Ele tossiu. – Acho que vou tirar um cochilo.

Daphne arregalou os olhos escuros, inclinou a cabeça para a frente e perguntou:

– Agora?

Simon assentiu imediatamente.

– Estou sendo repetitivo, mas, como eu mesmo disse, foi um longo dia.

– Tem razão. – Ela observou com curiosidade enquanto ele se remexia no assento, procurando a posição mais confortável. Enfim, perguntou: – Você vai mesmo conseguir pegar no sono aqui, na carruagem em movimento? Não acha o trajeto um pouco sacolejante?

Ele deu de ombros.

– Consigo pegar no sono sempre que quero. Foi algo que aprendi em minhas viagens.

– Realmente é um talento – murmurou ela.

– Um ótimo talento – concordou ele.

Então fechou os olhos e fingiu dormir durante quase três horas.

Daphne o encarou fixamente. Ele estava fingindo dormir. Com tantos irmãos, ela conhecia todos os truques do mundo e tinha certeza que Simon *não* estava dormindo.

O peito dele subia e descia calmamente e o som de sua respiração era calculado para parecer que ele estava quase roncando.

Mas ela não era boba.

Toda vez que ela se mexia ou respirava um pouco

mais alto, o queixo dele se mexia também. Mal dava para perceber, mas acontecia. E quando ela bocejou, emitindo um pequeno ruído, viu os globos oculares dele se movimentarem sob as pálpebras.

Mas era admirável que ele tivesse conseguido manter a farsa por mais de duas horas.

Ela nunca havia sido capaz de passar de vinte minutos.

De repente, num surto de generosidade, ela decidiu que, se ele queria fingir que estava dormindo, deixaria que o fizesse. Não seria ela a responsável por acabar com desempenho tão exímio.

Com um último bocejo - dessa vez bem alto, apenas para ver os olhos dele ficarem atentos sob as pálpebras -, ela se virou para a janela, abriu a pesada cortina de veludo e ficou admirando a paisagem. O sol estava alaranjado e imenso, e cerca de um terço dele já havia passado da linha do horizonte.

Se a estimativa de Simon a respeito do tempo de viagem estivesse correta - e ela tinha a sensação de que quase sempre ele estava certo sobre esse tipo de coisa, como todos os que gostam de matemática -, eles deviam estar quase no meio do caminho. Aproximando-se da hospedaria.

E de sua noite de núpcias.

Por Deus, ela *precisava* deixar de ser tão melodramática. Aquilo estava ficando ridículo.

- Simon?

Ele não se mexeu. Isso a deixou irritada.

– Simon? – repetiu ela, um pouco mais alto dessa vez.

O canto de sua boca se mexeu levemente, num pequeno sorriso forçado. Daphne tinha certeza de que ele tentava decidir se ela havia falado alto demais para ele continuar fingindo que estava dormindo.

– Simon!

Ela o cutucou. Com bastante força. Não havia como ele pensar que alguém conseguiria continuar ressonando depois disso.

Os olhos dele se abriram e ele emitiu um ruído do tipo que as pessoas fazem quando acordam.

Que ótimo ator, pensou Daphne com uma admiração relutante.

Simon bocejou.

– Daff?

Ela foi direto ao assunto.

– Falta muito?

Ele esfregou os olhos para afastar o sono fictício.

– Como?

– *Falta muito?*

– Hã... – Ele olhou de um lado para outro da carruagem, como se isso fosse esclarecer a dúvida. – Ainda estamos andando, não estamos?

– Estamos, mas já está perto?

Simon soltou um suspiro e espiou pela janela.

– Ah – disse ele, parecendo surpreso. – Na verdade, é logo ali na frente.

Daphne fez o possível para não sorrir.

Quando a carruagem parou, Simon desceu. Trocou algumas palavras com o cocheiro, talvez para informá-lo de que haviam mudado de planos e que pretendiam passar a noite ali. Depois, abriu a porta do lado de Daphne, pegou a mão dela e a ajudou a descer.

– E então? O lugar está aprovado? – perguntou ele, indicando a hospedaria com um aceno da cabeça.

Daphne não sabia como dar qualquer opinião sem ver o interior do lugar, mas de qualquer maneira disse que sim. Simon conduziu-a para dentro e a deixou ao lado da porta enquanto ia tratar com o dono da estalagem.

Ela assistiu à movimentação da hospedaria com muito interesse. Naquele instante, um jovem casal se dirigia a uma sala de jantar privativa e uma mãe subia com os quatro filhos pela escada. Simon estava discutindo com o estalajadeiro e havia um cavalheiro alto e magro apoiado num...

Daphne virou a cabeça de novo na direção do marido. Simon estava discutindo com o estalajadeiro? Por que raios ele faria isso? Inclinou a cabeça para o lado. Os dois homens falavam baixo, mas dava para perceber que Simon estava bastante insatisfeito. O dono do lugar, por sua vez, parecia estar morrendo de vergonha por não conseguir agradar ao duque de Hastings.

Daphne franziu a testa. Aquilo não parecia certo.

Será que devia intervir?

Ficou vendo os dois discutirem por mais alguns instantes. Era claro que ela devia intervir.

Com passos que não eram hesitantes mas também não poderiam ser descritos como determinados, ela foi para o lado do marido.

– Algum problema? – perguntou educadamente.

Simon lançou-lhe um olhar furtivo.

– Pensei que você estivesse esperando perto da porta.

– Eu estava. – Sorriu alegremente. – Aí vim aqui.

Simon fez uma careta e se virou de novo para o estalajadeiro.

Daphne deu uma tossidinha, apenas para ver se ele iria voltar a olhar para ela. Não adiantou. Ela franziu a testa. Não gostava de ser ignorada.

– Simon? – Cutucou-o nas costas. – Simon?

Ele se virou devagar, com uma expressão furiosa.

Daphne sorriu novamente, com ar inocente.

– Qual é o problema? – perguntou ela.

O dono da hospedaria levantou as mãos num gesto de súplica e começou a falar antes que Simon pudesse dizer qualquer coisa.

– Só tenho um quarto vago – explicou. – Não fazia ideia de que o duque de Hastings planejava nos honrar com sua presença hoje. Se soubesse, jamais teria alugado aquele penúltimo quarto à Sra. Weatherby e seus filhos. Posso garantir – continuou ele, inclinando-se para a frente e olhando para Daphne com um olhar de sofrimento – que teria dito para seguirem caminho!

A última frase foi acompanhada por um dramático aceno de mãos que deixou Daphne um pouco tonta.

– A Sra. Weatherby é aquela senhora que acabou de passar por aqui com quatro crianças?

O homem assentiu.

– Se não fosse pelas crianças, eu...

Daphne o interrompeu, sem querer ouvir o restante de uma frase que com certeza envolveria chutar uma mulher inocente para a rua no meio da noite.

– Não vejo motivo para não ficarmos com apenas um quarto. Certamente não somos tão arrogantes assim.

A seu lado, Simon tensionou o maxilar com tanta força que Daphne podia jurar que ouvira os dentes dele rangendo.

Quer dizer que ele preferia quartos separados? Era o bastante para fazer uma jovem recém-casada se sentir bastante desprezada.

O estalajadeiro se virou para Simon e esperou sua aprovação. Ele fez um breve sinal afirmativo com a cabeça e o homem juntou as mãos encantado (e provavelmente aliviado, pois poucas coisas eram piores para os negócios do que um duque irado no estabelecimento). Depois, pegou a chave e saiu correndo de trás do balcão.

– Por favor, venham comigo...

Simon fez um sinal para Daphne ir na frente, então ela passou por ele e subiu a escada atrás do dono da hospedaria. Após algumas curvas, foram instalados num quarto grande e confortavelmente mobiliado, com vista para a aldeia.

– Muito bem – disse Daphne depois que o homem os deixou a sós –, parece bastante aceitável.

Simon respondeu com um grunhido.

– Que resposta elaborada – murmurou ela, desaparecendo em seguida atrás do biombo.

Simon ficou olhando na direção dela por vários segundos, até que lhe ocorreu aonde ela fora.

– Daphne? – chamou ele, com a voz já meio estrangulada. – Você está trocando de roupa?

Ela pôs a cabeça para fora.

– Não. Estou só dando uma olhada em tudo.

O coração dele continuou batendo forte, mas agora um pouco menos que antes.

– Que bom – resmungou. – Porque vamos descer para jantar já, já.

– Está bem. – Ela deu um sorriso que foi, na opinião dele, bastante atraente e confiante. – Você está com fome? – perguntou.

– Muita.

O sorriso dela vacilou um pouco com o tom seco dele. Simon repreendeu-se mentalmente. O fato de estar furioso consigo mesmo não significava que devia estender a raiva a ela. Daphne não havia feito nada de errado.

– E você? – indagou, tendo o cuidado de manter o tom de voz gentil.

Ela saiu de trás do biombo e se sentou na beirada da cama.

– Um pouco – admitiu. Depois engoliu em seco,

nervosa. – Mas não sei se vou conseguir comer alguma coisa.

– Estava tudo ótimo na última vez em que vim aqui. Posso garantir...

– Não é a qualidade da comida que me preocupa – interrompeu ela. – São meus nervos.

Ele a encarou com o rosto inexpressivo.

– Simon – disse ela, evidentemente tentando esconder a impaciência na voz (mas sem conseguir, achava ele) –, nós nos casamos hoje.

Ele enfim compreendeu.

– Daphne, você não precisa se preocupar – respondeu ele gentilmente.

Ela piscou, confusa.

– Não?

Simon respirou fundo. Ser um marido gentil e amoroso não era tão fácil quanto parecia.

– Vamos esperar até chegarmos a Clyvedon para consumarmos o casamento.

– Ah, é?

Simon sentiu os próprios olhos se arregalarem de surpresa. Ela não estava parecendo decepcionada, estava?

– Não vou possuí-la numa hospedaria de beira de estrada – continuou ele. – Acho que você merece mais respeito do que isso.

– Não vai? É mesmo?

Ele prendeu a respiração. Ela *estava* parecendo decepcionada.

– Hã, não.

Ela avançou um pouco.

– Por que não?

Simon a analisou por alguns instantes. Simplesmente se sentou na cama e ficou observando-a. Daphne o encarou com olhos cheios de carinho e curiosidade, com um toque de hesitação. Passou a língua pelos lábios – mais um sinal claro de nervosismo, mas o corpo frustrado de Simon reagiu ao gesto sedutor com uma ereção instantânea.

Ela deu um sorriso trêmulo e desviou os olhos dele.

– Eu não me importaria.

Simon permaneceu imóvel, curiosamente paralisado, enquanto sua mente gritava "Agarre-a! Leve-a para a cama! Faça qualquer coisa, mas coloque o corpo dela embaixo do seu!".

E então, justo quando ele estava quase conseguindo se mover, ela soltou um gritinho e ficou de pé, virando-se de costas para ele e cobrindo a boca com a mão.

Simon, que havia acabado de esticar o braço a fim de puxá-la para si, caiu de cara na cama.

– Daphne? – murmurou ele com o rosto colado ao colchão.

– Eu deveria saber – choramingou ela. – Sinto muito.

Ela sentia muito? Ele se levantou. Daphne estava choramingando? Que diabo estava acontecendo? Ela nunca choramingava.

Daphne se virou de novo para ele, olhando-o com uma expressão afetada. Simon não conseguia sequer imaginar o que poderia tê-la perturbado tão de repente. E, se não podia imaginar, tendia a acreditar que não era nada sério.

Arrogante da parte dele, mas era isso que achava.

– Daphne, qual é o problema? – perguntou ele, tentando ser gentil.

Ela se sentou na frente dele e pôs a mão em seu rosto.

– Eu sou tão insensível... – sussurrou ela. – Eu deveria saber. Nunca deveria ter dito nada.

– Deveria saber o quê? – insistiu ele.

– Que você não pode... que não pode...

– Não posso *o quê*?

Ela olhou para as próprias mãos em seu colo, retorcendo-se de nervoso.

– Por favor, não me faça dizer isso – implorou.

– Deve ser por isso que homens evitam casar... – resmungou Simon.

Tinha dito isso mais para si mesmo do que para ela, mas Daphne escutou e reagiu com outro gemido patético.

– O que está acontecendo, afinal? – quis saber ele.

– Você é incapaz de consumar o casamento – sussurrou ela.

Foi incrível que sua ereção não tenha desaparecido no mesmo instante. Na verdade, foi incrível que ele tenha sequer conseguido dizer:

– O quê?

Ela baixou a cabeça.

– Eu ainda serei uma boa esposa. Prometo que nunca direi a ninguém.

Desde a infância, quando sua gagueira praticamente não o deixava se comunicar, Simon não ficava tão sem palavras.

Ela achava que ele era *impotente*!

– Por que... por que... por quê? – Estava gaguejando? Ou apenas chocado? Achou que fosse a segunda opção. Seu cérebro não parecia capaz de pensar em nada além dessa pergunta.

– Eu sei que os homens são muito sensíveis em relação a esse tipo de coisa – disse Daphne baixinho.

– Principalmente quando não é verdade! – emendou Simon.

Daphne levantou a cabeça:

– Não é?

Ele estreitou os olhos.

– Foi seu irmão que lhe disse isso?

– Não! – Ela desviou o olhar do rosto dele. – Minha mãe.

– Sua mãe? – Simon ficou perplexo. Certamente nenhum homem havia passado por isso em sua noite de núpcias. – Sua mãe lhe disse que eu sou *impotente*?

– É assim que se chama isso? – perguntou Daphne com curiosidade. E então, diante do olhar furioso dele, acrescentou no mesmo instante: – Não, não, ela não falou isso usando essa palavra.

– E o que exatamente ela disse? – indagou Simon com a voz áspera.

– Bem, não muito – admitiu Daphne. – Foi bastante irritante, na verdade, mas ela me explicou que o ato conjugal...

– Ela chamou de ato?

– Não é assim que todos chamam?

Ele descartou a pergunta dela com um aceno de mão.

– O que mais ela disse?

– Falou que, hã, o que quer que seja que *você* prefira chamar...

Simon considerou o sarcasmo dela estranhamente admirável diante das circunstâncias.

– ... está relacionado de alguma forma à geração de filhos e...

Simon achou que fosse engasgar com a própria língua.

– De alguma forma?

– Bem, sim. – Daphne franziu a testa. – Ela não me deu nenhum detalhe, na verdade.

– É evidente que não.

– Ela fez o que pôde – observou Daphne, achando que devia tentar defender a mãe. – Foi uma situação muito constrangedora para ela.

– Depois de oito filhos – resmungou ele –, era de esperar que ela já tivesse superado isso.

– Pelo visto não superou – retrucou Daphne, balançando a cabeça. – E então, quando eu perguntei se ela havia participado desse... – Ela olhou para ele com uma expressão exasperada. – Eu realmente não sei como chamar isso além de ato.

– Vá em frente – pediu ele, com a voz um tanto tensa.

Daphne fez uma cara de preocupação.

– Você está bem?

– Estou ótimo – afirmou ele com a voz sufocada.

– Não parece.

Fez um aceno com a mão, dando a estranha impressão de que não conseguia falar.

– Bem – continuou ela, voltando à história inicial –, eu perguntei se aquilo significava que ela havia participado do ato oito vezes, então ela ficou muito envergonhada e...

– Você perguntou isso à sua mãe? – conseguiu dizer Simon, cuspindo as palavras.

– Bom, sim. – Ela estreitou os olhos. – Você está rindo?

– Não – respondeu ele, soltando um arquejo.

Os lábios dela se contorceram numa pequena careta.

– Mas parece que está.

Simon apenas balançou a cabeça em negativa.

– Bem – prosseguiu Daphne, claramente irritada. – Acho que minha pergunta fez muito sentido, considerando que ela teve oito filhos. Mas então ela me disse que...

Ele balançou a cabeça mais uma vez e levantou

uma das mãos. E agora parecia não saber se ria ou chorava.

– Pare. Eu imploro.

– Ah.

Como não sabia mais o que falar, Daphne apenas juntou as mãos no colo e ficou em silêncio.

Finalmente, ouviu Simon respirar fundo e depois dizer:

– Eu sei que vou me arrepender de perguntar isto. Na verdade, já estou arrependido, mas *por que* exatamente você deduziu que eu era... – ele estremeceu – incapaz?

– Bem, você disse que não poderia ter filhos.

– Daphne, há outros motivos pelos quais um casal pode não ter filhos.

Ela tentou parecer calma.

– Eu realmente *detesto* parecer tão burra – resmungou.

Simon se inclinou para a frente e pegou as mãos dela.

– Daphne – começou ele suavemente, massageando os dedos dela –, você tem alguma noção do que acontece entre um homem e uma mulher?

– Não faço a menor ideia – admitiu ela com franqueza. – Era de imaginar que, tendo três irmãos mais velhos, eu soubesse algumas coisas, e achei que finalmente descobriria a verdade ontem à noite, quando minha mãe...

– Não diga mais nada – pediu ele com a voz mais

estranha do mundo. – Nem mais uma palavra. Eu não suportaria.

– Mas...

Simon colocou o rosto nas mãos e por um instante Daphne pensou que ele estava chorando. Mas então, enquanto ficava ali sentada se maldizendo por fazer o marido chorar no dia do casamento deles, ela notou que os ombros dele estavam se sacudindo por conta de uma gargalhada.

O demônio.

– Você está rindo de mim? – murmurou ela.

Ele balançou a cabeça, mas continuou a olhar para baixo.

– Então do que está rindo?

– Ah, Daphne – falou ele, soltando um arquejo –, você tem muito a aprender.

– Bem, eu nunca discordei *disso* – reclamou ela.

De fato, se as pessoas não se esforçassem tanto para manter as jovens completamente ignorantes no que dizia respeito às questões do casamento, cenas como essa poderiam ser evitadas.

Ele se inclinou para a frente e apoiou os cotovelos nos joelhos. Seu olhar estava eletrizante.

– Eu posso lhe ensinar – sussurrou.

Daphne sentiu um frio na barriga.

Sem tirar os olhos dela por um instante sequer, Simon pegou uma de suas mãos e a levou aos lábios.

– Garanto – continuou ele, passando a língua pelo

dedo médio dela – que sou perfeitamente capaz de satisfazê-la na cama.

Daphne de repente se sentiu sem fôlego. E por que o quarto havia ficado tão quente?

– Eu... acho que não sei o que você quer dizer.

Ele a segurou em seus braços.

– Mas vai saber.

Capítulo 15

Londres parece terrivelmente calma esta semana, agora que o duque preferido da sociedade partiu com sua duquesa favorita para o campo. Esta autora poderia relatar que o Sr. Nigel Berbrooke foi visto convidando a Srta. Penelope Featherington para dançar, ou que a Srta. Penelope, apesar de ter aceitado a oferta diante da alegre insistência da mãe, não pareceu muito satisfeita com a situação. Mas, francamente, quem quer ler sobre o Sr. Berbrooke ou a Srta. Penelope? Não vamos nos enganar. Ainda estamos curiosíssimos sobre o duque e a duquesa.

CRÔNICAS DA SOCIEDADE DE LADY WHISTLEDOWN,
28 DE MAIO DE 1813

Daphne pensou que era como estar no jardim de Lady Trowbridge novamente, a não ser pelo fato de que desta vez não haveria interrupções - nenhum irmão mais velho furioso ou o medo de serem descobertos. Apenas um marido, uma esposa e a promessa da paixão.

Os lábios de Simon encontraram os dela, gentis mas exigentes. A cada toque, a cada movimento da língua dele, ela estremecia com pequenos espasmos de desejo que só faziam crescer.

– Eu já disse que adoro o canto da sua boca? – sussurrou ele.

– N-não – respondeu Daphne com a voz trêmula, impressionada com o fato de ele algum dia ter prestado atenção a isso.

– Pois adoro – murmurou Simon, e então começou a lhe mostrar com que intensidade.

Passou os dentes pelo lábio inferior dela e acompanhou o desenho do canto de sua boca com a língua.

Daphne sentiu cócegas e abriu um amplo sorriso.

– Pare com isso – pediu ela, rindo.

– Nunca – prometeu ele. Afastou-se um pouco, aninhando o rosto dela nas mãos. – Você tem o sorriso mais lindo que eu já vi.

A reação inicial de Daphne foi dizer "Não seja bobo", mas então pensou: *Por que estragar um momento como este*? Então apenas sussurrou:

– Jura?

– Juro. – Ele deu um beijo no nariz dela. – Quando você sorri, sua boca ocupa metade do seu rosto.

– Simon! – exclamou ela. – Isso parece horrível.

– É lindo.

– Mentiroso.

– Maravilhoso.

Ela fez uma careta, mas começou a rir ao mesmo tempo.

– Obviamente você não sabe nada sobre os padrões de beleza feminina.

Ele levantou uma sobrancelha.

– No que diz respeito a você, *meus* padrões de beleza são os únicos que importam a partir de agora.

Por um instante ela ficou sem fala, então seu corpo se encontrou com o dele e os dois foram tomados pelos espasmos de uma gargalhada.

– Ah, Simon – disse ela, soltando um arquejo –, você é tão impetuoso... Tão inesperadamente impetuoso...

– Inesperadamente ? – repetiu ele. – Está dizendo que não esperava que eu fosse assim?

Os dois apertaram os lábios para evitar outra gargalhada, mas não conseguiram.

– Isso é quase pior que ser chamado de impotente – resmungou ele.

Daphne ficou séria no mesmo instante.

– Ah, Simon, você sabe que eu não... – Desistiu de tentar explicar e disse: – Me desculpe.

– Não precisa se desculpar – afirmou ele, descartando o pedido dela com um aceno de mão. – Talvez eu precise matar sua mãe, mas você não tem por que se lamentar.

Daphne deixou escapar uma risada perplexa.

– Mamãe fez o melhor que pôde, e foi você que me deixou confusa quando disse...

– Ah, então agora a culpa é toda minha? – retrucou ele, fingindo indignação. Mas então sua expressão ficou maliciosa e sedutora. Ele se aproximou dela, inclinando o corpo de forma que Daphne teve que arquear as costas para trás. – Pelo visto vou ter que trabalhar em dobro para provar minhas capacidades, então.

Ele deslizou uma das mãos até a nuca de Daphne, apoiando sua cabeça enquanto a deitava na cama. Ela perdeu o fôlego quando viu os intensos olhos azuis dele. O mundo parecia diferente daquele ângulo. Mais sombrio, mais perigoso. E ainda mais emocionante com Simon acima dela, preenchendo seu campo de visão.

E, naquele instante, com Simon se aproximando cada vez mais dela, ele se tornou seu mundo inteiro.

Dessa vez o beijo não foi suave. Ele não fez cócegas, e sim a devorou. Não a provocou, e sim a possuiu.

Simon estava com as mãos embaixo do corpo dela, acariciando suas nádegas, aproximando-a de sua excitação.

– Hoje – sussurrou ele, com a voz rouca e calorosa –, você será minha.

Daphne arfava cada vez mais alto. Simon estava muito perto dela, cada centímetro de seu corpo cobrindo-a completamente. Ela havia imaginado essa cena mil vezes desde o instante no Regent's Park em que ele disse que se casaria com ela, mas nunca havia lhe ocorrido que o simples peso dele sobre ela seria tão excitante. Ele era grande, firme e musculoso. Não havia como fugir de seu ataque sedutor, mesmo que ela quisesse.

Era muito estranho sentir tanta alegria com a própria impotência. Ele poderia fazer o que desejasse com ela – e Daphne queria que ele fizesse.

Mas quando o corpo dele estremeceu e seus lábios tentaram dizer o nome dela sem conseguir ir além de "D...D...Daph...", ela percebeu que possuía um tipo próprio de controle. Ele a queria tanto que não conseguia respirar, precisava tanto dela que não era capaz de falar.

E, de alguma forma, enquanto comemorava o poder recém-descoberto, Daphne se deu conta de que seu corpo parecia saber o que fazer. Seus quadris se arquearam para ir ao encontro dele, e quando as mãos de Simon levantaram seu vestido até a cintura, as pernas dela se enroscaram nas dele, trazendo-o ainda mais para perto do berço de sua feminilidade.

– Meu Deus, Daphne – arquejou ele, apoiando o corpo trêmulo nos cotovelos. – Eu quero... eu não posso...

Ela agarrou as costas de Simon, tentando colocá-lo na mesma posição de antes. O ar parecia frio no espaço que o corpo dele estivera ocupando e que agora estava vazio.

– Não consigo ir devagar – resmungou ele.

– Eu não me importo.

– Mas eu, sim. – Os olhos dele ardiam com intenções maliciosas. – Acho que estamos nos apressando.

Daphne apenas o encarou, tentando recuperar o fôlego. Ele havia se sentado e seus olhos corriam pelo corpo dela enquanto a mão deslizava da perna até o joelho.

– Primeiro – sussurrou ele – precisamos fazer algo a respeito de todas essas roupas.

Daphne arquejou de susto quando ele se levantou, erguendo-a junto. As pernas dela estavam fracas e sem equilíbrio, mas ele a manteve de pé, segurando o vestido ao redor de sua cintura. Então cochichou em seu ouvido:

– É difícil tirar sua roupa com você deitada.

Uma das mãos dele encontrou a curva de suas nádegas e começou a massageá-la com um movimento circular.

– A questão é: devo puxar o vestido para cima ou para baixo? – refletiu ele.

Daphne rezou para que ele não esperasse que ela realmente respondesse à pergunta, porque ela não conseguiria.

– Ou – prosseguiu Simon devagar, deslizando um dedo por debaixo do vestido – os dois?

E então, antes que ela tivesse tempo para reagir, ele havia puxado a parte de cima do vestido para baixo de tal forma que ele todo ficou embolado ao redor da cintura de Daphne. Ela estava com as pernas à mostra e, se não fosse pelo fino chemisier de seda, teria ficado completamente nua.

– Ora, eu não esperava por isso – murmurou Simon, tocando um dos seios por cima do tecido delicado. – Não que seja uma surpresa desagradável, é claro. A seda nunca é tão macia quanto a pele, mas tem suas vantagens.

Daphne ofegou enquanto o observava deslizar o chemisier lentamente de um lado a outro, fazendo com que seus mamilos endurecessem com a fricção do tecido.

– Eu não imaginava – sussurrou Daphne, com a respiração saindo quente e úmida pelos lábios.

Simon se concentrou em um dos seios.

– Não imaginava o quê?

– Que você tinha ideias tão pecaminosas.

Ele sorriu, devagar e cheio de malícia. Levou os lábios ao ouvido dela e murmurou:

– Você é irmã do meu melhor amigo. Era absolutamente proibida. O que eu poderia fazer?

Daphne estremeceu de desejo. Os suspiros dele tocaram apenas em sua orelha, mas ela sentiu a pele se arrepiar no corpo todo.

– Eu não podia fazer nada – continuou ele, baixando uma alça do chemisier pelo ombro dela – além de imaginar.

– Você pensava em mim? – perguntou Daphne num arquejo, sentindo o corpo se excitar com essa ideia. – Pensava nisto?

A mão que segurava seus quadris apertou mais.

– Todas as noites. Sempre antes de dormir, até minha pele começar a queimar e meu corpo implorar por alívio.

Daphne sentiu as pernas fraquejarem, mas ele a sustentou.

– E depois, quando eu caía no sono... – Sua boca foi até o pescoço dela, acariciando-o não só com os lábios, mas também com os arquejos. – Era aí que eu ficava realmente safado.

Daphne deixou escapar um gemido estrangulado, incoerente e cheio de desejo.

A segunda alça do chemisier caiu pelo ombro dela justamente quando os lábios de Simon encontraram o espaço irresistível entre seus seios.

– Mas hoje... – prosseguiu ele, empurrando o tecido para baixo até que os dois seios dela estivessem nus. – Hoje, todos os meus sonhos estão se tornando realidade.

Daphne teve tempo apenas de arfar antes que a boca de Simon encontrasse seu seio e abocanhasse o mamilo intumescido.

– Era isso que eu queria fazer no jardim de Lady Trowbridge – disse ele. – Você sabia disso?

Ela balançou a cabeça loucamente, agarrando-se aos ombros dele para se apoiar. O corpo dela se movia de um lado para outro e Daphne mal conseguia manter a cabeça ereta. Estava sendo tomada por espasmos de puro sentimento, que lhe roubavam o fôlego, o equilíbrio e até mesmo os pensamentos.

– É claro que não sabia – murmurou ele. – Você é muito inocente.

Com dedos hábeis e experientes, Simon tirou o restante das roupas de Daphne até deixá-la completamente nua em seus braços. Com delicadeza, porque sabia que ela devia estar quase tão nervosa quanto excitada, deitou-a de novo na cama.

Os movimentos dele foram totalmente descontrolados ao tirar as próprias roupas. Estava com a pele em chamas, com todo o corpo queimando de desejo. Em nenhum momento, no entanto, tirou os olhos dela, esparramada em cima da cama, a maior tentação que ele já havia visto. A pele aveludada de Daphne cintilava à luz bruxuleante das velas, e seus cabelos compridos, agora desgrenhados, caíam sobre seu rosto com uma naturalidade selvagem.

Os dedos de Simon, que haviam tirado as roupas dela com tanta delicadeza e agilidade, agora pareciam rudes e desajeitados enquanto ele tentava se entender com os botões e nós dos próprios trajes.

Quando suas mãos chegaram às calças, ele viu que ela estava se cobrindo com os lençóis.

– Não – pediu ele, mal reconhecendo a própria voz.

Os olhos dela se encontraram com os dele e Simon disse:

– Eu vou ser seu cobertor.

Tirou o resto das roupas e, antes que Daphne pudesse dizer qualquer coisa, foi em direção à cama, cobrindo o corpo dela com o seu. Percebeu que ela arfou de surpresa ao senti-lo, com o corpo se tensionando levemente.

– Shhh – murmurou ele, encostando o rosto no pescoço dela enquanto uma de suas mãos desenhava círculos suaves na coxa. – Confie em mim.

– Eu confio em você – disse Daphne com a voz trêmula. – É só que...

Ele subiu a mão para os quadris dela.

– O quê?

Ele percebeu a irritação em sua voz quando ela disse:

– Eu gostaria de não ser tão inocente.

Uma onda de riso sacudiu o peito de Simon.

– Pare com isso – reclamou ela, batendo no ombro dele.

– Eu não estou rindo de você.

– Obviamente, está rindo – resmungou Daphne. – E não me diga que está rindo *comigo*, porque essa desculpa nunca funciona.

– Eu estava rindo – explicou ele baixinho, apoiando-se nos cotovelos a fim de olhar para o rosto dela – porque pensei que estou morrendo de felicidade com sua inocência. – Roçou os lábios dela com os seus numa carícia suave. – Estou honrado de ser o único homem a tocar em você assim.

Os olhos dela brilharam com tanta pureza que Simon quase se desmanchou.

– Tem certeza? – sussurrou ela.

– Absoluta – disse ele, surpreso com o som áspero da própria voz. – Embora esse seja apenas um dos inúmeros sentimentos que estou experimentando neste momento.

Ela não disse nada, mas seus olhos expressavam uma curiosidade encantadora.

– Acho que sou capaz de matar qualquer homem que se atreva a olhar para você com segundas intenções – resmungou ele.

Para grande surpresa de Simon, ela explodiu numa gargalhada.

– Ah, Simon – arquejou ela –, é *maravilhoso* ser objeto de um ciúme tão irracional. Obrigada.

– Você ainda vai me agradecer por isso – prometeu ele.

– E talvez – murmurou ela, com os olhos mais sedutores que ele já tinha visto – você me agradeça também.

Simon sentiu as coxas de Daphne se abrirem quando ele encaixou o corpo no dela, com sua virilidade quente pressionando sua barriga.

– Eu já agradeço – sussurrou ele, beijando o ombro dela. – Acredite, eu já agradeço.

Ele nunca se sentira tão grato pelo controle que havia aprendido a exercer sobre si mesmo. Todo o seu corpo ansiava por mergulhar em Daphne e finalmente possuí-la, mas ele sabia que aquela noite – as núpcias deles – pertencia a ela, não a ele.

Era a primeira vez dela. Simon era seu primeiro amante – seu *único* amante, ele pensou com uma ferocidade atípica –, e tinha a responsabilidade de garantir que aquela noite fosse mais que prazerosa para ela.

Ele sabia que ela o queria. Daphne estava com a respiração irregular e os olhos vidrados de desejo.

Mal podia suportar olhar para o rosto dela, pois cada vez que via seus lábios entreabertos e ofegantes era quase vencido pela vontade de penetrá-la.

Então, em vez de fazer isso, ele a beijou. Beijou-a em todos os lugares e ignorou o desespero que sentia toda vez que a ouvia arfar. Depois, finalmente, quando ela se contorceu e gemeu embaixo dele, deixando claro que estava louca por ele, Simon deslizou a mão para o meio das pernas dela e a tocou.

O único som que conseguiu emitir foi o nome dela, que saiu na forma de um gemido. Ela estava mais do que pronta, mais quente e molhada do que ele já sonhara. Ainda assim, apenas para garantir – ou talvez por não conseguir resistir ao perverso impulso de torturar a si mesmo –, deslizou um dedo para dentro dela, testando seu calor, tocando-a intimamente.

– Ah, Simon! – arquejou Daphne, remexendo-se embaixo dele.

Os músculos dela já estavam apertando-o e ele soube que ela estava quase no clímax. Retirou abruptamente a mão, ignorando o lamento dela.

Usou as próprias pernas para abrir ainda mais as dela e, com um gemido trêmulo, posicionou-se para penetrá-la.

– Isto p-pode doer um pouco – sussurrou ele com a voz rouca. – Mas eu p-prometo...

– Só venha logo – implorou ela, jogando a cabeça loucamente de um lado para outro.

E ele foi. Com um impulso forte, penetrou-a por

completo. Sentiu o hímen se romper, mas ela pareceu não sentir dor.

– Está tudo bem? – murmurou ele, tensionando todos os músculos para evitar se mover dentro dela.

Ela assentiu com a cabeça, a respiração totalmente ofegante.

– A sensação é bem estranha – admitiu.

– Mas é ruim? – perguntou ele, quase envergonhado pelo leve tom de desespero em sua voz.

Daphne balançou a cabeça, com um sorriso discreto nos lábios.

– Nem um pouco – sussurrou ela. – Mas antes... quando você... com os dedos...

Mesmo sob a luz fraca das velas, ele viu que o rosto dela queimava de vergonha.

– É isso que você quer? – perguntou ele, começando a sair de dentro dela.

– Não! – gritou Daphne.

– Então talvez seja *isto* que você queira – murmurou ele, voltando a penetrá-la.

Ela arquejou.

– Isso. Não. As duas coisas.

Ele começou a se movimentar dentro dela, num ritmo propositalmente lento e constante. A cada impulso, arrancava-lhe uma arfada, e os gemidos de Daphne o deixavam cada vez mais louco.

Então os gemidos viraram gritos, os arquejos ficaram mais ofegantes e ele soube que ela estava perto do clímax. Simon começou a se mexer mais rápido, trincando os dentes e tentando manter o controle enquanto ela seguia rumo ao orgasmo.

Daphne chamou por Simon com sofreguidão, soltou um grito e então todo o seu corpo ficou rígido embaixo do dele. Ela agarrou os seus ombros, erguendo o quadril com uma força na qual ele mal podia acreditar. Finalmente, com um último e intenso tremor, ela desabou sob Simon, alheia a tudo a não ser ao poder de seu próprio alívio.

Tomado pelo prazer, Simon se permitiu um último impulso, indo o mais fundo que pôde, saboreando o doce calor do corpo de Daphne.

Então, dando-lhe um beijo ardente de paixão, saiu de dentro dela e se liberou nos lençóis ao lado.

Foi apenas a primeira de muitas noites de paixão. Os recém-casados viajaram para Clyvedon e então, para extremo constrangimento de Daphne, se trancaram na suíte principal por mais de uma semana. (É claro que ela não estava tão envergonhada a ponto de realmente tentar sair do quarto.)

Depois que emergiram da reclusão da lua de mel, Daphne conseguiu, enfim, conhecer o castelo, já que tudo o que vira desde sua chegada fora o caminho da porta da frente até o quarto de Simon. Passou, então, várias horas conhecendo a criadagem. Ela já havia, é claro, sido formalmente apresentada a todos, mas achou que seria melhor falar em separado com os membros mais importantes da equipe.

Como fazia muito tempo que Simon havia saído de Clyvedon, a maioria dos criados mais novos não o conhecia, mas aqueles que já tinham convivido com seu marido em sua infância pareciam - pelo menos aos olhos de Daphne - muito devotados a ele. Ela mencionou isso de forma bem-humorada enquanto os dois passeavam a sós pelo jardim.

- Morei aqui até ir para o colégio - disse ele laconicamente.

Daphne no mesmo instante se sentiu desconfortável pela indiferença na voz do marido.

- Você nunca foi a Londres na infância? Quando éramos pequenos, nós costumávamos...

- Eu nunca saía daqui.

O tom de Simon deu a entender que ele não queria falar sobre esse assunto de jeito nenhum, mas Daphne ignorou os sinais e decidiu ir em frente de qualquer maneira.

- Você deve ter sido uma criança maravilhosa - disse ela em tom casual. - Ou então uma criança extremamente malcomportada, para ter inspirado tamanha devoção.

Ele ficou em silêncio.

- Meu irmão Colin também era assim, sabe? - continuou Daphne - Um verdadeiro capeta, mas tão encantador que todos os criados o adoravam. Nossa, uma vez...

Sua boca congelou, entreaberta. Não parecia fazer muito sentido continuar. Simon tinha dado meia-volta e se afastado.

Ele não se interessava por rosas. Nem por violetas. Mas, naquele momento, Simon se viu apoiado numa cerca de madeira olhando para o famoso jardim do castelo de Clyvedon como se fosse um profundo admirador de flores.

Tudo porque não conseguia lidar com as perguntas de Daphne sobre sua infância.

A verdade era que ele detestava lembranças. Desprezava qualquer tipo de recordação. Até mesmo permanecer em Clyvedon era desconfortável. Simon levara Daphne à casa de sua infância apenas pelo fato de ser essa a única propriedade pronta para ocupação imediata.

Sua memória trouxe de volta os sentimentos de quando ele era pequeno. E Simon não queria se sentir como aquele menininho de novo. Não queria lembrar as inúmeras cartas que mandara ao pai e que ficaram sem resposta. Não queria recordar os sorrisos gentis dos criados - sempre acompanhados por olhares piedosos. Eles o adoravam, sim, mas também sentiam pena dele.

E o fato de terem odiado o velho duque por causa dele... Bem, isso nunca o fizera se sentir melhor. Ele não fora – e, na verdade, ainda não era – nobre a ponto de não experimentar certa satisfação com a falta de popularidade do pai, mas isso nunca anulou seu constrangimento ou desconforto.

Ou sua vergonha.

Queria que o admirassem, não que sentissem pena dele. E foi só depois que caiu no mundo sozinho, saindo inesperadamente de Clyvedon para estudar em Eton, que Simon sentiu o gosto do sucesso pela primeira vez.

Ele havia chegado tão longe... Agora, preferiria ir para o inferno a deixar as coisas voltarem a ser como no passado.

Nada disso, é claro, era culpa de Daphne. Ele tinha consciência de que ela não queria feri-lo ao perguntar sobre sua infância.

Mas como ela poderia saber que isso o incomodava? Daphne não sabia nada a respeito de suas dificuldades de fala. Afinal, ele havia feito um esforço sobre-humano para mantê-las fora do conhecimento dela.

Não, pensou, dando um suspiro cansado, na verdade ele não precisara fazer esforço nenhum para escondê-las de Daphne. Ela sempre o deixava à vontade, livre. Sua gagueira praticamente não dava mais sinais de vida, porém, quando ocorria, era sempre durante períodos de estresse e raiva.

E a vida com Daphne não tinha nada de estressante ou irritante.

Apoiou-se ainda mais na cerca, com o peso da culpa nos ombros. Ele a havia tratado de modo abominável. Parecia que não conseguia parar com isso.

– Simon?

Sentira a presença de Daphne antes que ela falasse. Sua esposa havia se aproximado dele por trás, silenciosamente. Mas ele sabia que ela estava lá. Podia sentir seu cheiro suave e ouvir o sussurro do vento em seus cabelos.

– Essas rosas são lindas – disse ela.

Simon sabia que era o jeito dela de suavizar seu mau humor. Sabia que ela estava morrendo de vontade de fazer mais perguntas. Mas era bastante madura – por mais que ele gostasse de implicar com ela por causa de sua idade – e entendia muito sobre os homens e seus temperamentos idiotas. Ela não iria dizer mais nada. Pelo menos não hoje.

– Disseram que foi minha mãe que as plantou – respondeu ele. As palavras saíram mais ásperas do que Simon gostaria, mas ele esperava que ela as interpretasse como o pedido de paz que ele desejava que fossem. Como Daphne não disse nada, ele acrescentou:
– Ela morreu quando eu nasci.

Ela assentiu.

– Fiquei sabendo. Sinto muito.

Simon deu de ombros.

– Eu nem cheguei a conhecê-la.

– Isso não significa que não tenha sido uma perda.

Ele pensou na própria infância. Não havia como saber se a mãe teria sido mais compreensiva que o pai em relação a suas dificuldades, mas imaginava que ela não poderia ter sido pior.

– Sim, acho que foi – murmurou ele.

Mais tarde naquele dia, enquanto Simon tratava de negócios, Daphne decidiu que seria um bom momento para conhecer a Sra. Colson, a governanta. Embora ela e Simon ainda não tivessem decidido onde iriam morar, Daphne achava que iriam passar algum tempo em Clyvedon. E, se havia uma coisa que ela aprendera com a mãe era que uma dama precisa ter um bom relacionamento com a governanta de sua casa.

Não que Daphne tivesse motivos para achar que não se daria bem com a Sra. Colson. As duas haviam se falado brevemente quando Simon apresentou a nova duquesa aos criados e logo ficou claro que ela era do tipo amistoso e falante.

Daphne passou no gabinete dela – um quartinho minúsculo ao lado da cozinha – um pouco antes da hora do chá. A governanta, uma mulher bonita de 50 e poucos anos, estava debruçada sobre sua mesinha, trabalhando no cardápio da semana.

Daphne bateu na porta aberta.

– Sra. Colson?

A mulher ergueu o olhar e se levantou imediatamente.

– Senhora – disse ela, fazendo uma pequena reverência. – Devia ter mandado me chamar.

Daphne sorriu constrangida, ainda desacostumada à sua nova posição.

– Eu já estava por perto – explicou ela, justificando sua aparição pouco tradicional nos domínios da criada. – Mas, se tiver um momento, Sra. Colson, eu pensei que poderíamos nos conhecer melhor, já que a senhora mora em Clyvedon há tantos anos e eu espero viver aqui por bastante tempo também.

Ela sorriu com o tom afetuoso da jovem.

– É claro, senhora. Existe algo em particular que a senhora gostaria de saber?

– Não, nada em particular. Mas, se eu quiser administrar Clyvedon de forma adequada, ainda tenho muito a aprender. Será que poderíamos tomar o chá na sala amarela? Gosto muito da decoração de lá. É tão aconchegante e ensolarada... Pensei em talvez fazer dela minha sala pessoal.

A Sra. Colson lançou-lhe um olhar curioso.

– A última duquesa achava a mesma coisa.

– Ah – respondeu Daphne, sem saber se isso deveria deixá-la desconfortável.

– Cuidei com muito carinho daquela sala ao longo de todos esses anos – continuou a Sra. Colson. – Ela é ensolarada porque fica na parte sul da casa. Todos os estofados foram reformados há três anos. – Ela tinha uma expressão de orgulho no rosto. – Fui até Londres para conseguir o mesmo tecido.

– Sei – comentou Daphne, saindo do gabinete na frente da governanta. – O falecido duque devia amar muito a esposa para garantir que a sala preferida dela fosse tão bem conservada.

A Sra. Colson não olhou para Daphne.

– A decisão foi minha – informou ela em voz baixa. – Eu tinha um orçamento fixo para a manutenção da casa e considerei este o melhor uso do dinheiro.

Daphne aguardou enquanto a governanta chamava uma camareira e lhe dava instruções para o chá.

– É uma sala encantadora – disse Daphne assim que deixaram a cozinha –, e, embora o novo duque não tenha conhecido a mãe, tenho certeza que ficará comovido ao saber que a senhora achou adequado manter a sala preferida dela.

– Era o mínimo que eu podia fazer – disse a Sra. Colson enquanto as duas percorriam o corredor. – Afinal de contas, nem sempre servi à família Basset.

– Ah, não? – perguntou Daphne com curiosidade. Governantas eram famosas por sua lealdade e costumavam servir uma única família por gerações.

– Não, eu era a camareira pessoal da duquesa. – Quando chegaram à porta da sala amarela, a Sra. Colson esperou do lado de fora para permitir que Daphne entrasse primeiro. – Antes disso, fui sua dama de companhia. E minha mãe foi ama dela.

– Vocês deviam ser muito próximas – murmurou Daphne.

A mulher assentiu.

– Depois que ela morreu, ocupei várias posições aqui em Clyvedon até finalmente me tornar governanta.

– Sei. – Daphne sorriu para ela e se acomodou no sofá. – Por favor, sente-se – disse ela, indicando a cadeira à sua frente.

A Sra. Colson pareceu hesitar diante de tanta intimidade, mas acabou obedecendo.

– Fiquei muito triste quando ela morreu – contou. Lançou a Daphne um olhar levemente apreensivo. – Espero que não se importe que eu lhe fale sobre isso.

– Claro que não – disse Daphne com rapidez. Ela estava bastante curiosa sobre a infância de Simon. Ele lhe contara muito pouco sobre isso, mas ela sentia que essa etapa de sua vida tinha um significado muito importante. – Por favor, fale mais. Eu adoraria ouvir sobre ela.

Os olhos da Sra. Colson ficaram marejados.

– Ela era a pessoa mais gentil e bondosa que existia. Ela e o duque... Bem, eles não eram um casal amoroso, mas se davam bem. Tinham um tipo próprio de amizade. – Ergueu o olhar. – Ambos eram conscientes de seus deveres como duque e duquesa. Levavam suas responsabilidades muito a sério.

Daphne assentiu.

– Ela estava determinada a dar um filho a ele. E continuou tentando mesmo depois que todos os médicos lhe disseram que poderia ser perigoso. Ela chorava no meu ombro todos os meses quando vinham suas regras.

Daphne aquiesceu, tentando disfarçar sua tensão. Era difícil ouvir histórias de pessoas que não podiam ter filhos. Mas sabia que teria que se acostumar. Seria ainda mais difícil responder a perguntas sobre o assunto.

E *haveria* perguntas. Perguntas educadas, mas com um sentimento de pena.

Felizmente a Sra. Colson não percebeu a aflição de Daphne. Deu uma fungada e prosseguiu com a história.

– Ela vivia dizendo que nunca poderia ser uma duquesa de verdade se não conseguisse dar um filho ao duque. Isso partia meu coração. Todos os meses, partia meu coração.

Daphne se perguntou se isso também aconteceria com ela. Provavelmente, não. Ela ao menos *sabia* que não engravidaria. Já a mãe de Simon tinha suas esperanças destruídas a cada quatro semanas.

– E é claro que todos agiam como se não ter um bebê fosse responsabilidade dela – continuou a governanta. – Como poderiam saber disso? Não é sempre a mulher que é infértil. Às vezes a culpa é do homem.

Daphne ficou em silêncio.

– Eu sempre lhe falava isso, mas ainda assim ela se sentia mal. Eu dizia... – O rosto da Sra. Colson ficou vermelho. – A senhora se importa se eu falar francamente?

– Claro que não.

Ela assentiu.

– Bem, eu falava o que minha própria mãe me dizia. Não há nada que nasça sem que uma semente forte e saudável seja plantada.

Daphne continuou quieta. Não conseguiu responder nada.

– Mas então ela finalmente teve o Sr. Simon. – A governanta soltou um suspiro maternal e olhou para Daphne com uma expressão apreensiva. – Sinto muito – disse ela de repente. – Eu não deveria estar me referindo a ele dessa forma. Ele é o duque agora.

– Não pare por minha causa – pediu Daphne, feliz por ter um motivo para sorrir.

– É difícil mudar na minha idade – refletiu a Sra. Colson com um suspiro. – E, infelizmente, acho que parte de mim sempre irá se lembrar dele como aquele pobre menininho. – Olhou para Daphne e balançou a cabeça. – Teria sido muito mais fácil para ele se a duquesa não tivesse morrido.

– Mais fácil? – murmurou Daphne, torcendo para que a Sra. Colson lhe contasse mais detalhes.

– O duque nunca entendeu o pobre garoto – afirmou a governanta. – Ele tinha ataques de fúria, o chamava de idiota e...

Daphne levantou a cabeça de forma brusca.

– Ele achava que Simon era idiota?

Isso era um absurdo. Simon era uma das pessoas mais inteligentes que ela conhecia.

– O duque nunca soube ver o mundo além do próprio umbigo – retrucou a Sra. Colson, bufando. – Nunca deu uma chance ao filho.

Daphne se inclinou para a frente e aguçou os ouvidos para assimilar tudo o que a governanta dizia. O que o duque havia feito a Simon? E seria esse o motivo que o fazia ficar paralisado toda vez que o nome do pai era mencionado?

A Sra. Colson pegou um lenço e secou os olhos.

– Você precisava ter visto como aquele menino se esforçava para melhorar. Partia meu coração. Simplesmente partia meu coração.

Daphne estava tão impaciente que cravou as unhas no sofá. A Sra. Colson *nunca* chegava ao ponto.

– Mas nada do que ele fazia era bom o bastante para o duque. Esta é apenas minha opinião, é claro, mas...

Nesse instante, uma camareira entrou com o chá. Daphne quase gritou de frustração. A bebida demorou uns dois minutos para ser servida, e durante todo esse tempo a Sra. Colson tagarelou sobre os biscoitos, querendo saber, entre outras coisas, se Daphne os preferia simples ou com uma camada de açúcar por cima.

Daphne teve que largar o sofá antes que arrancasse um pedaço do estofado que a Sra. Colson tanto se esforçara para preservar. Finalmente a camareira saiu. A governanta tomou um gole de chá e perguntou:

– Onde estávamos?

– A senhora falava sobre o duque – respondeu Daphne no mesmo instante. – O falecido duque. Que nada que meu marido fazia era bom o suficiente para ele e que, na sua opinião...

– Minha nossa, a senhora estava prestando atenção. – O rosto da Sra. Colson se iluminou. – Fico lisonjeada.

– Mas a senhora estava dizendo... – estimulou Daphne.

– Ah, sim, é claro. Eu ia dizer apenas que sempre achei que o falecido duque jamais perdoou o filho por não ser perfeito.

– Mas, Sra. Colson – retrucou Daphne baixinho –, ninguém é perfeito.

– É claro que não, mas... – Os olhos da governanta foram perpassados, por um breve instante, por uma expressão de desdém em relação ao falecido patrão. – Se tivesse conhecido o velho duque, a senhora entenderia. Ele esperou muito tempo por um filho. Na cabeça dele, o nome Basset era sinônimo de perfeição.

– E meu marido não era o filho que ele queria? – perguntou Daphne.

– Ele não queria um filho. Queria uma réplica de si mesmo.

Daphne não conseguiu mais conter sua curiosidade.

– Mas o que Simon fez para ser tão repugnante ao duque?

Os olhos da Sra. Colson se arregalaram de surpresa e ela levou a mão ao peito.

– Ora, a senhora não sabe – murmurou ela. – Claro que não sabe.

– O *quê*?

– Ele não conseguia falar.

Daphne ficou boquiaberta.

– Como assim?

– Ele não sabia falar. Não disse uma palavra até os 4 anos de idade, e quando conseguiu aprender, não parava de gaguejar. Meu coração se partia toda vez que ele abria a boca. Eu via que havia um menininho muito inteligente ali. Ele apenas não conseguia fazer as palavras saírem direito.

– Mas ele fala tão bem agora... – atalhou Daphne, surpresa pelo tom defensivo em sua voz. – Eu nunca o ouvi gaguejando. Ou, se ouvi, e-e-eu não percebi. Está vendo? Acabei de gaguejar! Todo mundo faz isso quando está confuso.

– Ele se esforçou muito para melhorar. Foram sete anos, pelo que me lembro. Durante sete anos ele não fez nada além de praticar com a ama. – A testa da Sra. Colson se franziu. – Qual era mesmo o nome dela? Ah, sim, ama Hopkins. Era uma santa. Tão dedicada ao menino que parecia que ele era filho dela. Eu era assistente da governanta na época, mas ela sempre me deixava ajudá-lo a treinar.

– Foi difícil para ele? – quis saber Daphne.

– Às vezes eu achava que ele morreria de frustração. Mas ele era tão obstinado... Meu Deus, que menino teimoso. Nunca vi ninguém tão persistente. – A Sra. Colson balançou a cabeça com tristeza. – E o pai ainda assim o rejeitava. Isso...

– Partia o seu coração – atalhou Daphne. – Teria partido o meu também.

A Sra. Colson tomou um gole de chá durante o longo e desconfortável silêncio que se seguiu.

– Muito obrigada por me convidar para tomar o chá com a senhora – disse ela, interpretando o silêncio de Daphne equivocadamente como desagrado. – Apesar de ter contrariado os costumes, foi muito...

Daphne ergueu o olhar enquanto a Sra. Colson buscava a palavra certa.

– Gentil – concluiu ela, enfim. – Foi muito gentil de sua parte.

– Obrigada – murmurou Daphne distraidamente.

– Ah, mas eu não respondi a nenhuma de suas perguntas sobre Clyvedon – lembrou de repente a Sra. Colson.

Daphne balançou a cabeça.

– Quem sabe outra hora – disse baixinho.

Tinha muito em que pensar naquele momento.

Sentindo que a patroa desejava privacidade, a Sra. Colson se levantou, fez uma reverência e deixou o aposento em silêncio.

Capítulo 16

O calor sufocante esta semana prejudicou os eventos sociais em Londres. Esta autora viu a Srta. Prudence Featherington desfalecer no baile Huxley, mas é impossível saber se sua perda temporária de equilíbrio se deveu ao calor ou à presença do Sr. Colin Bridgerton, que tem se divertido bastante desde o retorno de sua viagem pela Europa.

O calor fora de época também vitimou Lady Danbury, que deixou Londres há vários dias, alegando que seu gato (um animal de pelo longo e farto) não suportava o clima. Acredita-se que ela tenha se retirado para sua casa em Surrey.

É provável que o duque e a duquesa de Hastings não estejam sendo afetados pelas altas temperaturas. Eles estão na costa, onde a brisa do mar é sempre um prazer. Mas esta autora não pode ter certeza do bem-estar deles. Ao contrário da crença popular, ela não tem espiões em todas as casas importantes, principalmente fora de Londres!

Crônicas da sociedade de Lady Whistledown,
2 de junho de 1813

Simon refletiu que era curioso o fato de eles estarem casados havia menos de duas semanas e já terem estabelecido uma confortável rotina. Naquele momento mesmo, ele estava parado descalço na porta de seu quarto de vestir, soltando sua gravata e observando a esposa escovar os cabelos. No dia anterior, havia feito a mesma coisa. Existia algo estranhamente reconfortante nisso.

Nas duas vezes, pensou, com uma ponta de malícia, estava planejando como seduzi-la e levá-la para a cama. No dia anterior, havia sido muito bem-sucedido.

Agora, largando a gravata no chão, deu um passo à frente. Seria bem-sucedido mais uma vez.

Simon parou ao lado de Daphne e se apoiou na beirada da penteadeira. Ela olhou para cima com uma expressão séria. Ele tocou a mão dela, enroscada no cabo da escova.

– Adoro ver você pentear os cabelos – disse ele –, mas gosto mais ainda de fazer isso com minhas próprias mãos.

Ela continuou olhando para ele. Lentamente, soltou a escova.

– Conseguiu resolver tudo o que precisava com o administrador? Você ficou com ele por um bom tempo.

– Sim, foi bastante entediante, mas necessário. E... – O rosto dele ficou paralisado. – O que foi?

Ela desviou o olhar.

– Nada – respondeu, sem muita convicção.

Simon balançou a cabeça, um movimento dirigido mais a si mesmo que a Daphne, e então começou a pentear os cabelos dela. Por um instante, teve a impressão de que a esposa estivera olhando fixamente para sua boca.

Lutou para conter uma tremedeira. Durante toda a sua infância, as pessoas não paravam de olhar para sua boca, sempre com um fascínio horrorizado. Às vezes se esforçavam para o olharem nos olhos, mas em geral voltavam à boca, como se não pudessem acreditar que alguém que parecia tão normal não fosse capaz de emitir as palavras direito.

Mas ele devia estar imaginando coisas. Por que Daphne estaria olhando para sua boca?

Deslizou a escova cuidadosamente pelos cabelos dela, permitindo-se passar também os dedos pelas mechas sedosas.

– A conversa com a Sra. Colson foi boa? – perguntou ele.

Ela hesitou. Foi um movimento mínimo, muito bem disfarçado, mas Simon percebeu mesmo assim.

– Foi – disse Daphne. – Ela sabe de muitas coisas.

– Com certeza. Está aqui desde semp... O *que* você está olhando?

Daphne praticamente deu um salto na cadeira.

– Estou olhando para o espelho.

Era verdade, mas Simon ainda estava desconfiado. Os olhos dela estavam fixos e atentos, focados num único ponto.

– Como eu estava dizendo – continuou Daphne apressadamente –, tenho certeza que a Sra. Colson será muito útil para me colocar a par da administração de Clyvedon. É uma propriedade grande, e eu tenho muito a aprender.

– Não se esforce demais – aconselhou ele. – Não vamos passar muito tempo aqui.

– Não?

– Pensei em ter Londres como nossa residência principal. – Diante do olhar de surpresa dela, ele acrescentou: – Você estará mais perto de sua família, mesmo quando eles forem para o campo. Achei que gostaria disso.

– Sim, é claro – afirmou ela. – Sinto saudade deles. Nunca tinha ficado tanto tempo longe. É claro que eu sempre soube que, quando me casasse, estaria começando minha própria família, e...

Houve um silêncio terrível.

– Bem, você é minha família agora – completou ela, com a voz soando um pouco triste.

Simon suspirou, interrompendo o que estava fazendo e mantendo a escova de prata parada nos cabelos escuros dela.

– Daphne – disse ele –, sua família será sempre sua família. Eu nunca poderei tomar o lugar deles.

– É verdade – concordou ela. Virou-se para encará-lo com olhos calorosos e sussurrou: – Mas você pode ser algo mais.

Nesse momento, Simon percebeu que todos os

seus planos de seduzir a esposa seriam inúteis, porque era óbvio que *ela* pretendia seduzi-lo.

Daphne se levantou, deixando o roupão de seda escorregar pelos ombros. Por baixo, a camisola do conjunto revelava mais do que escondia. Simon colocou a mão no seio dela e viu que seus dedos contrastavam perfeitamente com o tecido verde da peça.

– Você gosta dessa cor, não é? – disse ele com a voz rouca.

Ela sorriu, fazendo-o perder o fôlego.

– Combina com os meus olhos – provocou ela. – Lembra?

Simon conseguiu sorrir, embora não soubesse como. Nunca imaginara ser possível abrir um sorriso quando se estava prestes a ficar sem oxigênio. Às vezes a necessidade de tocá-la era tão grande que olhar para ela doía.

Ele a puxou para mais perto. *Precisava* puxá-la para mais perto. Só não faria isso se tivesse ficado maluco.

– Você está dizendo – murmurou ele roçando a boca no pescoço dela – que comprou isto aqui só para mim?

– É claro – respondeu ela, recuperando a voz enquanto ele passava a língua em sua orelha. – Quem mais vai me ver assim?

– Ninguém – afirmou ele, segurando as costas dela e pressionando-a contra ele, para que sentisse sua excitação. – Ninguém. Nunca.

Daphne pareceu ligeiramente confusa pela repentina explosão de possessividade dele.

– Além disso – acrescentou ela –, faz parte do meu enxoval.

Simon gemeu.

– Adoro seu enxoval. *Adoro*. Já lhe disse isso?

– Não tão claramente – disse ela, soltando um arquejo. – Mas eu já havia imaginado.

– Mas gosto mais ainda – continuou ele, empurrando-a carinhosamente em direção à cama enquanto tirava a camisa – quando você está sem ele.

O que quer que Daphne quisesse dizer – e ele tinha certeza de que ela queria dizer alguma coisa, porque ficou com a boca entreaberta de um modo encantador – ficou no ar quando desabou sobre a cama.

Em um instante Simon estava em cima dela. Pôs as mãos nos dois lados de seu quadril e as deslizou para o alto, empurrando os braços dela acima da cabeça. Depois, deu-lhes um apertão suave.

– Você é muito forte – comentou ele. – Mais forte do que a maioria das mulheres.

Daphne arqueou um pouco as sobrancelhas ao olhar para ele.

– Não quero saber da maioria das mulheres.

Sem querer, Simon riu. Então, com um movimento muito rápido, prendeu os pulsos de Daphne acima de sua cabeça.

– Mas não – continuou com a voz sedutora – tão forte como eu.

Ela soltou um arquejo de surpresa, um som que Simon considerou particularmente excitante, então ele segurou os dois pulsos dela com apenas uma das mãos, deixando a outra livre para percorrer o corpo dela.

– Você é perfeita – gemeu ele, levantando a camisola acima dos quadris dela.

– Pare – pediu ela, trêmula. – Você sabe que eu não sou perfeita.

– Eu sei? – Ele deu um sorriso malicioso enquanto passava a mão por baixo de uma das nádegas dela. – Acho que você está enganada, porque isto – ele lhe deu um apertão – é perfeito.

– Simon!

– E estes... – Ele subiu a mão e cobriu um dos seios dela, acariciando o mamilo através da seda. – Bem, não preciso lhe dizer o que acho deles.

– Você é louco.

– Posso até ser – concordou ele. – Mas tenho um gosto excelente. E você – ele abaixou a cabeça de repente e mordeu sua boca – é deliciosa.

Daphne riu, sem conseguir se conter.

Simon arqueou as sobrancelhas.

– Como ousa rir de mim?

– Não estou rindo de você – respondeu ela. – Pelo menos não com você prendendo meus dois braços acima da minha cabeça.

Simon começou a abrir as calças com a mão livre.

– Obviamente eu me casei com uma mulher de muito bom senso.

Daphne olhou para ele com orgulho e amor ao ver as palavras saírem sem esforço de seus lábios. Quem o ouvisse falar agora jamais imaginaria que ele tinha sido gago na infância.

Que homem notável era seu marido. Ter enfrentado tamanho obstáculo e vencido com a pura força de vontade... Ele devia ser o homem mais forte e disciplinado que ela conhecia.

– Estou muito feliz por ter casado com você – disse ela carinhosamente. – Tenho muito orgulho de você ser meu.

Simon parou, surpreendido pela repentina seriedade dela. Sua voz ficou baixa e rouca.

– Também tenho orgulho de você ser minha. – Puxou as calças com força. – E vou lhe mostrar quanto – gemeu ele – assim que conseguir tirar estas malditas calças.

Daphne sentiu uma risada se formar em sua garganta.

– Quem sabe se usar as duas mãos... – sugeriu.

Ele lançou-lhe um olhar que dizia "Está achando que eu sou idiota?".

– Mas para isso eu teria que soltar você.

Ela inclinou a cabeça para o lado, tímida.

– E se eu prometer que não vou mexer os braços?

– Eu não acreditaria nisso nem por um momento.

O sorriso dela se tornou maliciosamente sugestivo.

– E se eu prometer que *vou* mexer os braços?

– Bem, *isto* parece interessante.

Simon saltou da cama de uma forma ao mesmo tempo graciosa e frenética e conseguiu ficar nu em menos de três segundos. Depois, pulou de volta para a cama e se deitou de lado, perto de Daphne.

– Onde nós estávamos mesmo?

Daphne riu novamente.

– Bem aqui, eu acho.

– Rá! – exclamou ele com uma expressão acusadora bastante cômica. – Você não estava prestando atenção. Nós estávamos – continuou, deslizando para cima dela, pressionando-a contra o colchão – bem aqui.

Os risos dela explodiram numa gargalhada.

– Ninguém nunca lhe disse para não rir de um homem quando ele está tentando seduzir você?

Se ainda havia alguma chance de Daphne parar de rir, agora ela se fora.

– Ah, Simon – arquejou ela –, eu o amo tanto...

Ele ficou absolutamente imóvel.

– O quê?

Daphne apenas sorriu e tocou no rosto dele. Ela o compreendia muito melhor agora. Depois de encarar uma rejeição tão grande quando criança, ele provavelmente não sabia que merecia ser amado. E talvez não soubesse ao certo como corresponder a esse sentimento. Mas ela podia esperar. Podia esperar para sempre por aquele homem.

– Não precisa dizer nada – sussurrou ela. – Apenas saiba que eu amo você.

Os olhos de Simon estavam eufóricos e abatidos ao mesmo tempo. Daphne se perguntou se alguém já tinha dito aquelas palavras para ele antes. Ele havia crescido sem uma família, sem o amor e o carinho que para ela eram tão naturais.

A voz dele, quando enfim conseguiu falar, saiu rouca e quase inaudível:

– D-Daphne, eu...

– Shhh – atalhou ela, pondo um dedo nos lábios dele. – Não diga nada. Espere até parecer certo.

Então ela se perguntou se suas palavras o tinham perturbado. Será que falar *alguma vez* parecia certo para ele?

– Só me beije – sussurrou Daphne apressadamente, ansiosa por deixar para trás o que temia que tivesse sido um momento constrangedor. – Por favor, me beije.

E ele a obedeceu. Beijou-a com ferocidade, ardendo com toda a paixão e o desejo que fluíam entre eles. Os lábios e as mãos de Simon não deixaram nada por tocar, beijar, apertar e acariciar até que a camisola dela estivesse atirada no chão e os lençóis e cobertores, retorcidos ao pé da cama.

Mas, ao contrário de todas as outras noites, ele não conseguiu tirá-la completamente de si em momento nenhum. Daphne tinha descoberto muitas coisas nesse dia e nada, nem mesmo os anseios mais fortes de seu corpo, conseguia interromper o ritmo frenético de seus pensamentos. Estava morrendo de desejo, cada fragmento de seu corpo levado ao limite da excitação, e ainda assim sua mente não parava.

Quando os olhos dele – tão azuis que cintilavam até mesmo à luz de velas – cruzaram com os dela, Daphne se perguntou se toda aquela intensidade fora causada pelas emoções que Simon não sabia como expressar em palavras. Quando ele gemeu seu nome, ela não pôde evitar ouvir um minúsculo gaguejo. E quando ele afundou dentro dela, com a cabeça atirada tão para trás que era possível ver as veias de seu pescoço latejando, ela se perguntou por que ele parecia estar sentindo tanta dor.

Dor?

– Simon? – perguntou ela, hesitante, com a preocupação diminuindo um pouco o desejo. – Você está bem?

Ele assentiu, rangendo os dentes. Desabou em cima dela, ainda mexendo o quadril ritmadamente, e sussurrou em seu ouvido:

– Vou fazer você chegar lá.

Isso não seria nada difícil, Daphne pensou, recuperando o fôlego enquanto ele abocanhava a ponta de seu seio. Nunca era difícil. Ele parecia saber exatamente como tocá-la, quando se mexer e quando provocá-la ficando parado. Os dedos dele deslizaram entre os dois corpos, fazendo a pele dela se arrepiar e seus quadris rebolarem na mesma cadência que os dele.

Daphne sentiu-se escorregando em direção àquele alheamento que já conhecia tão bem. E era maravilhoso...

– Por favor – implorou ele, passando a outra mão por baixo dela a fim de pressioná-la ainda mais contra ele. – Eu preciso que você... Agora, Daphne, agora!

E ela obedeceu. O mundo explodiu a seu redor e seus olhos se fecharam com tanta força que ela viu pontos luminosos. Daphne ouviu uma música – ou talvez fosse apenas o som de sua própria voz quando ela chegou ao clímax, acrescentando uma melodia às fortes batidas de seu coração.

Com um gemido que pareceu ter vindo da alma, Simon saiu de dentro dela e menos de um segundo depois se derramou – como sempre fazia – sobre os lençóis na beirada da cama.

Depois que isso acontecia, em um instante ele se virava para ela e a abraçava. Era um ritual de que Daphne havia aprendido a gostar. Ele a segurava apertado, de costas para ele, e enfiava o rosto em seus cabelos. E então, depois que a respiração dos dois voltava ao normal, eles caíam no sono.

Só que dessa vez foi diferente. Daphne estava estranhamente inquieta. Sentia o corpo exausto e saciado, mas algo estava errado. Alguma coisa no fundo de sua mente a cutucava, provocando o inconsciente.

Simon deitou-se ao lado dela, empurrando-a para o lado limpo da cama. Ele sempre fazia isso, usando seu corpo como barreira para que ela nunca se deitasse sobre a bagunça que havia feito. Era um gesto atencioso, na verdade, e...

Daphne arregalou os olhos. Quase perdeu o ar.

Não há nada que nasça sem que uma semente forte e saudável seja plantada.

Ela não havia pensado nas palavras da Sra. Colson quando ela as dissera naquela tarde. Estava muito concentrada na história da infância difícil de Simon, preocupada demais em descobrir como poderia dar-lhe amor suficiente para banir as lembranças ruins para sempre.

Daphne sentou-se abruptamente e as cobertas caíram até sua cintura. Com os dedos trêmulos, acendeu a vela que ficava em sua mesa de cabeceira.

Simon abriu um olho sonolento.

– O que houve?

Ela não disse nada, apenas olhou para o ponto molhado no outro lado da cama.

As sementes dele.

– Daff?

Ele lhe dissera que não podia ter filhos. Havia mentido para ela.

– Daphne, o que houve?

Ele se sentou, a preocupação transparecendo no rosto.

Será que aquilo também era uma mentira?

Ela apontou para a área úmida da cama.

– O que é aquilo? – perguntou ela, falando tão baixo que mal dava para escutar.

– O quê? – Os olhos dele seguiram o dedo dela e viram apenas os lençóis. – Do que você está falando?

– Por que você não pode ter filhos, Simon?

Ele fechou os olhos e não disse nada.

– *Por quê*, Simon? – Ela praticamente gritou.

– Os detalhes não são importantes, Daphne.

O tom de voz dele era suave, apaziguador, com apenas um toque de condescendência. Daphne sentiu algo se quebrar dentro dela.

– Saia daqui – ordenou.

Ele ficou boquiaberto.

– Este é o meu quarto.

– Então eu saio.

Ela desceu da cama furiosamente, enrolada em um dos lençóis.

Um instante depois, Simon estava atrás dela.

– Não *ouse* sair deste quarto – sibilou ele.

– Você mentiu para mim.

– Eu nunca...

– Você mentiu para mim! – gritou Daphne. – Nunca vou perdoá-lo por isso!

– Daphne...

– Você se aproveitou da minha ignorância. – Ela soltou um suspiro de descrença, do tipo que sai do fundo da garganta quando se está prestes a entrar em choque. – Deve ter ficado maravilhado quando percebeu que eu não sabia quase nada sobre relações conjugais.

– O nome disso é fazer amor, Daphne – disse ele.

– Não entre nós.

Simon ficou perplexo com o rancor na voz dela. Tentou desesperadamente pensar em alguma forma de contornar a situação. Ainda não tinha ideia do que ela sabia, ou do que ela *achava* que sabia.

– Daphne – chamou ele, bem devagar, de modo a não deixar que as emoções o fizessem perder a fala. – Talvez se você me disser exatamente o que a está perturbando...

– Ah, então nós vamos fazer este jogo, é? – Ela bufou com ironia. – Muito bem, deixe-me lhe contar uma história. Era uma vez uma...

A raiva penetrante na voz dela parecia uma faca perfurando seu coração.

– Daphne – repetiu ele, fechando os olhos e balançando a cabeça –, não faça isso.

– Era uma vez – voltou a dizer ela, mais alto desta vez – uma moça. Vamos chamá-la de Daphne.

Simon foi até a cômoda e pegou um roupão. Havia coisas que um homem não podia fazer nu.

– Daphne era muito, muito idiota.

– Daphne!

– Ah, muito bem então. – Ela balançou a mão no ar com desdém. – Ignorante, então. Ela era muito, muito ignorante.

Simon cruzou os braços.

– Daphne não sabia nada sobre o que acontecia entre um homem e uma mulher. Não tinha ideia do que eles faziam, a não ser que faziam numa cama e que, em algum momento, o resultado seria um bebê.

– Já chega, Daphne.

O único sinal de que ela o havia escutado foi a fúria sombria e flamejante em seus olhos.

– Mas ela não *sabia* realmente como um bebê era feito, então, quando seu marido lhe disse que não podia ter filhos...

– Eu lhe disse isso *antes* de nos casarmos. Eu lhe dei a opção de desistir. Não se esqueça disso – falou Simon, irritado. – Não *ouse* se esquecer disso.

– Você me fez sentir pena de você!

– Ah, tudo o que um homem deseja ouvir... – zombou ele.

– Pelo amor de Deus, Simon – retrucou ela. – Você sabe que eu não me casei com você por pena.

– Então por quê?

– Porque eu o amava – respondeu ela, mas a acidez em sua voz tornou difícil acreditar nisso. – E porque eu não queria vê-lo morrer, o que você parecia estupidamente inclinado a fazer.

Como ainda não tinha uma resposta pronta, ele apenas bufou e olhou furioso para ela.

– Mas não tente virar a situação contra mim – continuou ela, irritada. – Não fui eu que menti. Você disse que não pode ter filhos, mas a verdade é que *não quer*.

Ele não disse nada, mas sabia que a resposta estava em seus olhos.

Daphne deu um passo em sua direção, com uma fúria que mal podia conter.

– Se você realmente não pudesse ter filhos, não importaria o lugar onde sua semente fosse despejada, não é? Você não ficaria tão ansioso todas as noites para garantir que ela terminasse em qualquer lugar que não dentro de mim.

– Você não sabe nada s-sobre isso, Daphne.

Ele falou baixo e em um tom furioso, gaguejando apenas levemente.

Ela cruzou os braços.

– Então me explique.

– Eu nunca vou ter filhos – sibilou ele. – *Nunca.* Você entendeu?

– Não.

Simon sentiu a raiva crescer dentro dele, revirando seu estômago, pressionando sua pele até ele achar que ia explodir. Não era raiva de Daphne, nem de si mesmo. Era, como sempre, dirigida ao homem cuja presença – ou ausência – sempre conseguira ditar sua vida.

– Meu pai – disse ele, lutando desesperadamente para se controlar – não foi um homem amoroso.

Daphne o encarou.

– Eu sei sobre seu pai – afirmou ela.

Isso o pegou de surpresa.

– O que você sabe?

– Que ele magoou você. Que o rejeitou. – Alguma coisa tremeluziu nos olhos escuros dela... Não era exatamente pena, mas algo parecido. – Que ele achava que você era um idiota.

Simon sentiu o coração disparar. Não soube ao certo como conseguiu falar – ou respirar –, mas de alguma forma foi capaz de dizer:

– Então você sabe sobre...

– Sua gagueira? – completou ela.

Ele agradeceu em silêncio por isso. Ironicamente, "gagueira" era uma palavra que ele nunca conseguira dominar.

Ela deu de ombros.

– Ele era um imbecil.

Simon olhou para ela boquiaberto, sem conseguir compreender como ela podia descartar décadas de raiva com uma única declaração despreocupada.

– Você não entende – afirmou ele, balançando a cabeça. – Nem tem como entender. Não com uma família como a sua. A única coisa que importava para ele era o sangue. O sangue e o título. E como eu não nasci perfeito... Daphne, ele disse às pessoas que eu havia morrido!

Ela sentiu o sangue se esvair do rosto.

– Eu não sabia que tinha sido assim – sussurrou.

– Foi pior que isso – disparou Simon. – Eu mandei cartas para ele. Centenas de cartas, implorando que ele viesse me visitar. Ele não respondeu nem uma sequer.

– Simon...

– S-sabia que eu não consegui falar até os 4 anos? Não? Bom, mas é verdade. E quando ele me visitava, me sacudia e ameaçava me bater até eu falar. Esse era o meu p-pai.

Daphne tentou ignorar que ele estava começando a tropeçar nas palavras. Tentou descartar a sensação de enjoo, a raiva que sentiu ao pensar na forma abominável como Simon fora tratado.

– Mas ele se foi – falou ela, com a voz trêmula. – Ele se foi e você está aqui.

– Ele disse que não conseguia sequer s-suportar olhar para mim. Tinha passado anos rezando por um herdeiro, não por um *filho* – continuou ele, levantando a voz perigosamente. – Um herdeiro. E p-para quê? Hastings acabaria nas mãos de um débil mental. Seu precioso ducado s-seria administrado por um idiota!

– Mas ele estava errado – sussurrou Daphne.

– Não interessa! – rugiu Simon. – Tudo o que importava para ele era o título. Ele nunca pensou um instante sequer em mim, em como eu devia me sentir, preso a uma b-boca que não f-funcionava!

Daphne recuou, desequilibrada diante de tanta raiva. Aquela era a fúria de décadas de ressentimento.

De repente, Simon deu um passo para a frente e pressionou o rosto contra o dela.

– Mas quer saber de uma coisa? – perguntou com uma voz cruel. – Eu vou rir por último. Ele achava que não poderia haver nada pior do que um débil mental herdar Hastings...

– Simon, você não...

– Você está ao menos ouvindo o que estou dizendo? – berrou ele.

Assustada, Daphne se afastou rapidamente, estendendo a mão em busca da maçaneta, caso tivesse que fugir.

– É claro que eu sei que não sou um idiota – cuspiu ele. – E no fim acho que e-ele também sabia. Tenho certeza de que isso o reconfortou m-muito. Hastings estava a salvo. N-não importava que eu não estivesse mais sofrendo. Hastings... era só o que importava.

Daphne se sentiu mal. Sabia o que viria a seguir.

Subitamente, Simon sorriu. Uma expressão cruel e desagradável, que ela nunca vira no rosto dele antes.

– Mas Hastings vai morrer comigo – concluiu ele. – Todos aqueles primos que ele temia que herdassem... – Deu de ombros e soltou uma risada amarga. – Todos tiveram filhas. Não é incrível? Talvez tenha sido por isso que meu p-pai de repente resolveu que eu não era tão idiota assim. Ele sabia que eu era sua única esperança.

– Ele sabia que estava errado – afirmou Daphne em voz baixa.

De repente, lembrou-se das cartas que o duque de Middlethorpe havia lhe entregado. As correspondências escritas pelo pai dele. Ela as deixara na casa de sua família, em Londres. No fundo, tinha sido melhor assim, já que isso significava que ela ainda não precisaria decidir o que fazer com elas.

– Não interessa – disse Simon com petulância. – Quando eu morrer, o título morrerá comigo. E eu não poderia ficar mais f-feliz.

Com isso, ele saiu em disparada, passando pelo quarto de vestir, já que Daphne estava bloqueando a porta.

Ela afundou numa cadeira, ainda enrolada no macio lençol de linho que havia arrancado da cama. O que podia fazer?

Sentiu tremores se espalhando pelo corpo, uma sensação que não conseguia controlar. Então se deu conta de que estava chorando. Sem fazer som nenhum, sem sequer soluçar, ela estava chorando.

Por Deus, o que ela ia fazer?

Capítulo 17

Dizer que os homens podem ser teimosos como mulas seria um insulto às mulas.

Crônicas da sociedade de Lady Whistledown, 2 de junho de 1813

No fim, Daphne fez a única coisa que sabia. Os Bridgertons sempre foram uma família barulhenta e agitada. Nenhum deles mantinha segredos nem guardava rancores.

Então ela tentou conversar com Simon. Argumentar com ele.

Na manhã seguinte (ela não fazia ideia de onde ele havia passado a noite; onde quer que tivesse sido, não fora na cama dos dois), ela o encontrou no escritório dele. Era um ambiente escuro e masculino em todos os detalhes, provavelmente decorado pelo velho duque. Daphne ficou surpresa que Simon se sentisse confortável naquele lugar. Ele detestava lembranças do pai.

Mas Simon claramente não estava desconfortável. Ela o viu sentado atrás da mesa, com os pés apoiados de forma insolente sobre o mata-borrão de couro que protegia a bela cerejeira do tampo da mesa. Segurava uma pedra muito bem polida, que revirava entre os dedos. Havia uma garrafa de uísque na mesinha ao lado. Daphne teve a sensação de que a bebida tinha passado a noite toda ali.

Mas ele não havia consumido muito de seu conteúdo. Daphne ficou grata por isso.

Como a porta estava entreaberta, ela não bateu. No entanto, não teve coragem suficiente para fazer mais do que enfiar a cabeça na sala.

Ele olhou para ela e levantou uma sobrancelha.

– Está ocupado? – perguntou Daphne.

Simon largou a pedra.

– Evidentemente, não.

Ela gesticulou em direção ao objeto.

– É de alguma de suas viagens?

– Do Caribe. Uma lembrança dos meus tempos na praia.

Daphne percebeu que ele falava com a dicção perfeita. Não havia nem sinal da gagueira que ficara evidente na noite anterior. Ele estava calmo. Irritantemente calmo.

– As praias lá são muito diferentes das daqui? – perguntou ela.

Ele levantou uma sobrancelha de forma arrogante.

– É mais quente.

– Ah. Bem, eu imaginava.

Ele a encarou com um olhar penetrante e resoluto.

– Daphne, eu sei que você não veio até aqui para falar sobre os trópicos.

Ele tinha razão, é claro, mas aquela não ia ser uma conversa fácil, e Daphne não se achou tão covarde assim por querer adiá-la por alguns minutos.

Respirou fundo.

– Precisamos falar sobre o que aconteceu ontem à noite.

– Tenho certeza que você acha isso.

Ela conteve a vontade de se inclinar para a frente e desfazer a expressão afável do rosto dele com um tapa.

– Eu não *acho* isso. Eu *sei* disso.

Simon ficou em silêncio por um instante e depois disse:

– Sinto muito se você sente que eu a traí...

– Não é exatamente isso.

– ... mas você precisa lembrar que eu *tentei* não casar com você.

– Com certeza essa é uma ótima forma de tratar a questão – murmurou ela.

Ele falou como se estivesse dando uma palestra:

– Você sabe que minha intenção era jamais me casar.

– A questão não é essa, Simon.

– É exatamente essa. – Ele tirou as pernas de cima da mesa e as largou no chão violentamente, fazendo com que a cadeira, que estava apoiada apenas nas pernas de trás, batesse no chão com um estrondo. – Por que você acha que eu não queria casar de jeito nenhum? Era porque não queria ter uma esposa que acabaria ferindo por me negar a ter filhos.

– Você nunca pensou na sua esposa potencial – respondeu ela. – Sempre pensou só em si mesmo.

– Talvez – concordou ele –, mas quando *você* se tornou a esposa potencial, Daphne, tudo mudou.

– Obviamente, nada mudou – disse ela com amargura na voz.

Ele deu de ombros.

– Você sabe que tenho a mais alta estima por você. Nunca quis magoá-la.

– Está magoando agora – sussurrou ela.

Um lampejo de arrependimento passou pelos olhos dele, mas logo foi substituído por uma determinação de aço.

– Não sei se você lembra, mas eu me neguei a casar com você mesmo quando seu irmão exigiu. Mesmo – acrescentou ele enfaticamente – quando isso poderia significar minha própria morte.

Daphne não disse nada. Os dois sabiam que Simon teria morrido naquele duelo. Não importava o que ela pensava sobre ele agora, quanto desprezava o ódio que o consumia – Simon era honrado demais para algum dia atirar em Anthony.

E Anthony valorizava demais a honra da irmã para ter mirado em qualquer coisa que não o coração de Simon.

– Eu fiz aquilo – disse Simon – porque tinha consciência de que nunca seria um bom marido para você. Eu sabia que você queria filhos. Você me dissera muitas vezes, e é claro que eu não a culpo por isso, porque *você* vem de uma família grande e amorosa.

– Você também poderia ter uma família assim.

Ele continuou como se não a tivesse escutado.

– Então, quando você interrompeu o duelo e implorou que eu a pedisse em casamento, eu a avisei. Falei que não teria filhos...

– Você disse que não *podia* ter filhos – interrompeu ela, com os olhos faiscando de raiva. – Existe uma grande diferença.

– Não para mim – decretou Simon friamente. – Eu *não posso* ter filhos. Minha alma não permite.

– Sei.

Alguma coisa murchou dentro de Daphne nesse momento, e ela ficou com muito medo de que tivesse sido o coração. Não soube como argumentar diante do que ele falou. O ódio que Simon nutria pelo pai era claramente muito mais forte do que qualquer amor que pudesse vir a sentir por ela.

– Muito bem – disse ela com a voz seca. – Está bastante claro que este não é um assunto aberto a discussão para você.

Ele deu um único aceno de cabeça.

Ela deu outro em resposta.

– Bom dia, então.

E saiu da sala.

Simon ficou sozinho a maior parte do dia. Não queria ver Daphne. Isso apenas o faria se sentir culpado.

Não que ele tivesse algo por que se culpar, lembrou a si mesmo. Ele dissera antes do casamento que não podia ter filhos. Dera-lhe todas as oportunidades de desistir, e ela escolhera se casar com ele mesmo assim. Não a tinha forçado a fazer nada. Não era responsabilidade *sua* se ela havia interpretado mal suas palavras e acreditado que ele era *fisicamente* incapaz de gerar filhos.

Ainda assim, embora ele fosse atormentado por uma torturante sensação de culpa cada vez que pensava nela (o que queria dizer basicamente o dia todo) e sentisse o estômago revirar sempre que via o rosto magoado dela em sua mente (o que significava basicamente que ele passava o dia inteiro com o estômago embrulhado), ele achava que um grande peso tinha sido tirado de seus ombros agora que tudo estava às claras.

Segredos podiam ser mortais, e agora não havia mais nenhum entre eles. Isso *tinha* que ser uma coisa boa.

Quando a noite caiu, ele já estava quase convencido de que não fizera nada de errado. *Quase*. Ele tinha casado com Daphne sabendo que iria partir seu coração, e isso nunca o agradara. Ele gostava dela. Ora, era provável que gostasse mais dela do que de qualquer outro ser humano que conhecera, e justamente por isso havia relutado tanto em relação ao casamento. Não queria destruir os sonhos dela. Não queria privá-la da família que ela desejava com tanto ardor. Tinha se preparado para recuar e deixá-la se casar com outra pessoa, alguém que pudesse lhe dar uma casa cheia de crianças.

Simon estremeceu de repente. A imagem de Daphne com outro homem não era nem de perto tão tolerável quanto um mês antes.

É claro que não, pensou, tentando ser racional. Ela era sua esposa agora. Era *dele*.

Agora tudo era diferente.

Ele sabia que ela morria de vontade de ter filhos e havia se casado com ela sabendo muito bem que não lhe daria nenhum.

Mas, disse a si mesmo, *você a avisou*. Ela sabia exatamente no que estava se metendo.

Simon, que estava sentado no gabinete com aquela pedra nas mãos desde o jantar, de repente se endireitou. Ele não a enganara. Não realmente. Ele dissera que eles não teriam filhos e ela havia concordado em se casar com ele de qualquer maneira. Simon entendia o fato de ela ter se sentido um pouco perturbada ao conhecer os motivos dele, mas Daphne não podia dizer que havia entrado na história sem saber as consequências.

Ele se levantou. Chegara a hora de os dois terem outra conversa, desta vez por iniciativa dele. Daphne não fora jantar, deixando-o à mesa sozinho, com o silêncio da noite quebrado apenas pelos ruídos de seu garfo no prato. Ele não via a esposa desde aquela manhã. Estava na hora de mudar isso.

Ela era *mulher* dele, lembrou a si mesmo. Devia poder vê-la sempre que desejasse.

Percorreu o corredor e abriu a porta que levava ao quarto deles totalmente preparado para engrenar algum assunto com ela (estava certo de que na hora o tema surgiria), mas Daphne não estava lá.

Simon piscou, sem conseguir acreditar nos próprios olhos. Onde diabo ela tinha se metido? Era quase meia-noite. Ela deveria estar na cama.

No quarto de vestir. Só podia ser isso. A tolinha insistia em vestir a camisola todas as noites, apesar de Simon sempre tirá-la em poucos minutos.

– Daphne? – gritou ele, a caminho de lá. – Daphne?

Sem resposta. Nenhuma luz brilhando pelas frestas da porta. Ela certamente não se vestiria no escuro, mas de qualquer forma ele escancarou a porta. Como era de esperar, ela não estava lá.

Simon tocou o sino violentamente para chamar um criado. Então foi até o corredor e esperou o azarado que responderia a seu chamado.

Quem apareceu foi uma das camareiras do andar de cima, uma lourinha cujo nome não lembrava. Ela olhou para o rosto dele e empalideceu.

– Onde está minha esposa? – berrou Simon.

– Sua esposa, senhor?

– Sim – respondeu ele com impaciência –, minha esposa.

Ela o encarou inexpressivamente.

– Imagino que saiba de quem estou falando. Ela tem mais ou menos a sua altura, cabelos longos e escuros... – Simon teria continuado, mas a expressão aterrorizada da camareira fez com que ele se sentisse bastante envergonhado do próprio sarcasmo. Soltou um suspiro longo e tenso. – Você sabe onde ela está? – perguntou com o tom mais suave, embora ainda longe de ser gentil.

– Não está na cama, senhor?

Simon fez um gesto com a cabeça na direção do quarto vazio.

– Obviamente, não.

– Mas não é aí que ela dorme, senhor.

Ele franziu a testa.

– Como?

– Ela não...

A camareira ficou apavorada e começou a olhar para os dois lados do corredor. Simon não teve dúvidas de que ela estava em busca de uma rota de fuga. Ou então de alguém que pudesse salvá-la do péssimo humor dele.

– Diga logo! – exigiu ele.

A voz da criada saiu quase inaudível:

– Ela não costuma passar a noite nos aposentos da duquesa?

– Nos aposentos... – Tentou lutar contra um estranho acesso de raiva. – Desde quando?

– Acho que desde hoje, senhor. Todos nós imaginamos que dormiriam em quartos separados depois que a lua de mel acabasse.

– Imaginaram, é? – resmungou ele.

A camareira começou a tremer.

– Seus pais tinham esse costume, senhor, e...

– Nós *não somos meus pais*! – berrou Simon.

A criada deu um salto para trás.

– E – acrescentou ele com uma voz gutural – eu não sou meu pai.

– É-é claro, senhor.

– Você poderia me dizer que quarto minha esposa escolheu para aposento?

Ela apontou um dedo trêmulo para uma porta no fim do corredor.

– Obrigado. – Ele deu quatro passos e então se virou. – Você está dispensada.

Com a saída de Daphne do quarto deles, os criados teriam muito sobre o que falar no dia seguinte. Simon não precisava lhes dar mais um assunto ao permitir que aquela camareira testemunhasse a discussão colossal que eles provavelmente teriam.

Esperou até que a mulher tivesse descido as escadas e percorreu, furioso, o corredor até o novo quarto de sua esposa. Parou em frente à porta, pensou no que diria, percebeu que não fazia ideia e bateu.

Nenhuma resposta.

Bateu de novo, com força.

Ainda sem resposta.

Ergueu o punho para bater de novo quando lhe ocorreu que talvez a porta nem estivesse trancada. Ele se sentiria um idiota se...

Girou a maçaneta.

Estava fechada à chave. Simon praguejou em voz

baixa. Era curioso como em toda a sua vida ele nunca havia gaguejado ao dizer um palavrão.

– Daphne! Daphne! – Estava praticamente gritando. – Daphne!

Finalmente, ouviu passos do lado de dentro.

– Sim? – falou ela.

– Abra a porta.

Um instante de silêncio, e então:

– Não.

Simon ficou olhando fixamente para o chão, chocado. Nunca lhe ocorrera que ela pudesse desobedecer a uma ordem direta dele.

Ela era sua esposa, afinal. Não havia prometido obedecer-lhe?

– Daphne – repetiu ele com irritação –, abra imediatamente!

Ela devia estar perto da porta, porque ele chegou a ouvi-la suspirar antes de dizer:

– Simon, eu só permitiria sua entrada neste quarto se pretendesse deixá-lo se deitar em minha cama, o que não vou fazer, de modo que eu agradeceria... na verdade, acredito que toda a casa agradeceria... se você se recolhesse e fosse dormir.

Ele ficou boquiaberto. Começou a imaginar quão pesada a porta seria e de quanta força precisaria para derrubá-la.

– Daphne – chamou ele, com a voz tão calma que até mesmo ele se assustou –, se você não abrir esta porta *agora*, eu vou arrombá-la.

– Você não seria capaz.

Ele não disse nada, apenas cruzou os braços e esperou, furioso, confiante de que ela saberia exatamente o tipo de expressão que estava em seu rosto.

– Seria?

Mais uma vez, Simon decidiu que o silêncio era a resposta mais eficiente.

– *Espero* que você não faça isso – acrescentou Daphne com um tom de voz vagamente suplicante.

Ele continuou olhando para a porta, incrédulo.

– Você vai se machucar – completou ela.

– Então abra esta maldita porta – resmungou ele.

Primeiro ela ficou em silêncio, depois girou a chave na fechadura. Simon teve presença de espírito suficiente para não irromper no quarto, porque era quase certo que Daphne estava exatamente do outro lado. Forçou a entrada e a viu a cerca de 5 metros dele, de pé com os braços cruzados.

– Nunca mais tranque uma porta para mim – exigiu.

Ela deu de ombros. Deu de ombros!

– Eu queria ficar sozinha.

Simon avançou vários passos.

– Quero suas coisas de volta ao nosso quarto pela manhã. E *você* vai voltar para lá hoje.

– Não.

– Que diabo você quer dizer com não?

– Que diabo você acha que eu quero dizer com não? – rebateu ela.

Simon não sabia o que o deixava mais chocado e

furioso: estar sendo desafiado ou vê-la arremedá-lo em voz alta.

– Não – continuou Daphne num tom de voz mais alto – quer dizer não.

– Você é minha esposa! – rugiu ele. – Vai dormir comigo! Na *minha* cama.

– Não.

– Daphne, eu estou avisando...

Os olhos dela se estreitaram até quase se fecharem.

– Você escolheu me negar algo. Bem, eu resolvi negar algo a você também: eu.

Ele ficou sem palavras.

Mas ela, não. Daphne marchou até a porta e fez um sinal bastante rude para que ele se retirasse.

– Saia do meu quarto.

Simon começou a tremer de raiva.

– Este quarto é meu – resmungou ele. – *Você* é minha.

– Você só tem o título de seu pai – retrucou ela. – Não é dono nem de si mesmo.

Simon ouviu um rugido baixo – o rugido da fúria. Recuou um passo, temendo que, do contrário, pudesse realmente fazer algo capaz de feri-la.

– Que *diabo* você quer d-dizer? – quis saber ele.

Ela deu de ombros de novo.

– Descubra você – desafiou.

Todas as boas intenções de Simon evaporaram e ele a agarrou pelos braços. Sabia que estava apertando forte, mas se sentiu impotente diante da intensa onda de raiva que inundou suas veias.

– Explique-se – exigiu ele, sem conseguir abrir a boca porque seus dentes estavam trincados. – Agora.

Ela o encarou com uma expressão tão calma e astuta que quase o arruinou.

– Você não é dono de si mesmo – disse ela simplesmente. – Seu pai ainda manda em você, do túmulo.

Simon tremeu com uma fúria intensa e silenciosa.

– Todas as suas ações, suas escolhas... – continuou Daphne, agora com uma tristeza perpassando o olhar. – Elas não têm nada a ver com você, com o que você quer ou precisa. Tudo o que você faz, Simon, cada movimento, cada palavra que diz... é tudo apenas para se opor a ele. – A voz dela ficou embargada quando concluiu: – E ele nem sequer está *vivo*.

Simon avançou com um estranho e ao mesmo tempo gracioso olhar de predador.

– Nem todo movimento – falou ele baixinho. – Nem toda palavra.

Daphne recuou, desconcertada pela expressão selvagem dele.

– Simon? – disse com hesitação, de repente destituída da coragem e da ousadia que lhe permitiram enfrentá-lo, um homem com o dobro do tamanho e possivelmente o triplo da força dela.

A ponta do indicador dele percorreu o braço dela. Daphne usava um robe de seda, mas o calor e a força de Simon atravessaram o tecido. Ele se aproximou e acariciou as nádegas dela, dando um aperto leve.

– Quando toco em você assim – sussurrou ele, com

a voz perigosamente perto do ouvido dela –, não tem nada a ver com ele.

Ela estremeceu, detestando a si mesma por desejá-lo. E odiando-o por fazer com que o desejasse.

– Quando meus lábios tocam sua orelha – murmurou ele, segurando o lóbulo entre os dentes –, não tem nada a ver com ele.

Ela tentou afastá-lo, mas quando suas mãos encontraram os ombros dele, tudo o que Daphne conseguiu fazer foi agarrá-los.

Simon começou a empurrá-la lenta e implacavelmente na direção da cama.

– E quando eu a levo para a cama – acrescentou ele, sussurrando no pescoço dela – e nossos corpos se unem, somos apenas nós...

– Não! – gritou Daphne, empurrando-o com toda a força.

Ele recuou, surpreso.

– Quando você me leva para a cama – disse ela, com a voz engasgada –, nunca somos só nós dois. Seu pai está *sempre* lá.

Os dedos dele, que estavam por dentro da ampla manga da camisola de Daphne, se cravaram na carne dela. Simon não falou nada, mas nem precisava. A raiva em seus frios olhos azul-claros disse tudo.

– Você consegue olhar nos meus olhos – murmurou ela – e afirmar que quando sai de dentro do meu corpo e se libera na cama, é em *mim* que está pensando?

O rosto dele estava contraído e tenso, e seus olhos encaravam a boca de Daphne.

Ela balançou a cabeça e afastou a mão dele, que havia se afrouxado.

– É, eu achei mesmo que não – comentou baixinho.

Distanciou-se dele, assim como da cama. Não tinha dúvida de que ele conseguiria seduzi-la se quisesse. Poderia beijá-la, acariciá-la e levá-la ao êxtase, e ela o odiaria na manhã seguinte.

E odiaria ainda mais a si mesma.

Os dois ficaram em silêncio absoluto, um diante do outro. Simon estava de pé com os braços estendidos ao longo do corpo e seu rosto era uma mistura dolorosa de choque, mágoa e fúria. Mas, principalmente, confusão, o que fez o coração de Daphne amolecer um pouco quando seus olhos cruzaram com os dele.

– Acho que é melhor você sair – pediu ela em voz baixa.

Ele ergueu a cabeça, assombrado.

– Você é minha esposa.

Ela não disse nada.

– Legalmente, eu sou seu dono.

Daphne apenas o encarou e disse:

– É verdade.

Ele se aproximou dela de novo em uma fração de segundo e segurou os seus ombros.

– Posso fazer você me querer – sussurrou.

– Eu sei.

A voz dele ficou ainda mais baixa, rouca e urgente.

– E, mesmo se eu não pudesse, você é minha. Você me pertence. Eu poderia forçá-la a me deixar ficar.

Daphne sentiu-se muito cansada ao dizer:

– Você jamais faria isso.

E como sabia que ela estava certa, tudo o que Simon fez foi afastar-se dela e sair do quarto.

Capítulo 18

Esta autora foi a única a perceber ou os cavalheiros da sociedade andam sorvendo mais do que o habitual nos últimos tempos?

Crônicas da sociedade de Lady Whistledown,
4 de junho de 1813

Simon saiu e se embebedou. Não era algo que costumasse fazer. Não era sequer algo de que gostasse, mas se embebedou mesmo assim.

Havia vários bares na costa, a poucos quilômetros de Clyvedon. E também havia muitos marinheiros lá procurando confusão. Dois deles encontraram Simon.

Ele acabou com ambos.

Havia nele uma raiva contida, uma fúria que habitara sua alma durante anos. Agora ela finalmente encontrara o caminho para a superfície e não precisara de muito estímulo para fazê-lo entrar em uma briga.

Ele estava tão bêbado que, quando deu o primeiro soco, o que viu à sua frente não foram os marinheiros queimados de sol, mas o pai. Cada punho fechado atingia aquele constante olhar de rejeição. E a sensação foi boa. Ele nunca se considerara um homem violento, mas se sentiu muito bem.

Quando terminou com os dois marinheiros, ninguém mais ousou se aproximar dele. Os moradores da região sabiam reconhecer alguém forte, mas sabiam ainda mais reconhecer alguém irado. E todos tinham consciência de que essa última opção era a mais mortal.

Simon permaneceu no bar até as primeiras luzes do alvorecer raiarem no céu. Quando decidiu ir embora, levantou-se cambaleando, enfiou no bolso a garrafa da qual tinha bebido a noite toda e pegou o caminho para casa.

Continuou bebendo ao longo do trajeto, com o uísque de péssima qualidade começando a fazer seu estômago queimar. E, conforme ele ia ficando cada vez mais embriagado, apenas um pensamento lhe vinha à cabeça.

Ele queria Daphne de volta.

Ela era sua esposa, droga. Havia se acostumado a tê-la por perto. Ela não podia simplesmente ir embora do quarto deles.

Simon a reconquistaria. Ele a seduziria e...

Soltou um arroto alto e desagradável. Bem, teria que se contentar com seduzi-la e reconquistá-la. Estava bêbado demais para pensar em qualquer outra coisa.

Quando chegou ao castelo de Clyvedon, havia atingido um perfeito estado de falso moralismo induzido pela bebida. E quando alcançou, aos tropeços, a porta do quarto de Daphne, fizera barulho suficiente para despertar até os mortos.

– Daphneeeeeeeeeeee! – gritou, tentando esconder a leve nota de desespero na voz.

Não precisava parecer tão patético.

Por outro lado, se ele soasse desesperado talvez ela se mostrasse mais disposta a abrir a porta. Fungou alto algumas vezes e berrou novamente:

– Daphneeeeeeeee!

Depois de dois segundos sem resposta, ele se apoiou na pesada porta (principalmente porque seu senso de equilíbrio estava nadando em uísque).

– Ah, Daphne – suspirou, repousando a testa na madeira. – Se você...

A porta se abriu e Simon caiu no chão.

– Você... você precisava abrir tão... tão rápido? – murmurou ele, com a voz engrolada.

Daphne, que ainda estava terminando de colocar o robe, olhou para aquele monte humano no chão e mal o reconheceu como seu marido.

– Meu Deus, Simon – disse ela. – O que você... – Abaixou-se para ajudá-lo, mas deu um salto para trás quando ele abriu a boca e ela sentiu seu bafo. – Você está bêbado!

Ele assentiu solenemente.

– Acho que sim.

– Por onde você andou? – quis saber ela.

Ele piscou e olhou para ela como se nunca tivesse ouvido uma pergunta tão estúpida.

– Por aí, me embebedando – respondeu ele, arrotando em seguida.

– Simon, você devia estar na cama.

Ele assentiu de novo, dessa vez com muito mais vigor e entusiasmo.

– Sim, sim, eu devia estar na cama. – Tentou se levantar, mas só conseguiu ficar de joelhos antes de cair de novo sobre o tapete. – Hum – disse ele, olhando para a parte inferior do próprio corpo. – Hum, que estranho... – Ergueu a cabeça de novo e olhou para Daphne absolutamente confuso. – Eu podia jurar que estas eram as minhas pernas.

Ela revirou os olhos.

Simon tentou ficar de pé mais uma vez, com o mesmo resultado.

– Acho que meus membros não estão funcionando direito – comentou ele.

– Seu *cérebro* não está funcionando direito! – retrucou Daphne. – O que vou fazer com você?

Ele olhou para ela e sorriu.

– Me amar? Você disse que me amava, lembra? – Franziu a testa. – Não acho que possa voltar atrás em algo assim.

Daphne soltou um longo suspiro. Devia estar furiosa com ele – ora, *estava* furiosa com ele! –, mas era difícil continuar com raiva de alguém num estado tão patético.

Além disso, com três irmãos, ela tinha alguma experiência com bêbados idiotas. Ele teria que dormir para passar a bebedeira, só isso. Acordaria com uma dor de cabeça terrível – bem feito para ele –, então insistiria em tomar alguma mistura asquerosa que tinha certeza que curaria sua ressaca.

– Simon? – disse ela com paciência. – Quanto você bebeu?

Ele deu um sorriso torto.

– Muito.

– Foi o que pensei – resmungou ela baixinho. Então se abaixou e enfiou as mãos embaixo dos braços dele. – Deixe-me levantá-lo, preciso levá-lo para a cama.

Mas ele não se mexeu. Ficou simplesmente sentado ali olhando para cima com uma expressão bastante tola no rosto.

– Por que eu preciso levantar? – perguntou ele com a voz engrolada. – Você não pode sentar comigo? – Passou os braços ao redor dela num abraço frouxo. – Venha se sentar comigo, Daphne.

– Simon!

Ele deu tapinhas a seu lado no tapete.

– Está bom aqui embaixo.

– Não, eu não posso me sentar com você, Simon – falou ela com dificuldade, esforçando-se para se libertar do abraço pesado dele. – Você tem que ir para a cama. – Tentou, em vão, movê-lo mais uma vez. – Pelo amor de Deus, por que você precisava sair e ficar tão bêbado assim?

Não era para ele ter escutado, mas obviamente ele ouviu, porque inclinou a cabeça para o lado e falou:

– Eu queria você de volta.

Ela abriu a boca, chocada. Os dois sabiam o que ele devia fazer para reconquistá-la, mas Daphne achou que ele estava embriagado demais para tocarem no assunto. Então, limitou-se a cutucar o braço dele e dizer:

– Amanhã nós falamos sobre isso, Simon.

Ele piscou várias vezes.

– Acho que já é amanhã. – Virou a cabeça de um lado para outro, olhando na direção das janelas. As cortinas estavam fechadas, mas a luz do novo dia já passava pelas frestas. – Já, sim – murmurou ele. – Está vendo? Já é amanhã.

– Então vamos conversar à noite – retrucou ela, com um certo desespero na voz. Já estava com o coração em pedaços e não acreditava que pudesse suportar mais nada naquele momento. – Por favor, Simon, vamos deixar as coisas como estão por enquanto.

– Acontece, Daphme... – Ele sacudiu a cabeça como um cachorro ao sair do banho. – DaphNe – disse, cuidadosamente. – DaphNe, DaphNe.

Ela não conseguiu conter um sorriso.

– O quê, Simon?

– O problema – murmurou ele, coçando a cabeça – é que você não entende.

– O que eu não entendo? – perguntou ela com delicadeza.

– Por que eu não posso – explicou ele. Levantou o rosto até ficar frente a frente com ela e Daphne quase se retraiu com a assombrosa tristeza nos olhos dele.

– Eu nunca quis magoar você, Daff. Você sabe disso, não sabe?

Ela assentiu.

– Sei, Simon.

– Que bom, porque a questão é que... – Ele deu um suspiro bem profundo, que fez seu corpo inteiro se sacudir. – Eu não posso fazer o que você quer.

Ela não disse nada.

– Durante toda a minha vida – disse Simon com tristeza –, ele venceu. Sabia disso? Sempre. Mas, desta vez, a vitória vai ser minha. – Com um movimento lento e desajeitado, ele apontou para o próprio peito. – Minha. Só para variar.

– Ah, Simon – sussurrou ela. – Você já venceu há muito tempo, no momento em que superou as expectativas dele. Toda vez que contrariou as probabilidades, fez um amigo ou viajou para um novo lugar, você foi vitorioso. Fez todas as coisas que ele nunca achou que você conseguiria. – Ela prendeu a respiração e deu um apertão nos ombros dele. – *Você o venceu*. Por que não consegue ver isso?

Ele balançou a cabeça.

– Eu não quero me tornar o que ele sonhava que eu fosse. Apesar de... – Simon soluçou – ele nunca ter esperado que eu seria c-capaz d-disso, o que ele q-queria era um filho perfeito, alguém que fosse o d-duque perfeito, que se c-casaria com a duquesa perfeita e teria filhos p-perfeitos.

Daphne mordeu o lábio inferior. Ele tinha começado a gaguejar de novo. Devia estar realmente perturbado. Ficou arrasada por ele, pelo menininho que não queria nada além da aprovação do pai.

Simon inclinou a cabeça para o lado e olhou para ela com uma firmeza surpreendente.

– Ele teria gostado de você.

– Ah – comentou Daphne, sem saber como interpretar isso.

– Mas – completou ele, dando de ombros e lhe lançando um sorriso cúmplice e malicioso – eu me casei com você mesmo assim.

Ele tinha um ar tão sincero, tão inocentemente sério que foi difícil não abraçá-lo e tentar consolá-lo. Porém, não importava quão profunda fosse a dor dele, ele estava lidando com a situação de forma muito equivocada. A melhor vingança contra seu pai seria viver uma vida plena e feliz, conquistar todos os objetivos e glórias que o velho duque lhe negara de maneira vil e definitiva.

Daphne engoliu um grande soluço de frustração. Não entendia como ele poderia ser feliz se todas as suas escolhas eram baseadas em frustrar os desejos de um morto.

Mas ela não queria pensar em tudo isso naquele momento. Estava cansada e ele, bêbado. Aquela simplesmente não era a hora certa.

– Vou levá-lo para sua cama – disse ela, afinal.

Simon a encarou com os olhos suplicantes.

– Não me deixe – sussurrou.

– Simon – respondeu ela, com a voz abafada.

– Por favor, não vá embora. Ele foi embora. Todos foram embora. Então eu fui embora. – Ele apertou a mão dela. – Você tem que ficar.

Ela assentiu, trêmula, e se levantou.

– Você pode dormir na minha cama – disse. – Tenho certeza que vai se sentir melhor de manhã.

– Mas você vai ficar comigo?

Era um erro. Daphne sabia que era um erro, mas ainda assim falou:

– Vou.

– Que bom. – Ele cambaleou para ficar de pé. – Porque eu não conseguiria... eu realmente... – Suspirou e virou os olhos angustiados para ela. – Eu preciso de você.

Ela o levou para dentro e o colocou na cama, quase caindo junto quando ele tropeçou e desabou sobre o colchão.

– Fique parado – ordenou, ajoelhando-se para tirar suas botas.

Já havia feito isso para os irmãos antes, mas as botas de Simon eram tão justas que ela caiu de costas no chão quando finalmente conseguiu tirar a primeira delas.

– Meu Deus – resmungou, levantando-se para repetir o procedimento irritante no outro pé. – E ainda dizem que as mulheres é que são escravas da moda.

Ele fez um barulho muito parecido com um ronco.

– Você está dormindo? – perguntou Daphne, incrédula, puxando a outra bota, que saiu com um pouco mais de facilidade.

Então ela levantou as pernas dele, que pareciam pesos mortos, e as colocou em cima da cama.

Simon parecia jovem e em paz com os olhos fechados. Daphne estendeu a mão e afastou os cabelos dele da testa.

– Durma bem, meu querido – sussurrou.

Mas, quando ela começou a se mexer, um dos braços dele se enroscou nela.

– Você disse que ia ficar – falou ele em tom acusador.

– Achei que você estivesse dormindo!

– Isso não lhe dá o direito de quebrar a promessa.

Então Simon puxou o braço dela. Daphne finalmente entregou os pontos e se acomodou ao lado dele. Ele era carinhoso e era dela, e, mesmo que temesse pelo futuro deles, naquele momento ela não conseguiu resistir ao abraço gentil.

Daphne acordou pouco mais de uma hora depois, surpresa por ter caído no sono. Simon ainda estava deitado a seu lado, roncando baixinho. Os dois estavam vestidos, ele com as roupas cheirando a uísque e ela com o robe de chambre.

Tocou suavemente na bochecha dele.

– O que vou fazer com você? – sussurrou. – Eu amo

você, sabe? Eu amo você, mas detesto o que está fazendo consigo mesmo. – Ela respirou fundo. – E comigo. Detesto o que você está fazendo comigo.

Ele se mexeu, sonolento, e por um instante ela temeu que ele tivesse acordado.

– Simon? – murmurou, suspirando aliviada quando ele não respondeu.

Sabia que não devia dizer coisas que ele ainda não estava pronto para ouvir, mas ele parecia tão inofensivo deitado sobre os travesseiros brancos como a neve... Era fácil demais expor seus pensamentos mais profundos quando ele estava naquele estado.

– Ah, Simon – suspirou ela, fechando os olhos e deixando cair as lágrimas que se acumulavam neles.

Devia se levantar imediatamente. Deixá-lo descansar. Compreendia por que ele estava tão decidido a não pôr um filho no mundo, mas ainda não o perdoara, e com certeza não concordava com ele. Se Simon acordasse e ela ainda estivesse em seus braços, poderia pensar que estava disposta a se submeter à versão dele de família.

Devagar, com relutância, Daphne tentou se erguer da cama. Mas os braços dele a apertaram mais e sua voz sonolenta resmungou um "não".

– Simon, eu...

Ele a puxou para mais perto e Daphne se deu conta de que ele estava muito excitado.

– Simon? – sussurrou ela, arregalando os olhos. – Você ao menos está acordado?

A resposta dele foi outro resmungo, mas ele não fez qualquer tentativa de seduzi-la, apenas se aconchegou mais a ela.

Daphne piscou, surpresa. Não sabia que um homem era capaz de desejar uma mulher mesmo dormindo.

Virou a cabeça para trás a fim de ver o rosto dele, então estendeu a mão e tocou seu queixo. Simon soltou um gemido. O som saiu rouco e profundo, o que a deixou despreocupada. Com os dedos lentos e provocantes, abriu os botões da camisa dele, parando apenas uma vez para traçar o contorno do umbigo.

Ele se remexeu, agitado, e Daphne sentiu uma estranha e inebriante onda de poder. Percebeu que o tinha sob seu controle. Ele dormia e talvez ainda estivesse bêbado. Ela poderia fazer o que quisesse.

Poderia *ter* o que quisesse.

Lançou mais um rápido olhar para o rosto de Simon e constatou que ele ainda dormia. Rapidamente, abriu suas calças. Por baixo seu membro estava duro e carente, e ela passou a mão ao redor dele, sentindo o sangue pulsar sob seus dedos.

– Daphne – arquejou ele. Abriu os olhos e soltou um gemido trêmulo. – Ah, isso está uma delícia.

– Shhhh – respondeu ela, tirando o robe de seda. – Deixe que eu faço tudo.

Ele se deitou de costas, com os punhos fechados ao lado do corpo, enquanto ela o acariciava. Simon havia lhe ensinando muitas coisas durante suas curtas duas semanas de casamento, e logo ele estava se contorcendo de desejo e com a respiração ofegante.

E que Deus a ajudasse, mas ela o queria também. Experimentava uma grande sensação de poder na posição em que estava. Tinha o controle da situação, e isso era o afrodisíaco mais poderoso que poderia imaginar. Sentiu o estômago se agitar, então uma estranha espécie de animação. E soube que precisava dele.

Daphne o queria dentro dela, enchendo-a com sua semente, dando-lhe tudo o que um homem devia dar a uma mulher.

– Ah, Daphne – gemeu ele, virando a cabeça de um lado para outro. – Eu preciso de você. Preciso de você *agora*.

Então ela subiu nele, apoiando-se em seus ombros enquanto o prendia com as pernas. Depois, usando uma das mãos, guiou-o até a entrada, já úmida de desejo.

Simon se arqueou embaixo dela, que lentamente deslizou seu membro para dentro até que ele estivesse preenchendo-a quase por completo.

– Mais – gemeu ele. – Agora.

Daphne jogou a cabeça para trás enquanto fazia entrar aquele último centímetro. Pressionou os ombros dele enquanto arfava com um prazer tão absoluto que pensou que fosse morrer. Nunca havia se sentido tão plena e tão feminina.

Ela gemia enquanto se mexia em cima dele, com o

corpo estremecendo de satisfação. Deslizou as mãos abertas pela barriga enquanto se remexia e se contorcia, subindo então para os seios.

Simon soltou um gemido gutural enquanto a observava, com os olhos vidrados e a respiração saindo quente e pesada pelos lábios entreabertos.

– Ah, meu Deus – disse ele com a voz rouca e áspera. – O que você está fazendo comigo? O que você...

Então ela tocou um dos mamilos e todo o corpo de Simon se esticou para cima.

– Onde você aprendeu isso? – quis saber ele

Ela olhou para baixo e lhe deu um sorriso confuso.

– Não sei.

– Mais – gemeu ele. – Quero ver você se tocar.

Como não estava tão segura sobre o que fazer, Daphne apenas seguiu seus instintos. Começou a remexer os quadris num movimento circular enquanto arqueava as costas, fazendo os seios se empinarem orgulhosamente. Depois segurou-os com as mãos, apertando-os de forma suave, roçando os mamilos entre os dedos, sem nunca tirar os olhos do rosto de Simon.

Os quadris dele começaram a fazer um movimento frenético e tenso, e ele agarrou desesperadamente os lençóis com as mãos. Ao fazer isso, Daphne se deu conta de que ele estava quase no ápice do prazer. Simon sempre fazia questão de que ela alcançasse o clímax antes dele, mas dessa vez ele ia chegar lá primeiro.

Ela estava perto, mas não tanto quanto ele.

– Ah, meu Deus! – ele deixou escapar de repente, com a voz rouca e primitiva de desejo. – Eu vou... eu não posso...

Os olhos dele se fixaram nela com uma expressão estranha e suplicante, e ele fez uma fraca tentativa de se afastar.

Daphne o segurou com toda a sua firmeza.

Então ele explodiu dentro dela, com a intensidade do orgasmo fazendo seus quadris se erguerem da cama, empurrando-a junto. Ela colocou as mãos embaixo dele, usando toda a força para segurá-lo embaixo dela. Não o perderia desta vez. Não deixaria passar esta chance.

Os olhos de Simon se abriram quando ele se deu conta, tarde demais, do que havia feito. Mas seu corpo estava muito cansado e não havia como interromper o poder do clímax. Se estivesse por cima, talvez tivesse conseguido se afastar, mas deitado embaixo dela, vendo-a se tocar daquele jeito, não havia nada que pudesse fazer para conter o próprio desejo.

Quando seu maxilar se contraiu e a tensão muscular fez seu corpo arremeter, Simon sentiu as mãos de Daphne deslizarem para baixo dele, pressionando-o contra o próprio ventre. Viu a expressão de puro êxtase em seu rosto e de repente percebeu o que havia acontecido. Ela tinha feito aquilo de propósito. Tinha *planejado* aquilo.

Daphne o excitara enquanto ele dormia, se aproveitara dele enquanto ainda estava bêbado e o segurara dentro dela até que ele despejasse sua semente em seu corpo.

Arregalou os olhos e a encarou.

– Como você pôde? – indagou num sussurro.

Ela não disse nada, mas ele viu sua expressão mudar e soube que o havia escutado.

Simon a empurrou de cima dele assim que sentiu que ela estava começando a atingir o orgasmo, negando-lhe brutalmente o êxtase que ele próprio acabara de sentir.

– Como você pôde? – repetiu. – Você sabia. Você *sabia* q-que eu-eu-eu...

Mas ela havia acabado de se curvar toda e estava com os joelhos na altura do peito, claramente determinada a não perder uma única gota dele.

Simon praguejou, furioso, quando se levantou. Abriu a boca para xingá-la, para castigá-la por traí-lo, por tirar proveito dele, mas estava com a garganta apertada e a língua inchada, então não conseguiu sequer articular uma palavra.

– V-v-você... – finalmente balbuciou.

Daphne olhou para ele horrorizada.

– Simon? – sussurrou.

Ele não queria isso. Não queria que ela o olhasse como se ele fosse uma aberração. Ah, Deus, ah, Deus, ele se sentiu como se tivesse 7 anos de idade de novo. Não conseguia falar. Não era capaz de fazer a boca funcionar. Não sabia o que fazer.

A expressão de Daphne era de pura preocupação. Mas ele não queria a piedade dela.

– Você está bem? – murmurou ela. – Consegue respirar?

– N-n-n-n-n...

Isso estava muito longe de *Não sinta pena de mim*, mas foi tudo o que conseguiu fazer. Podia sentir a presença desdenhosa do pai apertando sua garganta e espremendo sua língua.

– Simon? – repetiu ela, adiantando-se para seu lado. Sua voz era de pânico. – Simon, diga alguma coisa!

Estendeu a mão para tocar no braço dele, mas Simon a afastou.

– Não encoste em mim! – explodiu ele.

Ela recuou.

– Acho que ainda há coisas que você consegue dizer – comentou ela com a voz baixa e triste.

Simon odiou a si mesmo, odiou a voz que o abandonara e odiou a esposa, porque ela tinha o poder de reduzir seu autocontrole a nada. A perda completa da fala, o engasgo, a sensação de estrangulamento... ele havia trabalhado a vida inteira para fugir de tudo isso e agora ela fizera tudo voltar com ainda mais força.

Ele não podia permitir isso. Não podia deixar que o reduzisse ao que um dia ele havia sido.

Tentou dizer o nome dela, mas não conseguiu.

Ele tinha de sair dali. Não podia mais olhar para ela. Ou estar com ela. Não queria sequer estar consigo mesmo, mas isso, infelizmente, estava além de seu controle.

– N-não se ap-proxime de mim – decretou ele com um arquejo, apontando o dedo para ela enquanto vestia as calças. – V-v-v-você fez isto!

– Fiz o quê? – gritou Daphne, enrolando-se num lençol. – Simon, pare com isso! O que eu fiz de tão errado? Você me queria. Você sabe disso.

– I-i-i-isto! – disparou ele, apontando para a própria boca. Depois apontou para a barriga dela. – I-i-i-isso!

Então, sem suportar mais olhar para ela, ele saiu em disparada do quarto. Quem dera pudesse fugir de si mesmo com a mesma facilidade...

Dez horas depois, Daphne encontrou o seguinte bilhete:

> *Negócios urgentes em outra propriedade exigem minha atenção. Aguardo que me avise se sua tentativa de concepção foi bem-sucedida.*
>
> *Meu mordomo lhe dará meu endereço, caso necessite.*
>
> *Simon*

A folha de papel escorregou dos dedos de Daphne e caiu no chão. Um soluço rouco escapou de sua garganta e ela pressionou a boca com a mão, como se isso pudesse conter a maré de emoções que a revirava por dentro.

Ele a deixara. Realmente a deixara. Sabia que ele estava com raiva, que talvez jamais a perdoasse, mas não imaginara que ele teria coragem de abandoná-la.

Daphne havia pensado, mesmo depois que ele saíra em disparada pela porta, que os dois conseguiriam resolver suas diferenças, mas agora não tinha tanta certeza.

Talvez ela tivesse sido idealista demais. Com uma visão egoísta, achou que poderia curá-lo, que seria capaz de cuidar de seu coração. Agora percebia que tinha se enganado quanto ao poder que realmente possuía. Pensara que seu amor fosse tão bom, tão resplandecente e tão puro que Simon iria, de imediato, esquecer todos os anos de ressentimento e dor que havia vivido.

Como tinha sido arrogante. Como se sentia estúpida agora.

Algumas coisas estavam fora de seu alcance. Dentro de sua redoma, nunca havia se dado conta disso. Não esperava que tudo o que desejava lhe fosse entregue numa bandeja de prata, mas sempre achara que, se batalhasse bastante por algo e tratasse todas as pessoas da forma como gostaria de ser tratada, seria recompensada.

Mas não desta vez. Simon estava fora de seu alcance.

A casa estava em silêncio enquanto Daphne percorria o caminho até a sala amarela. Imaginou se todos os criados haviam ficado sabendo da partida do marido e agora a evitavam deliberadamente. Deviam ter ouvido partes da discussão da noite anterior.

Daphne suspirou. O sofrimento era ainda maior quando se tinha um pequeno exército de espectadores invisíveis, pensou enquanto tocava a campainha para chamar uma criada. Não podia vê-los, mas sabia que estavam lá, cochichando pelas suas costas, com pena dela.

Era curioso como, antes, ela nunca havia ligado muito para fofocas de empregados. Mas agora se sentia terrivelmente sozinha. No que mais poderia pensar? Atirou-se no sofá com um gemido aflito.

– Senhora?

Era uma jovem criada parada na entrada da sala sem saber como agir. Ela fez uma pequena reverência e olhou para Daphne com expectativa.

– Chá, por favor – pediu Daphne baixinho. – Sem biscoitos, apenas chá.

A menina assentiu e saiu rápido.

Enquanto esperava pela volta da criada, Daphne tocou na barriga, olhando para ela com veneração. Fechou os olhos e fez uma oração. *Por favor, Deus, por favor*, implorou, *faça com que eu esteja grávida.*

Ela podia não ter outra chance.

Não estava envergonhada do que tinha feito. Achou que deveria estar, mas a verdade era que não estava.

Não havia planejado nada. Não olhara para Simon durante o sono e pensara: *Ele ainda deve estar bêbado, então posso fazer amor com ele e capturar sua semente sem que ele nunca descubra.*

Não tinha sido assim que as coisas se desenrolaram.

Ela não estava muito certa sobre como tudo havia acontecido, mas num instante estava em cima dele e, no seguinte, percebera que ele não sairia de dentro dela a tempo, então garantiu que ele não *conseguisse* sair...

Ou talvez... Fechou bem os olhos. Talvez ela não tivesse se aproveitado apenas do momento. Talvez tivesse se aproveitado *dele*.

Daphne não sabia. Estava tudo confuso em sua cabeça. A gagueira de Simon, o desespero dela por um bebê, o ódio dele pelo pai – tudo havia se misturado em sua mente e ela não sabia dizer onde terminava uma coisa e começava outra.

De repente, sentiu-se muito sozinha.

Ouviu um barulho na porta e se virou, esperando a tímida empregada de volta com o chá, mas quem estava lá era a Sra. Colson. Seu rosto estava tenso e seus olhos, preocupados.

Daphne deu um sorriso fraco para a governanta.

– Achei que fosse a criada – murmurou.

– Eu tinha assuntos para resolver na sala ao lado, então pensei em lhe trazer o chá pessoalmente – respondeu a Sra. Colson.

Daphne sabia que ela estava mentindo, mas assentiu mesmo assim.

– A criada me disse para não trazer biscoitos –

acrescentou a Sra. Colson –, mas eu sei que a senhora não tomou café da manhã, então coloquei alguns na bandeja mesmo assim.

– Foi muito atencioso de sua parte.

Daphne não reconheceu a própria voz. Teve a sensação de que pertencia a outra pessoa.

– Garanto que não foi trabalho. – A governanta deu a impressão de que queria dizer mais alguma coisa, mas apenas se endireitou e perguntou: – É só isso?

Daphne assentiu.

Quando a Sra. Colson estava prestes a sair da sala, Daphne quase a chamou e lhe pediu que se sentasse e tomasse o chá com ela. Então teria lhe contado seus segredos e sua vergonha, e derramado suas lágrimas. E não porque ela fosse particularmente próxima da governanta, mas apenas porque não tinha mais ninguém.

No entanto, ela continuou em silêncio e a Sra. Colson se retirou.

Daphne deu uma mordida num biscoito. Talvez, pensou, estivesse na hora de ir para casa.

Capítulo 19

A nova duquesa de Hastings foi flagrada hoje em Mayfair. Philipa Featherington avistou a ex-Srta. Daphne Bridgerton tomando ar fresco enquanto dava uma volta no quarteirão. Ela chegou a chamá-la, mas a duquesa fingiu não escutar.

E todos sabemos que só podia estar fingindo mesmo, porque, afinal, é preciso ser surdo para não ouvir um grito da Srta. Featherington.

CRÔNICAS DA SOCIEDADE DE LADY WHISTLEDOWN, 9 DE JUNHO DE 1813

Daphne acabou descobrindo que a dor de um coração partido nunca vai embora, apenas fica anestesiada. O sofrimento agudo e penetrante que se sente a cada respiração acaba dando lugar a uma sensação embotada e menos intensa, do tipo que quase - mas nunca completamente - se consegue ignorar.

Ela deixou o castelo de Clyvedon no dia seguinte à partida de Simon, indo para Londres com a intenção de retornar à casa de sua família. Porém, fazer isso pareceu de certa forma uma admissão de fracasso. Então, no último minuto, Daphne instruiu o cocheiro a levá-la à casa de Simon. Estaria perto da família se sentisse necessidade do apoio e da companhia deles, mas agora era uma mulher casada. Devia ter a própria residência.

Assim, ela se apresentou à nova equipe, que a aceitou sem questionamentos (mas não sem uma considerável curiosidade), e deu início à sua nova vida de esposa abandonada.

A mãe foi a primeira a visitá-la. Daphne não se dera o trabalho de avisar a mais ninguém sobre seu retorno à cidade, de modo que a aparição da viscondessa não foi uma surpresa.

– Onde ele está? – perguntou Violet sem preâmbulos.

– O meu marido?

– Não, o seu tio-avô Edmund – disse sua mãe, praticamente explodindo. – É claro que estou me referindo a seu marido.

Daphne não conseguiu encará-la.

– Acho que ele está tratando de negócios em uma de suas propriedades no campo.

– Você *acha*?

– Bem, eu sei – corrigiu Daphne.

– E você *sabe* por que não está com ele?

Ela pensou em mentir, em inventar alguma história sobre uma emergência envolvendo inquilinos, cabeças de gado, uma doença ou qualquer outra coisa. Mas, no fim, seus lábios estremeceram e seus olhos começaram a ficar marejados. Foi com a voz terrivelmente baixa que disse:

– Porque ele não quis me levar junto.

Violet segurou as mãos da filha.

– Ah, Daff – suspirou a Sra. Bridgerton. – O que aconteceu?

Daphne afundou num sofá, puxando a mãe para perto dela.

– Eu nunca conseguiria explicar.

– Por que não tenta?

Ela balançou a cabeça. Nunca guardara um segredo da mãe. Nunca houvera nada que achasse que não poderia discutir com ela.

Mas nunca havia acontecido nada parecido com aquilo. Deu um tapinha na mão da mãe.

– Vou ficar bem.

Violet não pareceu convencida.

– Tem certeza?

– Não. – Daphne olhou fixamente para o chão por um instante. – Mas preciso acreditar nisso.

Então sua mãe foi embora. Daphne pôs a mão na barriga e rezou.

Colin foi o próximo a aparecer. Mais ou menos uma semana depois da visita da mãe, Daphne voltou de uma rápida caminhada no parque e o encontrou em sua sala de estar com os braços cruzados e a expressão furiosa.

– Estou vendo que soube da minha volta – disse Daphne, tirando as luvas.

– Que diabo está acontecendo? – quis saber ele.

Daphne reparou que seu irmão claramente não havia herdado a sutileza de Violet para falar.

– Responda! – latiu Colin.

Ela fechou os olhos apenas por um instante, para tentar aliviar a dor de cabeça que a incomodava havia dias. Não queria conversar sobre seus infortúnios com Colin. Não queria lhe contar nem mesmo o que tinha dito à mãe, embora imaginasse que ele já estivesse ciente de tudo. As notícias sempre voavam na Casa Bridgerton.

Daphne não soube de onde tirou forças para isso, mas achava que era bom exibir uma boa imagem, então endireitou os ombros, ergueu uma sobrancelha e perguntou:

– O que você quer que eu responda?

– Quero que me diga – resmungou Colin – onde está o seu marido.

– Está resolvendo alguns problemas – respondeu Daphne.

Isso soava muito melhor do que "Ele me deixou".

– Daphne... – A voz de Colin soava ameaçadora.

– Você veio sozinho? – indagou ela, ignorando o tom dele.

– Anthony e Benedict foram passar o mês no campo, se é isso que quer saber – informou Colin.

Ela quase suspirou de alívio. A última coisa que precisava naquele momento era encarar o irmão mais velho. Já tinha impedido que ele matasse Simon uma vez. Não estava certa de que conseguiria repetir o feito. Antes que pudesse dizer qualquer coisa, no entanto, Colin acrescentou:

– Daphne, exijo que você me diga imediatamente onde aquele canalha está se escondendo.

Daphne sentiu as costas se enrijecerem. Talvez ela tivesse o direito de xingar o marido ausente, mas seu irmão por certo não tinha.

– Imagino – disse ela friamente – que por "canalha" você esteja se referindo a meu marido.

– Pode ter certeza que eu...

– Tenho que pedir que você vá embora.

Colin olhou para ela como se a irmã de repente tivesse ganhado chifres.

– Como?

– Não tenho a menor intenção de discutir meu casamento com você. Então, se não consegue deixar de expressar suas opiniões não solicitadas, terá que ir embora.

– Você não pode me mandar embora – retrucou ele, incrédulo.

Ela cruzou os braços.

– Esta é a minha casa.

Colin a encarou, então olhou ao redor – a sala de estar da duquesa de Hastings –, depois olhou de novo para Daphne, como se só então tivesse se dado conta de que sua irmãzinha, que ele sempre vira como uma extensão cheia de alegria de si mesmo, havia se tornado uma mulher.

Pegou a mão dela.

– Daff – disse ele baixinho –, vou deixá-la lidar com a situação da forma que considerar adequada.

– Obrigada.

– *Por ora* – alertou ele. – Não pense que vou permitir que esta situação continue indefinidamente.

Mas isso não ia acontecer, Daphne pensou meia hora depois, quando Colin foi embora. Aquela situação não poderia continuar indefinidamente. Em duas semanas, ela saberia.

Todas as manhãs, Daphne acordava prendendo a respiração. Mesmo antes da data prevista para a chegada de sua menstruação, ela mordia o lábio inferior, fazia uma oração e levantava cuidadosamente as cobertas da cama procurando por sangue.

E todas as manhãs ela via apenas a roupa de cama branca como a neve.

Com uma semana de atraso de suas regras, ela se permitiu os primeiros vislumbres de esperança. Seu ciclo nunca havia sido perfeitamente regular. Portanto, sua menstruação ainda poderia chegar a qualquer momento. Mas, mesmo assim, ela nunca estivera *tão* atrasada.

Depois de mais uma semana, via-se sorrindo todas as manhãs, agarrada a seu segredo como se ele fosse um tesouro. Ainda não estava pronta para dividir isso com ninguém. Nem com a mãe, nem com os irmãos, e certamente não com Simon.

Não se sentia muito culpada por esconder a novidade dele. Afinal, ele havia lhe recusado sua semente. Porém, mais importante que isso, ela temia que a reação dele fosse péssima, e simplesmente não estava pronta para deixar que o desagrado de Simon arruinasse seu momento perfeito de alegria. Apesar disso, rabiscou um bilhete ao mordomo do marido pedindo que ele lhe informasse seu novo endereço.

Então, finalmente, depois da terceira semana de atraso, sua consciência falou mais alto e ela se sentou à mesa para escrever uma carta para ele.

Infelizmente para Daphne, o selo da carta não tinha sequer secado quando Anthony, que havia acabado de chegar de sua estada no campo, entrou em sua sala fazendo um grande estardalhaço. Como Daphne estava no andar de cima, em seu cômodo particular, onde *não* deveria receber visitas, ela nem quis pensar em quantos criados ele havia ferido no caminho até lá.

Seu irmão parecia furioso, e Daphne sabia que talvez fosse melhor não provocá-lo, mas como ele sempre lhe inspirava comentários sarcásticos, ela perguntou:

– Ué, como você chegou aqui? Eu não tenho um mordomo?

– Você *tinha* um mordomo – resmungou ele.

– Ah, meu Deus...

– Cadê ele? – indagou Anthony.

– Pelo visto não está aqui.

Não fazia sentido fingir que não sabia de quem ele estava falando.

– Eu vou matá-lo!

Daphne levantou-se furiosa.

– Não vai, não!

Anthony, que estava parado com as mãos nos quadris, inclinou-se para a frente e lançou-lhe um olhar fuzilante.

– Fiz uma promessa a Hastings antes de ele se casar com você, sabia?

Daphne balançou a cabeça.

– Eu lembrei a ele que estava preparado para matá-lo por arruinar sua reputação. Portanto, que Deus o livrasse de destruir sua alma.

– Ele não destruiu minha alma, Anthony. – Levou a mão à barriga. – Aliás, muito pelo contrário.

Ela jamais saberia se o irmão achara suas palavras estranhas, porque os olhos dele se desviaram para a escrivaninha e se estreitaram.

– O que é aquilo? – perguntou.

Daphne seguiu a linha do olhar dele até a pequena pilha de papel formada por suas tentativas frustradas de escrever para Simon.

– Não é nada – afirmou ela, estendendo a mão para pegar as provas do que estivera fazendo.

– Você está escrevendo uma carta para ele, não está? – A expressão já furiosa de Anthony se tornou totalmente transtornada. – Ah, pelo amor de Deus, não tente mentir para mim. Eu vi o nome dele nos papéis.

Daphne amassou as folhas e as jogou num cesto embaixo da mesa.

– Não é da sua conta.

Anthony olhou para o cesto como se estivesse prestes a mergulhar embaixo da mesa para recuperar as correspondências pela metade. Finalmente, encarou a irmã e afirmou:

– Não vou permitir que ele se safe disso.

– Anthony, isto não é da sua conta.

Ele não se dignou a responder.

– Eu vou encontrá-lo, está entendendo? E depois vou matá-lo...

– Ora, pelo amor de Deus! – gritou Daphne, finalmente explodindo. – Este é o *meu* casamento, Anthony, não o seu. E se você interferir nos meus problemas, juro que nunca mais lhe dirijo a palavra.

Ela manteve o olhar firme e o tom de voz incisivo, o que deixou Anthony levemente abalado.

– Muito bem – concedeu ele –, não vou matá-lo.

– Obrigada – disse Daphne com sarcasmo.

– Mas vou descobrir onde ele está – prometeu Anthony. – E vou deixar bem claro meu desagrado.

Daphne olhou para o irmão e soube que ele estava falando sério.

– Muito bem – falou ela, procurando a carta finalizada que havia escondido em uma gaveta. – Deixarei que lhe entregue isto.

– Ótimo.

Ele estendeu a mão para pegar o envelope, mas Daphne o afastou de seu alcance.

– Mas só se você me fizer duas promessas.

– Que promessas?

– Primeiro, que não vai ler a carta.

Ele pareceu mortalmente ofendido pelo fato de ela ter sequer pensado que ele faria isso.

– Não venha com essa cara para cima de mim – decretou Daphne, bufando. – Eu conheço você, Anthony Bridgerton, e tenho certeza que não pensaria duas vezes antes de fazer isso se achasse que não seria descoberto.

Anthony a fuzilou com o olhar.

– Mas também tenho certeza – continuou ela – que você jamais descumpriria uma promessa feita a mim. Então, preciso que prometa, Anthony.

– Não há necessidade disso, Daff.

– Prometa! – ordenou ela.

– Ora, tudo bem – resmungou ele –, eu prometo.

– Muito bem.

Daphne entregou o envelope ao irmão, que olhou para ele com curiosidade.

– Em segundo lugar – prosseguiu ela, forçando-o a voltar sua atenção para ela –, você tem que prometer que não irá machucá-lo.

– Ah, tenha dó, Daphne – explodiu Anthony. – Você está pedindo demais.

Ela estendeu a mão.

– Então me devolva a carta.

Ele escondeu o envelope às suas costas.

– Agora já está comigo.

Ela sorriu.

– Mas você não tem o endereço.

– Posso conseguir sem sua ajuda – retrucou Anthony.

– Não pode, não, e você sabe disso – enfatizou Daphne. – Simon é dono de inúmeras propriedades. Você levaria semanas para descobrir em qual delas ele está.

– Rá! – gritou Anthony triunfantemente. – Então ele está em alguma das propriedades. Isso quer dizer que você acabou de me dar uma pista importantíssima.

– Ué, isto é um *jogo*? – perguntou Daphne, espantada.

– Só me diga logo onde ele está.

– Não, a menos que você prometa o que eu pedi. Nada de violência, Anthony. – Ela cruzou os braços. – Estou falando sério.

– Tudo bem – resmungou ele.

– Prometa com todas as letras.

– Você é uma mulher difícil, Daphne Bridgerton.

– É Daphne Basset, e eu tive com quem aprender.

– Eu prometo – cedeu Anthony, falando bem baixo. O que ele disse não ficou exatamente claro.

– Ainda não estou satisfeita – disse Daphne. – Vamos lá: "Eu prometo não..."

– Eu prometo não machucar o imbecil do seu marido – cuspiu Anthony. – Pronto. Está bom assim?

– Ótimo – falou Daphne alegremente. Então enfiou a mão na gaveta e pegou a carta em que o mordomo de Simon lhe informava o endereço dele. – Aqui está.

Anthony arrancou o papel das mãos dela, leu o que estava escrito e informou:

– Volto em quatro dias.

– Você vai hoje? – indagou Daphne, surpresa.

– Não sei por quanto tempo vou conseguir controlar meus impulsos violentos – comentou ele.

– Então, por tudo o que é mais sagrado, vá hoje – pediu ela.

E ele obedeceu.

~

– Me dê um bom motivo para não arrancar seus pulmões pela boca.

Simon, que estava sentado em seu escritório, levantou a cabeça e viu Anthony Bridgerton, ainda empoeirado da viagem, espumando na porta.

– É um prazer ver você também, Anthony – murmurou.

Anthony entrou no cômodo com a sutileza de um elefante, espalmou as mãos sobre a mesa de Simon e se inclinou para a frente de forma ameaçadora.

– Você quer me dizer por que minha irmã está em Londres, chorando todas as noites até dormir, enquanto você está em... – Olhou ao redor e fez uma careta. – Onde diabos nós estamos?

– Em Wiltshire – informou Simon.

– Enquanto você está em Wiltshire de pernas para o ar em uma propriedade que não tem importância nenhuma?

– Daphne está em Londres?

– Já que você é o marido dela, imaginei que soubesse – resmungou Anthony.

– Sendo assim, você poderia imaginar várias outras coisas – murmurou Simon –, e estaria errado na maioria delas.

Fazia dois meses que ele havia saído de Clyvedon. Dois meses desde que olhara para Daphne e não conseguira dizer uma palavra sequer. Dois meses de um vazio absoluto.

Simon ficou sinceramente surpreso por Daphne ter demorado tanto a entrar em contato com ele, ainda que tivesse escolhido fazer isso por meio do irmão mais velho, que já tinha dado mostras de seu comportamento violento. Simon não sabia exatamente por quê, mas achara que ela o procuraria antes, nem que fosse apenas para tagarelar em seus ouvidos. Daphne não era o tipo de pessoa que se remoía em silêncio quando estava incomodada. De certa forma, ele esperara que ela fosse atrás dele e explicasse de seis formas diferentes por que ele era um idiota completo.

E, para dizer a verdade, depois de mais ou menos um mês ele até começou a desejar que ela fizesse isso.

– Eu arrancaria sua cabeça fora – rosnou Anthony, invadindo os pensamentos de Simon –, se não tivesse prometido a Daphne que não o machucaria fisicamente.

– Tenho certeza de que não foi fácil para você prometer isso – comentou Simon.

Anthony cruzou os braços e o encarou com muita seriedade.

– Também não está sendo fácil *manter* a promessa.

Simon pigarreou enquanto pensava em como poderia perguntar sobre Daphne sem chamar atenção. Ele estava com saudade dela. Achava que era um idiota, um tolo, mas sentia sua falta – de sua risada, de seu perfume e da forma como às vezes, no meio da noite, ela enroscava as pernas nas dele.

Ele estava acostumado a ficar sozinho, mas não a se sentir tão solitário.

– Daphne mandou que você viesse me buscar? – perguntou ele enfim.

– Não. – Anthony enfiou a mão no bolso, tirou um pequeno envelope cor de marfim e o jogou sobre a mesa. – Quando fui vê-la, ela estava prestes a chamar um mensageiro para lhe enviar isto.

Simon olhou fixamente para o envelope com um horror crescente. Aquilo só podia significar uma coisa. Tentou dizer algo neutro, como "Ah, sim", mas sua garganta se fechou.

– Eu disse que ficaria feliz em trazer a carta para você – informou Anthony, cheio de sarcasmo.

Simon o ignorou. Pegou a correspondência, torcendo para que Anthony não visse como seus dedos estavam trêmulos.

Mas ele viu.

– O que foi? – perguntou abruptamente. – Você está com uma cara péssima.

Simon agarrou o envelope com toda a sua força.

– Você também está lindo – respondeu ele, conseguindo fazer uma brincadeira.

Anthony olhou fixamente para ele, a batalha entre a raiva e a preocupação muito clara em seu rosto. Depois de pigarrear algumas vezes, ele enfim perguntou, num tom surpreendentemente gentil:

– Você está doente?

– É claro que não.

Anthony ficou pálido.

– Daphne está doente?

Simon levantou a cabeça de repente.

– Não que ela tenha me dito. Por quê? Ela parece doente? Ela...

– Não, ela está ótima. – O olhar de Anthony se encheu de curiosidade. – Simon – disse ele, balançando a cabeça –, o que você está fazendo aqui? É óbvio que você a ama. E, por mais que eu não consiga entender, ela parece amá-lo também.

Simon apertou as têmporas com as pontas dos dedos, tentando abrandar a dor de cabeça latejante que nos últimos tempos não o deixava em paz.

– Existem algumas coisas que você não sabe – comentou ele com ar exausto, fechando os olhos por causa da dor. – Coisas que você jamais compreenderia.

Anthony ficou em silêncio por um momento. Finalmente, justo quando Simon abriu os olhos de novo, ele se afastou da mesa e se dirigiu à porta do escritório.

– Não vou arrastá-lo de volta a Londres – informou em voz baixa. – Eu deveria fazer isso, mas não vou. Daphne precisa saber que você voltou por causa dela, não porque o irmão mais velho enfiou uma arma nas suas costas.

Simon quase relembrou que fora por esse motivo que ele se casara com ela, mas mordeu a língua. Isso não era verdade. Não completamente, pelo menos. Em outra vida, ele teria se ajoelhado e implorado pela mão dela.

– Mas você precisa saber – continuou Anthony – que as pessoas estão começando a comentar. Daphne voltou sozinha a Londres quinze dias depois do casamento de vocês, que foi às pressas. Ela está mantendo a tranquilidade, mas não deve ser fácil. Ninguém chegou a insultá-la, mas existe um limite de olhares de pena que alguém é capaz de suportar. E aquela maldita Lady Whistledown tem escrito a respeito dela.

Simon estremeceu. Não fazia muito tempo que tinha voltado à Inglaterra, mas já entendera que a famosa fofoqueira era capaz de provocar muito estrago e sofrimento.

Anthony soltou um xingamento, cheio de nojo.

– Procure um médico, Hastings. E então volte para sua esposa.

Depois disso, retirou-se do escritório.

Simon ficou olhando fixamente para o envelope nas mãos durante vários minutos antes de abri-lo. Ver Anthony fora um choque. Saber que ele tinha acabado de ver Daphne fez o coração de Simon latejar de dor.

Droga. Ele não esperava sentir saudade dela.

No entanto, isso não queria dizer que sua raiva tinha passado. Daphne havia lhe tomado algo que ele realmente não desejava dar. Não queria filhos. Havia sido sincero. Ela se casara com ele sabendo disso. E o enganara.

Ou não enganara? Ele esfregou as mãos nos olhos cansados e na testa enquanto tentava se lembrar dos detalhes daquela manhã fatídica. A iniciativa do ato tinha sido definitivamente de Daphne, mas ele se recordava com muita clareza da própria voz a estimulando. Não deveria ter encorajado o que sabia que não poderia interromper.

De qualquer maneira, era muito provável que ela não estivesse grávida. Sua mãe não havia levado mais de uma década para ter um único filho que nascesse vivo?

Mas à noite, deitado sozinho na cama, a verdade lhe vinha à mente. Ele não saíra de casa apenas porque

Daphne o desobedecera ou porque havia a chance de ele ter gerado um filho.

Simon fugira porque não suportava o modo como ficara diante dela. Daphne o reduzira à criança gaga e idiota que ele tinha sido. Deixara-o mudo e trouxera de volta aquela terrível sensação de asfixia, o horror de não conseguir dizer o que sentia.

Ele simplesmente não sabia se poderia viver com ela se isso significasse voltar a ser o garoto que mal era capaz de falar. Tentou se lembrar da época em que a cortejava – de mentira, pensou com um sorriso –, de como era fácil estar e conversar com ela. Mas todas as recordações tinham sido manchadas pelo que havia acontecido: ele no quarto de Daphne naquela manhã detestável, tropeçando na língua e se engasgando sozinho.

E ele detestava ser daquela maneira.

Então fugiu para uma de suas propriedades no campo – sendo um duque, tinha várias. Essa casa específica ficava em Wiltshire, não muito longe de Clyvedon. Poderia retornar em um dia e meio, caso se apressasse. Se era tão fácil voltar, não era exatamente uma fuga, pensou.

E agora tudo indicava que ele seria obrigado a fazer isso.

Respirando fundo, Simon pegou o abridor de cartas e cortou o envelope. Tirou lá de dentro uma única folha de papel e leu:

Minha tentativa de concepção, conforme você definiu, foi bem-sucedida. Voltei para Londres a fim de estar perto de minha família e aguardo sua orientação.

Atenciosamente,

Daphne

Simon não soube quanto tempo ficou sentado atrás da mesa respirando com dificuldade e segurando com as pontas dos dedos o papel cor de marfim. Então finalmente sentiu uma brisa, ou talvez a luz tenha mudado, ou a casa estalado – o fato é que alguma coisa o tirou de seu estado de devaneio e ele deu um salto, ficando de pé, foi até o corredor e gritou pelo mordomo.

– Mande aprontar minha carruagem – vociferou quando o empregado apareceu. – Vou para Londres.

Capítulo 20

Parece que o casamento da temporada azedou. A duquesa de Hastings (ex-Srta. Bridgerton) retornou a Londres há quase dois meses e esta autora não viu nem sinal de seu marido, o duque.

Há boatos de que ele não está em Clyvedon, onde o então feliz casal passou a lua de mel. De fato, esta autora não conseguiu encontrar ninguém que saiba de seu paradeiro. (Se a duquesa sabe, não quer dizer. Além disso, dificilmente alguém tem a oportunidade de lhe perguntar, já que ela evita a companhia de todos, a não ser a de sua enorme família.)

É claro que é papel – até mesmo dever – desta publicação especular sobre a origem de tais cisões, mas esta autora deve confessar que até mesmo ela está desnorteada. Os dois pareciam tão apaixonados...

CRÔNICAS DA SOCIEDADE DE LADY WHISTLEDOWN,
2 DE AGOSTO DE 1813

A viagem levou dois dias, ou seja, 48 horas a mais do que Simon gostaria de ficar sozinho com seus pensamentos. Levara alguns livros para ler, na esperança de se distrair durante a entediante jornada, mas, sempre que abria um deles, o livro acabava abandonado em seu colo. Era difícil não pensar em Daphne. E mais difícil ainda manter a mente afastada da perspectiva de ter um filho.

Assim que chegou a Londres, ordenou ao cocheiro que o levasse direto à Casa Bridgerton. Estava cansado da viagem e queria trocar de roupa, mas não fizera nada nos últimos dois dias além de ensaiar seu confronto iminente com Daphne, então parecia tolice adiá-lo mais do que o necessário.

No entanto, quando chegou lá, descobriu que a esposa não estava.

– Como assim, a duquesa não está aqui? – perguntou Simon com agressividade, sem se preocupar muito com o fato de o mordomo não ter feito nada para merecer sua irritação.

Diante de seu tom hostil, o empregado franziu o lábio superior.

– O que quero dizer, senhor – explicou ele de forma não muito gentil –, é que ela não está nesta residência.

– Recebi uma carta da minha esposa... – respondeu Simon enfiando a mão no bolso, mas sem encontrar o maldito papel. – Bem, eu tenho uma carta dela em algum lugar – resmungou. – E essa carta afirma com todas as letras que ela voltou para Londres.

– E de fato voltou, senhor.

– Então onde diabo ela está? – indagou Simon.

O homem apenas ergueu uma sobrancelha.

– Na Casa Hastings, senhor.

Simon ficou perplexo. Havia poucas coisas mais humilhantes do que ser derrotado por um mordomo.

– Afinal – continuou o empregado, claramente se divertindo –, ela é casada com o *senhor*, não é?

Simon o fuzilou com o olhar.

– Você deve estar muito seguro de sua posição.

– Muito.

Simon deu um pequeno aceno com a cabeça (já que não conseguiu se forçar a agradecer ao homem) e saiu, sentindo-se um completo idiota. É claro que Daphne tinha ido para a Casa Hastings. Ela não o havia *deixado*, afinal. Apenas queria estar perto da família.

Se pudesse chutar o próprio traseiro até chegar à carruagem, teria feito isso.

Já dentro do veículo, começou a xingar a si mesmo. Tinha que atravessar a Grosvenor Square inteira para chegar à sua casa. Se tivesse ido direto, teria chegado na metade do tempo.

Isso acabou não tendo nenhuma importância, porque, assim que entrou em casa, descobriu que a esposa também não estava lá.

– Ela foi andar a cavalo – informou Jeffries.

Simon encarou o mordomo com uma expressão de incredulidade.

– Andar a cavalo? – repetiu.

– Sim, senhor – respondeu Jeffries. – Andar a cavalo. Cavalgar.

Ele se perguntou qual seria a pena por estrangular um mordomo.

– Onde? – indagou.

– Acho que no Hyde Park.

Simon sentiu o sangue ferver e a respiração ficar ofegante. Andar a cavalo? Ela tinha ficado louca? Pelo amor de Deus, ela estava grávida! Até mesmo *ele* sabia que gestantes não deveriam cavalgar.

– Mande selarem um cavalo para mim – ordenou Simon. – Imediatamente.

– Algum animal em especial? – quis saber Jeffries.

– Um que seja rápido – retrucou Simon. – Agora. Ou melhor, deixe que eu mesmo faço isso.

Quando disse isso, deu meia-volta e saiu da casa.

Mas na metade do caminho para os estábulos, sentiu o pânico atravessar todos os ossos de seu corpo e começou a correr.

Não era o mesmo que galopar, Daphne pensou, mas ao menos ela estava indo *rápido*.

Quando era criança e a família ia para o campo, ela sempre pegava emprestadas as calças de Colin e se juntava aos irmãos em suas cavalgadas de aventura. A mãe tinha um ataque toda vez que a filha mais velha aparecia em casa coberta de lama, muitas vezes exibindo uma mancha roxa nova. Daphne não se importava. Não ligava para onde ia ou de onde vinha. O que interessava era a velocidade.

Na cidade, é claro, ela não podia vestir calças, então tinha que montar sentada de lado. Se saísse bem cedo com o cavalo, porém, quando toda a sociedade ainda dormia, e se limitasse às áreas mais remotas do Hyde Park, ela podia se inclinar sobre a sela e fazer o animal galopar. O vento desmanchava seu coque e seus olhos lacrimejavam, mas pelo menos ela esquecia os problemas.

Ao cruzar os campos montada em sua égua preferida, ela se sentia livre. Não havia remédio melhor para um coração partido.

Fazia tempo que deixara seu cavalariço para trás, fingindo não escutar quando ele gritara: "Espere! Senhora! Espere!"

Ela se desculparia com ele mais tarde. Os cavalariços da casa de sua família já tinham se acostumado com suas travessuras e conheciam sua habilidade sobre um cavalo. Mas aquele pobre homem – um dos criados do marido – provavelmente ficaria preocupado com ela.

Daphne sentiu uma pontada de culpa – apenas uma pontada. Precisava ficar sozinha. Precisava de velocidade.

Diminuiu o ritmo quando chegou a uma área mais arborizada e inspirou o ar fresco do outono. Fechou os olhos por um instante, deixando que os sons e os cheiros do parque a invadissem. Pensou num cego que conhecera certa vez, que lhe dissera que seus outros sentidos haviam ficado mais aguçados desde que ele perdera a visão. Agora, sentada ali aspirando os aromas da floresta, achou que ele tinha razão.

Escutou com atenção, identificando primeiro o trinado agudo dos pássaros, depois os passos suaves e apressados dos esquilos que juntavam nozes para o inverno. Então...

Franziu a testa e abriu os olhos. Ué... Aquele era, definitivamente, o som de outro cavaleiro se aproximando.

Daphne não queria companhia. Preferia ficar a sós com seus pensamentos e sua dor, e com certeza não gostaria de ter que explicar a nenhum bem-intencionado membro da sociedade por que estava sozinha no parque. Aguçou os ouvidos mais uma vez, para saber de que direção vinha o cavaleiro que se aproximava, e partiu no sentido oposto.

Manteve o cavalo num trote constante, pensando que, se apenas saísse do caminho, o outro simplesmente passaria por ela. Mas qualquer que fosse o trajeto que escolhia, ele parecia segui-la.

Daphne aumentou o ritmo, chegando a uma velocidade maior do que seria aconselhável naquela área arborizada. Havia muitos galhos baixos e raízes protuberantes. Mas agora ela estava ficando assustada. Sentiu uma pressão nos ouvidos enquanto mil perguntas assustadoras passavam por sua cabeça.

E se o cavaleiro não fosse, como ela havia pensado, um membro da sociedade? E se fosse um criminoso? Ou um bêbado? Era cedo, não havia ninguém por perto... Se ela gritasse, quem a escutaria? Seu cavalariço estava perto o suficiente? Será que tinha ficado parado onde ela o deixara ou havia tentado segui-la? E, nesse caso, teria ao menos ido na direção certa?

Seu cavalariço! Quase gritou de alívio. Só podia ser ele. Fez a égua dar meia-volta para tentar ver quem estava atrás dela. O uniforme do rapaz era de um vermelho bastante chamativo, e ela certamente conseguiria ver se...

Pof!

Ficou completamente sem ar ao ser atingida em cheio por um galho. Deixou um gemido estrangulado escapar pelos lábios e sentiu a égua seguindo em frente sem ela. E então ela estava caindo... caindo...

Aterrissou com uma pancada forte. As folhas secas da estação que estavam espalhadas pelo chão mal amorteceram a queda. Ela se curvou imediatamente em posição fetal, numa tentativa de minimizar a dor.

E que dor. *Tudo* doía. Fechou bem os olhos e se concentrou em inspirar e expirar. Sua mente foi tomada por xingamentos que ela jamais ousaria dizer em voz alta. Até respirar doía.

Mas ela tinha que continuar tentando. *Respire, Daphne*, disse a si mesma. *Respire. Respire. Você consegue.*

– Daphne!

Ela não respondeu. Os únicos sons que conseguia emitir eram choramingos.

– Daphne! Meu Deus, Daphne!

Ouviu alguém saltar de um cavalo e então sentiu as folhas se moverem a seu redor.

– Daphne?

– Simon? – sussurrou ela, incrédula.

Não fazia sentido ele estar ali, mas aquela era sua voz. E embora ela ainda não tivesse aberto os olhos, *sabia* que era ele. O ar mudava quando Simon estava por perto.

Ele a tocou de leve, em busca de ossos quebrados.

– Diga onde dói – pediu ele.

– Tudo dói – respondeu ela com um arquejo.

Ele disse um palavrão baixinho, mas seu toque continuou extremamente suave e gentil.

– Abra os olhos – pediu ele em voz baixa. – Olhe bem para o meu rosto.

Ela balançou a cabeça.

– Não consigo.

– Consegue, sim.

Ela ouviu Simon tirar as luvas e então os dedos quentes dele massagearam suas têmporas, aliviando a tensão. Ele seguiu até as sobrancelhas e depois aos ossos do nariz.

– Shhhh – sussurrou ele. – Relaxe. Vai passar. Abra os olhos, Daphne.

Lentamente e com muita dificuldade, ela obedeceu.

O rosto de Simon encheu sua visão e nesse instante ela esqueceu tudo o que havia acontecido entre os dois, a não ser o amor que sentia por ele e sua presença ali, fazendo a dor dela ir embora.

– Olhe para mim – disse ele novamente, com a voz baixa e insistente. – Olhe para mim e não tire os olhos dos meus.

Daphne conseguiu acenar minimamente com a cabeça. Encarou-o, deixando que a intensidade do olhar dele a mantivesse parada.

– Agora, quero que você relaxe – prosseguiu ele.

Continuou falando baixo, mas com firmeza, e isso era exatamente o que ela precisava. Ao mesmo tempo, passava as mãos pelo corpo dela, procurando fraturas ou torções.

Não desviou os olhos dos dela em nenhum momento.

Ela parecia não ter sofrido nada mais grave que alguns hematomas e uma forte falta de ar, mas nenhum cuidado era demais, ainda mais com o bebê...

Simon sentiu o rosto empalidecer. Ficara tão preocupado com Daphne que se esquecera completamente do bebê que ela esperava. O filho dele. O filho *deles*.

– Daphne – chamou ele lentamente e com toda a cautela. – Você acha que está bem?

Ela assentiu.

– Ainda sente dor?

– Um pouco – admitiu ela, engolindo em seco. – Mas estou melhor.

– Tem certeza?

Ela assentiu de novo.

– Ótimo – disse ele com calma. Ficou em silêncio durante vários segundos e então quase gritou: – *Pelo amor de Deus, onde você estava com a cabeça?*

Daphne ficou de queixo caído e começou a piscar ininterruptamente. Soltou um ruído meio estrangulado que poderia vir a ser uma palavra, mas Simon a interrompeu com seus berros.

– Que diabo você estava fazendo aqui sem um cavalariço? E por que estava galopando neste terreno claramente perigoso? – Franziu a testa. – Por último, o que você estava fazendo em cima de um cavalo?

– Cavalgando... – respondeu ela com a voz fraca.

– Você não se importa com nosso filho? Não pensou um instante sequer na segurança dele?

– Simon – falou Daphne num sussurro.

– Uma gestante não deveria chegar nem perto de um cavalo! Você deveria saber disso!

Quando ela o encarou, seus olhos pareciam muito cansados.

– O que você tem com isso? – perguntou ela com frieza. – Você nem queria este bebê.

– Não queria, mas agora que ele existe, não quero que você o *mate*.

– Bem, não se preocupe. – Ela mordeu o lábio inferior. – Ele não existe.

Simon prendeu a respiração.

– Como assim?

– Eu não estou grávida.

– Você... – Ele não conseguiu terminar a frase. Foi dominado por um sentimento muito estranho. Não queria achar que era decepção, mas talvez fosse. – Você mentiu para mim? – murmurou.

Daphne balançou a cabeça com toda a força enquanto se sentava.

– Não! – gritou. – Eu nunca menti, eu juro. Realmente achei que estivesse grávida. Acreditei nisso. Mas... – Ela engasgou num soluço e fechou os olhos cheios de lágrimas. Abraçou as próprias pernas e encostou o rosto nos joelhos.

Simon nunca a vira daquele jeito, sofrendo tanto. Estava se sentindo totalmente impotente. Só queria fazer com que ela ficasse melhor, e saber que *ele* era a causa de sua dor não ajudava muito.

– Mas o quê, Daff? – perguntou.

Quando ela enfim levantou a cabeça, seus olhos eram poços de sofrimento.

– Não sei. Acho que eu queria tanto um filho que de alguma forma interrompi meu ciclo menstrual. Fiquei tão feliz no mês passado... – Ela soltou um suspiro trêmulo, que se transformou em um soluço. – Esperei, esperei, até deixei meus panos prontos, mas nada aconteceu.

– Nada?

Simon nunca tinha ouvido nada parecido.

– Nada. – Os lábios dela tremeram num fraco sorriso irônico. – Nunca tinha me sentido tão feliz.

– Você teve algum enjoo?

Ela balançou a cabeça.

– Não tive nada de diferente. A não ser pelo fato de não ter ficado menstruada. Mas então, há dois dias...

Simon pôs a mão sobre a dela.

– Sinto muito, Daphne.

– Não sente, não – disse ela com amargura, puxando a mão. – Não precisa fingir. E, pelo amor de Deus, não minta para mim de novo. Você nunca quis este bebê. – Ela deu uma risada fraca. – *Este bebê*? Minha nossa, estou falando como se algum dia ele tivesse realmente existido. Como se não fosse fruto da minha imaginação. – Ela olhou para baixo e, quando voltou a falar, sua voz estava extremamente triste. – E dos meus sonhos.

Simon mexeu os lábios muitas vezes antes de conseguir dizer:

– Não gosto de ver você triste.

Ela o encarou com um misto de descrença e tristeza.

– Não sei como você poderia esperar qualquer outra coisa.

– E-e-eu... – Ele engoliu em seco, tentando relaxar a garganta, e enfim conseguiu dizer a única coisa que havia em seu coração: – Eu quero que você volte para mim.

Ela não respondeu. Simon implorou internamente que ela dissesse alguma coisa, mas Daphne continuou calada. Ele amaldiçoou os deuses pelo silêncio dela, porque isso significava que ele teria que falar mais alguma coisa.

– Quando nós brigamos – começou ele lentamente –, eu perdi o controle. E-eu não conseguia falar. – Fechou os olhos em agonia, sentindo a mandíbula se fechar. Por fim, depois de dar um suspiro longo e cheio de tensão, ele prosseguiu: – Odeio quando fico daquele jeito.

Daphne inclinou a cabeça ligeiramente para o lado e franziu a testa.

– Foi por isso que você foi embora?

Ele fez um sinal afirmativo com a cabeça.

– Não foi por causa... do que eu fiz?

Ele a encarou calmamente.

– Não gostei do que você fez.

– Mas não foi por isso que foi embora? – insistiu ela.

Simon ficou um instante em silêncio, então admitiu:

– Não foi por isso que eu fui embora.

Daphne abraçou os joelhos mais uma vez, pensando no que ele tinha dito. Durante todo aquele tempo, ela achara que Simon a abandonara porque a odiava, porque odiava o que ela havia feito, mas na verdade a única coisa que ele odiava era a si mesmo.

Ela disse baixinho:

– Quer saber de uma coisa? Eu não ligo quando você gagueja.

– Mas *eu* ligo.

Ela assentiu devagar. Era claro que ele ligava. Simon era orgulhoso e turrão, e todos na sociedade o admiravam. Os homens queriam agradá-lo e as mulheres o desejavam loucamente. E o tempo todo ele ficava apavorado sempre que abria a boca.

Bem, talvez não sempre, Daphne pensou olhando para ele. Quando os dois estavam juntos, ele falava tão livremente que não era possível que se concentrasse em cada palavra antes de pronunciá-la.

Pôs a mão em cima da dele.

– Você não é o menino que seu pai achava que era.

– Eu sei – retrucou ele, sem olhar para ela.

– Simon, olhe para mim – ordenou Daphne com delicadeza.

Quando ele obedeceu, ela repetiu o que tinha dito.

– Eu sei – respondeu ele de novo, parecendo intrigado e talvez um pouco incomodado.

– Tem certeza?

– Droga, Daphne, eu sei... – Ele parou de falar e começou a tremer. Por um instante, ela pensou, surpresa, que ele fosse começar a chorar. Mas as lágrimas que se acumularam em seus olhos não caíram, e quando ele a encarou, com o corpo trêmulo, tudo o que disse foi: – Eu o odeio, Daphne. Eu o od-d-d...

Daphne segurou o rosto dele com as mãos, forçando-o a continuar olhando para ela.

– Eu entendo – falou. – Ele parece ter sido um homem horrível. Mas você precisa deixar isso para trás.

– Não consigo.

– Mas vai conseguir. Não tem problema sentir raiva, mas você não pode viver em função disso. Agora mesmo, você está deixando que ele guie suas escolhas.

Simon quis se desvencilhar das mãos dela para desviar o olhar.

Daphne largou o rosto dele, mas fez com que sua cabeça repousasse em seus joelhos. Ela precisava daquela ligação. De uma forma estranha, temia que, se o soltasse naquele momento, fosse perdê-lo para sempre.

– Você algum dia parou para pensar se queria ter uma família? – perguntou ela. – Se queria ter um filho? Você seria um pai maravilhoso, Simon, e apesar disso não se permite sequer considerar essa ideia. Você acha que está se vingando, mas na verdade está só permitindo que ele mande em você do túmulo.

– Se eu tiver um filho, ele vencerá – sussurrou Simon.

– Não. Se você tiver um filho, *você* vencerá. – Ela engoliu em seco. – Nós venceremos.

Ele ficou em silêncio, mas ela podia ver o corpo dele tremendo.

– Se você não quiser ser pai é uma coisa. Mas negar a si mesmo a alegria da paternidade por causa de um morto é covardia da sua parte. – Daphne estremeceu quando o insulto saiu de sua boca, mas aquilo precisava ser dito. – Em algum momento você vai ter que deixá-lo para trás e viver sua própria vida. Vai ter que superar a raiva e...

Simon balançou a cabeça e seus olhos pareceram perdidos e sem esperança.

– Não me peça para fazer isso. Era tudo o que eu tinha. Você não vê que era *tudo o que eu tinha*?

– Não estou entendendo.

Ele falou num tom mais alto.

– Por que você acha que eu aprendi a falar direito? O que acha que me motivou? Foi a raiva. A necessidade de esfregar na cara dele que eu era capaz.

– Simon...

Ele deu uma risada sarcástica.

– Não é impressionante? Eu o odeio com todas as minhas forças. Ainda assim, *ele* foi o motivo do meu sucesso.

Daphne balançou a cabeça com veemência.

– Isso não é verdade. Você teria sido bem-sucedido de qualquer maneira. É persistente e brilhante. Eu *conheço* você. Aprendeu a falar por seu próprio mérito, não por causa dele.

Como ele não disse nada, ela acrescentou num tom suave:

– A única diferença é que, se ele tivesse lhe dado amor, tudo teria sido muito mais fácil.

Simon começou a balançar a cabeça em uma negativa, mas ela deu um apertão na mão dele e o interrompeu.

– Eu fui uma criança amada. Tudo o que conheci na infância foi amor e devoção. Acredite em mim, isso torna tudo mais fácil.

Ele ficou imóvel por vários minutos. O único som que se ouvia era o da respiração dele tentando vencer as emoções. Por fim, quando Daphne já começava a temer que o tivesse perdido, ele a encarou com uma expressão totalmente arrasada.

– Eu quero ser feliz – murmurou.

– Você vai ser – prometeu ela, passando os braços ao redor dele. – Você vai ser.

Capítulo 21

O duque de Hastings voltou!

CRÔNICAS DA SOCIEDADE DE LADY WHISTLEDOWN,
6 DE AGOSTO DE 1813

Simon não disse nada enquanto os dois voltaram cavalgando devagar para casa. A égua de Daphne havia sido encontrada pastando alegremente numa faixa de gramado a cerca de 20 metros, e embora ela tivesse garantido que estava bem para montar, Simon respondera que não queria saber. Depois de amarrar as rédeas do animal a seu próprio cavalo, ele fizera Daphne sentar em sua sela, montara atrás dela e tomara o caminho de volta para a Grosvenor Square.

Além disso, ele precisava abraçá-la.

Estava começando a se dar conta de que precisava se agarrar a alguma coisa na vida, e talvez ela tivesse razão quando dizia que a raiva não era a solução. Quem sabe ele conseguiria aprender a se agarrar ao amor...

Quando os dois chegaram à Casa Hastings, um cavalariço correu para cuidar dos animais enquanto Simon e Daphne subiam a escada de entrada e entravam no saguão.

Assim que colocaram os pés para dentro, deram de cara com Colin, Benedict e Anthony Bridgerton.

– Que diabo vocês estão fazendo na minha casa? – perguntou Simon.

Tudo o que queria era correr para o andar de cima e fazer amor com sua esposa. Em vez disso, teria que lidar com aquele trio brigão. Eles estavam parados em poses idênticas – pernas abertas, mãos na cintura, queixo projetado para a frente. Se Simon não estivesse tão irritado com eles, poderia ter tido a presença de espírito de ficar levemente assustado.

Ele não tinha dúvidas de que se sairia bem em um embate com um deles – *talvez* até dois –, mas contra os três era um homem morto.

– Ficamos sabendo que você tinha voltado – disse Anthony.

– Pois é, voltei – respondeu Simon. – Agora podem se retirar.

– Não tão rápido – retrucou Benedict, cruzando os braços.

Simon se virou para Daphne.

– Qual deles eu posso matar primeiro?

Ela fez uma careta direcionada aos irmãos.

– Tanto faz.

– Temos algumas exigências antes de permitir que você fique com Daphne – informou Colin.

– O quê? – berrou ela.

– *Daphne é minha mulher!* – rugiu Simon.

– Antes de ser sua mulher, ela é nossa irmã – atalhou Anthony. – E você a magoou.

– Isso não é da conta de vocês – insistiu Daphne.

– Tudo o que acontece com você é da nossa conta – retrucou Benedict.

– Na verdade, o que acontece com ela é da *minha* conta – replicou Simon –, então agora saiam da minha casa.

– Quando vocês estiverem casados, poderão pensar em me oferecer conselhos – atalhou Daphne, furiosa –, mas por enquanto guardem suas opiniões para si mesmos.

– Sinto muito, Daff – disse Anthony –, mas não vamos deixar isso para lá.

– Deixar o que para lá? – reagiu ela. – Vocês não têm o direito de se intrometer no meu casamento. Isso não é assunto de vocês!

Colin deu um passo para a frente.

– Não vamos sair daqui até estarmos convencidos de que ele ama você.

Daphne sentiu o sangue se esvair do rosto. Simon nunca tinha dito que a amava. Já demonstrara isso de mil formas, mas jamais pronunciara as palavras. Quando isso acontecesse, não queria que fosse por imposição de seus irmãos repressores. Desejava que Simon as dissesse de livre e espontânea vontade, com o coração.

– Pare com isso, Colin – sussurrou ela, detestando o tom patético e suplicante de sua voz. – Vocês têm que me deixar lutar minhas próprias batalhas.

– Daff...

– Por favor – pediu ela.

Simon se posicionou no meio dos dois.

– Agora, se nos dá licença... – falou para Colin e, por extensão, para Anthony e Benedict.

Levou Daphne até a outra ponta do saguão, onde poderiam conversar em particular. Preferiria ter ido para outro ambiente, mas não confiava que os idiotas dos irmãos dela não fossem segui-los.

– Peço desculpas por eles – murmurou Daphne rapidamente. – São uns grosseirões estúpidos que não tinham o menor direito de invadir sua casa. Se eu pudesse matá-los, não pensaria duas vezes. Depois do que fizeram, eu não me surpreenderia se você *nunca* quisesse ter filhos...

Simon pôs um dedo em seus lábios para silenciá-la.

– Em primeiro lugar, é *nossa* casa, não *minha*. E quanto aos seus irmãos... eles são totalmente irritantes, mas estão fazendo isso por amor. – Abaixou a cabeça só um pouco, mas o suficiente para que ela sentisse sua respiração. – Quem pode culpá-los por isso? – sussurrou.

Daphne sentiu o coração parar de bater.

Simon se aproximou ainda mais, até seu nariz encostar no dela.

– Eu amo você, Daff – disse ele baixinho.

O coração dela começou a bater de novo, dessa vez com toda a força.

– Ama?

Ele assentiu, roçando o nariz no dela.

– Não pude evitar.

Os lábios dela se abriram num sorriso hesitante.

– Isso não é muito romântico...

– Mas é a verdade – retrucou ele, dando de ombros com uma expressão impotente. – Você sabe melhor do que ninguém que eu não desejava nada disso. Não queria casar nem ter uma família, muito menos me apaixonar. – Ele roçou os lábios nos dela com delicadeza, provocando arrepios pelo corpo dos dois. – Mas acabei descobrindo – continuou, seus lábios tocando os dela de novo –, contra minha vontade, que é impossível *não* amar você.

Daphne derreteu nos braços dele.

– Ah, Simon – suspirou.

A boca dele capturou a dela, tentando demonstrar com um beijo o que ainda estava aprendendo a expressar com palavras. Ele a amava. Idolatrava. Faria qualquer coisa por ela.

De repente notou que os três irmãos dela os assistiam.

Depois de interromper o beijo devagar, virou o rosto para o lado. Anthony, Benedict e Colin ainda estavam parados no foyer. O primeiro olhava para o teto, o segundo fingia que estava inspecionando as próprias unhas e o terceiro os encarava acintosamente.

Simon apertou Daphne ainda mais nos braços enquanto olhava para eles, furioso.

– Que diabo vocês ainda estão fazendo aqui?

Como era de esperar, nenhum deles tinha o que responder.

– *Saiam!* – rosnou Simon.

– Por favor.

O tom de Daphne também não foi exatamente gentil.

– Está bem – concordou Anthony, dando um tapa na cabeça de Colin. – Acho que nosso trabalho aqui acabou, rapazes.

Simon começou a conduzir Daphne na direção da escada.

– Acho que vocês conhecem o caminho da saída – disse por cima do ombro.

Anthony assentiu e empurrou os irmãos em direção à porta.

– Ótimo – comentou Simon. – Estamos indo lá para cima.

– Simon! – gritou Daphne.

– Como se eles não soubessem o que nós vamos fazer... – sussurrou ele no ouvido dela.

– Mesmo assim... eles são meus *irmãos*!

– Que Deus nos proteja, então – murmurou ele.

Mas antes que os dois chegassem à metade da escada, a porta da frente se abriu e se seguiu uma corrente de xingamentos proferidos por uma voz feminina.

– Mãe? – disse Daphne, se engasgando.

Violet, porém, só tinha olhos para os filhos.

– Eu sabia que ia encontrar vocês aqui – falou em

tom acusatório. – Nunca conheci pessoas mais teimosas e estúpidas...

Daphne não escutou o resto do discurso da mãe. Simon estava rindo muito alto em seu ouvido.

– Ele a magoou! – protestou Benedict. – Como irmãos, é nosso dever...

– Respeitar a capacidade dela de resolver os próprios problemas – atalhou Violet. – E ela não está parecendo muito magoada agora.

– Isso porque...

– Se disserem que foi porque vocês invadiram a casa dela feito um bando de débeis mentais, vou matá-los.

Os três se calaram.

– Agora – continuou Violet – acredito que está na hora de irmos embora, não acham?

Como os filhos não a obedeceram com a rapidez que ela gostaria, Violet estendeu a mão e...

– Por favor, mamãe! – uivou Colin. – Não a...

Ela o pegou pela orelha.

– ... orelha – concluiu ele tristemente.

Daphne agarrou o braço de Simon. Ele estava rindo tanto que ela teve medo que ele despencasse escada abaixo.

Violet guiou os filhos para a saída com um grito de "Andem!", então se virou para Simon e Daphne.

– Bem-vindo a Londres, Hastings – disse ela, presenteando-o com um sorriso largo e brilhante. – Mais uma semana e eu mesma o teria arrastado de volta.

Então saiu e fechou a porta atrás de si.

Simon se virou para Daphne, ainda se sacudindo de tanto rir.

– Aquela era mesmo sua mãe? – perguntou.

– Ela pode ser bastante surpreendente.

– Percebi.

Daphne ficou séria.

– Desculpe se meus irmãos forçaram você...

– Bobagem – disse ele, interrompendo-a. – Seus irmãos jamais conseguiriam me obrigar a dizer algo que eu não sentisse. – Inclinou a cabeça para o lado e pensou por um instante. – Bem, não sem uma pistola.

Daphne deu um tapinha no ombro dele.

Simon a ignorou e puxou o corpo dela de encontro ao seu.

– Eu estava falando sério – murmurou, passando os braços pela cintura de Daphne. – Eu amo você. Já sei disso há algum tempo, mas...

– Tudo bem – retrucou ela, encostando o rosto no peito dele. – Não precisa explicar.

– Preciso, sim – insistiu ele. – Eu... – Mas as palavras não saíram. Havia muitas emoções misturadas dentro dele. – Deixe-me mostrar quanto eu a amo – falou com a voz rouca.

Daphne levantou o rosto para receber o beijo dele. E quando os lábios dos dois se tocaram, ela suspirou:

– Eu também amo você.

A boca de Simon devorou a dela e ele a abraçava como se ela pudesse desaparecer a qualquer instante.

– Vamos para o quarto – sussurrou ele. – Agora.

Ela assentiu, mas antes que pudesse dar um passo ele a pegou no colo e a carregou escada acima.

Quando chegaram ao segundo andar, seu corpo já estava duro como pedra e implorando por alívio.

– Em que quarto você está? – arquejou ele.

– No seu – disse ela, parecendo surpresa pela pergunta.

Ele soltou um gemido em aprovação e seguiu rapidamente para o quarto dele – não, *deles* –, fechando a porta atrás de si com um chute.

– Eu amo você – falou ele quando os dois caíram sobre a cama.

Agora que já havia se declarado uma vez, não queria mais parar de dizer essas três palavras. Precisava ter certeza de que ela entendia como era importante para ele.

E, se precisasse dizer mil vezes, ele não se importava.

– Eu amo você – repetiu, com os dedos desamarrando freneticamente o vestido dela.

– Eu sei – afirmou ela, trêmula. Segurou o rosto dele e o encarou. – Eu também o amo.

Então puxou a cabeça dele em direção à sua e o beijou com uma inocência que deixou o corpo dele em chamas.

– Se algum dia eu a magoar de novo – retrucou Simon com fervor, beijando o canto da boca de Daphne –, você pode me matar.

– Nunca – respondeu ela, sorrindo.

Os lábios dele seguiram até o ponto sensível abaixo da orelha dela.

– Então me faça sofrer – murmurou ele. – Quebre meu braço, torça meu tornozelo.

– Não seja bobo – pediu ela, tocando o queixo de Simon e virando o rosto dele para ela. – Você não vai me magoar de novo.

O amor por aquela mulher inundou seu peito, fez os dedos de suas mãos formigarem e o deixou sem fôlego.

– Eu a amo tanto que às vezes fico até assustado – sussurrou ele. – Se eu pudesse lhe dar o mundo, você sabe que eu daria, não sabe?

– Eu só quero você – disse ela baixinho. – Não preciso do mundo, só do seu amor. E talvez – acrescentou com um sorriso malicioso – que você tire as botas.

Simon abriu um sorriso enorme. De alguma forma, ela sempre sabia exatamente do que ele precisava. No momento exato em que ele estava sendo sufocado pelas emoções, chegando quase às lágrimas, ela aliviou o clima, fazendo-o sorrir.

– Seu desejo é uma ordem – falou, arrancando os calçados. – Mais alguma coisa?

Ela inclinou a cabeça para o lado timidamente.

– Acho que pode tirar a camisa também.

Ele obedeceu, jogando a peça de linho em cima da mesa de cabeceira.

– Satisfeita?

– Isto aqui – respondeu ela, enganchando o dedo em um dos passadores da calça dele – só está atrapalhando.

– Concordo – murmurou Simon, tirando-a. Depois engatinhou para cima dela, envolvendo-a com a quentura de seu corpo. – E agora?

Daphne prendeu a respiração.

– Bem, agora você já está nu.

– É verdade – concordou ele, olhando para ela com ardor.

– E eu não.

– Isso também é verdade. – Ele deu um sorriso sensual. – Precisamos cuidar disso.

Ela assentiu, completamente sem palavras.

– Levante os braços – ordenou ele baixinho.

Ela obedeceu e, segundos depois, seu vestido já tinha sido tirado.

– Agora está muito melhor – comentou ele com a voz rouca, olhando faminto para os seios dela.

Os dois estavam ajoelhados um diante do outro sobre a imensa cama de dossel. Daphne encarava o marido com os batimentos se acelerando diante da visão do amplo peito nu dele se movimentando a cada respiração ofegante. Estendeu uma mão trêmula e o tocou, passando os dedos levemente em sua pele quente.

Simon prendeu a respiração até que o indicador de Daphne tocou seu mamilo, então ele cobriu a mão dela com a sua.

– Eu quero você – disse ele.

Ela baixou os olhos e deu um pequeno sorriso.

– Estou vendo.

– Não – suspirou ele, puxando-a mais para perto. – Eu quero estar no seu coração. Na sua... – todo o corpo dele estremeceu quando encostou no dela – alma.

– Ah, Simon – gemeu Daphne, afundando os dedos nos cabelos grossos e escuros dele. – Você já está.

Então não houve mais palavras, apenas lábios, mãos e pele.

Simon a acariciou de todas as formas que conhecia. Passou as mãos pelas pernas dela e beijou-as atrás dos joelhos. Apertou seus quadris e tocou seu umbigo. E quando estava pronto para penetrá-la, esforçando-se para conter o desejo mais profundo que já sentira na vida, olhou para ela com tanta veneração que os olhos de Daphne se encheram de lágrimas.

– Eu a amo – sussurrou ele. – Em toda a minha vida, só existiu você.

Ela assentiu e, embora não tenha emitido qualquer som, sua boca formou as palavras:

– Eu também amo você.

Ele avançou devagar, implacável. E quando se acomodou completamente dentro dela, sentiu que estava em casa.

Fixou o olhar nela. Daphne estava com a cabeça atirada para trás e os lábios entreabertos, respirando com sofreguidão. Ele roçou os lábios nas bochechas rosadas dela.

– Você é a coisa mais linda que eu já vi – murmurou. – Eu nunca... eu não sei como...

Ela arqueou as costas.

– Apenas me ame – suspirou. – Por favor, me ame.

Simon começou a se mexer, subindo e descendo no ritmo mais antigo que existia. As mãos de Daphne apertavam suas costas, cravando as unhas na pele dele a cada arremetida.

Ela não parava de gemer, e o corpo dele ardia com os sons da paixão. Estava perdendo o controle, seus movimentos ficando mais tensos, mais frenéticos.

– Não vou conseguir segurar por muito mais tempo – arquejou.

Ele queria esperar por ela, precisava saber que a satisfizera antes que se permitisse sentir o próprio prazer.

Mas então, no instante exato em que pensou que fosse explodir de desejo, Daphne estremeceu embaixo dele, com seus músculos mais íntimos apertando-o enquanto ela gritava seu nome.

Simon ficou sem fôlego enquanto observava o rosto dela. Sempre se concentrara tanto em não derramar sua semente dentro dela que nunca vira o rosto de Daphne na hora do clímax. Ela estava com a cabeça atirada para trás, com as elegantes linhas do pescoço esticadas, e sua boca se abria num grito silencioso.

Ficou louco de paixão.

– Eu te amo – disse ele. – Ah, meu Deus, como eu amo você.

Então mergulhou mais fundo.

Os olhos de Daphne se abriram quando ele retomou o ritmo.

– Simon? – chamou, com um tom de urgência. – Você tem certeza?

Os dois sabiam o que ela queria dizer.

Ele assentiu.

– Não quero que você faça isso só por mim – continuou ela. – Tem que ser por você também.

Simon sentiu uma massa se formar em sua garganta, mas não era nada parecida com a sensação que o tomava quando ele gaguejava. Percebeu que era apenas amor. Sentiu lágrimas invadirem seus olhos e assentiu, absolutamente incapaz de falar.

Mergulhou para a frente, explodindo dentro dela. A sensação foi maravilhosa. Sensacional. Nada em sua vida já tinha sido tão bom.

Seus braços finalmente cederam e ele desabou em cima dela. O único som no quarto era o de sua respiração irregular.

Então Daphne afastou uma mecha de cabelo da testa dele e beijou sua sobrancelha.

– Eu amo você – sussurrou. – Vou amá-lo para sempre.

Simon afundou o rosto no pescoço dela, inalando seu perfume. Ela o abraçou e ele se sentiu completo.

Muitas horas depois, Daphne abriu os olhos. Começou a se espreguiçar, esticando os braços para cima, e notou que as cortinas estavam fechadas. Simon devia ter feito aquilo, pensou, bocejando. A luz entrava pelas frestas, banhando o quarto com um brilho suave.

Virou o pescoço para os dois lados, alongando-o, saiu da cama e foi até o quarto de vestir para pegar seu robe. Ela não costumava dormir durante o dia. Mas aquele não havia sido um dia comum.

Vestiu o robe e amarrou a faixa de seda na cintura. Onde Simon estava? Achava que ele não devia ter se levantado muito antes dela. Tinha uma vaga lembrança de estar deitada nos braços dele que de certa forma parecia muito recente.

A suíte principal era composta de cinco ambientes ao todo: dois quartos, cada um deles com o próprio toucador ao lado, ligados por uma grande sala de estar. A porta para este último cômodo estava entreaberta e a forte luz do sol passava por ali, o que queria dizer que as cortinas não estavam fechadas. Silenciosamente, Daphne foi até lá e olhou para dentro.

Simon estava parado em frente à janela, olhando para a cidade. Vestia um elegante roupão cor de vinho, mas ainda estava descalço. Seus olhos azul-claros estavam pensativos, dispersos e um pouco tristes.

Daphne franziu a testa, preocupada. Foi até ele e,

quando estava a poucos centímetros de distância, disse um "olá" bem baixinho.

Simon se virou ao som da voz dela e, ao vê-la, sua expressão cansada se suavizou.

– Olá – murmurou ele, puxando-a para seus braços.

Ele a posicionou com as costas aninhadas em seu peito largo e os dois ficaram olhando para a Grosvenor Square enquanto Simon pousava o queixo em cima da cabeça dela.

Daphne demorou vários instantes para reunir coragem e perguntar:

– Está arrependido?

Ela não podia vê-lo, mas sentiu o queixo dele se mexendo em seu couro cabeludo quando ele balançou a cabeça.

– De jeito nenhum – sussurrou Simon. – Só estou... pensando.

Algo na voz dele não a convenceu, então ela se virou nos braços dele até conseguir ver seu rosto.

– Simon, o que houve? – murmurou.

– Nada.

Mas ele não a encarou.

Daphne levou-o até um sofazinho e os dois se sentaram.

– Se você ainda não estiver pronto para ser pai – começou ela –, eu vou entender.

– Não é isso.

Mas ela não acreditou. Ele respondeu rápido demais, e algo na voz dele a estava deixando inquieta.

– Eu não me importo de esperar – prosseguiu. – Na verdade – acrescentou timidamente –, eu não acharia ruim ter um tempo só para nós.

Simon não disse nada, mas os olhos dele ficaram aflitos, então ele os fechou enquanto coçava a sobrancelha.

Daphne foi tomada por uma onda de pânico e começou a tagarelar.

– Eu não queria ter um filho imediatamente. Eu só... gostaria de um dia ter, só isso, e acho que você também poderia querer, se pensasse no assunto. Fiquei chateada quando descobri que você só estava nos negando uma família para contrariar seu pai. Não é...

Simon pousou uma mão sobre a coxa dela.

– Daphne, pare – pediu ele. – Por favor.

A voz dele estava tão aflita que ela se calou no mesmo instante. Ela mordeu o lábio inferior, nervosa. Era a vez *dele* de falar. Claramente havia algo deixando o coração dele angustiado, e se ele precisasse do dia todo para encontrar as palavras e explicar o que era, ela poderia esperar.

Poderia esperar para sempre por aquele homem.

– Não posso dizer que adoro a ideia de ter um filho – disse Simon devagar.

Daphne percebeu que ele respirava com dificuldade e pôs a mão em seu braço para reconfortá-lo.

Ele se virou para ela com olhos que imploravam por compreensão.

– Passei tanto tempo sem querer ter filhos, sabe? – Engoliu em seco. – N-não sei nem como começar a pensar nisso.

Daphne lhe ofereceu um sorriso tranquilizador que depois percebeu que se destinava aos dois.

– Você vai aprender – sussurrou. – E eu vou aprender com você.

– N-não é isso – retrucou ele, balançando a cabeça. Soltou um suspiro impaciente. – Eu não... quero... viver apenas p-para contrariar meu pai.

Simon se virou para ela e Daphne ficou tocada pela emoção que transparecia em seu rosto. Estava com o queixo trêmulo e o pescoço incrivelmente tenso, como se toda a sua energia estivesse concentrada em proferir essas palavras.

Ela queria abraçá-lo, confortar o menininho dentro dele. Queria suavizar sua expressão e apertar sua mão. Queria fazer mil coisas, mas apenas ficou em silêncio, seus olhos encorajando-o a continuar.

– Você tinha razão – reconheceu ele, com as palavras saindo de sua boca com dificuldade. – Tinha razão o tempo todo. Sobre meu pai. Q-que eu estava deixando que ele vencesse.

– Ah, Simon – murmurou ela.

– M-mas e... – prosseguiu ele, com o rosto forte e bonito que normalmente era tão firme, tão controlado, todo franzido de preocupação. – E se... e se tivermos um filho e e-e-ele sair igual a mim?

Por um instante, Daphne não conseguiu dizer nada.

Sentiu os olhos se encherem de lágrimas e a boca se abrir em choque.

Simon virou o rosto para o outro lado, mas não a tempo de esconder o grande tormento em seus olhos. Ela percebeu que ele prendeu a respiração por um momento e depois a soltou em um suspiro trêmulo, numa tentativa de se manter sob controle.

– Se tivermos um filho com gagueira – respondeu ela com cautela –, vou amá-lo e apoiá-lo. E... – Engoliu em seco, nervosa, torcendo para estar fazendo a coisa certa. – E vou pedir sua ajuda, porque você também passou por isso e conseguiu vencer.

Ele se virou rapidamente para encará-la.

– Não quero que meu filho sofra como eu.

Daphne deu um sorriso involuntário, feliz por saber exatamente o que dizer.

– Mas ele não vai sofrer, porque você será o pai dele.

Os olhos de Simon brilharam com uma luz diferente, um lampejo de esperança.

– Você rejeitaria nosso filho se ele fosse gago? – perguntou Daphne baixinho.

Simon balançou a cabeça com veemência.

Ela sorriu suavemente.

– Então nossos filhos não terão o que temer.

Ele ficou parado por mais um instante, então, num movimento brusco, puxou-a para si, enterrando o rosto em seu pescoço.

– Eu amo você – falou com a voz embargada. – Te amo mais que tudo.

E Daphne finalmente teve a certeza de que tudo daria certo.

Muitas horas depois, os dois ainda estavam aninhados no sofazinho da sala de estar. Tinham passado a tarde de mãos dadas, com a cabeça repousando no ombro um do outro. Não precisaram dizer nada. Simplesmente ficar juntos havia sido o suficiente. O sol brilhava, os pássaros cantavam e eles eram um casal.

Era tudo de que necessitavam.

Mas alguma coisa ainda incomodava Daphne, e foi apenas quando seus olhos pousaram sobre os papéis de carta em cima da mesa que ela lembrou.

As cartas do pai de Simon.

Fechou os olhos e respirou fundo, reunindo coragem para entregá-las ao marido. O duque de Middlethorpe tinha lhe dito, quando lhe confiara as correspondências, que ela saberia decidir o melhor momento de mostrá-las a ele.

Ela se desvencilhou dos fortes braços de Simon e foi pegá-las.

– Aonde você vai? – perguntou Simon com a voz sonolenta.

Tinha acabado cochilando sob o sol quente da tarde que entrava pela janela.

– Eu... eu preciso lhe mostrar uma coisa.

Provavelmente ele percebeu a hesitação na voz de Daphne, porque abriu os olhos e se virou para encará-la com curiosidade.

– Que coisa?

Ela virou as costas e apertou o passo em direção ao outro cômodo.

– Já volto – afirmou.

Havia guardado o maço de cartas amarrado por uma fita vermelha e dourada – as cores dos Hastings – junto com seus pertences. Na verdade, chegara a se esquecer delas durante as primeiras semanas de volta a Londres e o maço ficara intocado em seu antigo quarto na casa de sua família. Mas, em uma das visitas que tinha feito à mãe nesse período, deparara com elas. Violet sugeriu que a filha subisse para pegar algumas de suas coisas e, enquanto ela recolhia vidros de perfume e a fronha que bordara aos 10 anos de idade, Daphne as reencontrou.

Mais de uma vez sentira-se tentada a abri-las, nem que fosse para entender melhor o marido. E verdade seja dita: se os envelopes não estivessem lacrados, ela provavelmente teria abandonado os escrúpulos e lido todas.

Pegou o maço e voltou lentamente para a sala. Simon ainda estava no sofá, mas sentado e alerta, olhando para ela com expectativa.

– São para você – disse Daphne, mostrando as correspondências ao se aproximar dele.

– O que são? – indagou Simon.

Pelo seu tom de voz, ela imaginou que ele já soubesse.

– São cartas do seu pai. O duque de Middlethorpe me pediu que as guardasse. Lembra que o encontramos naquela noite?

Ele assentiu.

– Também lembro que disse a ele para queimá-las.

Daphne deu um sorriso.

– Parece que ele não o obedeceu.

Simon encarou fixamente as cartas. Depois, evitou olhar para Daphne.

– Pelo visto, você também não – comentou ele baixinho.

Ela assentiu e se sentou ao lado dele.

– Você quer ler?

Ele ficou pensativo por vários instantes e, por fim, decidiu ser totalmente sincero:

– Não sei.

– Talvez isso o ajude a deixá-lo para trás.

– Ou pode piorar a situação.

– É verdade – concordou ela.

Simon continuou olhando para as cartas, que repousavam inocentemente nas mãos de Daphne. Ele esperava sentir ressentimento. Raiva. Mas, em vez disso, só sentiu... Nada.

Era muito estranho. Ali diante dele estava uma coleção de correspondências escritas pela mão de seu pai. E, no entanto, ele não teve nenhuma vontade de queimá-las ou rasgá-las em pedacinhos.

Mas, ao mesmo tempo, não teve nenhuma disposição para lê-las.

– Acho que vou esperar – concluiu Simon com um sorriso.

Daphne ficou perplexa, sem acreditar no que tinha ouvido.

– Você está dizendo que não quer ler nenhuma? – perguntou.

Ele negou com a cabeça.

– E também não quer atear fogo nelas?

Ele deu de ombros.

– Na verdade, não.

Ela olhou para os envelopes e de novo para o rosto dele.

– O que quer fazer, então?

– Nada.

– Nada?

Ele sorriu.

– Isso mesmo.

– Ah. – Ela ficava adorável com aquela expressão de perplexidade. – Você quer que eu as guarde de volta?

– Se quiser...

– E elas vão simplesmente ficar comigo?

Simon segurou a faixa do robe de Daphne e começou a puxá-la em sua direção.

– Arrã.

– Mas... – balbuciou ela. – Mas... mas...

– Se disser outro "mas" – provocou ele –, vai começar a ficar parecida comigo.

Ela ficou de boca aberta. Simon não se surpreendeu com sua reação. Tinha sido a primeira vez na vida que ele conseguira fazer uma piada a respeito de suas dificuldades.

– As cartas podem esperar – explicou ele, assim que elas caíram do colo de Daphne para o chão. – Acabei de conseguir, graças a você, tirar meu pai da minha vida. – Balançou a cabeça, sorrindo. – Ler tudo isso agora apenas o convidaria a voltar.

– Mas você não quer saber o que ele tinha a dizer? – insistiu ela. – Quem sabe ele pediu desculpas... Talvez tenha até rastejado aos seus pés!

Daphne se abaixou para pegar os envelopes, mas Simon a apertou contra ele, de modo que ela não conseguisse alcançá-los.

– Simon! – gritou ela.

Ele levantou uma sobrancelha.

– Sim?

– O que você está fazendo?

– Tentando seduzir você. Estou conseguindo?

Daphne sentiu o rosto ficar corado.

– Acho que sim – murmurou ela.

– Só acha? Droga... Devo estar perdendo o jeito.

Deslizou a mão para as nádegas dela, o que a fez dar um gritinho.

– Acho que seu jeito está ótimo – disse ela apressadamente.

– Só ótimo? – Ele fingiu estremecer. – “Ótimo” não faz ninguém perder o fôlego, não acha?

– Bem – concordou ela –, talvez eu tenha me expressado mal.

Simon sentiu um sorriso se formar em seu coração. Quando o gesto enfim chegou a seus lábios, ele já estava de pé, conduzindo a esposa na direção do quarto.

– Daphne – disse ele, tentando parecer sério –, eu tenho uma proposta.

– Proposta? – indagou ela, erguendo as sobrancelhas.

– Na verdade, um pedido – corrigiu ele.

Ela inclinou a cabeça para o lado e sorriu.

– Que pedido?

Ele a empurrou pela porta do quarto.

– É um pedido em duas partes.

– E posso saber que partes são essas?

– A primeira parte envolve nós dois e... – Simon a pegou no colo e a atirou em cima da cama em meio a um ataque de riso – esta cama antiga e resistente.

– Resistente?

– É bom que seja, pelo menos – murmurou ele enquanto engatinhava para o lado dela.

Ela riu e deu gritinhos enquanto se livrava das garras dele.

– Acho que é bastante resistente. E qual é a segunda parte do pedido?

– Bem, essa parte vai exigir de você certa disponibilidade de tempo.

Ela estreitou os olhos, mas ainda sorria.

– Quanto tempo?

– Cerca de nove meses.

Os lábios de Daphne se abriram com a surpresa.

– Você tem certeza?

– Que leva nove meses? – Ele sorriu. – É o que sempre me disseram.

Agora ela não estava mais sorrindo.

– Você sabe que não era a isso que eu estava me referindo – disse ela baixinho.

– Eu sei – respondeu ele, ficando sério também. – Mas sim, tenho certeza. E estou apavorado. E morrendo de empolgação. E sentindo milhões de outras emoções que nunca me permiti sentir antes de encontrar você.

Os olhos dela se encheram de lágrimas.

– Essa foi a coisa mais linda que você já me disse.

– É verdade – jurou ele. – Antes de conhecer você, estava vivo apenas pela metade.

– E agora? – sussurrou ela.

– Agora? – ecoou Simon. – "Agora" é sinônimo de felicidade, alegria e uma esposa que eu amo mais que tudo. Mas quer saber de uma coisa?

Ela balançou a cabeça, emocionada demais para falar.

Ele se abaixou e a beijou.

– Tudo isso nem se compara com o futuro maravilhoso que vamos ter. Por mais feliz que eu esteja neste exato instante, o amanhã será ainda melhor. Ah, Daff – murmurou ele, levando os lábios até os dela –, a cada dia eu vou amá-la mais. Eu prometo. A cada dia...

Epílogo

O duque e a duquesa de Hastings finalmente têm um menino!

Depois de três meninas, o casal mais apaixonado da sociedade londrina gerou enfim um rapazinho. Esta autora só consegue imaginar o alívio que deve ter invadido a Casa Hastings. Afinal, é uma verdade universal que qualquer homem casado dono de uma enorme fortuna deve desejar um herdeiro.

O nome do recém-nascido ainda não foi divulgado, embora esta autora se sinta bastante qualificada para especular. Afinal, com irmãs chamadas Amelia, Belinda e Caroline, o novo conde de Clyvedon poderia se chamar qualquer outra coisa que não David?

CRÔNICAS DA SOCIEDADE DE LADY WHISTLEDOWN,
15 DE DEZEMBRO DE 1817

Simon fez uma cara de exasperação, depois atirou o jornal para o outro lado da sala.

– Como ela sabe disso? Nós não contamos a ninguém que vamos batizá-lo de David.

Daphne prendeu o riso ao ver o marido esbravejando e andando de um lado para outro no quarto.

– Tenho certeza que é só um palpite – disse ela, voltando a atenção ao recém-nascido em seus braços.

Era cedo demais para saber se os olhos dele permaneceriam azuis ou se ficariam castanhos como os das irmãs, mas ele já se parecia muito com o pai. Daphne pensou que isso não mudaria ainda que seus olhos escurecessem.

– Ela deve ter um espião aqui dentro de casa – decretou ele, pondo as mãos na cintura. – Só pode.

– Duvido muito que isso seja verdade – comentou Daphne, sem olhar para ele.

Estava mais interessada na forma como a mãozinha minúscula de David agarrava seu dedo.

– Mas...

Ela finalmente levantou a cabeça.

– Simon, você está sendo ridículo. É só uma coluna de fofoca.

– Whistledown... sei – resmungou ele. – Nunca ouvi falar de nenhum Whistledown. Gostaria de saber quem é essa maldita mulher.

– Você e o resto de Londres – falou Daphne baixinho.

– Alguém deveria tirá-la de circulação de uma vez por todas.

– Se quer que ela saia de circulação – retrucou Daphne, sem conseguir resistir à observação –, não deveria comprar o jornal.

– Eu...

– E nem venha me dizer que só compra por minha causa.

– Você *lê* – resmungou ele.

– Você também. – Ela deu um beijo no topo da cabeça de David. – Normalmente muito antes de eu colocar as mãos nele. Além disso, nos últimos tempos passei a gostar bastante de Lady Whistledown.

Simon pareceu desconfiado.

– Por quê?

– Você leu o que está escrito sobre nós? Ela nos chamou de "casal mais apaixonado de Londres". – Daphne sorriu com malícia. – Adorei isso.

Ele soltou um resmungo.

– Isso foi só porque Philipa Featherington...

– O nome dela é Philipa Berbrooke agora – corrigiu Daphne.

– Bem, qualquer que seja o nome, ela é a pessoa mais linguaruda de Londres. Desde que me ouviu chamando você de "meu amor" no teatro, no mês passado, não tenho mais coragem de aparecer nos meus clubes.

– Então amar a esposa está fora de moda, é? – provocou Daphne.

Simon fez uma careta, parecendo um menino irritado.

– Deixe para lá – disse ela. – Não quero nem ouvir a resposta.

O sorriso que ele deu foi uma mistura encantadora de timidez e malícia.

– Aqui – prosseguiu ela, levantando David. – Quer segurá-lo?

– Claro. – Simon atravessou o quarto e pegou o bebê nos braços. Aninhou o filho por vários instantes, então olhou para Daphne e sorriu. – Acho que ele parece comigo.

– E eu tenho certeza disso.

Ele beijou-o no nariz e sussurrou:

– Não se preocupe, rapazinho. Vou sempre amar você. Vou ensiná-lo a ler, escrever, fazer contas e andar a cavalo. Vou protegê-lo de todos os males do mundo, principalmente daquela tal de Lady Whistledown...

E num quarto pequeno e elegantemente mobiliado, não muito longe da Casa Hastings, uma jovem sentada a uma mesa com uma pena e um pote de tinta pegou um pedaço de papel.

Com um sorriso no rosto, tomou da pena e começou a escrever:

Crônicas da sociedade de Lady Whistledown
19 *de dezembro de* 1817

Ah, gentil leitor, esta autora fica feliz em contar...

Carta da autora

Prezado leitor,

As pessoas quase sempre querem saber qual dos meus livros eu prefiro. Com toda a sinceridade, essa é uma pergunta quase impossível de responder, porque eu gosto de coisas diferentes em cada um deles. Às vezes é um personagem, ou então uma cena específica. O fato é que todos eles me agradam de formas distintas.

Mas vou lhe contar um segredo: sempre tive uma queda especial por O *duque e eu*. Ele foi um divisor de águas na minha carreira. Não sei exatamente o que aconteceu, mas este livro é mais profundo e mais rico do que qualquer outro que eu já tenha escrito. Além disso, marcou o começo da coleção Os Bridgertons, uma série de oito livros que conquistou as pessoas de uma forma impressionante.

Enfim, tudo se iniciou com O *duque e eu*, que apresenta Simon, um homem que tenta desesperadamente fugir do amargo legado do pai, e Daphne, que deseja a única coisa que Simon tem certeza que não pode lhe dar. Também conhecemos, é claro, Lady Whistledown, a mordaz colunista de fofocas que não poupa nada nem ninguém. (Você já deve ter entendido o que quero dizer quando leu a primeira página de todos os capítulos...)

Se você ainda não conhecia nenhum dos livros da série Os Bridgertons, este foi um ótimo começo. Espero que tenha gostado.

Com carinho,

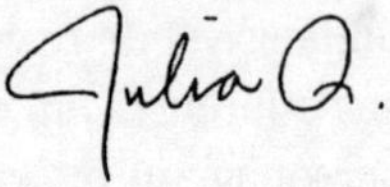

CONHEÇA OS LIVROS DE JULIA QUINN

OS BRIDGERTONS

O duque e eu
O visconde que me amava
Um perfeito cavalheiro
Os segredos de Colin Bridgerton
Para Sir Phillip, com amor
O conde enfeitiçado
Um beijo inesquecível
A caminho do altar
E viveram felizes para sempre

QUARTETO SMYTHE-SMITH

Simplesmente o paraíso
Uma noite como esta
A soma de todos os beijos
Os mistérios de sir Richard

AGENTES DA COROA

Como agarrar uma herdeira
Como se casar com um marquês

IRMÃS LYNDON

Mais lindo que a lua
Mais forte que o sol

OS ROKESBYS

Uma dama fora dos padrões
Um marido de faz de conta
Um cavalheiro a bordo
Uma noiva rebelde

TRILOGIA BEVELSTOKE

História de um grande amor
O que acontece em Londres
Dez coisas que eu amo em você